NARRATO

CAMILLA ROCCA

DUE DI NOI

Garzanti

Prima edizione: maggio 2024

Per essere informato sulle novità del Gruppo editoriale Mauri Spagnol visita:
www.illibraio.it

Published by arrangement with The Italian Literary Agency

ISBN 978-88-11-01240-5

Printed in Italy

www.garzanti.it

DUE DI NOI

Guardavo Viola dormire: i rumori in salotto non l'avevano svegliata. Non si svegliava mai, nemmeno quando la pioggia batteva forte contro le persiane o quando la mamma e il papà invitavano a cena amici che, prima di andarsene, stavano per mezz'ora a parlare forte in anticamera. Non sapevo se svegliarla, ma volevo capire. Dovevo sapere.

«Ci sono dei rumori in salotto!» ho detto scuotendola più volte, prima piano piano, poi un po' meno.

«Mmh, e allora?»

«Come "e allora"? È la notte di Natale!»

Viola ha finalmente spalancato gli occhi e mi ha sorriso: in meno di dieci secondi la mia curiosità l'aveva già contagiata.

«Andiamo a vedere!» ha detto eccitata.

«Non possiamo, lo sai che Babbo Natale non può farsi vedere: se ci sente arrivare, se ne va. E se non ha ancora lasciato i nostri regali?»

«E allora non ci facciamo sentire.»

È uscita dal letto caldo e mi ha preso la mano con forza, come se stessimo partendo per un'avventura allo stesso tempo entusiasmante e alquanto rischiosa. Insieme ci siamo incamminate lungo il corridoio illuminato solo dalla lucina con la faccia di Minnie che, la sera, nostra madre infilava nella presa accanto alla porta del nostro bagno; posavamo i piedi sul parquet gelido con tutta la delicatezza che ci avevano insegnato le sorelle di *Occhi di gatto*. Una volta raggiunta l'anticamera abbiamo riconosciuto le voci dei nostri genitori che organizzavano tre mucchi distinti di regali.

«La Corolle con il vestito rosa di qua, è per Viola. L'altra mettila sul divano, è per Alice», dava istruzioni nostra madre. «Le cassette invece sono per Tommaso, tranne quella dello Zecchino d'oro che è per le bambine. Guarda mettiamola qua in mezzo insieme a questi pigiami.»

«Hai preso dei pigiami uguali?»

«Perché? Sono carini!»

«Non sono già abbastanza identiche? Le vuoi anche vestire uguali?»

«No, appunto, le vesto sempre diverse apposta perché sia più facile distinguerle! Ma questi erano carini... Dai cerchiamo di sbrigarci che vorrei pure andare a letto a un certo punto.»

Siamo rimaste ad ascoltarli immobili, fissando tristi e deluse il buio dell'anticamera spezzato solo dalla luce fioca di Minnie che proveniva dal corridoio. Quando ogni nuovo gioco che avremmo dovuto scoprire poche ore dopo aveva trovato la sua collocazione, ci siamo rincamminate lungo il corridoio con passo leggero. Viola è entrata in camera mia, anziché proseguire verso la sua, e ci siamo sedute accanto sul mio letto.

«Lo sapevo», ho detto dopo un po'.

«Non è vero, non ne eri sicura.»

«Be', quasi. Il camino è troppo stretto e in alcune case non c'è proprio. E poi distribuire tutti i regali del mondo in una notte sola... e tutti su una slitta... Dai, è impossibile!»

«Però ci credevi anche tu... Secondo te Tommaso lo sa?»

«Secondo me sì.»

«Ci hanno detto tutti una bugia.»

«La mamma dice che alcune bugie si possono dire, sono le "bugie a fin di bene".»

«Promettimi che non mi dirai mai una bugia, neanche a fin di bene.»

«Certo che no! E poi tu sai sempre tutto, anche se non te lo dico.»

«Magari un giorno non sarà più così: la mamma dice che le persone crescendo cambiano.»

«Non noi.»

«Promettimelo lo stesso.»

«Promesso. E neanche tu.»

«Promesso.»

Abbiamo intrecciato i mignoli, come quando giocavamo a Flic o Floc e la tristezza ha cominciato a passare. Però non volevo che Viola se ne andasse, che lasciasse il mio mignolo e tornasse in camera sua lasciandomi sola. Insieme, potevamo difenderci dalla delusione e dalle bugie degli altri; in quel momento, mi è sembrato che insieme avremmo potuto difenderci da tutto.

Mi sono rinfilata sotto le coperte, ma lasciando libera una metà del letto, e Viola si è infilata accanto a me. Evidentemente nemmeno lei aveva voglia di andarsene, ritrovarsi da sola.

«Ho un'idea!» ha detto nuovamente allegra. «La mamma ci ha comprato dei vestiti per domani... e se una volta arrivate dai nonni ce li scambiamo? Ci confonderanno tutti, sarà divertente! Solo noi sapremo la verità.»

«Già, solo noi...»

Mi sono voltata su un fianco, ero stanca; allora Viola si è girata anche lei, mi ha passato un braccio sopra la pancia e ha piegato le gambe perché s'incastrassero nell'incavo delle mie. Sembravamo due cucchiai, come quelli che nostra madre disponeva perfettamente allineati nel cassetto delle posate.

«Solo noi», l'ho sentita ripetere a bassa voce, mentre intrecciavamo nuovamente i nostri mignoli.

Ho respirato forte, ho sentito il profumo dello shampoo all'albicocca misto al suo profumo, inconfondibile. Che era profumo di casa. Profumo di noi.

1.

Viola ballava con gli occhi chiusi, la bocca piegata in un vago sorriso beato, quasi estatico, i capelli lunghissimi che oscillavano davanti alle spalle. Sapevo che quando ballava in quel modo voleva dire che aveva bevuto il cocktail di troppo, quello che fa dimenticare il mondo attorno e godere della serenità della tabula rasa che si crea nella mente. Non si dimenticava di me però, quello mai, nemmeno dopo un'infinità di bicchieri di troppo. Ogni tanto apriva gli occhi, mi cercava con lo sguardo, faceva un gesto come per dire "sicura che non vuoi ballare?", io rispondevo di no scuotendo la testa, allora lasciava ricadere le palpebre, come un sipario. Tornava nel suo isolamento etilico, un paradiso di beatitudine psichedelica.

Anche lei sapeva riconoscere ogni mio atteggiamento e sapeva con assoluta certezza che era una di quelle sere in cui decidevo, quasi per partito preso, di rimanere aggrappata a un malumore senza motivo, ma capace di avvolgere qualsiasi cosa in una patina di negatività assoluta. Sapeva che era meglio lasciarmi in pace.

La osservavo ballare tenendo le gambe rannicchiate, le All Star fucsia puntate sul divanetto della discoteca, il mento appoggiato alle ginocchia. La musica mi scivolava addosso e la gente, sudata e compressa, mi sembrava lontana e inconsistente. Tenevo in mano un bicchiere di whiskey-coca ormai vuoto, da cui cercavo di succhiare con la cannuccia ancora un po' di ghiaccio sciolto, invano. Avrei voluto andare a casa, ma eravamo venute con un motorino solo e Viola voleva aspettare Matteo, il suo ex che ogni tanto si rifaceva vivo: quella sera le aveva mandato un messaggio chiedendole se sarebbe venuta al Propaganda, se aveva voglia di festeggiare con lui perché era riuscito a strappare un diciannove al suo primo esame all'università. E lei eccome se aveva voglia di vederlo e stare con lui, anche se cercava di fare vagamente la preziosa.

Gli altri amici che avevamo incontrato in discoteca avevano l'aria di divertirsi fin troppo, impossibile che qualcuno avesse voglia di darmi un passaggio per tornare a casa. A ogni modo, avrei aspettato Matteo insieme a Viola, perché era quello che facevamo: eravamo complici, sempre e comunque. Ci dicevamo con totale libertà quello che pensavamo, ci davamo consigli, ma se poi l'altra decideva di non seguirli, ci sostenevamo lo stesso. Era così da sempre, fin dai tempi della gestazione. Nostra madre ci aveva raccontato di aver sempre saputo che saremmo state due femmine, senza bisogno di ecografie, perché in ogni movimento, in ogni posizione che assumevamo facendoci spazio tra il suo stomaco schiacciato e la sua vescica compressa mostravamo una sintonia di cui solo le donne sono capaci. Viola si era affacciata al mondo per prima, era andata in avanscoperta, così come avrebbe fatto per i diciott'anni successivi; io l'avevo seguita da vicino. A quanto pare, il medico era scoppiato a ridere quando l'aveva tirata fuori, trovando la mia manina che stringeva forte la sua caviglia. Crescendo, eravamo rimaste fedeli alle nostre posizioni e in un certo senso ai nostri ruoli: Viola sempre un passo avanti, sempre qualche decibel in più, e io a proteggere le retrovie. Viola caotica nella sua stanza, nel nostro bagno, così come nel modo di muoversi, di parlare, di vivere; io che raccoglievo i suoi giochi da piccola, più tardi i suoi trucchi che macchiavano il lavandino. Mettevo ordine nel suo disordine, spesso anche nella sua testa.

Ho visto arrivare Matteo con due amici, ma non ho fatto a tempo ad avvisarla: in un attimo lui era già andato a svegliarla dalla sua trance; si stavano parlando nell'orecchio per sovrastare la musica, lei gli teneva una mano sulla spalla e con l'altra si toccava i capelli. Era assolutamente palese che la serata sarebbe stata ancora lunga, così ho lasciato ca-

12

dere i piedi a terra sbuffando, ho abbandonato il bicchiere vuoto sul tavolino davanti a me e mi sono diretta verso il bar, per ordinare un altro whiskey-coca. Passando di fianco agli amici di Matteo li ho salutati con un gesto della mano e un sorriso di solidarietà, come per dire "mi spiace, ma per stasera Matteo lo avete perso".

Al bar mi sdraiavo sempre più sul bancone, cercando disperatamente di attirare l'attenzione del barista; ogni volta che mi passava davanti allungavo un braccio per chiamarlo, ma era come se fossi invisibile. Qualcuno si è fatto spazio nella calca accanto a me, spavaldo, ed è riuscito ad appoggiare entrambi i gomiti sul bancone. Con la coda dell'occhio ho visto che si trattava di Francesco, un amico di mio fratello maggiore, Tommaso.

Quando frequentavano il liceo, Francesco era capitato spesso a casa nostra, ma sempre a serate dalle quali io e Viola, di cinque anni più giovani, eravamo fuggite intimidite ma curiose, per poi origliare una volta rinchiuse nella camera dell'una o dell'altra. Osservavamo nostro fratello e i suoi amici come uno spettacolo a cui non si osa prender parte, scambiando le loro trasgressioni adolescenziali per affascinante coraggio. A lungo ci siamo sentite due eterne bambine, perennemente al seguito di qualcosa d'inarrivabile, ma in quell'ultimo anno Tommaso si era trasferito a lavorare a Londra e noi eravamo diventate maggiorenni, i nostri genitori avevano cominciato a partire quasi tutti i weekend lasciandoci da sole a Milano; così potevamo finalmente andare a qualunque serata di cui Viola, la mondana tra noi due, sentisse parlare, senza più un coprifuoco da far pena a Cenerentola. In quelle occasioni, avevo incrociato tante volte Francesco, ma i nostri scambi di parole non erano mai andati al di là del saluto, perché il suo sguardo impenetrabile, il suo modo di fare sfuggente e la sua fama d'inaffidabile, superficiale e sregolato, facevano sì che la sua semplice presenza mi mettesse in soggezione.

Ho fatto finta di non averlo visto e ho tenuto gli occhi puntati sul barista, il quale si è diretto rapido verso di lui, facendomi ribollire di rabbia.

Francesco ha ordinato: «Un gin-tonic e...». Si è rivolto a me con aria interrogativa. «E tu Alice cosa prendi?»

Mi sono voltata anch'io, con aria altrettanto interrogativa.

«Ehh, un whiskey-coca.»

Il barista si è diretto svelto a preparare i nostri cocktail e Francesco si è messo a ridere.

«Mi è sembrato che avessi bisogno di aiuto.»

Mi sono sentita come una bambina piccola a cui qualcuno ha appena regalato una caramella.

«Già... avevo l'impressione di essere invisibile.»

Lui mi ha guardata sorridendo, ha aspettato un momento prima di parlare, abbastanza perché io fossi tanto a disagio da non saper dove posare lo sguardo e da chiedermi cosa gli passasse per la testa. Poi ha detto: «Hai tagliato i capelli. Ti stanno bene corti».

«È grazie ai capelli che mi hai riconosciuta?»

«Avrebbe potuto averli tagliati Viola.»

«È vero... Effettivamente tu sei uno dei rarissimi che non ci confonde mai.»

«Perché siete diverse.»

«Siamo gemelle! Omozigote. Siamo identiche. Non siamo cambiate nemmeno con l'adolescenza, non ce n'è una che pesi un grammo più dell'altra. Siamo spiccicate!»

«Ma non vi vestite nello stesso modo, non vi muovete, non parlate, non guardate nello stesso modo. Non vi toccate i capelli nello stesso modo. Non siete identiche, Alice. Non siete identiche proprio per niente.»

Non sapevo cosa rispondere, mi veniva in mente solo "grazie", ma non ero nemmeno sicura che si trattasse propriamente di un complimento. Eppure mi sembrava una delle cose più belle, più dolci e allo stesso tempo anche più gratificanti che mi fossero mai state dette. Qualunque apprezzamento che mi fosse stato rivolto in precedenza, che fosse da parte delle vecchie zie, degli amici dei miei genitori o di ragazzi che potevano interessarmi o meno, non mi aveva toccata davvero, perché sapevo che, in fin dei conti, non mi riguardava in esclusiva. Se ero bella io, era bella anche Viola; se avevo dei bei capelli, o un bel sorriso, li aveva anche lei. La cosa non mi aveva mai dato fastidio: ero abituata, da sempre, a vivere in un mondo in cui si muoveva, con più disinvoltura e in modo di certo più chiassoso, il mio doppio, un'immagine di me perfettamente speculare. Che la gente scambiasse spesso i nostri nomi ci era sembrato divertente, da piccole: avevamo preso l'abitudine di scambiarci i vestiti proprio per aumentare la confusione e rendere ancora più difficile riconoscerci. Crescendo, la cosa era diventata tanto frequente da aver finito per annoiarci, ma comunque non facevamo grandi sforzi per distinguerci: continuavamo a scambiarci i vestiti, più che altro per comodità, e fino a pochi giorni prima avevamo avuto pettinature simili. Essere uguali al punto da essere confondibili era semplicemente normale per noi, funzionavamo in coppia e i complimenti ci riguardavano entrambe, non potevano essere rivolti solo a me o a lei. Proprio per quello, in quel momento, mi è sembrato che essere riconosciuta nella mia singolarità fosse tanto sorprendente da essere meglio di qualunque lusinga.

Il barista mi ha salvata appoggiando i nostri cocktail davanti a noi con veemenza, rovesciandone un po' sul bancone già sudicio. Prima che potessi tirare fuori i soldi piegati più volte e infilati dentro la plastica del pacchetto di sigarette, Francesco aveva già pagato per entrambi, così finalmente ho detto il "grazie" che avevo in gola.

Mi sono voltata verso la folla compatta, accaldata e sudata nonostante fosse inverno e fuori si fosse da poco sciolta la neve di una delle nevicate che ogni anno sorprendeva Milano, la zittiva, l'arrestava in una momentanea paralisi eterea. Come un sospiro con gli occhi chiusi, prima di ributtarsi nella corsa. Nemmeno la neve, però, era riuscita a far sparire le minuscole magliette a maniche corte che lasciavano largamente scoperto l'ombelico, come Ambra aveva insegnato anche a chi non aveva passato interi pomeriggi davanti a *Non è la Rai*. Le nostre mamme cercavano di spaventarci con lo spauracchio del mal di pancia fulminante e di farle sparire a ogni cambio di stagione, ma noi le difendevamo con ardore e le nascondevamo sotto le felpe col cappuccio. Quel giorno io non avevo voluto cambiarmi e nonostante conoscessi bene l'escursione termica tra la serata invernale milanese e l'interno di una discoteca, avevo ancora addosso la maglietta a maniche lunghe che avevo quella mattina a scuola, per rimanere in linea con il malumore e ostentare la mia non voglia di uscire.

Cercavo Viola con lo sguardo attraverso la coltre di fumo delle sigarette e quando l'ho trovata era stretta a Matteo, gli rideva nel collo. Ho sbuffato forte lasciando cadere la testa all'indietro e tra me e me, ma ad alta voce, ho detto: «Non finirà mai!».

«Che cosa?» ha chiesto Francesco mescolando il suo gin-tonic.

«Niente, una roba di mia sorella…»

«Pensavo ti riferissi a questa serata.»

«Anche quella effettivamente mi sembra che non finirà mai!»

«Che cos'ha che non va?»

«È come tutte le altre. Inutile e insulsa.»

«E dove vorresti essere ora?»

«Ora? A casa.»

«Allora perché sei qua?»

«Perché sono in motorino con Viola. E non ho i soldi per un taxi.»

«Se vuoi ti accompagno io.»

Ho riso e mi sono attaccata avida alla cannuccia. Ho fatto tintinnare il bicchiere contro al suo, in un brindisi di ringraziamento e di saluto, e mi sono avviata per tornare al mio divanetto. Stavo ancora cercando di creare un varco tra la massa di corpi agitati quando Francesco mi ha raggiunta, la giacca sottobraccio, il casco appeso al polso; allungando un braccio da dietro le mie spalle mi ha sfilato di mano il bicchiere ormai quasi vuoto e l'ha appoggiato sul tavolino più vicino, poi mi ha presa per mano e si è diretto verso l'uscita.

«Aspetta!» ho urlato. «La mia giacca è nel sottosella di Viola!»

«Vuoi andare a chiederle le chiavi?» mi ha domandato

con voce ironica. Io mi sono voltata verso Viola, ho visto che la sua bocca era incollata a quella di Matteo, così mi sono voltata di nuovo verso Francesco e ho risposto decisa: «No!».

Arrivati al suo motorino, Francesco mi ha offerto la sua giacca e il suo casco dicendo: «Non stare a fare complimenti e mettili».

La giacca era decisamente troppo grande, le mani mi sparivano nelle maniche. Anche il casco era troppo grande, ballava da una parte all'altra e non appena muovevo la testa mi scivolava davanti agli occhi. Francesco ha acceso la vecchia Vespa blu con un colpo secco del piede, il motore ha fatto un rumore forte, affaticato dal freddo, poi quando l'ha spinta giù dal cavalletto sono salita dietro di lui aggrappandomi ai suoi fianchi, ma facendo attenzione a non avvolgerli troppo.

Siamo passati veloci davanti alla Bocconi, dove cinque mesi prima ero entrata per la prima e unica volta per assistere alla laurea di Tommaso; siamo risaliti lungo corso di Porta Ticinese e, come se fosse la cosa più normale del mondo, Francesco si è infilato nel passaggio riservato ai tram, ha attraversato la piazza pedonale di San Lorenzo, frequentata ancora da alcuni tiratardi, nonostante il freddo; ha imboccato via del Torchio, poi via Circo e via Cappuccio, strade che, una dopo l'altra, mi facevano sentire sempre più a casa. Era un confuso intreccio di viuzze a senso unico, costellate di splendidi cortili protetti da portoni sproporzionatamente piccoli. Quando mi capitava di passare da quelle parti a piedi, se c'era qualcuno che entrava o usciva da quei portoni lillipuziani cercavo sempre di spiare all'interno: mi divertivo a immaginare come sarebbe stato crescere in una casa con un cortile così grande, poter giocare a saltare la corda o con l'hula hoop, cosa che nostra madre ci aveva vietato di fare in camera o in corridoio perché disturbavamo i vicini e rischiavamo di fare danni. Quelle stradine potevano risultare un inespugnabile labirinto per chi non le conosceva, ma erano le venature della mia storia, scenografie di un teatro in cui si era ambientata tutta la mia vita e in cui mi muovevo sicura, da sempre.

Le case erano buie, i marciapiedi deserti. Il rumore della Vespa rimbombava nel silenzio, accentuato dal sussultare sul pavé sconnesso. Amavo Milano di notte, la amavo visceralmente. Mi faceva pensare a una donna struccata, scesa dai tacchi, tolto il vestito; una donna che interrompe con sollievo il chiacchiericcio inutile e frenetico e si rivela per quello che è. Avevo l'arrogante sensazione di coglierne la vera anima, in modo esclusivo. Quella Milano criticata senza pietà dai colleghi di mio padre o dai genitori di alcuni compagni di scuola che venivano da altre città: la definivano insipida, disordinata, grigia. Non capivano niente, non sapevano andare oltre, cogliere quello che Milano nascondeva, forse un po' gelosa, un po' possessiva.

Francesco si è fermato davanti al numero 33 di via Saffi e ha spento il motore. Mentre scendevo dalla Vespa ho colto un brivido di freddo che gli scuoteva le spalle. Ho aperto la sua giacca e la stavo già sfilando quando un pensiero mi ha travolta come una doccia gelata.

«Nooo», ho detto lasciando cadere le mani e spalancando gli occhi. «Non ho le chiavi!»

«Cosa?»

«Non le ho prese! Non avevo voglia di prendere una borsa e Viola ha le chiavi di casa attaccate a quelle del motorino e io davo per scontato di tornare con lei per cui... non le ho prese!»

«E ti viene in mente solo adesso?»

«Mi dispiace...»

«E i tuoi?»

«Sono in montagna! Finalmente da quest'anno ci lasciano da sole il weekend, sennò ti pare che potremmo essere in discoteca di venerdì sera?»

Francesco ha dato di nuovo un colpo secco alla pedivella dell'accensione e ha fatto un gesto con la testa come a dire "sali".

«No no no, ora metti tu la giacca, non puoi guidare di nuovo fino a là solo con il golf!»

«Non ho nessuna intenzione di guidare di nuovo fino a là; andiamo a casa mia. Chiuditi la giacca e sali.»

Sono rimasta immobile, cercando di pensare il più veloce possibile: cosa voleva dire andare a casa sua? Avrei semplicemente telefonato a Viola per dirle di passarmi a prendere? Ci sarebbe stato qualcuno a casa sua? I suoi genitori? Aveva fratelli o sorelle? Avrebbero pensato che fossi una che aveva rimorchiato e portato a casa? Era così gentile quella sera in modo disinteressato? O no? Perché era così gentile? Come potevo dirgli che non era necessario portarmi a casa sua?

«Alice, abito in corso Magenta appena dopo le Grazie, in meno di un minuto siamo lì. Chiuditi la giacca e sali prima che mi cadano le dita dal freddo, ti prego.»

Ho ubbidito come una bambina e in meno di un minuto, in effetti, Francesco stava infilando la Vespa in un cortile, mi stava tenendo aperta la porta di un androne, stava chiamando l'ascensore, schiacciando il pulsante numero 4 e aprendo la porta di casa sua, lasciandola aperta alle sue spalle, perché lo seguissi.

L'anticamera aveva i muri gialli, c'era un vecchio cassettone di cui mia madre avrebbe certamente saputo distinguere lo stile, l'avrebbe definito "impero" o "Luigi qualcosa", ma per me non era altro che il tipico "cassettone della nonna"; sopra, un abat-jour con il piedistallo di legno dorato. Tutto stonava terribilmente con l'immagine di Francesco, i suoi jeans neri scoloriti, la camicia sgualcita per metà fuori dai pantaloni. Mi sono sfilata la giacca di pelle e gliel'ho passata, lui l'ha lasciata cadere per terra sopra al casco, sul parquet perfettamente incerato.

«Vuoi qualcosa?»

«No, grazie.»

Il nostro imbarazzo era palpabile: era nei movimenti impacciati, negli sguardi schivi, nelle sue mani affondate nelle tasche dei jeans, nelle nostre poche parole di circostanza.

«Sono congelato.»

«Mi dispiace…»

«Non importa. Vado a fare una doccia bollente.»

«Ok. Scrivo a Viola di venirmi a prendere.»

Mi ha acceso la luce del salotto ed è sparito in un corridoio buio. C'erano due grossi divani con la stoffa a fiori, una poltrona beige, un tavolino di legno con sopra un bouquet di fiori finti, dei quadri bui, ritratti di persone vissute in epoche lontane. Tutto era incredibilmente ordinato e pulito. E vecchio. Nulla che tradisse la presenza di Francesco in quella casa.

Mi sono lasciata cadere sui soffici cuscini del divano, pensando che, per quanto brutto, per lo meno era davvero comodo. Ho tirato fuori dalla tasca dei jeans il nuovissimo Nokia 5110 che mia nonna aveva regalato sia a me sia a Viola un mese prima, per il nostro diciottesimo compleanno. Non aveva ben capito cosa ci stesse comprando, pensava fossero una sorta di walkie talkie particolarmente elaborati; era stato Tommaso a consigliarla, le aveva detto in quale negozio andare, che modello prendere e le aveva anche suggerito di acquistarli di due colori diversi, uno verde e uno giallo, perché potessimo distinguerli. Ho infilato in bocca la piccola antenna, come mi ero abituata a fare in quelle ultime settimane: sulla plastica nera erano già incisi i segni dei miei morsi nervosi. Nessuna chiamata, nessun messaggio. Viola doveva essere ancora tra le braccia di Matteo, non doveva essersi accorta della mia assenza. O meglio, se n'era accorta di sicuro, ma doveva pensare che mi stessi finalmente divertendo, che fossi da qualche parte con qualcuno, ma da qualche parte in discoteca. Sapeva che non era da me andarmene da sola né tantomeno senza avvisarla; sapeva che, per quanto la serata con Matteo sembrasse promettente, d'abitudine sarei rimasta con lei fino alla fine per assicurarmi che stesse bene. Ma soprattutto, non avrebbe mai immaginato che potessi essere nel salotto di un amico di Tommaso, e di uno di quelli che più ci intimidivano, perché dei più imperscrutabili, dei più silenziosi; di quelli che ti guardavano con occhi grandi, fissi, e quando scappavi in camera tua sentivi chiedere a tuo fratello: «È tua sorella?». E Tommaso rideva, ma rispondeva: «Sì, ma è piccolina, e tu non la devi nemmeno guardare».

Ho pensato che se avessi scritto subito a Viola sarebbe corsa a prendermi, ma avrei rovinato la sua serata con Matteo, anche se trovavo che fosse un errore lasciarlo tornare ogni volta che ne aveva voglia. Così ho deciso di aspettare ancora un po' prima di scriverle, ho appoggiato la testa allo schienale e ho chiuso gli occhi.

Quando li ho riaperti ero sdraiata sul divano e sopra di me c'era una coperta di pile rossa. Avevo la bocca secca e la testa che girava per i troppi whiskey-coca. Francesco aveva lasciato accesa la luce della lampada in anticamera, così sono riuscita a orientarmi e a cercare la cucina. Ho aperto vari pensili per trovare un bicchiere, li ho richiusi facendo decisamente troppo rumore. Mi sono rassegnata a bere dal rubinetto e mentre ero chinata con la testa quasi del tutto dentro al lavello ho sentito Francesco, alle mie spalle, che chiedeva: «Hai fame?».

Ho sussultato, l'acqua mi è andata di traverso e mi ha fatto tossire; mi sono voltata e me lo sono trovato davanti con i capelli spettinati, una T-shirt blu e dei boxer a righine bianche e rosse.

Ha ripetuto: «Hai fame?».

«Che ore sono?»

Ha guardato i numeri verdi sul display del microonde e ha risposto: «Le 4 e 52».

«Viola non si è fatta viva. Vuol dire che non è tornata a casa... E deve aver dimenticato che io non avevo preso le chiavi.»

«Vuoi una pasta?» ha continuato Francesco, accendendo un piccolo stereo nero, di quelli con due cassette e il manico ribaltabile che ero abituata a vedere al parco Sempione, tra i ragazzi seduti in cerchio sul prato.

«Fra tre ore dovrei essere a scuola. Ma non posso andarci senza zaino, senza giacca... Potrei chiedere le chiavi al portinaio, ma arriva alle otto... sarebbe comunque troppo tardi per la scuola e poi lo direbbe di sicuro ai miei...»

«Alice!» mi ha interrotta secco Francesco, «vuoi una pasta?»

«Sì, grazie, volentieri», ho risposto rassegnata.

Mi sono seduta al tavolo della cucina. Guardavo Francesco muoversi a suo agio tra mobili che non sembravano cor-

21

rispondergli, ma che erano comunque casa sua, la sua intimità. Mentre aspettavamo che l'acqua bollisse, ho tirato fuori le sigarette dalla tasca dei jeans, ma prima che me ne accendessi una Francesco mi ha anticipato: «Al Coglione dà fastidio la puzza di fumo. Vado a mettere dei jeans e una felpa e andiamo sul balcone».

È tornato con una seconda felpa per me: mentre la infilavo, un odore nuovo, sconosciuto ma piacevole, mi ha sommersa. Come la giacca di prima, anche la felpa mi era enorme, le maniche ricadevano ben oltre le mie mani. Francesco ha riso ed è uscito sul balcone della cucina.

Seguendolo, gli ho chiesto: «Chi è il Coglione?».

«Il fidanzato di mia madre.»

Ho preferito non chiedere altro. Abbiamo fumato in silenzio, con i gomiti appoggiati alla ringhiera di ferro. Guardavamo entrambi la strada deserta, qualche rara macchina che passava troppo veloce lasciava dietro di sé una scia di rumore al ritmo del pavé.

D'un tratto Francesco ha detto: «Sono felice che tu abbia dimenticato le chiavi».

Mi sono voltata a guardarlo, ma lui giocava con la sua sigaretta tra le dita, non distoglieva lo sguardo dalla cenere che bruciava lentamente. Doveva sentire il mio sguardo puntato addosso, perché ha proseguito: «Non sarei mai riuscito a trovarmi da solo con te, a casa mia per di più, se non fosse stato per quest'incredibile congiuntura di eventi».

Voleva trovarsi da solo con me? Da quando? Da quella sera? Da prima? Da quando aveva chiesto a mio fratello "è tua sorella?" e Tommaso gli aveva risposto "sì, ma è piccolina, e tu non la devi nemmeno guardare"? E lui invece ci aveva guardate, aveva guardato me e Viola tanto da rendersi conto che eravamo diverse. Ma cosa poteva sperare dal trovarsi da solo con me? Sapeva che non ero altro che una ragazzina romantica, diligente e perennemente timorosa? Che non assomigliavo in niente e per niente alle ragazze con cui collezionava avventure senza impegno, senza durata, senza senso?

Ha dato un lungo tiro alla sua sigaretta oramai cortissima

e ha girato di scatto la testa verso di me, ha puntato i suoi occhi neri nei miei. Non riuscivo a decifrare il suo sguardo. Ha buttato il mozzicone in strada senza voltarsi e ha allungato la mano per spostarmi una ciocca di capelli da una guancia. Ha esitato un momento con la punta di due dita sulla mia mandibola, poi ha ritratto la mano e io ho desiderato così tanto, fin dal fondo della pancia, che la rimettesse dov'era che mi sono avvicinata a lui e, senza pensare a nulla, ho appoggiato le mie labbra sulle sue. E ho lasciato che mi baciasse, sempre di più, sempre più forte; che andasse lontano con la sua lingua, dentro la mia bocca, sul collo, che mi mordesse il lobo dell'orecchio e affondasse una mano nei capelli, l'altra sotto la maglietta, gelida contro la mia schiena calda. Spingeva il suo corpo contro il mio, avidamente, cercava di annullare ogni millimetro di distanza tra noi con le braccia, con le gambe.

Un tram è passato sotto di noi, il suo rumore metallico ci ha distratti, ha cercato di tirarci forte verso la realtà, la città pronta a svegliarsi e rivestirsi piano della sua patina di metropoli attiva e frenetica; ma noi non eravamo pronti, né in quel momento, né per chissà quanto: avevamo diciotto anni io, Francesco ventitré, per noi la realtà poteva aspettare.

Francesco mi ha presa per mano, mi ha riportata dentro casa; con la mano libera ha chiuso la porta finestra, ha spento il gas della pentola in cui l'acqua era ormai quasi del tutto evaporata; mi ha guidata in camera sua, mi ha tolto la felpa che avevo infilato sopra al mio golf e si è lasciato cadere sul letto, trascinandomi con lui. Ci baciavamo con voglia, ci baciavamo col sorriso. Ci guardavamo e ci accarezzavamo con lo stupore di una nuova scoperta, conoscevamo i nostri corpi, respiravamo veloci al ritmo delle emozioni che crescono. Francesco ha capito quando era il momento in cui si doveva fermare: si è lasciato cadere sulla schiena, si è scompigliato i capelli con le mani, ha sospirato forte, poi mi ha dato un grosso bacio a schiocco, mi ha sorriso e mi ha abbracciata stretta. Sentivo il suo cuore battere forte e piano piano rallentare. Dalle fessure delle persiane entrava la luce dei lampioni ancora accesi fuori, per strada.

Era il 7 febbraio 1998 e mentre Milano si svegliava, ancora avvolta nel buio, nella nebbia e nel freddo, ma pronta a rinfilare gli abiti da scena, io e Francesco scivolavamo nel sonno, cullati dagli Eurythmics che ci auguravano *Sweet Dreams* dallo stereo della cucina.

2.

Quando ho aperto gli occhi, la luce del sole disegnava righe nette e precise sul parquet della camera. Francesco teneva ancora un braccio attorno alla mia pancia, le gambe piegate, disordinatamente intrecciate alle mie. Avevamo dormito a cucchiaio, una posizione che conoscevo bene, a cui ero abituata in modo particolare, perché era così che io e Viola dormivamo ogni volta che una delle due era preoccupata, ansiosa, impaurita, agitata o anche troppo felice per riuscire a dormire. La notte ci raggiungevamo in camera l'una dell'altra, ci infilavamo nel letto senza bisogno di parole, di spiegazioni, e stavamo così: a cucchiaio. Era sempre Viola ad abbracciare me, anche se quella in crisi era lei: mi teneva tra le braccia nel buio perché sentirmi respirare calma e regolare le trasmetteva la pace di cui aveva bisogno. Io le tenevo la mano, come le avevo tenuto la caviglia quando era andata incontro al mondo per prima.

Solo così, solo insieme, riuscivamo a gestire le nostre emozioni, essenzialmente perché le condividevamo, anche fisicamente: se qualcuno la faceva arrabbiare, non potevo non arrabbiarmi con lei, se avevo una buona notizia, non poteva non essere felice per me. Il dolore, la paura o l'eccitazione dell'una lo era anche dell'altra, fin nelle viscere. Un giorno, in prima liceo, il professore di greco aveva spiegato il concetto di pathos e di empatia nel teatro antico, in particolare nelle tragedie, e per me era stata un'illuminazione: avevo finalmente dato un nome a quel nostro strano modo di funzionare. Al ritorno da scuola avevo raccontato tutto a Viola che, avendo scelto lo scientifico, studiava solo i noiosissimi autori latini. Lei mi aveva ascoltata con attenzione, poi con un gran sorriso aveva urlato: «Siamo empatiche!», come se quel termine appena scoperto potesse marchiare definitivamente la nostra unione.

Nonostante fosse già mattina, Viola non mi aveva chiamata, il che voleva dire che aveva lasciato la discoteca con Matteo e non era tornata a casa; doveva aver dimenticato che non avevo le chiavi, forse pensava che fossi tornata a casa, che avessi dormito in camera mia, da sola, sicuramente un po' agitata per lei, che si stava ancora una volta facendo del male lasciando che Matteo la usasse a suo piacimento; che fossi andata a scuola.

Ho guardato incuriosita e stupefatta quel corpo con cui non avevo ancora familiarità, ho spostato piano il suo braccio e sono tornata in salotto in cerca del telefono. L'ho visto sul tavolino di legno davanti al divano a fiori: Francesco doveva averlo appoggiato lì quando mi aveva trovata addormentata e mi aveva messo addosso la coperta di pile rossa. Sorridendo ho schiacciato un tasto per accendere lo schermo, ma non è successo nulla; ho schiacciato ancora e ancora, ma lo schermo si ostinava a non accendersi. Sono tornata di corsa in camera, ho scosso Francesco per svegliarlo e ho detto agitata: «Si è spento! Non è che Viola non mi ha chiamata perché chissà dov'era finita con Matteo, è che il mio stupido telefono non aveva più batteria!».

Francesco si è stropicciato gli occhi con entrambe le mani e con voce assonnata ha detto: «Chiamala col mio».

Ha indicato il suo telefono sul comodino, poi si è girato dall'altra parte per continuare a dormire.

Viola ha risposto al quarto squillo, la sua voce era soffocata dai suoni del traffico.

«Viola, sono Alice.»

«Dove cazzo seiii?» ha urlato furibonda.

«Dopo ti spiego. Tu dove sei?»

«Sono in motorino, sto tornando a casa da scuola, dove volevi che fossi?»

«Ma che ore sono?»

«Mezzogiorno e mezzo. Mi dici dove sei?»

«Dopo ti spiego, mi si è scaricato il telefono. Mi puoi passare a prendere in corso Magenta? Al 48.»

«Arrivo, sono lì tra due minuti.»

Ho riappoggiato il telefono sul comodino. Francesco ha chiesto: «Tutto ok?».

«Sì, grazie, Viola sta venendo a prendermi.»

Si è voltato verso di me, ha allungato un braccio per prendermi la mano, mi ha tirata verso di lui e mi ha dato un bacio sulla guancia. Poi si è lasciato di nuovo cadere sul cuscino e ha richiuso gli occhi. Sono rimasta un momento immobile, in attesa che dicesse qualcosa, qualsiasi cosa, invece tutto attorno a me era sprofondato in un silenzio imbarazzante. Ho infilato le scarpe, ho legato i lacci frettolosamente, anche se erano troppo larghi. L'ho salutato con un: «Grazie ancora per ieri sera», e sono uscita veloce dalla stanza, dalla casa, dal portone.

Il freddo mi ha sorpresa come uno schiaffo inaspettato, la luce del sole anche. Accecava senza trasmettere alcuna sorta di calore. Era una di quelle giornate in cui il cielo è tanto azzurro e pulito da sembrare piatto, fasullo; in cui le Alpi, chiare e nette all'orizzonte, diventano quasi incombenti, e mia madre era solita dire: «Dovrebbero vederla oggi, Milano, quelli che dicono che qua c'è sempre la nebbia», e lo diceva scuotendo la testa, come per dire "non capiscono niente".

Viola in effetti è arrivata dopo pochissimo, ha accostato, spento il motore e aperto la sella; passandomi finalmente la mia giacca mi ha chiesto: «Adesso mi dici chi abita qua?».

«A casa, ti prego. Ti racconto tutto a casa.»

Quando ho finito di raccontare eravamo sdraiate sul divano del nostro salotto-tv/ex-camera-dei-giochi/attuale-studio, la testa appoggiata ciascuna su un bracciolo opposto, i piedi infilati ognuna sotto il cuscino dell'altra. Tenevamo entrambe in mano una grossa tazza di Nescafé che ci alzavamo a riempire a intervalli regolari, maledicendo che la cucina fosse così lontana.

I nostri genitori, quando avevano saputo di aspettare

non un secondo figlio ma un secondo e un terzo insieme, avevano comprato l'appartamento adiacente al loro così che, una volta fatti i lavori, ne era risultato un unico grande appartamento che si sviluppava in maniera perfettamente speculare a partire dall'ingresso: a sinistra salotto e sala da pranzo, camera dei nostri genitori, bagno, guardaroba e tutt'in fondo la cucina; a destra camera di Tommaso, camera mia, camera di Viola, due bagni e tutt'in fondo una stanza in più che era stata una sala giochi. Una volta che eravamo tutti e tre cresciuti, nostra madre aveva cominciato a chiamarla "lo studio", ma aveva fatto l'errore di metterci un televisore, un divano e un telefono fisso, condannandola in modo definitivo a diventare il nostro luogo di perditempo, chiacchiere e film, ovviamente.

Viola mi ha lasciata parlare senza interrompere, ma anche una volta che avevo finito è rimasta silenziosa. Solo quando l'ho incalzata perché commentasse in un modo qualsiasi le mie ultime, stranissime ore, ha detto: «Prima di tutto, non provare mai più a farmi venire un colpo del genere. Nessuno ti aveva vista andare via, nessuno sapeva con chi fossi, il tuo telefono era irraggiungibile…».

«Mai più, promesso.»

«Stamattina ti ho coperto con la mamma, quando ha telefonato. Ho detto che eri sotto la doccia e che eravamo in ritardo per la scuola, ma ora la devi richiamare.»

«Ok, grazie.»

«Quanto a Francesco… Chi se ne frega di quello che è successo stanotte, se l'hai baciato tu per prima o no… però, Ali: il modo in cui ne parli. A te piace quello che è successo stanotte!»

Ho abbassato lo sguardo come una bambina colta in fallo.

«Sono stata bene.»

«Certo che sei stata bene, sappiamo benissimo che lui sa far sentir bene le ragazze. È il classico che sa esattamente cosa fare e cosa dire per ottenere quello che vuole!»

«Si è fermato. Non ho dovuto fermarlo io, si è fermato da solo. Non ha cercato di ottenere proprio un bel niente.»

«Ali, mi stai dicendo che ora ti piace Francesco?»

«No! Sì… no. Voglio dire, non lo conosco nemmeno, non veramente. Insomma, lo conosciamo di fama, lo vediamo da sempre, ma non l'abbiamo mai davvero conosciuto. Mi piacerebbe che mi richiamasse, ma non lo farà mai perché non mi ha nemmeno chiesto il numero.»

«Appunto, quindi lascialo perdere. Non è vero che non lo conosci: lo conosciamo abbastanza da sapere che uno come lui può solo farti soffrire. È forse la persona che meno corrisponde ai tuoi sogni romantici degli ultimi anni!»

«Hai ragione, Vi.»

«Pensa cosa direbbe Tommi…»

«Tommi non lo verrà mai a sapere!»

«È quello che devi sperare…»

«Non lo sa nessuno, nessuno ci ha visti andare via insieme. E poi lui e Franci non si sentono più, non si vedono da un sacco. Ma va', figurati.»

«Lo spero per te. Ora chiama la mamma.»

«Sì, prima chiedo a Bea o Cami cosa è successo oggi a scuola.»

Viola è scoppiata a ridere, ha dovuto appoggiare il caffè sul tavolino davanti al divano per non rovesciarselo addosso.

«Che c'è?»

«Stamattina le ho chiamate per sapere se avevano tue notizie e si sono preoccupate anche loro. Ora devi rispiegare tutto. In bocca al lupo!»

È tornata ad appoggiarsi al bracciolo del divano continuando a sorridere e ha ripreso la sua tazza di caffè dal tavolino. Mi sono diretta verso il telefono sulla scrivania; il cavo della cornetta aveva la spirale martoriata dalle dita, le matite e le penne attorno a cui l'avevamo arrotolato e srotolato a ripetizione durante un'infinità di conversazioni eterne. Quella spirale allungata e deformata portava i segni di tre adolescenze, di pene d'amore, di progetti per trasgredire alle proibizioni, di bisbigli, segreti, confidenze, risate. Ho sollevato la cornetta con cautela, come se scottasse: non sapevo se dovessi temere di più Beatrice, diretta, pragmatica, sincera, che avrebbe demolito Francesco in quattro parole, o Camilla, incredibile romantica alla Vasco Rossi, che avrebbe bramato dettagli e un racconto da film, si sarebbe eccitata come una bambina e avrebbe cominciato a cantare *Love Is in the Air* con la sua voce terribilmente stonata, ma sempre allegra.

Beatrice era stata la nostra prima amica. Era comparsa nella nostra vita il primo giorno di asilo. Portava dei leggings rosa, che all'epoca chiamavamo ancora fuseaux, e il grembiule a quadretti bianchi e gialli della nostra classe le era enorme, ballava sulle sue spalle minute. Al primo intervallo in cortile si era attaccata alla mia mano, senza parlarmi, senza conoscermi, era rimasta ancorata a me, impassibile e silenziosa. Mi aveva scelta probabilmente per il mio essere due al prezzo di una, per il mio andare in giro sempre insieme a Viola, il che ci dava una finta aura di forza; o forse era proprio Viola che l'aveva attirata, dato che chiedeva: «Come ti chiami?» a tutti i bambini e se qualcuno era troppo timido per risponderle mi guardava, mi domandava sinceramente stupita: «Ma perché non parla?» e io facevo spallucce, la tiravo per la mano e passavo oltre.

Beatrice non ha mai saputo spiegare il perché, nemmeno anni dopo, quando cercavamo di ricostruire gli inizi della nostra amicizia. Fatto sta che ci aveva scelte, e che noi c'eravamo lasciate scegliere. Ogni giorno arrivava, impaurita ma determinata, si attaccava al mio grembiule e stava lì, accanto a noi, aspettava che la giornata passasse. Dopo due settimane, ci aveva finalmente rivolto la parola, aveva detto: «Ho un nuovo letto per le bambole. Se volete ve lo faccio vedere».

Quel pomeriggio eravamo andate da lei a giocare per la prima volta e la sua camera piena di bambole, minuscole tazzine da tè immaginari e peluche era diventata il nostro secondo rifugio per tutti gli anni a seguire, anche quando le bambole e le tazzine e i peluche sono finiti in cantina, quando abbiamo smesso di farci le trecce e siamo diventate abbastanza alte da schiacciare da sole il tasto dell'ascensore.

In prima elementare, le nostre mamme avevano chiesto alla direttrice di metterci in classe insieme, visto che erava-

mo amiche e tutte e tre iniziavamo la scuola a cinque anni.
Vedendo il nostro affiatamento, però, la maestra non aveva
voluto che fossimo anche vicine di banco, così ci aveva separate mettendo tra di noi una minuta ma chiassosa ed en-
tusiasta bambina bionda, anche lei anticipataria.

Quando Bea aveva visto che dalla sua cartella spuntava
una Corolle identica alla sua, le aveva chiesto: «Come si
chiama?».

La bambina bionda le aveva risposto: «Beatrice».

Bea era rimasta per un attimo interdetta, poi, quando
aveva capito che la bambina bionda stava rispondendo alla
sua domanda e non la stava chiamando per nome, era
scoppiata a ridere.

«Anch'io! Anch'io mi chiamo Beatrice. E ho una bambo-
la uguale alla tua. La mia si chiama Susanna.»

«Uguale uguale?»

«Sì.»

«Allora si devono conoscere. Possono essere gemelle, come le tue amiche.»

Il giorno dopo, Bea aveva portato Susanna a scuola, na-
scondendola nella sua grossa cartella quasi vuota. Una nuova coppia di gemelle era nata e il nostro trio inseparabile si
era allargato: Camilla aveva fatto irruzione con tutto il caos
e l'entusiasmo che si portava sempre appresso, con il sorriso più solare che avessimo mai visto e con una parlantina
da far concorrenza a Viola, per la prima volta in vita sua.

Eravamo quattro sfaccettature caratteriali del tutto diverse, ma complementari, e questo ci ha permesso di trovare
un equilibrio perfetto, una solidarietà che non ha vacillato
nemmeno quando la mente scientifica di Viola l'ha portata
a scegliere un liceo diverso da noi tre. Ne ha sofferto, ma
ha anche capito abbastanza in fretta che si trattava solo di
abituarsi a nuovi equilibri, nuovi ritmi, e che la nostra amicizia non sarebbe cambiata.

Il giorno dopo mi sono svegliata tardi, ho mangiato una
pasta con un sugo pronto al pomodoro e basilico malamente riscaldato nel microonde, davanti a una puntata di *Willy*

il principe di Bel-Air, ho studiato concentrandomi in modo più assoluto del solito, lasciando che lo zar Nicola II, Benedetto Croce e Giacometti mi riempissero la testa fino a non lasciar più spazio a nient'altro.

La sera abbiamo cenato con i nostri genitori che erano tornati dalla montagna carichi di salumi e formaggi, di pettegolezzi su cui nostra madre era stata aggiornata dagli amici da cui erano andati e di domande sul nostro weekend a cui io e Viola abbiamo risposto con la prontezza di due attrici professioniste.

Lunedì mattina sono arrivata a scuola più tardi del solito, per cui non ho incontrato Cami e Bea fuori dal portone come d'abitudine. Quando sono entrata in classe sono andata a sedermi direttamente al mio banco, in fondo alla classe e accanto alla finestra, lo stesso dall'inizio della quarta ginnasio. Il mio compagno di banco Antonio, anche lui lo stesso da cinque anni, mi ha salutata con il suo solito cenno muto della testa, poi è tornato a fissare il suo banco vuoto con occhi assonnati: cominciava a connettere veramente verso il primo intervallo. Cami, seduta davanti a me, si è voltata e ha accennato un: «Novità?», intendendo: "Ha sfruttato il fatto che l'ultima chiamata sul suo telefono fosse a tua sorella per farsi vivo, chiederle il tuo numero, chiamarti e chiederti di rivedervi?", ma dato che ho risposto solo scuotendo la testa lei e Bea non hanno più toccato l'argomento "Francesco" per il resto della mattinata.

Il lunedì cominciavamo la giornata con un'ora di latino e un'ora di greco, così, una dopo l'altra, per inaugurare in modo ben traumatico la settimana. Dopo l'intervallo, le cose andavano meglio: storia, educazione fisica e arte. Quel lunedì non c'era nessuna interrogazione, nessun compito in classe, dovevo solo ascoltare i professori che parlavano, ognuno con la sua intonazione diversa, chi più monocorde, chi più animata. Ognuno con la sua gestualità, anche: chi si alza, cammina tra i banchi, finge d'ispirarsi al professor Keating dell'*Attimo fuggente*, ma in realtà vuole solo controllare cosa fanno gli studenti nei banchi più lontani e nascosti; chi scrive forsennatamente alla lavagna sperando di ottenere un briciolo di attenzione; chi imita il professor Mortillaro del film *La scuola* minacciando di rimandare tutti a zappare nei campi; chi non alza gli occhi dalla cattedra e lascia la classe alla deriva, convinto che ora della terza liceo "peggio per loro, chi vuol ascoltare ascolta, chi vuol rimanere capra rimanga capra".

Io quella mattina non volevo per forza rimanere capra, ma tantomeno riuscivo ad ascoltare. Ripensavo a venerdì notte, rivedevo me e Francesco sul balcone e poi in casa, in camera sua, sul suo letto; sentivo lo stomaco strizzato come una spugna a ogni immagine che sfilava davanti ai miei occhi. Allora cercavo di concentrarmi sullo schermo del cellulare di Antonio, che giocava a *Snake* sotto il banco: i suoi genitori gli avevano regalato il telefonino per Natale, non era ancora molto esperto, perdeva ogni due minuti. Ma non si scoraggiava.

All'uscita, ho cominciato a tirare fuori una sigaretta e l'accendino già sulle scale, come ogni giorno, e l'ho accesa ancor prima di aver interamente varcato il portone. Ho rialzato la testa, buttando fuori il fumo della prima boccata, che non è mai buona perché sa un po' di benzina, ma che dimenticavo sempre di non aspirare, e mi sono infilata, lenta e svogliata, nella ressa dell'una di pomeriggio di via Orazio, quando tutto il Manzoni si riversa per strada e le matricole fuggono cercando di farsi invisibili, mentre i maturandi restano a chiacchierare, a gonfiarsi come pavoni e sentirsi invincibili.

Non appena messo il naso fuori dal portone della scuola, l'ho visto: aveva parcheggiato la Vespa sul marciapiede di fronte, teneva il casco in mano e stava seduto sulla sella con un piede appoggiato a terra, l'altro sulla pedana; chiacchierava con alcuni suoi amici che erano sempre fuori dal nostro liceo, ma non perdeva d'occhio il portone e quando mi ha vista ha fatto un impercettibile cenno di raddrizzarsi con la schiena, come chi cerca di canalizzare la propria attenzione nonostante la confusione tutt'attorno. Il mio cuore ha dimenticato di fare il suo lavoro per un istante, ha fatto una piroetta e, quando è tornato al suo posto, ha accelerato in modo allarmante. I pensieri hanno cominciato a rimbalzarmi in testa sempre più veloci, incalzati dal suo sguardo fisso su di me: non sapevo per quale motivo o per chi fosse venuto, non volevo esserne sicura anche se continuava a guardarmi, non sapevo come dovevo comportarmi, se dovevo fingermi superiore e restare con le mie amiche o andare a salutarlo, dato che era evidente che l'avevo visto a mia volta.

Poi lui mi ha sorriso, allora gli sono andata incontro e appena ci siamo ritrovati vicini ha detto: «Bella giacca. È calda?». Mi sono messa a ridere e lui ha continuato: «Ti sei ripresa dalla notte brava?».

«Dopo un weekend sul divano... direi di sì!»

«Bene, pronta per ricominciare!»

Non avevo idea di cosa intendesse esattamente, così mi sono limitata a sorridere.

«Ti accompagno a casa?»

Volevo rispondere sì, volevo trovarmi ancora vicinissima a lui, sentire il suo odore. Volevo che mi accompagnasse a casa, non desideravo altro, ma avevo il mio motorino e se non glielo avessi detto e lui lo avesse scoperto, non solo avrebbe perso di credibilità qualunque mio tentativo di fare un minimo la preziosa, ma avrebbe capito di avermi in pugno. Allo stesso tempo, mi dicevo che non mi avrebbe proposto un passaggio se avesse saputo che ero andata a scuola con il mio motorino. In fondo, dovevo solo pensare una buona scusa per i miei genitori, nel caso in cui si fossero accorti che mancava il mio Scarabeo color panna, sempre ordinatamente parcheggiato accanto a quello rosso di Viola, nel cortile di casa.

«Ok, grazie.»

Mi ha passato un casco che teneva appeso al manubrio della Vespa, ha detto: «Stavolta mi sono preparato!».

Anche quel casco mi ballava e cadeva sugli occhi, eppure mi sembrava perfetto.

Siamo arrivati a casa mia incredibilmente in fretta, ho maledetto che il Manzoni fosse distante appena cinque minuti di strada. Ho chiesto a Francesco di fermarsi in corso Magenta, all'angolo, per non rischiare che i miei genitori, o anche solo quel pettegolo del portinaio, mi vedessero. Sono scesa dalla Vespa e ho slacciato il casco, l'ho sfilato lentamente: cercavo di rallentare ogni movimento, prendevo tempo per passare in rassegna tutte le cose che avrei potuto dire, ma lui mi ha preceduta. E spiazzata.

«I tuoi problemi con le batterie giocano decisamente a mio favore», ha detto togliendosi il casco a sua volta.

«In che senso?»

«L'altra sera la batteria del telefono, oggi il motorino...»

Ho sentito un cedimento al livello delle ginocchia – sapeva che ero in motorino? –, ma dato che lui mi vedeva confusa ha continuato: «Ho scritto a Viola stamattina».

«Come?»

«Avevo il suo numero tra le ultime chiamate. L'avevi chiamata dal mio telefono sabato mattina.»

«Ah, è vero...» Ho finto di ricordarlo solo in quel momento, come se quel pensiero non mi avesse ossessionata per tutto il weekend, monopolizzando anche le conversazioni con Viola e le nostre amiche.

«E allora ne ho approfittato: le ho chiesto a che ora uscivi oggi e se eri andata a scuola in motorino. Me l'ha detto lei che aveva la batteria scarica. Ero sicuro che ti avesse avvisata.»

«No! Non me l'aveva detto!»

Viola! Viola che era contraria a che rivedessi Francesco, Viola che temeva m'infilassi in qualcosa che non avrei saputo gestire sentimentalmente, ma rimaneva sempre e comunque la mia complice; Viola che mi conosceva così bene da sapere che, se Francesco mi avesse proposto un passaggio, avrei finto di non avere il motorino parcheggiato a cinque metri di distanza e avrei accettato. Viola che aveva mantenuto il segreto perché ricevessi una sorpresa all'uscita di scuola e perché non passassi il resto della mattina a maledire il modo in cui mi ero vestita, la pigrizia che avevo avuto nel non truccarmi e a chiedere a tutte le compagne di classe, anche quelle a cui di solito non rivolgevo la parola, se avessero una spazzola per i capelli.

Francesco mi ha preso i fianchi con le mani, mi ha avvicinata a sé, mi ha baciato piano sulle labbra una volta, due volte, tre volte. Poi ha infilato il naso sotto i miei capelli e mi ha sussurrato nell'orecchio: «Non ricaricare la batteria del motorino».

Ha allontanato il suo volto dal mio, ha rinfilato il casco, dato un colpo secco al pedale della Vespa e scendendo dal marciapiede mi ha lanciato sopra al gran rumore di ferraglia un: «A domani!».

Appena entrata in casa, mia madre ha urlato dalla cucina: «Alice, quanto ci hai messo! Sbrigati che è già pronto!».

Viola è comparsa nell'ingresso e quasi senza lasciarmi il tempo di togliere la giacca, appoggiare lo zaino, sfilare la sciarpa e i guanti, mi ha trascinata in bagno.

«Allora? Bella sorpresa?»

«Viola! Non so se amarti o odiarti! Bella sorpresa certo, ma avrei potuto prepararmi un po' meglio se me l'avessi detto!»

«Oh smettila, saresti solo entrata in paranoia.»

«E se gli avessi detto che avevo il motorino?»

«Poteva essere miracolosamente rinato... Ma tanto lo sapevo che dopo aver controllato il *mio* telefono più o meno ogni quarto d'ora per tutto il weekend, non avresti sprecato l'occasione di tornare a casa con lui.»

«Se la mamma o il papà notano che manca il mio motorino in cortile?»

«Di' che sei rimasta senza benzina. E che andiamo a recuperarlo dopo con una tanica.»

«Giusto, brava.»

Nostra madre ha urlato di nuovo, con voce spazientita, ma Viola l'ha completamente ignorata e ha continuato il suo interrogatorio seria, l'aria quasi preoccupata.

«Come vi siete salutati?»

«Arriviamo! Mi lavo le mani», ho urlato io affacciando la testa fuori dal bagno, poi sono tornata a rivolgermi a Viola: «Mi ha baciata, in modo dolcissimo».

«Ma sentiti!»

«Cosa?»

«Il tuo tono... Sei proprio nei guai. E cosa ti ha detto?»

«Ha detto "a domani".»

«A tavolaaa!» ha urlato per la terza volta nostra madre.

«Quanto te le devi lavare quelle mani? È tuo padre il chirurgo, non tu!»

Ci siamo rassegnate a raggiungere i nostri genitori in sala da pranzo, già seduti a tavola, le facce spazientite.

Mentre divoravamo gli gnocchi al gorgonzola ascoltavamo, impressionata io, affascinata Viola, nostro padre che raccontava del suo ultimo paziente, arrivato in ospedale con mezzo intestino di fuori: «...perché ovviamente aveva bevuto e poi è stato tanto stupido da salire sul suo motorino e chissà a che velocità andava, così poi arrivano in ospedale mezzi distrutti, ma quando sono con noi medici non fanno più tanto i gradassi! Eh no, lì piangono e vogliono la mamma! Dovrebbero pensarci prima alle povere mamme che poi noi dobbiamo chiamare e farle venire in ospedale e arrivano bianche come lenzuoli e terrorizzate».

Ho sentito il telefono suonare dentro al mio zaino, in anticamera. *Tin-tin, tin-tin.* L'inconfondibile suoneria dei messaggi dei Nokia. Una volta, due volte. Fissavo Viola, lei fissava il piatto cercando di trattenere una risata, perché doveva immaginare quanto stessi morendo dalla voglia di alzarmi e vedere chi mi aveva scritto. *Tin-tin, tin-tin.* Un altro messaggio. Ho fissato Viola in modo più insistente e finalmente lei ha alzato lo sguardo, ha scosso la testa per dirmi "no, non gli ho dato il tuo numero, non è lui che ti sta scrivendo". Infatti, non era Francesco. Erano Cami e Bea, che avevo lasciato davanti a scuola senza nemmeno salutarle e non avevo più tenuto aggiornate su come fosse andata con Francesco. Appena finito di pranzare ho dato appuntamento a entrambe per quel pomeriggio davanti a scuola, dove Viola mi avrebbe accompagnata a recuperare il motorino.

Era il 9 febbraio 1998, l'aria si cristallizzava nei nasi arrossati delle persone imbacuccate, ma io indossavo le mie amate All Star fucsia senza badare al freddo e, mentre Viola guidava il suo motorino in direzione del mio Scarabeo, abbandonato davanti al Manzoni, io, dietro di lei, cantavo *What Is Love* ballando con le braccia al vento.

3.

Il mio Scarabeo è rimasto in cortile per un mese, la batteria ha finito per scaricarsi davvero. Ho cominciato a uscire di casa la mattina prima del solito, per fare la strada a piedi, e mia madre l'ha subito notato. La prima scusa che mi è venuta in mente è stata che il motorino di Camilla si fosse rotto e che mi avesse chiesto di andare a piedi con lei: abitava in via Saffi, giusto tre portoni più in là rispetto al nostro. Era una scusa credibile. Speravo solo che mia madre non scoprisse, parlando con quella di Camilla, che non era assolutamente vero, ma ero quasi certa che i mezzi di locomozione non fossero il loro oggetto di conversazione privilegiato. Infatti, nelle settimane a venire, è successo solo una o due volte che mi chiedesse quanto ci metteva Camilla a far riparare il suo motorino, ma io le ho risposto che in fondo ci piaceva andare a piedi e aver del tempo per chiacchierare e lei ha smesso di interessarsi alla questione.

Per pranzo, si è abituata a buttare la pasta ogni giorno un quarto d'ora più tardi del solito e io e Francesco usavamo tutti quei preziosissimi quindici minuti per baciarci e annusarci, le mani intrecciate, la voglia di accarezzarci oltre le grosse giacche, le sciarpe; dimenticavamo la città attorno, la luce del giorno, non notavamo nemmeno Viola che ci passava accanto, all'angolo tra via Saffi e corso Magenta, fingendo di non vederci. Era il nostro momento, che ogni giorno strappavamo alla mia vita di maturanda, sorella, amica, figlia coscienziosa e ubbidiente, che in settimana non esce di sera se il giorno dopo c'è scuola.

Il primo weekend che abbiamo passato assieme eravamo

un po' impacciati. Non sapevamo ancora come conciliare la voglia di stare l'uno con l'altra ma anche con i nostri amici, però abbiamo rapidamente scoperto che era facile incontrarci il venerdì sera tra le Colonne di San Lorenzo, Ticinese o il bar Rattazzo e tirar tardi per strada: bere un whiskey-coca, sedersi sul muretto a parlare, con i suoi amici che facevano battute e dicevano: «Ora telefoniamo a Tommi, così vedi che torna all'istante da Londra!», andare in bagno con Viola, fare la coda al bancone con Bea o Cami. Poi qualcuno proponeva una serata ai Magazzini Generali o all'Alcatraz, allora salivamo in Vespa, attraversavamo Milano nel freddo della notte – ma con una giacca calda e della mia taglia questa volta – e io mi stringevo a lui, perché non facevo più attenzione a non abbracciare troppo i suoi fianchi. Le mie amiche alcune volte ci seguivano, perché era una serata interessante, altre volte no, perché andavano a cercare qualcun altro, a un'altra festa.

Eravamo abituate già da tempo a quelle serate "ping pong", come le chiamavamo noi: un po' tra di noi, un po' con Matteo, quando Viola ci stava insieme o le innumerevoli volte in cui si era finto pentito di averla lasciata; un po' tra di noi, un po' a inseguire la cotta del momento mia o di Camilla, o a cercar di scambiare due parole con Federico della 3ª B, che Bea idolatrava da anni. Era nella classe accanto alla nostra fin dalla quarta ginnasio, era bello e sapeva di esserlo, era rinomato per eccellere in tutti gli sport e per quanto nessuno del liceo fosse mai andato in vacanza con lui, girava voce che ogni estate vincesse una qualche gara di surf. Bea l'aveva conosciuto meglio in prima, durante l'annuale autogestione, a cui ogni volta aderivamo più come a una divertente routine che a un'autentica forma di protesta. Non c'informavamo nemmeno sulle motivazioni e le richieste che il comitato organizzatore di turno aveva sottoposto al preside. Nostra madre ci chiedeva sempre, quando io o Viola, o prima ancora Tommaso, tornavamo a casa annunciando che non avevamo avuto lezione perché la scuola era entrata in autogestione, per che cosa lottassimo, e di fronte alle risposte vaghe o ai nostri più sinceri «non lo so» nascondeva il viso tra le mani, sconfortata.

«La vostra generazione... è così... io non capisco», cominciava ogni volta, «vivete nel mito di qualcosa che non vi appartiene, non vi riguarda più, perché noi abbiamo vissuto il Sessantotto, ma lo abbiamo anche superato. In tanti l'hanno addirittura dimenticato, a volte quasi rinnegato. Invece voi cercate d'imitare quello che è stato: andate a comprare le giacche militari o i pantaloni a zampa in quell'orrendo negozio dell'usato di via Piero della Francesca, che poi mi ci vogliono mesi di lavaggi intensivi per mandare via la puzza, e copiate slogan sentiti nei film ma ormai privi di contenuto per accusare un sistema nel quale in realtà sguazzate sereni. Io non lo so... Parlate di scopi e cause, usate paroloni, ma stringi stringi il vostro interesse per la politica non va molto più lontano di quello che sentite a *Striscia la notizia*! Perché non cercate di avere una vostra identità invece di continuare a cercar d'imitare noi e la nostra di generazione?»

Io la trovavo sempre piuttosto irritante, quasi offensiva, perché l'ultima cosa che avrei voluto era imitare mia madre.

A ogni modo, l'autogestione annuale non degenerava mai in occupazione e non durava mai più di una settimana; semplicemente, l'attendevamo tutti quanti, studenti, genitori, professori e preside con la stessa certezza e serenità con cui si può attendere Natale o la settimana bianca.

In quell'occasione, al terzo anno, Bea era riuscita a inserirsi nell'organizzazione di un collettivo proposto da Federico e così si era infatuata anche del suo modo di parlare: diceva che al di là del bell'aspetto era anche intelligente e aveva degli ideali, anche se il loro collettivo intendeva presentare al preside richieste relative alle forniture sportive del liceo. Durante quella stessa autogestione, però, Federico si era presentato a scuola con una certa Agata, odiosamente alta, magra, con gli occhi azzurri e le labbra carnose, che aveva bigiato al Severi per stare incollata a lui tutta la mattina. Così come i tre anni a seguire.

Le mie serate "ping pong" hanno cominciato a concludersi sempre a casa di Francesco, per dormire con lui, dopo esserci baciati e accarezzati fino al limite concesso dalla mia buona educazione moralista e dai miei sogni romantici; un limite che ogni volta scivolava un po' più in là, spinto da un desiderio fisico del tutto sconosciuto per me. Fino ad allora non avevo mai avuto una relazione tanto coinvolgente: mi ero sempre limitata a qualche bacio scambiato alle feste, alle serate al cinema, a farmi accompagnare sotto casa... Ero anche andata diverse volte a casa di un ragazzo con cui ero stata per un paio di mesi due anni prima, ma c'era sempre sua madre in casa: i nostri incontri si riducevano a delle semplici merende in cucina e abbastanza rapidamente ci eravamo resi conto che ci andava benissimo così, che il nostro rapporto non era niente più che una banalissima amicizia.

Il sabato mattina mi sforzavo di andare a scuola, anche se in una versione zombie di me stessa; Antonio mi accoglieva con un "batti cinque" fiero e divertito, Cami e Bea con sorrisi maliziosi e sguardi ansiosi di racconti dettagliati. Dopo quattro lunghissime e faticosissime ore tornavo con Francesco a casa sua: facevo appena a tempo a togliermi le scarpe che mi tuffavo di nuovo sotto al piumone accanto a lui, dentro al suo abbraccio, felice del calore. Felice di lui. Ci rialzavamo solo quando non ce la facevamo più dalla fame, allora cercavamo qualche avanzo a caso nel suo frigorifero e lo mangiavamo seduti sul divano.

Un sabato pomeriggio mi ha proposto di accompagnarlo a una mostra fotografica e io ho accettato, sorpresa e incuriosita da quella proposta, ma senza sapere cosa aspettarmi di preciso.
Abbiamo parcheggiato la Vespa all'inizio di via Torino, abbiamo attraversato a piedi piazza del Duomo, invasa da turisti, piccioni e venditori ambulanti, quelli che mio padre chiamava "vucumprà", guadagnandosi i rimproveri di mia madre.
La mostra era di un certo Luca Vitone, s'intitolava *Wide City* e consisteva in una serie di piccole fotografie, grandi quanto delle cartoline, disposte sui muri di una grande sala tutt'attorno a un modellino della Torre Velasca, al centro. Inizialmente mi sono chiesta cosa potesse esserci di tanto in-

teressante da giustificare la quantità di gente presente; poi Francesco mi ha spiegato che si trattava di ritratti dei luoghi significativi per le comunità straniere a Milano. Sono tornata a guardare le immagini con nuova curiosità: palazzi, strade, centri culturali, negozi di dischi, videoteche, mercati che erano la mia città, anche se non c'era nulla di mio in quei luoghi sconosciuti, a un passo da casa, ma così lontani dalla mia realtà. Mi sono sentita improvvisamente piccola e ignorante: mi consideravo una milanese DOC, eppure avevo esposta davanti ai miei occhi così tanta Milano che non conoscevo minimamente, nemmeno per sentito dire.

Le persone attorno a noi erano quanto più eccentriche, hippie fuori dal tempo o tipici contestatori radical chic; li osservavo come fossi stata all'acquario e mi stupivo per quanto invece Francesco fosse a suo agio mentre scambiava commenti con perfetti sconosciuti, faceva domande, recuperava indirizzi, numeri di telefono. Lo seguivo zitta, ascoltandolo parlare d'intercultura, di evoluzione sociale della città. Mi imbarazzava essere incapace d'intervenire, e a dir la verità anche di comprendere del tutto quei discorsi, ma per il solo fatto che mi tenesse mano nella mano mi sentivo terribilmente fortunata.

Quando siamo usciti dall'Open Space abbiamo riattraversato la piazza affollata; prima di raggiungere la sua Vespa, rimetterci in movimento, riavviarci verso casa, Francesco si è fermato di colpo e mi ha chiesto: «Quando sei salita l'ultima volta sul Duomo?».

«L'ultima volta? Vuoi dire l'unica! Non so, ero piccola... avrò avuto sei anni. Siamo andati tutti e cinque insieme, con i miei; mi ricordo solo che la sera sono tornata a casa con una zecca nel polpaccio. E Tommi una sotto l'ascella. Viola niente. Mia madre ce le ha tolte con la pinzetta delle sopracciglia maledicendo i piccioni, poi ci ha disinfettati con il disinfettante verde, hai in mente? Quello nella bottiglia un po' a cono, che non brucia. A casa nostra c'è stato sempre e solo quello! Mio padre ci prende in giro, un po' ridendo e un po' sbuffando, perché dice che un po' di buon alcol puro non hai mai ucciso nessuno.»

«Mi sembra un ricordo bruttissimo della Madonnina. Perché non ci sei mai tornata?»

«Perché è una cosa da turisti.»

«E allora? Non c'è nulla di male a essere come dei turisti. Tanto più che in un certo senso lo siamo sempre, anche a casa nostra. I luoghi non ci appartengono, siamo noi ad appartenere ai luoghi.»

Ho pensato alla mia casa, con il parquet sempre incerato, i tappeti persiani, i quadri e i cassettoni ereditati dai nonni e dai bisnonni; le scale di marmo del palazzo e via Saffi, via Boccaccio, via Ruffini; l'asilo e la scuola elementare, che mi avevano regalato Bea e Cami; la cartoleria che tutte le mamme dicevano di odiare perché «è più cara di un gioielliere», ma poi i regali ai compleanni ce li compravano lo stesso; le signore che camminavano per strada impellicciate, i bambini con l'Invicta e la camicia con il colletto rotondo e il bordino colorato, che per i maschi sparisce praticamente insieme al pannolino, mentre le femmine se la devono trascinare quasi fino al primo compleanno a doppia cifra. Ero figlia di quel mondo, di quel quartiere, di quella Milano che avevo sempre presuntuosamente sentito mia.

Ho alzato lo sguardo verso la Madonnina, che era lì da sempre, ma non guardavo mai; Francesco mi ha presa per mano ridendo e ha fatto dietro front. Ha comprato due biglietti per salire a piedi, perché: «Dai! Sono solo duecentocinquantun gradini!», ma dopo cinquanta io avevo già il fiatone. Una volta sulla terrazza ci siamo fatti largo tra i giapponesi che, mettendo tutti le dita a V accanto ai volti sorridenti, si fotografavano l'un l'altro con modernissime macchine fotografiche Nikon.

Ci siamo affacciati sulla piazza caotica e sulla distesa di tetti rossi e palazzi disordinati.

«Così sei appassionato di fotografia», ho detto.

«Già.»

«Come mai?»

«Non saprei…»

«Non ci sono molte foto in casa tua.»

«No, non ce ne sono del tutto.»

«E allora perché questa passione?»

«La fotografia cattura un momento, lo rende eterno, indimenticabile. E lo rende anche trasmissibile. È evidente che a casa mia non ci sono stati molti momenti che qualcuno abbia voluto rendere indimenticabili. Forse proprio per questo mi piace vedere quali sono quelli che la gente ha deciso d'immortalare; mi piace chiedermi "perché": immaginare tutta la storia che è racchiusa in quell'attimo, in quell'immagine. Nei dipinti è più facile raccontare storie, aggiungere dettagli, riferimenti... Una fotografia invece è uno scatto istantaneo, che ruba un momento alla vita che vive.»

«Ti piace anche farle le foto, oltre che guardarle?»

«Sì.»

«Posso vederle? Delle foto tue?»

«Per ora no. Un giorno, spero. Ma le farò vedere solo quando riterrò di essere riuscito a catturare il senso.»

«Il senso di cosa?»

«Di tutto. Del "gran darsi da fare", dello svegliarsi la mattina e tirare sera, tirare notte, cercare una persona per riempire il vuoto, sceglierne una perché ti fa sentire completo e dall'uno più uno creare un tre, un quattro, un cinque... Del fare figli per lasciare qualcosa di sé, ma che cosa? Del creare un'opera d'arte per comunicare qualcosa, ma che cosa? Mi piacerebbe mostrare qualcosa che dia risposte, anziché suscitare altre domande.»

Mi piaceva quello che diceva. Cercavo di tenerlo dentro la testa, volevo memorizzare le sue parole. Volevo catturare tutto quello che di lui era disposto a darmi, a confidarmi. Mi faceva sentire un'eletta. Sono tornata a guardare la città e ho pensato che Francesco era come Milano: attivo, frenetico quasi, mondano, festaiolo, anche superficiale e volubile all'apparenza, ma con una seconda anima, o meglio quella vera, nascosta, che voleva rivelare a me. Milano che mi ero resa conto, quel pomeriggio, essere molto, molto di più di quello che avevo sempre conosciuto e che era ancora tutta da scoprire, come il mondo poco più in là, e come Francesco.

«E tu: c'è qualcosa che ti piace in particolare?» mi ha chiesto. «Sai già che cosa vorrai fare l'anno prossimo?»

«Filosofia.»

Dal petto gli è esplosa una risata forte, sincera.

«Aaah, ragazza mia», ha sospirato forte, «qualcosa mi dice che ci divertiremo un mondo insieme!»

Mi ha passato un braccio sopra le spalle e ci siamo rincamminati verso i duecentocinquantun gradini, verso la sua Vespa, verso casa sua, verso un altro sabato sera insieme, da lui, a guardare un film mangiando una pizza d'asporto. Il giorno dopo, come ogni domenica, sarei tornata a casa verso l'ora di pranzo per studiare, con ancora addosso gli stessi vestiti del venerdì sera.

Tornando a casa siamo passati da Blockbuster, abbiamo ispezionato le videocassette sul muro delle nuove uscite come se qualcosa potesse essere cambiato rispetto alla settimana precedente; io ho cercato ancora una volta di convincerlo a noleggiare *Jerry Maguire*, mentre lui insisteva con *Trainspotting*. Alla fine, ci siamo trovati d'accordo sui *Soliti sospetti*, di cui Antonio a scuola mi aveva parlato fino all'esaurimento.

Più tardi, quando i titoli di coda hanno cominciato a scorrere sullo schermo e io mi sono divincolata dal suo abbraccio, Francesco è rimasto immobile, sdraiato sul divano, lo sguardo fisso verso il grosso cubo grigio della televisione. Ho sfilato la videocassetta dal registratore, l'ho rimessa nel suo astuccio per non rischiare di restituire una scatola vuota, com'era successo un sacco di volte a quella sbadata di Camilla. Poi gli ho teso un braccio per aiutarlo ad alzarsi, ma lui si è solamente voltato verso di me e con un improvviso sorriso, quasi sorpreso, mi ha chiesto: «E se andassimo al mare?».

«Quando?»

«Adesso.»

«Adesso?»

«Perché no?»

«Perché siamo a Milano, è mezzanotte ed è inverno.»

«C'è la macchina di mia madre. Io non sono stanco e a quest'ora ci siamo in meno di due ore.»

«Ma dai…»

«Sai cosa mancava oggi sul Duomo? L'orizzonte. A Milano non si vede mai l'orizzonte, a volte lo trovo soffocante. Non c'è niente di più bello che vedere il sole sorgere sul mare, i colori che appaiono prima mescolati e poi a mano a mano terra e cielo si definiscono, si staccano. Appare l'orizzonte. È anche meglio del tramonto, che lascia sempre un nostalgico e rassegnato senso d'incompiuto. Invece l'alba è un inizio, è piena di aspettative, di speranza. Ed è senza fine, perché una volta che il sole è interamente spuntato, è giorno: tu sei nella luce, non nel buio. Ma l'alba è per pochi: il tramonto è banale, è comune, invece l'alba è per quelli che veramente la cercano. Allora andiamo a cercarla!»

«Tu sei matto.»

«Perché? Perché voglio vedere l'alba insieme a te?»

«Franci, qualsiasi cosa succeda... non posso non essere nemmeno a Milano. Già non dovrei essere fuori casa!»

«Ma cosa vuoi che succeda?»

«Non lo so. Anche solo... se al ritorno troviamo coda? I miei domani tornano presto, perché mio padre è di turno il pomeriggio: devo essere a casa prima di pranzo.»

«Coda sulla Milano-Genova una domenica mattina d'inverno?»

«Senti...»

«Alice», mi ha interrotta Francesco, «puoi solo ogni tanto smettere di riflettere e semplicemente vivere?»

Sono rimasta a fissare i suoi occhi seri, sentivo le sue ultime parole riecheggiare nella mia testa: "vivere", "semplicemente vivere". Non stavo forse vivendo? Quel pomeriggio in Vespa con lui, il vento in faccia e le braccia strette attorno ai suoi fianchi, non stavo forse vivendo? Potevo vivere di più? Cosa poteva significare vivere senza riflettere? Ero cresciuta riflettendo: riflettevo da piccola quando Viola metteva le Barbie a cavalcioni sul camion delle Micro Machines di Tommaso perché andassero nella loro scuola immaginaria e io contestavo che non era possibile essere più grandi di un camion, o quando rifiutavo le storie con gli animali parlanti, che: «È chiaro che non esistono!». Riflettevo quando ogni giorno contavo quante pagine avessi da studiare e quante ore avessi a disposizione per stabilire una tabella di marcia ed evitare brutte sorprese verso sera, scoprendo che mi mancava ancora qualcosa; riflettevo quando preparavo le valigie, calcolando una *mise* al giorno e cosa avrei potuto rimettere incrociando gli abbinamenti, ma poi aggiungevo sempre qualcosa, perché: «Non si sa mai...»; riflettevo quando mi ostinavo a scrivere nero su bianco le liste dei pro e dei contro prima di prendere alcune decisioni, che a Viola venivano i nervi e se una cosa la voleva fare lo stesso la colonna dei pro la scriveva molto più grande sperando di fregarmi. Prevedere le conseguenze mi aveva sempre fatto sentire tranquilla e ancor più prepararmi all'imprevedibile, tipo essere sempre pronta a scuola non sapendo chi sarebbe stato interrogato o mettere sempre una merenda in borsa prima di un viaggio, anche se generalmente poi vi rimaneva per giorni e giorni, finché non si riduceva a un irriconoscibile ammasso di briciole. Ma in fondo quanta meraviglia c'è nel presente, che sfuma inesorabilmente alla luce dei "se", dei "ma", dei "poi"? Dovevo solo coglierla, che tanto i "dopo" non sono mai come li si aveva previsti. Mi è sembrato di sentire le note della canzone di Vasco, che diceva che vivere è sorridere, anche dei guai, allora in quel momento mi sono resa conto che stavo già sorridendo, di un sorriso malizioso, un sorriso nuovo, sconosciuto: un sorriso fatto di adrenalina e gioia pura. Era la parte di me che non ero abituata ad ascoltare che stava sorridendo. Francesco se n'è accorto, ha sorriso in risposta e ha cominciato ad alzarsi lento, si è avvicinato piano piano mentre il suo sorriso si allargava fino a diventare una risata.

«Prendi un golf in più per me, perché sulla spiaggia si congelerà!» ho detto eccitata.

Dopo di che, tutto ha cominciato ad accelerare: mettere le scarpe, fare il nodo ai lacci con le dita che si confondono per la frenesia, preparare un caffè, anzi due, che anche se io non guido è meglio se sto sveglia che così chiacchieriamo, cercare due golf, una coperta, le giacche, le sciarpe, i guanti, i cappelli, le chiavi della macchina di sua madre, le sigarette, i telefoni.

«Il telefono! Stavolta non si deve scaricare. Nella macchina di tua madre c'è un caricatore da auto, di quelli che s'infilano nell'accendisigari?» ho chiesto mentre Francesco chiudeva la porta a chiave dietro di noi e chiamava l'ascensore. «Che poi chissà perché si chiama accendisigari... ci sarà una persona su mille che fuma il sigaro in macchina, tutti gli altri fumano le sigarette, allora dovrebbero chiamarlo accendisigarette. Comunque, il telefono non deve morire questa volta, che se poi Viola ha bisogno... Domani mattina mi chiamerà di sicuro per sapere a che ora torno, per assicurarsi che arrivi prima della mamma e il papà. Forse dovrei avvisarla adesso, anche se le faccio prendere un colpo di sicuro.»

Francesco mi ha presa per mano, allora ho smesso di parlare, ho smesso di pensare: ho infilato il telefono nella tasca dei jeans e mi sono limitata a guardare beata i nostri sorrisi nello specchio dell'ascensore che scendeva lento, decisamente troppo lento per la nostra improvvisa voglia di correre.

L'autostrada era deserta, il che rendeva ancora più unica e speciale la nostra improvvisata gita notturna fuori porta.

La macchina della mamma di Francesco era una vecchia Fiat Uno bianca, con i sedili in tessuto a righe blu e marroni, che un tempo dovevano essere stati vagamente morbidi. Era vecchia di almeno dieci anni: le maniglie delle portiere e le manovelle dei finestrini si erano indurite fino a cigolare e l'odore della polvere si mescolava a quello dell'Arbre Magique che penzolava dallo specchietto retrovisore.

Ho aperto il cruscotto in cerca di qualche cassetta o CD, temendo di trovare solo musica classica, invece ho scoperto che la madre di Francesco teneva sotto al sedile del passeggero due porta-cassette neri, di plastica rigida, ed era una fan irriducibile dei Beatles: a parte qualche cassetta di Celentano, Mina o Gino Paoli, tutte le altre erano dei Beatles. *Beatles 62-66*, *Beatles 67-70*, *Beatles Greatest Hits*, *Beatles volume 1*, *Beatles volume 2*, *Beatles Revolver*... Quando io, Viola e Tommaso eravamo piccoli, nei viaggi, volevamo regolarmente della musica diversa: se eravamo ancora nella fase Cristina D'Avena e cartoni animati, Tommaso voleva le sigle dell'*Uomo Tigre*, *Lupin* o *I cavalieri dello Zodiaco*, mentre io e Viola volevamo *Occhi di gatto* o *Jem e le Holograms*; più tardi, quando noi siamo passate a Ivana Spagna ed Eros Ramazzotti, Tommaso già ascoltava i Nirvana, i Queen o gli U2. Nostro padre aveva stabilito che potevamo scegliere una canzone ciascuno, a turno, in ordine di età, quindi prima Tommaso, poi Viola, dato che per quanto gemella era nata comunque qualche minuto prima di me, e io per ultima. Al nostro turno passavamo la cassetta scelta a nostro padre che la infilava nell'autoradio e cominciava la noiosissima ricerca della canzone, il che comportava un'interminabile serie di: «Manda un po' avanti... Stop. Fa' sentire! No, non ancora, manda ancora un po' avanti... Stop! No, ancora un po'. Stop! Fa' sentire? Troppo avanti! Torna indietro...». L'autoradio della madre di Francesco aveva un meccanismo ben più moderno, per cui poteva mandare avanti le cassette fermandosi automaticamente alla fine di una canzone. Quando l'ho notato ho sorriso, pensando che quello avrebbe risparmiato a mio padre un gran numero d'imprecazioni.

Una volta a Genova, Francesco ha continuato a guidare verso Ponente, mentre io cercavo sulla cartina dell'Italia che sua madre teneva nella portiera, piegata in qualche modo, una spiaggia abbastanza rivolta a est da poter vedere la palla del sole emergere dall'acqua. Abbiamo optato per Varazze, anche se non la conoscevamo e nemmeno il nome diceva niente a nessuno dei due. Da bravi milanesi, eravamo abituati a frequentare la Riviera di Levante: da Sori a Portovenere avevamo amici che andavano in vacanza quasi in ogni paese, ma da Genova a Sanremo la Liguria era per noi una terra ignota.

Ci siamo fermati in un parcheggio deserto proprio di fronte al mare. Abbiamo abbassato i sedili, aperto la grande coperta in modo che ci scaldasse entrambi e ci siamo stesi sul fianco, ognuno sul proprio sedile, in modo da poterci guardare, una mano sotto la testa a mo' di cuscino e l'altra sul bracciolo tra i sedili, a toccare la mano dell'altro, intrecciare le dita, accarezzarle. Abbiamo spento la musica, così che, nonostante i finestrini chiusi, potessimo sentire il rumore del mare, poco lontano. Il buio profondo era interrotto solo da qualche luce lontana e da una pallida luna che era quasi pronta a ritirarsi. Distinguevamo a malapena gli occhi l'uno dell'altra, eppure li cercavamo avidamente: eravamo stanchi, non avevamo più voglia di parlare, ma non volevamo interrompere quel contatto visivo, quel silenzioso flusso di emozioni, fatto di felicità pura e di qualcos'altro, più fisico, più concreto, dirompente e prodigioso. Non sapevo definirlo e non volevo nemmeno farlo, non in quel momento. Volevo solo lasciarmi travolgere.

Abbiamo finito per addormentarci, o quanto meno io. Non so se Francesco fosse rimasto sveglio, o avesse messo una sveglia sul cellulare o fosse riuscito a svegliarsi in tempo, fatto sta che pochi minuti prima delle sei ho sentito i Beatles che cantavano «*Here comes the sun, and I say It's all right. Little darlin', the smile's returning to their faces...*». Ho aperto gli occhi e ho visto che il cielo cominciava a schiarirsi. Ci siamo incamminati verso la spiaggia di sassi, tipica della Liguria, e ci siamo seduti vicini sopra alla coperta che ci aveva scaldato durante la notte. L'acqua del mare si muoveva al ritmo calmo della notte, andava avanti e indietro senza fretta, come un'amaca che oscilla sotto i pini marittimi nelle ore più calde dell'estate, o un bambino che viene cullato. Sembrava rispecchiare la quiete assoluta tutt'attorno. Era qualcosa di sorprendente e incantevole per me che ero abituata a vivere il mare e la spiaggia solamente durante i mesi delle vacanze estive: ero abituata alla folla, al rumore, ai movimenti, gli schizzi, chi nuota, chi s'increma, chi legge, chi chiacchiera, chi passeggia sulla battigia, chi mangia un gelato, chi gioca a carte, i bambini che urlano di giorno, i ragazzi che ballano di sera, le coppie che s'imboscano, gli ubriachi che cantano, la spiaggia che non dorme mai, i guardiani dei bagni che vanno avanti e indietro con le loro torce elettriche. Non c'era niente, niente di tutto ciò in quel momento; c'era solo il mare, i sassi, la notte, il silenzio. E noi, vicini e muti.

Il cielo ha cominciato a colorarsi di rosa e giallo e arancione, poi finalmente uno spicchio di fuoco è spuntato dal mare, allora ho pensato che i Beatles avevano potuto gioire del sole che faceva capolino nella fredda e piovosa Inghilterra, ma quel nostro gelido sole invernale era molto più che *all right*.

Nel giro di un'ora avremmo fatto colazione con caffè e focaccia, poi avremmo ripercorso la A7 in senso inverso, sarei tornata a casa in tempo per raccontare tutto a Viola, che mi avrebbe ascoltata incredula e si sarebbe preoccupata per quell'impulsività improvvisa e soprattutto insolita, avrei pranzato con i miei genitori cercando di nascondere la stanchezza, poi sarei andata a studiare da Bea e le avrei chiesto di copiare le versioni di greco e latino che dovevamo fare per la mattina dopo e che non sarei mai riuscita a tradurre quel giorno. Nel giro di un'ora tutto avrebbe ricominciato a essere tanto normale da farmi dubitare, a momenti, che quella notte potesse essere stata davvero reale. Eppure, era vero, eravamo lì, io e Francesco avvolti nella stessa coperta rossa che mi aveva messo addosso, sul divano, la prima sera a casa sua. Io e Francesco seduti accanto su una spiaggia di freddi e duri sassi liguri. Io e Francesco che non parlavamo, perché non ne sentivamo il bisogno; che abbracciavamo stretti ognuno le proprie ginocchia rannicchiate, perché avevamo freddo. Io e Francesco che respiravamo l'aria del mare e per una volta non avevamo voglia di accendere una sigaretta.

Ho preso un sasso a caso e l'ho infilato in tasca: avevo bisogno di una prova tangibile del fatto che quel momento fosse esistito davvero.

Era l'8 marzo 1998 e dopo quella strana, sorprendente e frenetica notte, che mi faceva venire una gran voglia di intonare *Sleeping in My Car*, io e Francesco guardavamo il sole dettare lento l'inizio di un nuovo giorno, l'inizio di qualcosa di nuovo, che sapeva di buono.

4.

Da quando Francesco aveva fatto irruzione nella mia vita e nei miei pensieri, non era più capitato che io e Viola avessimo bisogno di ritrovarci l'un l'altra la notte e dormire a cucchiaio. Matteo era nuovamente sparito, ma Viola ormai ci aveva fatto l'abitudine. Io, invece, stavo scoprendo una forma nuova di felicità, che a volte mi sbalordiva, ma per lo più mi dava serenità, tanto che non avevo bisogno di aiuto per gestirla. Mi svegliavo col sorriso, mi addormentavo col sorriso e, tendenzialmente, con il telefono in mano: ogni sera io e Francesco ci mandavamo il messaggio della buonanotte, ma non era mai un semplice saluto. Commentavamo il film di Italia 1, gli ospiti di Maurizio Costanzo o quelli sempre alquanto bizzarri dei programmi di Bonolis o di Enrico Papi; se sua madre era tornata a casa lui si lamentava del fatto che monopolizzasse la televisione con *E.R.* o *Perry Mason.* Io invece mi lamentavo delle noiosissime discussioni dei miei genitori a tavola, principalmente incentrate sulle ultime cattive notizie fresche fresche di telegiornale o in generale sulla politica: Rosy Bindi e le sue riforme, D'Alema, Berlusconi, Fini, Cossiga e le loro alleanze, nomi a cui prestavo pochissima attenzione, nonostante mio padre non si stancasse di ricordare a me e a Viola che avevamo finalmente raggiunto l'età per poter votare. L'unico a cui mi ero veramente interessata, come d'altronde Viola, le nostre amiche, i nostri compagni o più semplicemente tutti i liceali d'Italia, era Berlinguer: la sua maturità con tutte le materie era diventato il nostro incubo, ma per fortuna io e Viola, come tutti i diplomandi del 1998, l'avremmo scampata per un pelo.

Così, quei nostri scambi di massimo centosessanta caratteri proseguivano senza che avessimo realmente nulla da dirci, ma solo per la voglia di non smettere, di non interrompere il contatto, per quanto etereo. In un qualche modo, ogni sera, riuscivamo a inserire citazioni da Guccini, De André, Battisti o Ligabue per mascherare messaggi che altrimenti avremmo temuto essere troppo sdolcinati. Ci nascondevamo dietro ai testi delle canzoni per non dirci che ci stavamo affezionando l'uno all'altra, per non dirci che non avevamo mai parlato d'amore e forse non lo avevamo nemmeno mai conosciuto, ma da quel che dicevano i cantanti a noi sembrava di assomigliare tanto a quelle emozioni che descrivevano. Per non dirci che ci desideravamo sempre, quando eravamo insieme e ancor più quando eravamo separati, come se i nostri corpi sentissero costantemente il bisogno del contatto reciproco, come se fossimo travolti da un'onda di calore che emergeva dal fondo della pancia e che solo il tocco delle mani, delle labbra, della pelle dell'altro poteva calmare. Per non dirci che il mio continuo e ostinato porre freni e voler aspettare, con tutto il terrore di una bambina cresciuta ma pur sempre inguaribile romantica, stava diventando insostenibile per entrambi.

A volte di fronte a un suo messaggio spostavo d'istinto il piumone, pronta a correre in camera di Viola per farglielo leggere, ma poi vinceva la fretta di rispondergli e l'attesa della sua ulteriore risposta. Così lo scambio continuava, io mi ricoprivo con il piumone per proteggermi dal freddo e alla fine quello che aveva la meglio era il sonno. Generalmente la prima a crollare ero io, allora la mattina mi svegliavo con un messaggio ancora non letto: Non rispondi più, devi esserti addormentata. Buonanotte Alice nel Paese dei Sogni.

La prima volta che Francesco aveva usato quella espressione era stato la sera dopo l'alba a Varazze. Non mi era mai piaciuto *Alice nel Paese delle Meraviglie*: il non-senso e gli animali parlanti mi avevano sempre dato sui nervi, fin da piccola, ma ancor più mi dava fastidio la quantità di gente che me ne aveva regalato il libro, dando per scontato che quella storia dovesse essere la mia preferita per il semplice fatto che parlava di una bambina mia omonima. Non avevo nemmeno mai guardato il film della Disney, prima perché ero troppo piccola e mia madre temeva che potesse far paura a me e a Viola, dopo perché non ne avevo mai avuto voglia.

Quella mattina però, quando con gli occhi ancora pieni di sonno ho letto il messaggio di Francesco, quell'accostamento basato solo sull'omonimia non mi ha irritata, tutt'altro: mi è sembrato straordinariamente perfetto, perché per la prima volta mi sentivo davvero Alice nel Paese delle Meraviglie. Meraviglie che non avevano nulla a che vedere con animali parlanti e giardini incantevoli, con pozioni e funghi magici, ma con un ragazzo dagli occhi neri e i sogni segreti. Meraviglie fatte di baci sotto al portone, di giri in Vespa attraverso la Milano addormentata e di sorrisi improvvisi; fatte di messaggi pieni di doppi sensi e fredde albe arancioni.

Poi una domenica sera, all'inizio della primavera, Francesco ha mancato quel nostro consueto appuntamento serale.

Ero tornata da casa sua nel pomeriggio, giusto in tempo per riprendermi da due notti cortissime, verificare i compiti per la scuola e rendermi presentabile per quando i miei genitori fossero rientrati dal loro weekend. Sapevo, con grande sollievo, che la cena sarebbe stata estremamente rapida, perché quella sera c'era il derby e mio padre, come ogni volta che giocava l'Inter, voleva essere pronto in poltrona davanti alla tele per il fischio d'inizio. Se non avevamo ancora finito, piuttosto saltava la frutta, si alzava da tavola dicendo: «Scusate, ma vi abbandoniamo...» e piegava frettolosamente il tovagliolo, anziché stirarlo con le mani e piegarlo con precisione geometrica come suo solito. Tommaso lo seguiva con un sorriso soddisfatto, quasi beffardo, mentre noi tre donne finivamo di mangiare e sparecchiare accompagnate da un sottofondo di imprecazioni o esultanze, anche se da quando mio fratello era uscito di casa erano diventate molto meno rumorose. Nell'ultimo anno avevo notato che quando l'Inter segnava mio padre stringeva il bracciolo della poltrona come probabilmente prima faceva con il braccio di Tommaso e a volte voltava automaticamente la testa verso un divano ormai vuoto. Mi dispiaceva per lui e sicuramente dispiaceva anche a mia madre, che infatti aveva cominciato ad andare a chiedergli più volte, durante le partite: «Allora, vince?» oppure «Giocano bene?», anche se in realtà probabilmente non conosceva il nome di un calciatore dopo la generazione di Gullit e Zenga. Un giorno in un ristorante avevano incontrato Ronaldo; passando accanto al suo tavolo, mio padre non aveva resistito e gli aveva detto: «Bravissimo! Congratulazioni!», allora mia madre gli aveva chiesto: «Chi è? Un tuo paziente?».

Più tardi, andando a letto, ho mandato a Francesco il nostro solito messaggio, ma quella volta il mio Buonanotte è rimasto sospeso nell'aria, senza replica. Dopo diversi minuti, apparentemente eterni, stanca di controllare il telefono, accendere lo schermo, verificare che fosse carico, che non si fosse spento, che non ci fossero messaggi non letti senza che per un qualche misterioso motivo il telefono avesse fatto il suo inconfondibile *tin-tin*, che pure Viola riusciva a sentire dall'altra parte del muro, mi sono alzata, sono andata in camera di Viola e mi son lasciata pesantemente cadere sul suo letto.

«Che succede?» ha chiesto lei stupita.

«Franci non risponde al telefono.»

«Sarà ancora a San Siro.»

«Ma figurati, la partita è finita da un pezzo.»

«Allora starà dormendo!»

«Non va mai a letto così presto.»

«Guarda che anche i supereroi ogni tanto possono essere stanchi.»

«Non lo considero un supereroe! Ma lo conosco e non va a letto così presto.»

«Magari è uscito. È andato a bere qualcosa con i suoi amici dopo la partita. Visto che l'Inter ha vinto vorranno festeggiare, no?»

«Di domenica sera?»

«Allora non può dormire, ma non può neanche uscire... Ali! Sei stata da lui fino a poche ore fa, passate in simbiosi ogni weekend da più di un mese! Non ti angosciare subito, semplicemente non ha il telefono sottomano.»

Ho sospirato forte, Viola ha sollevato il piumone e si è spostata verso il muro per farmi spazio. Io mi sono infilata nel letto senza ribattere: non avevo più bisogno di parlare, dovevo solo lasciare che il conforto delle sue braccia strette attorno a me penetrasse in profondità, calmasse i miei pensieri e il mio respiro e mi cullasse nel sonno.

La mattina dopo ho cercato in ogni modo di non dare peso al fatto che sul telefono non ci fosse ancora nessun messaggio, nemmeno uno arrivato tardi nella notte.

A scuola, Cami e Bea hanno avuto la stessa reazione di Viola, così, forte della loro tranquillità, al secondo intervallo, tra la quarta e la quinta ora, sono andata in bagno a truccarmi, com'ero abituata a fare ogni giorno da quando sapevo che Francesco sarebbe stato all'uscita. Mi mettevo la matita e il fard, controllavo i capelli, facevo perdere la pazienza alle mie amiche che mi dicevano: «Perfetta!» per rassicurarmi, ma soprattutto perché mi sbrigassi, perché volevano avere anche il tempo di andare sulle scale a fumare una sigaretta, incontrare Federico della 3ª B o qualcun altro che Cami aveva conosciuto o improvvisamente rivalutato, pur essendo stati nello stesso liceo per cinque anni.

Quando sono uscita da scuola, però, quel lunedì di marzo, per la prima volta da quando stavamo insieme, non ho trovato Francesco ad aspettarmi sul marciapiede di fronte, seduto sulla sua Vespa, due caschi appesi al manubrio. Ho lasciato passare cinque minuti, nervosa, poi dieci. Finché Camilla ha detto: «Io devo andare, mi spiace. Chiamami dopo e fammi sapere». Poi salendo sul suo motorino ha aggiunto: «Vedrai: c'è sempre una spiegazione a tutto!».

Bea allora mi ha proposto: «Fumiamo ancora una sigaretta e poi però basta: ti do io un passaggio».

Ci siamo appoggiate contro al muro della casa di fronte perché un balcone ci proteggesse dalla pioggia, ma dato che non era abbastanza abbiamo tirato su i cappucci delle felpe Woolrich blu, che quel giorno, per caso, avevamo indossato entrambe. Abbiamo acceso le ultime due sigarette del mio pacchetto di Camel Light, che una volta vuoto ho stritolato con la mano, nervosa, dentro alla tasca del cappotto. Stavamo lì, a soffiare forte il fumo contro la pioggia fredda, in silenzio; allora ho passato il mio braccio attorno a quello di Bea, per poi rinfilare la mano nella tasca calda, e mi sono appoggiata a quella amica speciale che ancora una volta, senza che glielo avessi chiesto, non aveva voluto lasciarmi da sola. Semplicemente, preferiva esserci. Mi faceva pensare a quando a tre anni si era attaccata alla tasca del mio grembiule a quadretti bianchi e gialli e non aveva detto nulla per due settimane; quindici anni dopo era ancora così: non faceva rumore, ma c'era. Tenace, caparbia. Fedele.

Per quanto avessi fumato il più lentamente possibile, a un certo punto ho dovuto rassegnarmi al fatto che stavo quasi lasciando bruciare pure il filtro, così siamo tornate a casa. Arrivate all'angolo con via Saffi abbiamo incontrato Viola che tornava anche lei da scuola. Quando ci ha viste sullo Sky nero di Bea ha frenato bruscamente, l'espressione stupita ma neanche troppo: «Francesco non si è fatto vivo?».

«No...» ha risposto Bea per me.

Viola ha annuito ed è andata a parcheggiare il motorino in cortile senza aggiungere altro, anche se era palese che si stava sforzando di non dire cose come "e chi si stupisce?", oppure "io te l'avevo detto", o "ce l'aspettavamo tutti". Quando si è riaffacciata nell'androne abbiamo salutato Bea e ci siamo trascinate lentamente su per le larghe scale di marmo del palazzo: il nostro appartamento al primo piano non ci lasciava mai abbastanza tempo per prepararci all'incontro con i nostri genitori, per lasciar fuori le pene d'amore, i pettegolezzi, i programmi clandestini per il weekend, e portare dentro la buona riuscita scolastica, i vestiti sobri, il trucco inesistente, i finti resoconti di un cinema con le amiche, in motorino da sole, col casco e niente alcol. Lasciar fuori l'adolescenza inoltrata, portare dentro le brave bambine. Lasciar fuori i ragazzi e la tempesta ormonale che si scatena insieme al primo sguardo, portare dentro le amiche di'sempre, figlie di amici appartenenti allo stesso piccolo mondo, cresciute come noi in quell'universo fatto di regole, di formalità, di bon ton, di ricchezza scontata e aspettative uniformi.

Ho passato il pomeriggio china su Eschilo. La vita, le opere, le innovazioni stilistiche, la filosofia etica: la colpa e la punizione, la *hybris*. L'arroganza di cui peccano costantemente gli uomini, quando dimenticano i propri limiti e sfidano l'ordine costituito, scatenando l'invidia e la vendetta degli dei. Cercavo di non pensare ai riferimenti alla mia, di *hybris*, io che avevo voluto sfidare gli dei, io che da brava ragazza che ero, premurosa e ubbidiente, avevo voluto essere felice con qualcuno d'inaffidabile, intrigante ma oscuro. Io che avevo voluto ascoltarlo e provare il gusto del vivere senza pensare al domani. Azione e colpa, responsabilità e castigo; ma Zeus non esiste e quelli come Francesco non vengono puniti se illudono una piccola liceale ancora troppo sognatrice; cadono in piedi, trovano subito da divertirsi con qualcun'altra. E spariscono. Tenevo il cellulare sulla scrivania accanto al libro e gli occhi continuavano a cadermi sullo schermo sempre uguale, senza mai una piccola bustina in alto a sinistra.

Verso sera, Camilla mi ha chiamata per chiedermi se c'erano novità e mi ha consigliato di telefonare a Francesco senza badare all'orgoglio: «Perché no, scusa? Per sembrare superiore e indifferente? Tanto lo sa anche lui che non lo sei! Allora, vuoi sapere cosa è successo? Lo chiami, è semplice».

Per Camilla era sempre tutto semplice. Era senza dubbio la più romantica di tutte noi e in generale una delle persone più ottimiste che avessi mai conosciuto. In un certo senso, sembrava l'alter ego di Bea che, invece, quando vedeva una sua amica volare troppo in alto con la fantasia la riportava a terra con poche parole, secche e concise; non aveva mai paura di dire la verità e se sapeva che dicendola avrebbe fatto male, la diceva in modo ancora più diretto, perché i cerotti è meglio toglierli con uno strappo rapido e deciso.

Camilla aveva una profonda fiducia nella possibilità, per ognuno, di essere felice e credeva fermamente nella bontà delle persone. Era il genere di ragazza che, se qualcuno non rispondeva a una telefonata o un messaggio, come prima reazione diceva: «Poverino, deve aver perso il telefono!» e non perché fosse un'illusa, ma perché voleva davvero che la cattiveria o l'indifferenza degli altri fossero l'ultima delle ipotesi da prendere in considerazione. Collezionava storie in cui si gettava a capofitto, dando tutta sé stessa, ma nessuna che fosse mai durata più di un mese, eppure non si scoraggiava: era convinta che se le cose non funzionavano fosse perché qualcosa di meglio era in serbo per lei.

Quando ho messo giù il telefono con lei mi son sentita legittimata a fare quello che, in fin dei conti, morivo dalla voglia di fare; così ho composto il numero di Francesco sul telefono, ma non appena ho avvicinato la cornetta all'orecchio ho sentito la solita voce metallica: «*TIM, messaggio gratuito: il cliente da lei chiamato non è al momento raggiungibile*».

Ho sfilato l'indice dalla spirale del cavo del telefono che avevo arrotolato attorno al dito fino a bloccare la circolazione e sono rimasta un momento a guardare la pelle recuperare lentamente il suo colore naturale. Poi sono scesa in cortile per provare ad accendere il mio motorino, ma come avevo previsto il freddo e l'immobilità avevano azzerato la carica della batteria; così sono risalita in casa, sono andata in salotto da mio padre e gli ho chiesto se poteva ricaricarla.

«Non hai usato il motorino questo weekend?» ha chiesto accarezzandosi la barba nera, folta, sopra le guance magre.

«Devo aver lasciato le luci accese. Non so, ho provato ad accenderlo prima ed è scarico.»

«Le luci si spengono automaticamente quando togli la chiave…»

«Magari non nel mio modello, non lo so. Comunque, è scarico.»

È sceso in cortile per smontare la batteria senza altre obiezioni, nonostante avesse ricominciato a piovere. La mattina dopo, prima di andare in ospedale, è passato in camera mia quando ancora dormivo e mi ha detto piano svegliandomi: «Ti ho rimontato la batteria, ora dovrebbe andare, è stata in carica tutta la notte».

Ha dato un'occhiata a Viola che dormiva accanto a me, poi mi ha dato un bacio, facendomi come al solito il solletico con la barba, mi ha accarezzato i capelli, ha esitato un attimo appoggiando la sua grossa mano sulla mia guancia calda di letto. Per tutta la mia vita, il rapporto con mio padre si era basato prevalentemente sugli sguardi. Gli sguardi e i gesti: le parole le lasciava a mia madre; tanto parlava lei, tanto poco parlava lui. A volte mi chiedevo se non fosse una deformazione professionale: in quanto chirurgo, era abituato ad avere a che fare con gente addormentata e quello che contava non era quello che diceva, ma quello che faceva. A casa era uguale: noi tre sapevamo che era al corrente di tutto, che nostra madre gli raccontava ogni novità, ogni voto buono o cattivo preso a scuola, ogni programma, ogni nuovo amico, ma lui si limitava a commentare o a intervenire solo in casi estremi. Però sapeva cambiare il modo di stringere in un abbraccio a seconda che volesse comunicare complimenti o conforto, sapeva trasmettere consigli o rimproveri con lo sguardo e consolare con le carezze.

Ha ritratto la mano e si è voltato per uscire dicendo: «Mi dispiace che tu non abbia più voglia di andare a piedi».

Ed è sparito. Allora finalmente, dopo un giorno e mezzo di tristezza, rabbia, delusione, speranza, ansia, umiliazione, grazie ai modi impacciati di mio padre, alla sua incapacità di dirmi "ho capito che qualcuno ha fatto male alla mia bambina, ma tu sei sempre la mia bambina e di questo con te io non riesco a parlare", sono arrivate le lacrime.

Quel giorno ho ricominciato ad andare a scuola in motorino e non ho più provato a chiamare Francesco. Camilla ovviamente non era d'accordo, insisteva perché riprovassi, piuttosto nascondendo il numero o chiamando da un fisso sconosciuto. Sosteneva anche che avrei dovuto chiedere informazioni ai suoi amici o al suo portinaio, ma il mio amor proprio mi obbligava a cercar di salvare un minimo la faccia, in quella situazione già abbastanza umiliante.

Tuttavia, non ho smesso di sperare, quello non ero capace di farlo. Ogni giorno all'uscita di scuola chiedevo a Camilla di scrutare il marciapiede di fronte mentre io aspettavo al di qua del portone, ma ogni giorno lei si voltava scuotendo la testa e con un sorriso dolce mi stringeva la mano. A casa dormivo e studiavo con il telefono sempre accanto, me lo portavo anche in bagno, lo appoggiavo sul lavandino mentre mi facevo la doccia. Viola ovviamente se n'è accorta; di giorno non mi diceva nulla, ma ogni sera s'infilava nel mio letto senza nemmeno passare da camera sua, mi abbracciava in silenzio, mi toglieva il telefono di mano, lo appoggiava sul comodino e m'impediva di accenderne lo schermo in maniera compulsiva. L'unica volta che ho provato a protestare mi ha detto: «Visto il volume della tua suoneria, ci svegliamo anche solo se ti arriva un messaggio».

«Tu non ti svegli nemmeno con le cannonate!»

«Forse io no, ma tu sì. E in questo momento penso che ti sveglieresti anche se suonasse dall'altra parte della casa.»

«Ma perché non suona, Viola? Era tutto perfetto... com'è possibile? Perché? Non mi dire te l'avevo detto!»

«Ma no, non te lo dico, perché... insomma, io ti avevo detto che secondo me dovevi fare attenzione perché è un inaffidabile, è uno che non ha mai avuto una relazione lunga e stabile, però caspita, non pensavo che fosse capace di tanto! Sparire in questo modo è cattiveria pura.»

«Ma lui non è cattivo.»

«Ali! Lo difendi? Qualunque sia il motivo lo può immaginare che tu sia in ansia. Fregarsene dei tuoi sentimenti è cattivo.»

«Ma forse non se ne sta fregando. Forse non immagina che io sia in ansia. Forse...»

«Forse dovresti solo smettere di arrovellarti per non diventare matta.»

Pochi minuti dopo ho capito dal ritmo del suo respiro che si era addormentata; ne ho approfittato per accendere lo schermo del telefono, controllare ancora una volta.

Il venerdì pomeriggio sono andata alla mia lezione settimanale di danza classica, come ogni venerdì da quando avevo sei anni. Avevamo cominciato tutte e quattro assieme in prima elementare, ma una alla volta avevano tutte abbandonato il corso. Viola l'aveva detestato, si era lamentata tanto che nostra madre l'aveva disiscritta a metà anno, dopo di che aveva cambiato almeno una decina di sport, finché non aveva finito per iscriversi a danza jazz con Cami. Bea si era convertita al tennis; mentre io ero rimasta devota al tutù e alle scarpette che stritolano le dita dei piedi. Adoravo quei movimenti lenti, precisi, ripetuti ogni volta, ogni lezione, ogni anno. *Plié, port de bras, rond de jambe.* E poi il ritmo che accelera, i *battements*, le *pirouettes*, gli *arabesques*. Tutta la concentrazione focalizzata sui muscoli tesi, il corpo che si piega oltre i limiti anatomici. Non ci sono sorprese nella danza classica, solo impegno e disciplina per arrivare alla perfezione: l'unica novità possibile, dopo anni di esercizio, è il passaggio dalle scarpe a mezza punta alle punte, per il resto i movimenti dell'étoile della Scala sono gli stessi che imparano le bambine che ancora non sanno nemmeno fare la capriola. Viola, Bea e Cami avevano trovato quella ripetitività terribilmente noiosa, Viola persino snervante; a me aveva sempre trasmesso sicurezza e una sensazione di calma, nonostante lo sforzo. Era un'ora e mezza, ogni settimana, in cui tutto quello che poteva riguardare il mondo esterno, la scuola, le amiche, gli amori, le feste, i genitori, rimaneva fuori, veniva messo in pausa nel momento in cui infilavo il body, i collant obbligatori anche in giugno e le scarpe rosa. Come quando la maestra interrompeva la musica, ma ci diceva di mantenere la posizione e poi cominciava a passare dall'una all'altra, lentamente, e mentre i nostri muscoli tesi e immobili cominciavano a tremare lei correggeva la rotazione di una gamba di un paio di centimetri, sollevava un braccio o un mento in maniera impercettibile, sforzava l'arco di un piede, abbassava una spalla.

Anche la musica con cui ballavamo non aveva nulla a che vedere con quella che potevo ascoltare a casa, alle feste, in discoteca o alla radio: era sempre e rigorosamente musica classica e per me la musica classica esisteva solo in quella sala. Mio padre ne aveva decine di cassette in macchina, ma nei viaggi Tommaso, Viola e io gli impedivamo di ascoltarle: ci lamentavamo così tanto che finiva per togliere la sua cassetta e rassegnarsi a infilare nell'autoradio una delle nostre, dicendo che eravamo degli insensibili e degli incolti, ma che non era possibile ascoltare quei capolavori con un sottofondo di lamentele. Secondo lui la musica classica andava ascoltata in silenzio; non sono mai stata d'accordo, ho sempre pensato che vada ascoltata ballando. Emana una potenza che pervade i corpi, li trascina, li spinge, li esalta. Quando ballavamo male la nostra maestra non ci sgridava a parole, si limitava ad alzare il volume dello stereo: lasciava che, come i cavalli con le frustate, noi subissimo i colpi decisi del pianoforte.

Quelle note, quel rigore, quella concentrazione, quello sforzo fisico quasi masochistico erano esattamente ciò di cui avevo bisogno quel giorno. Quando sono uscita dalla palestra, la realtà mi ha richiamata all'ordine, ma mi sentivo carica di una forza nuova per affrontarla. Sono entrata in un tabaccaio e, come mi aveva più volte suggerito Camilla, ho comprato una tessera telefonica, poi ho cercato una cabina e ho chiamato Francesco. La signorina della TIM con la sua odiosa frase mielosamente intonata è stata però l'unica risposta che ho ricevuto. Ho riagganciato la cornetta incredula, ma anche preoccupata, poi anziché estrarre la tessera ancora interamente carica di tutte le sue cinquemila lire, ho risollevato la cornetta e ho chiamato Bea.

«Pronto?»

«Pronto, ciao Isa, sono Alice. C'è Bea per favore?»

«Ciao Alice! Sì, è in camera che prepara la sacca per venire a dormire da voi. Aspetta che te la chiamo.»

Sono rimasta ad ascoltare i passi di sua madre che si allontanavano e ho immaginato Bea nella sua camera con i muri ricoperti dei collage che faceva con i ritagli delle riviste. L'ho immaginata che appoggiava il pigiama e i vestiti sul grande letto in ferro battuto, li stendeva per bene con le mani e poi li piegava seguendo immaginarie linee parallele con la stessa precisione con cui alle medie faceva i disegni di tecnica. Era l'unica persona al mondo che conoscessi più ordinata di mia madre. Da piccola disponeva i suoi peluche in ordine di grandezza; quando è cresciuta, ha cominciato a organizzare i vestiti nell'armadio in ordine cromatico. In bagno aveva una serie di smalti che sembravano le scatole di matite colorate della Giotto, quando sono nuove e ancora distribuite secondo le sfumature dell'arcobaleno. Che tra l'altro le sue scatole di matite, alle elementari, quell'ordine poi lo mantenevano anche quando non erano più nuove da tempo e avevano sempre le punte perfettamente temperate; io e Camilla ci divertivamo a pungerci i polpastrelli, facevamo a gara a chi riusciva a schiacciare più forte senza farsi male o senza rompere la mina.

«Ohi, Ali.» Aveva una voce straordinariamente identica a quella di sua madre.

«Ho richiamato Francesco.»

«Alice!»

«Con una tessera telefonica, non col mio numero.»

«E secondo te è nato ieri e non capisce che i numeri sconosciuti in realtà sei tu?»

«Era ancora spento!»

«Quando lo riaccenderà gli appariranno le chiamate perse.»

«Ma non è possibile che sia spento da cinque giorni. Può voler evitare me, ma ha ancora degli amici. È venerdì e lui tiene il telefono spento? Bea, gli è successo qualcosa.»

«Alice, non partire per la tangente.»

«Sua madre sparisce, a volte sta delle settimane intere dal fidanzato. Potrebbe aver avuto un incidente e non saperlo nessuno.»

«Mi sembri Cami, adesso. Se avesse avuto un incidente la madre, a casa o meno, sarebbe stata contattata. E si saprebbe. I suoi amici lo saprebbero.»

«Infatti, aveva ragione Cami: bisogna chiedere ai suoi amici. Bisogna sperare che stasera non piova e… beccarli al Rattazzo.»

«Avevi detto che non volevi uscire oggi.»

«Infatti, non voglio. Dovessi incontrarlo... t'immagini? Lui che esce, bello tranquillo...»

«Quindi dovremmo informarci noi?»

«Esatto!»

«È per quello che mi chiami anche se tra cinque minuti vengo da voi?»

Ho ripreso in tono ostentatamente supplichevole: «Viola non sarà mai d'accordo con questa missione di ricognizione, ma tu devi convincerla!».

«E tu resti a casa da sola?»

«No, chiederò a Cami di rimanere con me. È meglio se lei non viene con voi, perché se le dico di andare a informarsi, quando è da lunedì che scalpita per farlo, finisce per fare un interrogatorio di terzo grado! No, dovete andarci tu e Viola ed essere discrete, chiedere un po' così... *en passant*...»

Bea ha sbuffato senza aggiungere altro, ma ormai sapevo perfettamente interpretare i suoi silenzi.

Solo tre ore dopo io e Camilla eravamo, per l'ennesima volta, davanti a *Pomodori verdi fritti alla fermata del treno*, di cui a Natale Tommaso mi aveva regalato la videocassetta, con una scatola gigante di gelato e una altrettanto grande di fazzoletti. Viola e Bea invece erano in missione alle Colonne e poi al Rattazzo. Quando verso mezzanotte ci hanno ritrovate davanti ai titoli di coda, che lasciavamo scorrere solo per pigrizia, perché avevamo appoggiato il telecomando troppo lontano dal divano, Viola ha commentato la serata con un semplice e secco: «Nada. C'erano Marco, lo Ste, Pietro... anche Marti, ma lui no. E Pietro è pure venuto a farmi una battutina tipo: "Ah, adesso tua sorella monopolizza Franci tanto che non passa nemmeno più di qua". Per cui non abbiamo nemmeno avuto bisogno di chiedere: neanche loro sanno dove sia».

Mi son lasciata cadere contro lo schienale del divano incredula, confusa, preoccupata. Ma sotto sotto, anche un po' contenta. Quanto meno non era fuori con i suoi amici come se niente fosse e non stava evitando solo me.

«Allora? Siete sempre convinte che la vecchietta sia Idgie?» ha chiesto Bea, preferendo risollevare la discussione senza fine che avevamo ogni volta che guardavamo o anche solo nominavamo quel film, e nessuna ha più cercato di trovare scuse o possibili ragioni per la sparizione di Francesco.

«Certo! Il sorrisino che fa alla fine è inserito apposta per suggerire qualcosa...»

«Appunto, *qualcosa*. Tipo che lei *conosce* Idgie.»

«Da grande mi piacerebbe riprendere i film che finiscono male e cambiargli il finale», è intervenuta Cami pensierosa. «Voglio dire... E dai, dopo tutto quello che le è successo, Ruth non può morire così giovane!»

«Quindi vorresti recuperare tutti gli attori che nel frattempo sono invecchiati di venti o trent'anni e rigirare giusto qualche scena?» le ha risposto Bea.

«Che guastafeste che sei. Allora potrei scrivere dei libri ispirati alle storie dei film, solo che i miei libri finirebbero sempre bene.»

«Oh mamma mia, abbiamo qua la Jane Austen del nuovo millennio...» ha commentato Bea alzando gli occhi al cielo e incamminandosi verso la cucina, seguita da me e Viola che ridevamo di quel loro tipico e perenne battibeccarsi.

Abbiamo tirato fuori dalla dispensa perfettamente ordinata di nostra madre ogni genere di merendina, biscotti e grissini.

«In *Titanic* perché Jack deve morire? O in *Forrest Gump* perché Jenny deve morire? O in *Point Break* perché Bodhi deve morire?» continuava Camilla lottando con una confezione di Ciocorì che faticava ad aprire.

«Ok, scrivi i tuoi libri, ma ti prego smettila di parlare di morti!» ha tagliato corto Viola sfilandosi gli stivali neri col tacco, che le facevano male e le facevano venire le vesciche, ma che si ostinava a indossare perché diceva che nessun altro stivale le faceva le caviglie così sottili.

Siamo rimaste ancora un'ora a chiacchierare, a commentare il fatto che avessero visto Agata al Rattazzo con un cappotto arancione assolutamente orrendo e la faccia imbronciata come sempre, o Luca, una delle tante avventure senza seguito di Camilla, che aveva fatto finta di non vedere Viola anche se aveva legato il motorino a venti centimetri dal suo. Dopo di che ci siamo rassegnate ad andare a dormire, io in camera mia, Viola nella sua e Cami e Bea in quella di Tommaso.

Era il 27 marzo 1998, sul tavolo della cucina di casa nostra rimaneva un'ecatombe di briciole e un posacenere straripante, mentre fuori la pioggia ricominciava a battere contro le persiane chiuse, dopo qualche ora di tregua, e il vento fischiava forte. Sembrava imporre il silenzio a tutto il resto: ho pensato che avesse ragione Gwen Stefani in *Don't Speak*, perché a un certo punto bisogna smettere di cercare spiegazioni, ma piuttosto cercar di smettere di soffrire.

5.

La mattina dopo, a scuola, ho usato per la prima volta una delle tre autogiustificazioni a cui avevamo diritto nel corso dell'anno per evitare l'interrogazione di filosofia. La professoressa segnava annoiata i nomi sul registro, ogni tanto diceva a qualcuno: «Non fare il furbo, è almeno la quinta autogiustificazione che chiedi».

Poi, quando ha visto che avevo alzato la mano anch'io ha fatto una pausa, la penna a mezz'aria, lo sguardo stupito. Di certo pensando che avessi finalmente trascurato lo studio per approfittare di una festa, di un programma improvvisato, o comunque di un divertimento eccessivo, mi ha chiesto trattenendo un sorriso divertito: «Che succede, Alice?».

Io ho scosso la testa, ho cercato di rispondere, d'inventare una scusa, ma tutto quello che è uscito dalla mia bocca è stato un enorme singhiozzo. Antonio si è voltato di scatto verso di me, come se fosse stato svegliato all'improvviso da un rumore fortissimo; mi ha guardata con occhi stupefatti e un'aria allo stesso tempo estremamente imbarazzata. Mi ha posato una mano sulla schiena, ha fatto qualche carezza impacciata dicendo: «Oh, Ali? Eddai...».

Mi sono ritrovata a piangere, senza ritegno, con ventotto paia d'occhi puntati addosso. Camilla si è alzata di scatto, è corsa al mio banco, mi ha presa per mano, mi ha tirata verso la porta della classe chiedendo: «Posso accompagnarla in bagno?».

La professoressa si è avvicinata e mi ha chiesto sottovoce: «È successo qualcosa?».

68

«Niente di grave, solo un ragazzo», ho risposto tenendo gli occhi bassi, imbarazzata.

Lei è andata a cercare qualcosa nella borsa ed è tornata con tre monete da cinquecento lire: «Andate a prendere una cioccolata. Beatrice, vai anche tu». Poi, prima di lasciarci uscire, ha aggiunto: «Alice, non dire "solo un ragazzo", non considerare l'amore "niente di grave". L'amore è il motore della vita, è il motore di tutto. Quante scelte si fanno nella vita per amore? Quante follie? Anche l'amicizia è una forma di amore e voi siete amiche vere, siete fortunate. Però, anche il dolore è fondamentale, sapete? Leggi Nietzsche, Alice. Ti aiuterà».

Ci siamo sedute per terra in corridoio, vicino alla macchinetta del caffè. Una bidella si è diretta verso di noi con sguardo cattivo. Era una donna anziana, stanca e frustrata, inacidita da una vita ai suoi occhi sprecata: anno dopo anno, aveva guardato dei ragazzi arrivare, crescere da ogni punto di vista da cui una persona può crescere e poi ripartire, gettarsi nel mondo, gettarsi in una vita che era ancora agli albori, mentre la sua si avvicinava sempre più inesorabilmente al tramonto, alla fine di tutto, ma soprattutto all'esaurirsi della speranza di un cambiamento. Il mare di possibilità che si apriva davanti agli studenti neodiplomati equivaleva alle sue occasioni mancate; rimpiangeva a tal punto il suo passato non sfruttato da odiare il nostro futuro. Per noi rappresentava tutto quello che avremmo voluto evitare: una vita ad attendere un Godot che non sarebbe mai arrivato. Quando l'avevo conosciuta cinque anni prima, ancora chiacchierava con gli studenti, ma oramai anche quell'energia, quella voglia si era esaurita: vagava per i corridoi con passo zoppicante, le mani affondate nelle tasche del grembiule e le spalle basse, la coda di cavallo grigia che oscillava in sincronia con i fianchi spaventosamente larghi. Era come se il tempo, che di solito si accumula nelle pieghe della pelle, disegnando rughe che raccontano storie, per lei si fosse accumulato nel fondoschiena. Quando doveva richiamare all'ordine qualcuno lo spingeva verso la sua classe sbuffando, come un cane che raduna il gregge abbaiando alle pecore più indisciplinate.

Per un piccolo piacere sadico che invadeva chiunque si trovasse di fronte quella donna sciatta, abbiamo lasciato che arrancasse claudicante fino a noi per dirle in coro, prima ancora che aprisse bocca: «La prof lo sa e siamo autorizzate».

Lei ha alzato le spalle ed è tornata per la sua strada: il suo lavoro l'aveva fatto, di tutto il resto non le interessava.

Siamo rimaste sulle gelide piastrelle bianche e nere del corridoio per il resto dell'ora, senza nominare Francesco, senza accennare al fatto che per la prima volta da un mese e mezzo ero a scuola il sabato mattina con dei vestiti differenti dal giorno prima e che non avevo la minima idea di cosa avrei fatto per il resto della giornata.

Invece abbiamo parlato della ricerca di Bea di un paio di stivali bianchi, di cui si era innamorata dopo averli visti su «Elle» indosso alla sua adorata Kate Moss, ma che sembravano introvabili a Milano. Abbiamo parlato delle nuove vj di MTV, Kris & Kris, che per quanto belle non avrebbero mai detronizzato la nostra preferita, Victoria Cabello. Abbiamo parlato del film *Io ballo da sola*, di cui Cami aveva appena comprato il CD della colonna sonora, quasi solo per la canzone delle Hole, e che non avevamo ancora deciso se fosse un perfetto esempio di analisi introspettiva di una nostra quasi coetanea o solo un film terribilmente noioso. Abbiamo parlato di Federico della 3ª B, che all'intervallo aveva acceso la sigaretta a Bea prima che lei avesse il tempo di tirar fuori l'accendino dalla tasca dei jeans. Camilla ancora una volta l'aveva interpretato come un segno molto positivo. «Avresti dovuto ringraziarlo e approfittarne per attaccarci bottone», aveva detto, ma Bea per tutta risposta aveva solo sbuffato, dato che erano tre anni che accumulava segnali "molto positivi", a dir di Cami, ma Federico continuava inesorabilmente a stare con Agata, che noi ci sentivamo in dovere di odiare tutte quante in blocco, anche se non la conoscevamo.

Quando la campanella ha dichiarato finita anche quell'eterna mattinata siamo tornate in classe per recuperare le nostre cose. Antonio aveva già riordinato il mio banco e aveva messo tutto dentro allo zaino; me l'ha passato con un sorriso e un'altra goffa carezza sul braccio. Poi ci siamo incamminati tutti giù per le scale, verso un altro sabato di mondanità, che non avevo nessuna voglia di vivere.

Appena messo piede fuori dal portone, ho visto Francesco, sul marciapiede di fronte al liceo, seduto sulla sua Vespa blu, due caschi appesi al manubrio. Il mio cuore si è letteralmente fermato, poi, sorprendendo pure me stessa, non mi son sentita invadere dalla gioia, bensì dalla rabbia. Rabbia furiosa, che mi faceva stringere i denti e venir voglia di urlare. Rabbia per la sua faccia tosta, che aveva avuto il coraggio di presentarsi senza preavviso e di portare il secondo casco per me; e rabbia per me stessa, perché, nonostante tutto, il mio stomaco faceva le giravolte.

Francesco aveva la faccia seria, un po' tesa, come chi brucia dalla voglia di andarsene, essere altrove, ma resta fermo e aspetta la sgridata, che sa inevitabile. Sono rimasta immobile un lungo momento a guardarlo, mentre gli altri studenti impazienti di raggiungere il weekend passavano veloci a destra e sinistra, mi facevano oscillare da una gamba all'altra.

Gli sono andata incontro, mi sono fermata vicina ma abbastanza lontana perché non provasse a baciarmi, a toccarmi una mano o una guancia. Sono rimasta zitta e lui guardandomi dritto negli occhi arrabbiati ha detto: «Perdonami».

Era l'ultima parola che mi aspettavo di sentire. Per quanto fosse lì, per quanto avesse anche il casco per me, per quanto mi aspettasse con la faccia da cane che attende l'ineluttabile punizione, quella parola mi ha lasciata spiazzata, senza capacità di replica.

«Posso accompagnarti a casa?»

«Ho il mio motorino.»

«Immaginavo. Ma posso accompagnarti lo stesso?»

«Franci, sei sparito per una settimana.»

«Lo so.»

«Hai spento il telefono, non mi hai detto… niente.»

«Lo so.»

«Perché?»

71

«È complicato.»

«Non è complicato. Lasciare una persona non è complicato. Glielo si dice e basta.»

«Ma io non ti volevo lasciare.»

E le campane suonavano a festa dentro al mio petto, mentre il cervello metteva tutta la concentrazione possibile nei muscoli facciali, perché non trasparisse alcun cenno di sorriso.

«È una lunga storia», ha continuato, «e te la voglio raccontare, vorrei che tu mi ascoltassi. Ma non qua, non con tutta questa gente attorno, questa confusione. Posso accompagnarti a casa?»

«Vuoi venire da me? Vuoi davvero incontrare Viola? È una tua grande fan in questo momento... Penso che lei, sì, avrebbe due o tre cose da dirti!»

«Ma quando la smetterà di farti da cane da guardia? Non ti rendi conto che non ne hai alcun bisogno?»

«Perché non mi dici semplicemente dov'eri?»

Ha sbuffato forte, ha voltato lo sguardo verso un orizzonte lontano, indefinito. Vedevo i muscoli del suo volto diventare più tesi. È tornato a fissarmi e ha detto con rabbia: «Mio fratello aveva bisogno di aiuto. Ma è più complicato e non voglio parlarne qua. Ti prego, se non vuoi andare a casa tua, puoi venire da me?».

Mio fratello?! Francesco non mi aveva mai parlato di un fratello. Parlava poco della sua famiglia in generale, sapevo a malapena che i suoi si erano separati quando lui era piccolo, che non vedeva quasi mai suo padre, che sua madre aveva un nuovo compagno da appena qualche anno e che lui lo chiamava il Coglione; il perché non lo avevo ancora capito. Non facevo domande: percepivo chiaramente quanto Francesco non amasse parlarne, quindi lasciavo perdere. In realtà, non m'interessava nemmeno. Parlava tanto di sé, ma sempre al presente o al futuro, mai al passato: della noia che gli trasmetteva la vita milanese, così standardizzata e conformista, della mancanza totale d'interesse per l'università alla quale suo padre lo aveva obbligato a iscriversi, della sua passione per la fotografia, la scrittura, la poesia, la musica, dei suoi sogni di viaggiare, fare foto, pubblicarle, farle conoscere, trasmettere delle emozioni attraverso delle immagini. Ma non mi parlava mai della sua storia passata. E un fratello, non lo aveva mai nominato.

La mia curiosità, la mia voglia di sapere tutto quello che poteva racchiudersi in quella mascella tesa e in quello sguardo cupo è stata tale che ha vinto sull'orgoglio e, quasi sorprendendomi io stessa, mi sono ritrovata a rispondere: «Vengo più tardi, nel pomeriggio».

«Grazie.»

Mi sono voltata senza aggiungere altro, mi sono diretta al motorino senza salutare Bea e Cami che mi seguivano ansiose con lo sguardo, ho guidato confusa fino a casa.

In cortile non c'era il motorino di Viola, quando sono entrata in casa l'appartamento era spaventosamente silenzioso. Sono andata a sdraiarmi sul letto, ho scritto a Viola: Dove sei? Mi ha risposto all'istante: Da Matteo. Non dire nulla, so quello che faccio. Doveva essere il giorno dei grandi ritorni... *Maledetta primavera.*

Dopo un tempo infinito passato a osservare il soffitto, mi sono convinta ad andare in cucina, ho scaldato due würstel nel microonde; come al solito li ho lasciati dentro troppo a lungo e sono esplosi. Li ho mangiati pucciandoli direttamente nel barattolo della senape, ascoltando *Drinking in L.A.* dei Bran Van 3000, battendo il ritmo col piede e muovendo la testa, perché con certe canzoni è impossibile non ballare. Poi quando nello stereo è partita *Everything's Gonna Be Alright* degli Sweetbox l'ho presa come un segno e mi sono decisa ad agire.

Ho telefonato a casa di Bea, ma sua madre mi ha detto che era da Camilla, così ho chiamato Cami e lei e Bea hanno ascoltato in contemporanea, con il telefono della Swatch di Cami, quello di plastica colorata un po' trasparente e con le due cornette. Tutte noi avevamo ancora il vecchio e grosso rettangolo bianco e azzurro della SIP e la invidiavamo terribilmente da tre anni, da quando i suoi genitori si erano rassegnati a metterle un telefono in camera, stufi di vedere il filo del telefono del salotto tirato all'inverosimile per nascondersi dietro la porta della cucina. Le ho aggiornate su quanto mi aveva detto Francesco fuori da scuola e ho chiesto loro di informare Viola solo quando lei le avesse chiamate per sapere dov'ero. Alle mie amiche ho detto che preferivo che non lo sapesse prima di essere a casa per non rovinarle il pomeriggio con Matteo. In realtà, non volevo che tornasse di corsa, cercasse di farmi ragionare, mi mettesse in guardia. Ero certa che lo avrebbe fatto: se io non dovevo dirle niente a proposito di Matteo, perché lei "sapeva quello che faceva", lei invece non avrebbe esitato a costringermi a valutare assieme se fosse giusto o meno andare a casa di Francesco. Avevo già fatto la mia scelta, in autonomia, e volevo evitare ogni possibile discussione, ogni dubbio.

Sono andata in bagno e ho aperto l'acqua della doccia, bollente. Spogliandomi mi sono resa conto che quel giorno, per caso, avevo di nuovo le All Star fucsia, come la prima volta che ero finita a casa di Francesco, l'avevo baciato, avevo dormito nel suo letto abbracciata a lui e poi come quel primo lunedì in cui era comparso fuori dal Manzoni. Ho deciso che le avrei rimesse anche dopo essermi cambiata. Avevo alcune manie scaramantiche. E credevo ai segni.

Francesco mi ha aperto la porta impacciato, era chiaro che non sapeva come salutarmi. Ha accennato un sorriso nervoso senza dire nulla. Altrettanto in silenzio, gli sono passata accanto nell'ingresso, ho appoggiato il casco e la giacca in un angolo e mi sono diretta in salotto, anziché in camera sua come facevo generalmente quando arrivavo da lui. Mi sono seduta sul divano, le gambe accavallate, le mani infilate tra le cosce. Lui ha esitato, si è guardato attorno, poi ha optato per la poltrona accanto al divano.

«Hai un fratello», ho esordito.

«Sì. Si chiama Nicolò, ha sei anni più di me. Se n'è andato da... tanto. Quando ti prendo in giro sul tuo rapporto con Viola, quando dico che non dovresti lasciarti condizionare da lei... Nicolò è sempre stato la persona più importante in assoluto per me. Tutto quello che dice, tutto quello che fa è sempre stato Vangelo per me. Ma questa è stata la mia maledizione.»

Si è scompigliato i capelli con le mani, si è chinato in avanti, ha appoggiato i gomiti sulle ginocchia, ha fatto un profondo sospiro e con sforzo evidente, guardandosi le mani, è risalito con la memoria a un tempo lontano.

«Nicolò aveva sei anni quando sono nato; era felicissimo di avere un fratello, non è mai stato geloso. Anche se c'era una camera in più ha voluto che dormissi con lui. Voleva insegnarmi un sacco di cose. Fin da bambino, aveva questo atteggiamento protettivo, paterno, nei miei confronti. Forse aveva già intuito, grazie al sesto senso dei bambini, che tra i nostri genitori non andava bene e che un giorno o l'altro avrei avuto bisogno di lui. E così è stato.

«Aveva dieci anni, io quattro. Una sera si è svegliato perché aveva sete, si è alzato dal letto ed è andato a cercare un bicchiere d'acqua in cucina; nostra madre era fuori: andava sempre, una sera a settimana, a giocare a carte con le amiche. Nicolò è rimasto stupito di non trovare nostro padre in salotto, nonostante la televisione fosse accesa. Così l'ha cercato e l'ha trovato in guardaroba. Con la baby-sitter. Ovviamente nostro padre ha cercato di giocare subito d'attacco urlando cose tipo: "Cosa fai sveglio a quest'ora! Vai a letto!", cioè trattandolo come un bambino, ma a dieci anni Nicolò non era già più un bambino. In un certo senso non lo è mai stato: ha sempre avuto un carattere aggressivo, coraggioso, ha sempre preso ogni situazione di petto. E anche quella volta non si è lasciato intimorire: ha affrontato nostro padre insultandolo, ha strattonato la baby-sitter perché se ne andasse, ha pianto sì, ma di rabbia, di rabbia feroce finché nostro padre non gli ha dato una sberla tanto forte da farlo quasi cadere e con voce ferma, fissandolo dritto negli occhi, gli ha detto: "Non ti azzardare a dire qualcosa alla mamma. Non t'immischiare negli affari dei grandi, non hai la più pallida idea di quello che hai visto". Nicolò non ha più aperto bocca, non ha più pianto, è tornato a letto, dimenticando il suo bicchiere d'acqua, ma per diverse ore non ha chiuso occhio. Io dormivo: avevo quattro anni, non avevo sentito nulla.

«Il giorno dopo ha fatto finta di niente, per tutto il giorno; ma la sera, mentre guardavamo i cartoni, è andato in cucina da nostra madre e mentre lei tagliava le verdure lui le ha detto così, tutto d'un getto: "Ieri sera, quando eri fuori, è venuta la baby-sitter. L'ho vista che baciava il papà nel guardaroba, sulla bocca, e il papà non aveva i pantaloni". Allora lei si è voltata di scatto e veloce come il vento gli ha dato una sberla quasi più forte di quella di nostro padre. Era furiosa. Gli ha detto: "Che motivo avevi di dirmelo? Non potevi lasciare le cose com'erano? Hai rovinato tutto". Poi è andata a chiudersi in camera, lasciando che la ratatouille si carbonizzasse lentamente.

«Dopo diversi minuti in cui era rimasto immobile, ancora incredulo Nicolò ha spento il fuoco sotto la pentola, è tornato sul divano a guardare i cartoni e mi ha detto: "Stasera ci mangiamo un panino, ti va?". E io quella sera del panino me la ricordo. Non so perché. Tutto il resto me l'ha raccontato Nicolò un sacco di anni dopo, ma io quella cena solo noi due in cucina, con un panino, me la ricordo. Forse si tratta sempre del sesto senso dei bambini, forse in qualche modo avevo percepito che quella sera era importante. Tutto quello che è venuto dopo è stata una serie di conseguenze: conseguenze di quelle due sberle, conseguenze di un bambino che semplicemente, di notte, aveva sete. A partire da quel giorno tutto si è spezzato. Tranne il nostro legame, che anzi è diventato ancora più forte. Indispensabile.

«Quando, quella sera, nostro padre è rincasato, nostra madre l'ha aggredito come una belva ferita sin dalla porta di casa; hanno litigato a lungo, con le urla smorzate in gola tipiche dei genitori che sperano che i figli non sentano. Io infatti non sentivo, dormivo tranquillo, ma Nicolò era sveglio, stava seduto per terra vicino alla fessura della porta socchiusa di camera nostra. Quando ha sentito la porta di casa sbattere e nostra madre piangere, ha percepito tutta la responsabilità nei miei confronti, che nostro padre non poteva, o non voleva, più assumersi, ricadere su di lui. Si è infilato nel mio letto e per la prima volta, la prima di una lunghissima serie, abbiamo dormito abbracciati. A cucchiaio, come dici tu.

«Nei giorni, e negli anni, seguenti, nostra madre ha più volte cercato di scusarsi con Nicolò per la sua prima reazione istintiva. Gli diceva che avrebbe capito da grande, ma anche da grande Nicolò non ha mai capito e tantomeno accettato. Forse perché è una persona molto diversa da nostra madre: fin da bambino è sempre stato estremamente schietto e lo è diventato ancora di più crescendo, per cui lui non avrebbe mai reagito in quel modo, non avrebbe mai preferito non sapere. Quella sberla ha spezzato qualcosa nel loro rapporto, in modo irrimediabile.

«Nostro padre è più o meno sparito, si è fatto vivo sempre più di rado; si è ridotto quasi subito a un conto in banca e a uno sputasentenze con e su di noi, anche se in realtà non ci conosce nemmeno. Non si è mai sforzato di conoscerci. Ti ho già detto che sono iscritto a economia perché l'ha voluto lui, e in effetti è così: non ha la più pallida idea di cosa possa piacermi o interessarmi, non me l'ha mai chiesto, non mi ha mai ascoltato. Per lui un uomo studia economia o legge o medicina. Punto. Perché è con queste tre facoltà che si possono fare i lavori che per lui sono… degni. Degni di un uomo perbene, della Milano-bene, di questa borghesia fatta di stereotipi e percorsi pretracciati. Fatta di matrimoni fasulli, in cui una donna preferisce chiudere gli occhi e farsi riempire di corna, piuttosto che ritrovarsi sola.

«A me non frega niente se paga soldi inutilmente, fatti suoi: l'ho lasciato pagare la retta, per anni, ma io uno di quei lavori non lo farò mai. E quell'università non la finirò mai. Prima o poi lo scoprirà, che non ho sostenuto un singolo esame, e allora arriveremo al capolinea: sarà il punto di rottura. Anche se per parlare di rottura ci vorrebbe qualcosa da rompere, mentre tra di noi non c'è più nulla da tanti anni. A parte il disprezzo.

«Nostra madre si è occupata di me, si occupa ancora di me in un certo senso: mi lascia vivere qui, anche se in pratica non ci vive più nemmeno lei, mi fa la spesa, paga pure una donna delle pulizie, quasi solo per me. E ogni tanto compare, ceniamo insieme, parliamo. A differenza di mio padre, lei parla con me, almeno ora. Per tanti anni non l'ha fatto. È stata a lungo un triste fantasma, l'ombra di sé stessa, impegnata a raccogliere ogni forza rimasta per salvarsi. Si occupava di me, perché ero piccolo e ne avevo bisogno, ma aveva sempre un'aria assente; di Nicolò invece non si occupava molto, un po' perché lui era più grande, un po' perché lui la respingeva.

«Il giorno in cui ha ottenuto la maturità Nicolò se n'è andato di casa. Siamo andati insieme a guardare i cartelloni con i risultati; quando siamo rientrati io sono corso subito ad annunciare raggiante il suo risicatissimo 37 a nostra madre, lui invece è sparito in camera e poi è comparso in sala da pranzo con una sacca in mano, gonfia di libri e qualche vestito. Evidentemente l'aveva già preparata e nascosta nell'armadio. Non mi aveva detto nulla. Sapevo che mio fratello aveva dei segreti, sapevo che non mi raccontava tutto delle sue ragazze, per esempio, ma una cosa del genere… Non mi sono mai sentito tanto tradito in vita mia. Avevo dodici anni. Che Nicolò se ne andasse era mille volte peggio della partenza di mio padre. Tempo dopo ho capito che me l'aveva tenuto nascosto perché altrimenti avrei fatto di tutto per impedirglielo, o forse solo perché non avrebbe potuto guardarmi in faccia, affrontare la mia reazione e allo stesso tempo portare a termine il suo progetto. Infatti, ricordo che quel giorno ha parlato guardando a terra: non poteva sostenere il mio sguardo.

«Nostra madre, invece, non si è mostrata particolarmente scossa dalla notizia. È rimasta seduta, gli ha chiesto: "E dove vai?", lui le ha risposto: "Non lo so. Per il momento, stasera ho un treno per Berlino", poi sono rimasti a fissarsi in silenzio, finché lei non si è alzata, è andata in camera da letto, sempre calma, è tornata con un pacchetto regalo in mano. Gli ha detto: "Tu pensi che io non capisca niente di te, ma una madre li conosce i propri figli, meglio di loro stessi. Lo sapevo che non avrei potuto trattenerti a lungo, ti ho perso molto tempo fa, ma ho cercato lo stesso di trasmetterti quello che di buono mi rimaneva. Spero che ne farai tesoro. Comportati bene, fai attenzione, a tutto e prima di tutto a te stesso: non t'ingannare mai. Amati. E ogni tanto torna da noi. Che tu lo voglia o no, rimarremo sempre la tua famiglia e qui avrai sempre una casa".

«Io ero così arrabbiato, ma così arrabbiato... Mi sembrava di esplodere dalla rabbia. Non riuscivo nemmeno a urlare, ero paralizzato dalla rabbia. Rabbia nei confronti di Nicolò che mi lasciava da solo e nei confronti di mia madre, che non faceva nulla per trattenerlo e anzi, sembrava assecondare la sua decisione. Quando Nicolò ha aperto il regalo – era un orologio – nostra madre gli ha detto: "Ha anche la bussola, casomai dovessi perderti...". Sapeva già che sarebbe partito. La sera stessa mi ha confessato che aveva scoperto la sacca di Nicolò qualche giorno prima, mettendo a posto i vestiti stirati nell'armadio. Lo sapeva e gli aveva comprato quell'orologio, per dirgli: "Vai". Vai. Non gli ha mai detto "resta".

«Nicolò mi ha abbracciato, mi ha promesso che non sarebbe cambiato niente tra di noi, che si sarebbe fatto vivo spessissimo, che sarebbe tornato a trovarmi. Che un giorno avrei capito. Poi se n'è andato, lui con il suo orologio con la bussola, io che allora ho avuto l'impressione di perderla, la bussola, di perdere il Nord, di perdere l'orientamento. Nicolò però ha rispettato la sua promessa e per anni si è fatto vivo ogni settimana. Andava in giro per il mondo, viveva come poteva, arrangiandosi, facendo lavori di ogni genere; ma ovunque fosse, ogni settimana, per anni, ha fatto in modo di trovare un telefono e i soldi per telefonare e mi ha chiamato. Mi raccontava le sue avventure e io le trovavo così eccitanti, morivo d'invidia. Ogni volta gli chiedevo di portarmi con lui, ma lui quasi mi sgridava, mi diceva: "Studia! Devi finire la scuola", mi diceva: "Non diventare come me". Mi diceva anche: "La mamma ha bisogno di te" e io non riuscivo a capire come potesse continuare a preoccuparsi per lei.

«Ci sono così tante cose che non ho capito per anni. Ma la partenza di Nicolò l'ho capita abbastanza rapidamente;

non sono riuscito a rimanere arrabbiato con lui a lungo. Ogni tanto passava da Milano, senza mai avvisare, compariva a una qualsiasi ora del giorno o della notte. Sempre più magro, sempre al verde. Secondo nostra madre aveva ogni volta l'aria più sciupata, secondo me più vissuta. Aumentavano le rughe, eppure il suo volto sembrava sempre più... acquietato. Ho accettato la sua partenza perché ho capito che Nicolò era così pieno di odio che rimanere l'avrebbe distrutto. Doveva allontanarsi da questo mondo in cui l'apparenza conta più della verità, un mondo che l'aveva letteralmente preso a sberle per il semplice fatto di averla vista e detta, la verità.

«Da quattro anni si è fermato, in Spagna. Trova ogni estate dei lavori stagionali, poi passa l'inverno a scrivere. È diventato molto più facile vederci, posso andare a trovarlo ogni volta che voglio. Ci sentiamo spesso, sa tutto di te. Non so perché non ti ho parlato di lui. O meglio, lo so: non avrei saputo parlarti di lui senza raccontarti tutta la storia e non avevo voglia di parlare di un ragazzino terrorizzato dagli abbandoni. Parlartene avrebbe significato perdere ogni protezione. Svelare la mia fragilità. In fondo anche io sono legato all'apparenza... preferisco sembrare un duro a cui non frega niente di niente.

«Domenica scorsa, Nicolò mi ha chiamato: lo avevano fermato per guida in stato di ebbrezza, aveva bisogno di qualcuno che pagasse la multa. E recuperasse la macchina. Ovviamente lui è sempre al verde; i suoi amici tanto quanto lui. Ho dovuto chiedere i soldi a nostro padre, non è stato piacevole. Quando sono arrivato, Nicolò mi ha annunciato che lui e Jeanette, la sua fidanzata svedese, avevano in programma di trasferirsi a Parigi. Lei ha un fratello che vive lì e dice che può aiutarli a trovare un lavoro più stabile di quelli stagionali. Non me l'aveva detto prima perché volevano passare da Milano lungo il tragitto e farmi una sorpresa. Avevano già disdetto l'affitto dell'appartamento, erano pronti a partire, in macchina, per portarsi via tutte le loro cose, ma a mio fratello hanno ritirato la patente. Chiaro. E Jeanette non guida. Quindi ho annullato il mio volo di ritorno e sono partito con loro, per guidare la loro macchina fino a Parigi. Li ho lasciati dal fratello di Jeanette, poi ho preso un treno e sono tornato a Milano. Sono arrivato ieri sera tardi.

«Non potevo chiamarti e spiegarti tutto al telefono. E non volevo dirti una balla. E non potevo nemmeno dirti solo: "Sono partito, ti spiego quando torno", perché ti conosco e non avresti mai accettato di non sapere nulla di più. Così ho preferito spegnere il telefono e sparire, anche se chiaramente ho sbagliato. E ho sbagliato fin da principio, perché avrei dovuto dirti tutto da sempre, parlarti di Nicolò. Dirti che sapevo distinguerti da Viola già quando venivo a casa di tuo fratello e voi ci spiavate con i vostri occhi grandi, ma i tuoi di più, più seri, più curiosi. Dirti che quella sera in cui sei venuta via con me dal Propaganda non mi sembrava vero che un'occasione così mi si offrisse su un piatto d'argento. Dirti che quando mi hai baciato, sul balcone, ero così felice... ma la mattina dopo sei andata via in fretta e furia e io ho pensato che avrei dovuto aspettarmelo, che una come te, a mente lucida, avrebbe capito che non aveva nulla da condividere con uno come me, che se mi fossi attaccato a te avrei finito per innamorarmi e prima o poi sarei rimasto fregato. Ma poi per tutto il weekend ho solo desiderato di rivederti e baciarti ancora e farti capire che anche se sono completamente perso posso costruire qualcosa con te; allora, il lunedì mattina ho chiesto a Viola e sono venuto fuori dalla tua scuola e lo sapevo che avevi il tuo motorino, che quella della batteria era una balla, ma mi è piaciuto che lei fosse così complice con te, mi ha ricordato Nicolò. E poi tu hai accettato il mio passaggio e così io ora mi ritrovo innamorato di te e spero solo di non essere fregato.»

Francesco aveva finito di parlare, ma ancora le sue parole echeggiavano nel silenzio del salotto. Per tutto il tempo aveva fissato le sue mani nervose, le dita che si stringevano forte, canalizzavano la tensione di un corpo immobile.

Cercavo d'immagazzinare tutto quello che mi aveva detto, parlando veloce, come se avesse dovuto togliersi un ce-

81

rotto: farlo in fretta per soffrire il meno possibile, come diceva Bea. Fissavo un punto inesistente del tavolino di legno davanti a me e cercavo di mettere a fuoco un bambino di quattro anni il cui padre sparisce, la madre diventa un fantasma; che cresce con un fratello che è un supereroe, ma quando l'infanzia finisce scopre che i suoi ricordi felici sono fasulli. Cercavo di mettere a fuoco un ragazzino ancora imberbe, che guarda il suo supereroe uscire dalla porta, una sacca di libri sulla spalla, e andare incontro al mondo lasciandolo indietro, lasciandolo solo. Cercavo di visualizzare Nicolò, di cui non c'erano foto in casa, come d'altronde non ce n'erano di Francesco, né di nessun altro: nessun indizio che in quella casa avesse vissuto una famiglia. Nicolò che era la Viola di Francesco, che si era infilato nel suo letto quando il padre aveva abdicato e con cui aveva dormito a cucchiaio per anni. Nicolò che era un uomo, che aveva le avventure incise sul volto, ma che quando era nei guai chiamava Francesco. Francesco che quel primo lunedì sapeva che avevo il mio motorino, ma anziché trovarmi ridicola era stato contento che assecondassi la balla di Viola. Francesco che aveva temuto di soffrire, ma si era innamorato di me. Innamorato. Di me.

Ho distolto lo sguardo dal tavolino, l'ho spostato su di lui e ho scoperto che mi stava guardando. Mi è sembrato di scorgere il bambino che era stato, il bambino che aveva assistito alla distruzione della sua famiglia senza avere l'età per rendersene conto, privato anche della possibilità di soffrire e di elaborare il suo dolore, passare oltre; un bambino che crescendo si era ritrovato con la storia già scritta, i conti già fatti, aggrappato a un fratello deluso, arrabbiato, ma estremamente amorevole.

Mi sono alzata senza dire nulla, l'ho preso per mano, l'ho portato in camera sua. Ci siamo fermati in mezzo alla stanza illuminata a giorno, allora lui mi ha tirata a sé, ha posato entrambe le mani sulle mie guance, la fronte sulla mia, sorridendo felice, sorridendo sollevato. Ho fatto un passo indietro per guardarlo negli occhi e ho detto: «Anch'io sono innamorata di te. Mi sa che siamo entrambi fregati».

Era la prima volta che dicevo "ti amo" a qualcuno. Ed era come se il tempo si fosse fermato. Come se i muri tutt'attorno a noi fossero spariti, i suoni annullati, come se il mondo avesse deciso di andare a fare un giro per lasciarci il nostro momento: io e lui, sospesi e soli, le nostre mani, le nostre bocche, le nostre pelli bramose di contatto, i nostri sguardi. Come se ci fossimo lanciati da una scogliera senza sapere su cosa saremmo atterrati, ma finché eravamo in volo era una sensazione meravigliosa.

Allora lui mi ha baciato piano, dolcemente, e poi in modo più ansioso. E quella volta non si è fermato né gli ho chiesto io di farlo. Non c'erano più la paura né le remore morali; non avevo più bisogno di aspettare, perché se avevo sempre desiderato che succedesse con il ragazzo giusto, Francesco era più che giusto. Era sorprendente, era travolgente. Era sincero. Era dolce. Ed era innamorato di me. Se avevo sempre desiderato che succedesse con qualcuno di cui ero innamorata, di Francesco ero assolutamente certa di essere innamorata. Non mi era ancora mai successo, era qualcosa di nuovo per me, di sconosciuto; fino a quel momento l'amore l'avevo visto nei film, nei telefilm, letto nei libri; era qualcosa di cui Viola mi aveva parlato per un'infinità di notti, riferendosi a Matteo, ma provarlo in prima persona era diverso. Non avrei saputo spiegarlo, e mi sembrava che in fondo nessuno, nemmeno i grandi scrittori, avessero mai trovato le parole giuste. Era molto di più; più forte delle onde, quando al mare ti investono, ti trascinano con loro, ti tirano giù e per un attimo ti chiedi terrorizzato se avrai abbastanza fiato, se riuscirai a tornare in superficie.

In quel momento non ho dovuto prendere nessuna decisione, non ho dovuto pensare o valutare alcunché: tutto andava semplicemente ed esattamente come doveva andare. Per un rapidissimo momento ho pensato alle mie amiche, a quando gliel'avrei raccontato: a Camilla che avrebbe chiesto ogni dettaglio, avrebbe urlato, si sarebbe emozionata tanto da non poter stare ferma; a Bea, che mi avrebbe trascinata a rinnovare la mia biancheria, avrebbe commentato e mi avrebbe chiesto se ero felice, davvero felice, solo quando ci fossimo ritrovate io e lei da sole. Ma soprattutto ho pensato a Viola, che avrei voluto lo sapesse prima di tutti, anche prima di me e di lui. Mi sono chiesta se, forse, non lo sapeva già: era tornata a casa, non mi aveva trovata, aveva intuito.

Poi, non ho pensato più a niente.

Era il 28 marzo 1998, al di là della finestra risuonava *Good Riddance*, che qualcuno ascoltava ad alto volume, e il sole splendeva, imponeva il proprio calore dopo una settimana di pioggia, perché a volte non è il clima a influenzare il nostro umore, bensì, per quanto incredibile, proprio il contrario.

6.

Il giorno dopo, sono tornata a casa mia dopo pranzo, ma anziché trovare Viola, sicuramente curiosa e impaziente, ho trovato un suo biglietto in cui mi diceva che sarebbe stata tutto il giorno dalla sua compagna di classe Sofia a preparare un compito di fisica. Ho immaginato che non mi avesse avvisata mandandomi un messaggio perché il fatto che non fossi tornata a dormire poteva voler dire una sola cosa e non era certo per telefono che voleva i racconti.

L'ho sentita entrare in casa poco prima di cena, ma nel momento in cui le sono corsa incontro in anticamera ho visto apparire anche i nostri genitori che rientravano dal loro weekend con amici nella casa dei nonni in campagna.

«Lavati le mani, Viola, e venite subito ad apparecchiare», ha detto nostra madre, «metto un attimo nel microonde le lasagne avanzate da ieri sera ed è pronto. Sono squisite, le ha fatte la Paola. Porta sempre troppa roba, glielo dico ogni volta!»

Già sapevo che a cena ci avrebbe inflitto un resoconto dettagliato di tutti i pettegolezzi su cui era riuscita ad aggiornarsi, corredati da commenti personali introdotti dall'immancabile «...che poi, io non vorrei dire, ma...» – ma poi lo diceva lo stesso. Io, che avevo imparato a fingere la concentrazione con gli occhi, ma a spegnere le orecchie, mi chiedevo sinceramente incuriosita se lei credesse davvero che noi l'ascoltassimo e che tutto quello potesse interessarci. Forse sapeva che non era così, ma nostra madre ha sempre avuto un patologico bisogno di riempire i vuoti, qualunque genere di vuoto. Per quello la nostra casa traboccava di oggetti, quadri, cornici, piante, pouf, cuscini; per quello compensava la distanza di Tommaso spedendogli di continuo regali e scatoloni di cibarie; e per quello controbilanciava l'incomunicabilità adolescenziale mia e di Viola, fatta di silenzi e segreti, con racconti inutilmente dettagliati e considerazioni sconnesse.

A tavola, Viola mi guardava in modo insistente e interrogativo, ma io evitavo il suo sguardo, perché morivo dalla voglia di raccontarle tutto, ma raccontarglielo per bene: non volevo che capisse qualcosa solo scorgendo l'eccitazione che ancora mi portavo dentro e la felicità incredula che mi faceva verificare, ogni due minuti, che non stessi sognando.

Quando stavamo già tagliando la frutta e pensavamo di essere ormai vicine alla liberazione, nel flusso di parole indistinte di nostra madre è esplosa una bomba che ci ha svegliate dai nostri pensieri, ha attirato immediatamente la nostra totale attenzione, ci ha fatto sollevare gli occhi dalle mele, immobilizzare le mani con ancora i coltelli conficcati a metà.

«...certo a casa sua non ci staremmo tutti quanti, povero Tommi, vive in un appartamento così piccolo...» stava dicendo nostra madre, «è già bravissimo a pagarselo da solo con il suo primo lavoro! Però quindi noi è chiaro che non ci stiamo, ma mi ha già parlato di un alberghetto davvero carino proprio vicino vicino a casa sua. Potremmo partire il mercoledì dopo la scuola e tornare il martedì sera, così sarebbe quasi una settimana completa. Fantastico no?»

«Di che mercoledì stai parlando?» ha chiesto Viola.

«Mercoledì tra dieci giorni, ci sono le vacanze di Pasqua! Ragazze, ma su che pianeta vivete? Non siamo ancora andati a trovare vostro fratello, è una vergogna! A settembre prima dell'inizio della scuola no perché c'era il funerale di Diana ed era un macello, ai Morti no perché il papà era di turno, Natale no perché è venuto lui... ora finalmente non ci son più scuse! E poi Londra in questa stagione dev'essere una meraviglia. Me l'ha detto anche la Carola, avete in mente la mia amica? Ci è andata l'anno scorso, proprio per

Pasqua. Bisognerà informarsi bene sul meteo, se no rischiamo di sbagliare completamente la valigia...»

Mentre lei continuava le sue riflessioni sul clima, sui golf in cotone che erano ancora nella parte alta dell'armadio, perché era troppo presto per fare il cambio di stagione, io e Viola ci guardavamo con il terrore negli occhi e il cervello che lavorava a mille all'ora per trovare una scappatoia da quella vacanza che ci si stava prospettando davanti, ben diversa dai sette giorni di libertà totale che ci eravamo immaginate.

«...ma in fondo a Milano è arrivata una bella primavera, mentre a Londra di sicuro un cappottino non te lo toglie nessuno...»

L'unica scusa che son riuscita a escogitare sul momento è stata: «Mamma, ma c'è la maturità...».

«Hai sentito, Claudio? La maturità! Cosa ti avevo detto? Non la vivono bene, sono troppo angosciate. È un esame importante, ma non deve diventare un tale stress... Avete degli ottimi voti entrambe, e di questo sapete quanto siamo felici e fieri, e siamo sicuri che arriverete all'esame perfettamente preparate. Ma una vacanza in famiglia, di nuovo tutti e cinque... sei giorni di pausa da tutto, vi farebbero bene! Possiamo fare dei giri, un po' di turismo, il pranzo di Pasqua tutti assieme... Devo pensare alle cose da mangiare che là Tommaso non trova. La colomba! Ecco, per esempio, figurati se la trova la colomba a Londra...»

Ha continuato a riflettere ad alta voce sulla lista di cose da fare, da comprare e da portare mentre si dirigeva verso la cucina con il portafrutta fra le mani. Noi siamo rimaste un momento a tavola con nostro padre, paralizzate e incredule. Lui ha cominciato a piegare il tovagliolo in modo estremamente lento e preciso, guardava le pieghe del tessuto come avrebbe potuto osservare l'intestino esposto di uno dei suoi pazienti. Quando la voce di nostra madre, ritmata dai suoi tacchi a spillo sul parquet, ha fatto di nuovo ingresso in sala da pranzo, Viola l'ha interrotta allungandomi un calcio sotto al tavolo: «Mamma, non è vero che siamo troppo stressate, è solo che abbiamo preso un impegno».

«Come sarebbe un impegno? Con chi?» ha chiesto lei guardandoci, prima una e poi l'altra.

«Con i nostri gruppi di studio! Ognuna il suo.»

«Ma da quando avete dei gruppi di studio?»

«Appunto… è una cosa nuova. Dato che tra quattro giorni estraggono le materie dell'orale, abbiamo pensato di cominciare proprio durante le vacanze di Pasqua. Sai: ognuno studia una parte del programma, poi la espone agli altri… ci s'interroga a vicenda… Insomma, dei gruppi di studio! Lo sai anche tu come sono, no? Ne avrai avuti anche tu.»

«Sì, certo. Magari più all'università. E magari era più una coppia di studio, più che un vero e proprio gruppo: studiavo sempre con la mia amica Ludovica, la adoravo.»

«Chi è? Non ne hai mai parlato.»

«Non la conoscete. E invece chi c'è nei vostri gruppi?»

«Nel mio ovviamente Bea e Cami», ho risposto per prima, essendo per me molto più semplice trovare dei nomi credibili, «e poi Antonio, dato che è da cinque anni che copia sempre da me. Forse lui vorrebbe coinvolgere Giacomo, ma non vorremmo nemmeno essere troppo numerosi.»

«Nel mio invece Sofia, siamo già abituate a studiare insieme. E poi… la Eli e la Fra», ha aggiunto Viola.

«Te l'avevo detto, Claudio, te l'avevo detto che dovevamo organizzarci prima! Anche voi però, non potete cominciare questi scambi dopo le vacanze?» è tornata all'attacco nostra madre sistemandosi nervosamente i capelli dietro le orecchie, anche se non si erano mossi di un millimetro. Era uno dei gesti tipici che faceva quando era arrabbiata o inquieta: o giocava con la lunga collana con tre ciondoli che nostro padre le aveva regalato per le nostre nascite, che portava quasi tutti i giorni sopra ai golf regolarmente neri a collo alto, almeno d'inverno, oppure si toccava i capelli liscissimi. Li portava sempre sciolti, con la riga in mezzo, lunghi fino alle spalle e con solamente un'onda a livello della clavicola. La faceva con una spazzola elettrica rotonda, che si scaldava tanto da far fumare i capelli umidi e poi ci spruzzava sopra la lacca Cielo Alto. Usava sempre la stessa, fin da quando noi eravamo bambine, aveva un profumo forte, un po' dolce, che avrei saputo riconoscere ovunque. Da piccola adoravo stare a guardarla e quando aveva finito le chiedevo di fare i boccoli anche a me; poi ero arrivata a un'età in cui i ruoli si erano rovesciati, per cui ogni tanto era lei a propormi di farmi i capelli, ma io rifiutavo malamente la sua proposta, dicendo che non volevo più giocare a fare la pettinatura da *sciùra*.

«Mamma, ma in settimana non si trova mai il momento che vada bene a tutti e anche il weekend… è complicato, c'è sempre qualcuno che ha qualcosa…»

«E invece durante le vacanze di Pasqua nessuno ha niente?»

«No, appunto perché ci eravamo tutti tenuti liberi apposta.»

«E allora prenoterò solo per noi due, che devo dirvi. È un gran peccato! Per carità, lo capisco, un impegno è un impegno ed è molto giusto che lo manteniate, però… Comunque noi Tommaso dobbiamo andare a trovarlo lo stesso, sono mesi che non lo vediamo! Già, devo pensare a un regalo da portargli, magari qualcosa per la casa, anche se la sua casa è così piccola…»

Ha ricominciato a parlare a raffica per reagire alla delusione e colmare la nostra assenza da quella vacanza che aveva immaginato, ancora una volta, a cinque. Di nuovo, lei, le sue riflessioni inarrestabili e i suoi tacchi a spillo si sono allontanati lungo il corridoio, insieme ai piatti sporchi impilati e ai torsoli di mela. Nostro padre ha finalmente distolto lo sguardo dal tovagliolo, oramai piegato in maniera perfetta e quasi stirato, si è alzato sospirando, ha riavvicinato la sedia al tavolo, ci ha guardate accennando un vago sorriso beffardo e poi ha detto: «Ora aiutate vostra madre a sparecchiare la tavola».

Una volta rimaste sole abbiamo cominciato a parlare a raffica, ma senza riuscire a finire nemmeno una frase, tanto eravamo ancora interdette.

«Ma che diavolo…?»

«Non lo so.»

«Abbiamo rischiato...?»

«Sì!»

«E papà...»

«Secondo te ha capito?»

«Chi lo sa!»

«E la mamma?»

«C'è rimasta male. Però...»

«Cos'è, ci vuoi andare?»

«Ma sei matta?»

«Perché, vuoi vedere Francesco? Pensi che starai da Francesco? Com'è andata ieri?»

«Dopo.»

Abbiamo assolto il nostro dovere di collaborazione domestica il più in fretta possibile, poi siamo corse nel salotto-tv e abbiamo acceso lo stereo abbastanza forte perché i nostri genitori non potessero decifrare le nostre parole, qualora avessero deciso di avventurarsi in quella parte di casa. Coperta dalle note dei Cranberries, ho finalmente raccontato tutto a Viola: le ho detto di Nicolò e della crisi tra i genitori, precisando: «Non dirlo a nessuno, mi raccomando». Le ho detto che Francesco era stato tutto il tempo con lo sguardo basso e le mani strette, nervose, le dita che diventavano rosse e poi bianche, finché non le lasciava andare. Che era timido. «Ti rendi conto? Franci lo sbruffone, il ribelle, quello che ci intimidiva non appena lo sentivamo entrare in anticamera, be', lì da solo con me era timido! Era così teneramente fragile.»

E sincero. Le ho detto che era stato sincero, tanto da confessarmi che si era innamorato di me e che anch'io, allora, gli avevo detto di essermi innamorata di lui e che il momento era stato così meraviglioso e perfetto che avevo fatto l'amore con lui, nella luce del pomeriggio, guardandoci negli occhi. Le ho raccontato che non avevo avuto paura e non mi ero sentita impacciata, perché ero perfettamente a mio agio con lui, perché mi aveva fatta sentire sicura. E al sicuro. Le ho detto che era stato tanto dolce che sembrava quasi essere lui quello impacciato e che alla fine gli era esploso un sorriso sul volto che non spariva più e mi aveva riempita di baci e mi aveva detto che mi aveva desiderata tanto che gli sembrava di scoppiare. Le ho detto che non era stato come avevo sempre immaginato, ma che era stato ancora meglio e che non riuscivo a smettere di pensarci, di rivivere il momento nella mia testa. Allora Viola ha reagito nell'ultimo modo in cui mi sarei immaginata che reagisse, ha lasciato cadere la testa tra le mani e scuotendola ha sussurrato: «Oh no…».

Sono rimasta un momento incredula ad aspettare che aggiungesse altro, cercando di convincermi di aver sentito male. Il CD nello stereo era finito, così mi sono alzata per metterne un altro, uno a caso: Alanis Morissette. Era di Viola, io la detestavo, ma in quel momento non m'interessava.

«Avete usato un preservativo?»

«Certo che lo abbiamo usato. Scusa è questo che ti preoccupa?»

«Quindi lui ce li aveva.»

«Sì. Ce li aveva.»

«Già pronti nel cassetto del comodino?»

«Viola, ho capito benissimo cosa stai insinuando, ma lo sappiamo tutti che lui l'aveva già fatto con altre, per cui non è una gran sorpresa che avesse dei preservativi in casa. O che li tenesse nel cassetto del comodino. Te l'ho detto, lui non vedeva l'ora: aspettava solo me!»

«Lui aspettava solo te? Lui sparisce per una settimana, però lui aspettava solo te. Non sei forse tu che aspettavi lui?»

«Non ci posso credere: non sei felice per me.»

«Lo sono se tu lo sei, Ali, ma ho troppa paura per te. Era esattamente questo che temevo quando ieri sera la Bea mi ha detto che eri da lui e poi quando ho visto che non tornavi a dormire a casa: temevo che lui trovasse le parole giuste per intortarti e che tu ti lasciassi intortare, perché lo so e già lo sapevo che tu sei innamorata di lui, anche se non lo avevi ancora mai ammesso.»

«Wow, che considerazione che hai di me! Quindi tu puoi farti calpestare come uno zerbino da Matteo, che ricompare una volta al mese, giusto quando ne ha voglia o quando non ha di meglio da fare, ma tu "sai quello che fai", mentre io sono solo un'ingenua che si fa intortare?»

«Ali, la differenza è che Matteo non dice di essere innamorato di me. So perfettamente che non lo è, ma lui mi piace, per cui quando si fa vivo, sì: ne approfitto per divertirmi. Ma senza illudermi.»

«Mentre io sono un'illusa?»

«Spero di no! Spero vivamente di no. Ma i fatti contano più delle parole e da una parte ti dice che ti ama, dall'altra sparisce per una settimana. Ha spento il telefono, Ali, non ci sono stati degli impedimenti, lui ha *voluto* sparire.»

«Te l'ho detto, non voleva spiegarmi tutto al telefono. Non era un discorso facile da fare per lui.»

«Ne sono sicura, però io penso che si possa benissimo dire al telefono "devo aiutare una persona, ti spiego quando torno". Non sto dicendo che lui sia cattivo, ma solo che ragiona in un modo diverso da me e te e io temo che possa farti soffrire di nuovo. Se ti ha detto che ti ama e dici che aveva l'aria sincera, allora: fantastico! Ma…»

«"Ma" cosa? Stai insinuando che non fosse sincero? Che me lo sono sognata solo perché ho voglia di crederci? Che abbia mentito quando ha detto di essere innamorato di me?»

«No, non sto dicendo quello.»

«Spero bene, Viola, perché tu non lo conosci come me e non c'eri ieri: si stritolava le mani! Era difficile per lui raccontare tutto quello che mi ha raccontato, nemmeno un robot avrebbe potuto mentire in quella situazione.»

«Infatti non gli sto dando del bugiardo! Io temo solo che lui non sia capace di amarti nel modo giusto.»

«E quale sarebbe il modo giusto? Quello che decidi tu?»

«No, quello che tu hai sempre sognato.»

«E se la realtà fosse migliore dei sogni?»

«La realtà non può essere migliore dei sogni se ti fa piangere per una settimana!»

Mi sono alzata di scatto, pronta a piangere di nuovo, questa volta di rabbia; mi sono chiusa in camera mia, sbattendo la porta e mi sono lasciata cadere sul letto al buio. Le stelle fluorescenti di quando ero bambina erano ancora appese sul soffitto. Ho ripensato al giorno in cui le avevo vinte al gioco della coda dell'asino alla festa di una nostra compagna di scuola. Si chiamava Cecilia e ogni anno la sua festa era la più bella di tutte quelle dei compagni di classe: a ogni gioco si vinceva un premio e sua madre faceva ben attenzione a che tutti i bambini vincessero almeno una volta. Un anno era venuto un mago a casa, un altro avevamo creato con il Crystal Ball degli animali immaginari più grandi di noi, un altro ancora sua madre aveva allestito un atelier di pittura in salotto con grembiuli per tutti e un enorme tappeto di carta su cui potevamo dipingere con i pennelli o le mani o i piedi, come volevamo.

Il giorno in cui avevo vinto il grande sacchetto pieno di stelle fluorescenti avevo insistito così tanto con mia madre per poterle attaccare la sera stessa sul soffitto della mia camera, che al ritorno dalla festa avevamo allungato la strada per passare a comprare del biadesivo. Una volta a casa, quando avevamo aperto il pacchetto, avevamo scoperto che le stelle erano già adesive di per sé; mia madre si era messa a ridere, aveva ripreso il biadesivo dicendo «servirà per qualcos'altro» ed era andata nel guardaroba a cercarmi la scala. Dopo aver a lungo valutato con Viola se fosse meglio distribuire le stelle su tutto il soffitto della camera o piuttosto concentrarle nella parte sopra al letto, avevamo assoldato Tommaso, perché da sole non arrivavamo al soffitto nemmeno mettendoci in punta dei piedi sull'ultimo gradino della scala. Io e Viola ci eravamo sdraiate sul mio letto e gli avevamo indicato dove attaccare le stelle. Lui continuava a salire e scendere, spostava la scala di pochi centimetri, risaliva, attaccava, scendeva, spostava e via di seguito. Ogni volta sbuffava, ma sbuffava ridendo.

Negli anni ho imparato a memoria la posizione di quelle stelle, dov'erano rimasti dei buchi, dove ce n'erano due troppo vicine. Ogni sera, quando le osservavo, lo sguardo s'incanalava automaticamente lungo sempre gli stessi percorsi immaginari in quel cielo fittizio.

Dopo alcuni minuti, Viola ha aperto piano la porta, si è seduta sul bordo del letto, mi ha chiesto scusa.

«Con Francesco sei diversa, sei impulsiva e tu non sei mai stata impulsiva. Quella impulsiva ero io, tu eri quella che scriveva nero su bianco la lista dei pro e dei contro prima di ogni decisione. Tu sei quella che mi ha salvata da un mare di idiozie perché mi ha fatta ragionare prima di agire. Ma con Francesco... sparisci di notte a casa sua, non ti accorgi che il telefono si spegne, lo baci tu per prima, vai in Liguria in nottata... E ora, fai l'amore con lui, per la prima volta in vita tua, dopo che per una settimana non hai fatto altro che piangere convinta che ti avesse lasciata. Ho solo paura che lui ti spinga a essere qualcuno che non sei.»

«E se lui mi stesse solamente dando coraggio?»

«Coraggio per cosa?»

«Per vivere senza riflettere. È quello che mi ha detto prima di andare al mare di notte a vedere l'alba e quando me l'ha detto mi sono resa conto che non lo avevo mai fatto, ma avevo voglia di farlo! O meglio, lo avevo fatto una sola volta: quando ero andata via da una serata con qualcuno che non avevo previsto e mi ero ritrovata da lui, non avevo pensato al telefono e lo avevo baciato, semplicemente perché desideravo farlo. È vero, io non sono mai stata impulsiva, ma forse proprio per quello mi sento bene con lui, perché non valuta ogni situazione prima di viverla, le coglie al volo, senza pensare ai rischi e alle conseguenze. Lui improvvisa, non segue sempre gli stessi percorsi prestabiliti, e per me è qualcosa di nuovo e... sorprendente, eccitante. È come queste stelle.»

«Cosa c'entrano le stelle?»

«Le stelle di camera mia: potrei disegnarti su un foglio la loro posizione. La conosco a memoria. E l'abbiamo decisa insieme, ti ricordi? Tommaso diventava matto, ma noi continuavamo: "Un po' più a destra", "Un po' più a sinistra", "Lì ce ne sono troppe", "Lì ce ne sono troppo poche"... Ma questo è un cielo fasullo.»

«A te è sempre piaciuto dormire sotto questo cielo fasullo. Ti è sempre piaciuto che le stelle rimanessero al loro identico posto per dieci anni.»

«Viola, io mi fido di lui. Non ho paura d'improvvisare

94

con lui, perché mi fido. Mi piacerebbe che lo facessi anche tu. O per lo meno, prova a fidarti di me.»

«Lo sai che mi fido di te. Però l'amore acceca.»

«Non sono cieca. Anzi! Mi sembra di vedere tutto con estrema chiarezza. E forse per la prima volta.»

Si è sdraiata accanto a me e mi ha abbracciata; percepivo il suo sguardo inquieto, nonostante il buio. Il suo respiro è rimasto irregolare a lungo: anche se nessuna delle due osava muoversi o parlare, era chiaro che non riuscivamo a addormentarci. Non volevamo ammetterlo, ma nonostante il giorno precedente fosse stato uno dei più importanti della mia vita, quella notte nessuna delle due aveva voglia di dormire insieme. In fin dei conti, il rancore, come il pesce, se lo mandi giù troppo in fretta ha sempre una spina che ti si conficca in gola e rimane lì, fastidio latente, che nemmeno la mollica di pane riesce a scacciare.

La mattina dopo ho ripreso ad andare a scuola a piedi. Radio Deejay mi ha svegliata con *Bitter Sweet Symphony*, l'ho ascoltata per intero fissando il soffitto della camera, le stelle di plastica oramai non più visibili. Quando la voce di Roberto Ferrari ha cominciato a coprire le ultime note dei Verve ho lasciato la radiosveglia accesa perché anche Viola emergesse dal letto, con i suoi tempi, e mi sono trascinata in bagno. Ho aperto l'acqua del lavandino e mentre aspettavo che si scaldasse mi sono guardata allo specchio: i capelli erano ricresciuti di diversi centimetri, stavano finalmente ben saldi dietro le orecchie ed erano lisci, ordinati, non arruffati come quelli di Viola, sempre, al mattino. Sicuramente era un effetto di quel taglio corto, ma anche il mio volto sembrava diverso, più tondo. Ho osservato i miei occhi, che Francesco aveva detto essere più grandi, più seri e più curiosi della mia copia gemellare, anche se tutti li avevano sempre considerati identici; non sapevo se Francesco avesse ragione o meno, ma in quel mio sguardo assonnato che mi tornava dallo specchio mi è sembrato di scorgere per la prima volta qualcosa di mio, esclusivamente mio. Non era nulla di fisico, era qualcosa che andava al di là della fisionomia. C'ero io in quello sguardo, con tutta la mia delusione per la reazione di Viola poche ore prima, con tutto il mio amore per Francesco, con la miriade di emozioni contrastanti che mi avevano travolta in quelle ultime quarantotto ore.

Ho preferito chiudere gli occhi. Ho riempito le mani d'acqua calda e vi ho affondato la faccia più volte.

Quando, dieci minuti più tardi, sono entrata in cucina, come ogni giorno, mia madre era già seduta al bancone di marmo, inerpicata su una delle alte sedie pieghevoli, bianca come il resto dei mobili. Avvolta nella sua vestaglia di velluto rosso, che alternava a una in seta blu a fiori per la primavera e l'estate, era perfetta anche appena sveglia, i capelli in ordine, la schiena dritta, le gambe accavallate. Quando mi ha vista entrare, ha nascosto il sorriso dietro a una fetta biscottata e si è limitata a constatare: «Sei già pronta? È presto».

«Vado a piedi.»

«Ah.»

Mi sono seduta davanti alla tazza di tè fumante che mia madre aveva già messo in tavola perché avesse il tempo di raffreddarsi. Ho cominciato a pucciare i Pan di Stelle nel tè, ma ero così assorta nei miei pensieri che ne ho lasciato uno troppo a lungo nell'acqua e, quando l'ho sollevato verso la bocca, era un fradicio intruglio che si è disintegrato riprecipitando nella tazza. Delle gocce roventi mi hanno schizzato la mano.

«Ma che ca...»

«Alice!»

«Mi son bruciata!»

«Certo, è ancora caldo perché l'ho appena fatto. Negli ultimi giorni arrivavi a colazione un quarto d'ora dopo. Tua sorella infatti è ancora sotto la doccia. È difficile starti dietro, sai?»

Ancora innervosita dalla discussione con Viola della sera prima, ho ribattuto: «Neanche ci provi...».

«Alice, tutto quello che hai voglia di raccontarmi io son felice di ascoltarlo. Quello che non mi vuoi raccontare, è perfettamente inutile che te lo chieda, tanto se non vuoi parlarne non lo fai. Comunque, ci provo: perché vai di nuovo a piedi?»

Ho abbassato lo sguardo verso un punto indistinto al di là della punta dei Dr. Martens neri, che sbucavano dai jeans a zampa blu elettrici decisamente troppo lunghi, e ho risposto: «Mi piace camminare».

Non so se fosse colpa della mia età o dei nostri caratteri, ma il rapporto con mia madre si era arenato in un limbo, una sorta di terra di nessuno, luogo di passaggio tra il prima e il dopo, tra la bambina che ha bisogno e la donna che prende il largo, tra la voglia di dire e la paura di rivelare, tra la nostalgia e la ribellione. A volte lanciavo frasi provocatorie come bottiglie nel mare, ma non appena lei mostrava di averle colte nascondevo il messaggio che nella bottiglia avevo tanto faticosamente infilato.

Lei si è messa a ridere, tornando a sorseggiare il tè fumante. Da piccole, nostro fratello era riuscito a far credere a me e Viola che la mamma fosse una donna bionica, con la lingua d'acciaio, infatti non si bruciava mai, anche se beveva il tè quando era ancora alla temperatura della lava.

«Perché ridi?» le ho chiesto.

«Perché, ancora una volta, la mamma ha sempre ragione. Copriti, fa ancora freschino a quest'ora.»

È uscita dalla cucina, lasciandomi sola con la voglia di dirle "torna", di dirle "ho fatto l'amore", "sono innamorata", "Viola non ha capito e con il suo timore che Francesco possa ferirmi, mi ha ferito lei". Ma invece di chiamarla, sono rimasta ad ascoltare i suoi passi allontanarsi lungo il corridoio.

Ho pucciato un altro Pan di Stelle nel tè, ma con la testa ero già tornata alle parole di Viola, alla sua immagine mentre scuoteva la testa tra le mani. Viola che, per la prima volta nella nostra vita, non mi aveva sostenuta; eravamo abituate a non essere d'accordo, visti i nostri caratteri a volte contrastanti, o a darci dei consigli che l'altra decideva di non seguire, ma questo non toglieva nulla alla nostra reciproca solidarietà. La nostra complicità era sempre andata al di là delle opinioni. La sera prima, però, era stato diverso: per quanto Viola fosse rimasta a dormire con me, per quanto fosse evidente che si sentiva in colpa per la sua prima reazione e voleva in qualche modo cercar di recuperare, avevo percepito chiaramente che non era felice per me. Non riusciva a essere felice per me. Stretta nel suo abbraccio, la notte, per la prima volta l'avevo sentita distante. E io mi ero sentita sola. Così come mi sentivo in quella cucina, immersa nel silenzio: lontana da mia madre, lontana da Viola.

Forse solo in quel momento ho realizzato che Francesco era diventato definitivamente, per me, qualcosa d'indelebile.

Era il 30 marzo 1998 e io facevo colazione da sola, con dei Pan di Stelle che mi si frantumavano tra le dita, uno dopo l'altro, si riducevano a un'odiosa poltiglia sul fondo della mia tazza di tè, che piano piano aveva smesso di fumare. *Bitter Sweet Symphony* mi riecheggiava in testa: il destino aveva scelto una canzone perfetta per quella mattina dolce-amara.

7.

Una settimana dopo i nostri genitori sono partiti per Londra. Mentre io e Viola sparecchiavamo la tavola, dopo pranzo, nostra madre è andata in camera a chiudere le valigie e nostro padre si è messo a leggere il giornale in poltrona, dato che quella mattina non era ancora riuscito a farlo perché aveva trascorso la notte in sala operatoria. I piatti cozzavano tra di loro quando li impilavo gli uni sugli altri, anche se cercavo di fare adagio. Tra un rumore e l'altro, mi ha sorpresa la voce inaspettata di mio padre: «Fa' attenzione alla batteria del motorino. Ho sentito che da qualche giorno vai di nuovo a scuola a piedi. Spero solo che non faccia di nuovo la birichina».

Mi sono voltata verso di lui, ma il «Corriere» gli copriva la testa e il petto, spuntavano solo le gambe accavallate nei pantaloni di velluto a coste marrone. Il faccione di Prodi mi guardava con i suoi occhi languidi dalla prima pagina. Ho avuto il dubbio che mio padre avesse parlato davvero.

Più tardi, non appena ho visto dalla finestra il taxi allontanarsi lungo corso Magenta, ho preparato una sacca con qualche cambio e i libri che mi sarebbero serviti per studiare. Solo quando ho chiuso la cerniera, con il sorriso che mi si stampava sulle labbra, ho notato che Viola mi guardava appoggiata allo stipite della porta di camera mia.

«Hai preso un sacco di vestiti.»

«Sua madre è partita con il Coglione...»

«Quindi pensi di stare da lui tutta la settimana?»

«Quando ci si ripresenterà la possibilità di passare sette giorni interi, filati, sempre insieme?»

«Pensate di uscire ogni tanto almeno o ve ne starete rinchiusi nel vostro nido d'amore?»

«Ma che ne so, vediamo!»

Il telefono di casa ha squillato, così è corsa a rispondere nel salotto-tv urlando: «Niente "vediamo", uscite ogni tanto!».

Ho sentito che era Camilla, che sarebbe arrivata a casa nostra con Bea poco più tardi, e che chiedeva a Viola quali fossero i programmi della serata per sapere come vestirsi: era chiaro che sarebbe andata per le lunghe, così ho preso la mia sacca e sono uscita per andare da Francesco. Mentre camminavo per strada mi chiedevo cos'avesse risposto Viola a Camilla, quali vestiti le avesse consigliato di mettere, cos'avessero previsto di fare; mi è venuta voglia di tornare indietro, aspettare l'arrivo delle mie amiche. Magari potevo fare merenda con loro e andare da Francesco più tardi, o anche il giorno dopo e passare una serata tutte e quattro. In quel momento però la strada ha leggermente svoltato e poco lontano è apparso il balcone della cucina di Francesco, dove c'eravamo dati il nostro primo bacio. Il cuore ha cominciato a battere più veloce e mi son sentita pervadere da un'eccitazione inebriante; così, per quanto il pensiero di Viola, Bea e Cami insieme a casa mia, senza di me, fosse tanto strano da farmi sentire disorientata, ho continuato a camminare.

Quella settimana di vacanza non è stata in nessun modo uguale ai weekend che io e Francesco avevamo passato insieme fino ad allora. Per giorni non abbiamo visto nessuno, non siamo usciti di casa: è stata come una parentesi fuori da ogni riferimento spazio-temporale. Come se tutto il mondo attorno si fosse annullato, senza che la cosa ci disturbasse minimamente, perché tutto quello di cui avevamo bisogno era dentro a quelle mura, a quell'appartamento asettico che era stato teatro di troppa tristezza, chiedeva una rivincita. Non ricordo nemmeno lo scandire dei giorni, era come se fosse un unico momento di beatitudine e di scoperta continua, stupefacente. In quei giorni io e Francesco ci siamo scoperti in modo nuovo.

Abbiamo scoperto ciascuno dei piccoli dettagli dell'altro, di una quotidianità che non eravamo abituati a condividere; dettagli banali, ma che sono parte costituente di una persona. Ho scoperto che Francesco amava cucinare, lo faceva con curiosità e con inventiva e soprattutto, quello che mi faceva più ridere, che lo faceva canticchiando; lui ha scoperto che preferivo lavarmi i capelli appena prima di dormire, rimanevo sotto la doccia un tempo infinito, fino a che tutto il bagno si riempiva di vapore come un *hammam*, poi m'infilavo direttamente sotto il piumone, con la pelle ancora rovente. Ho scoperto che aveva una tazza preferita per la prima colazione e che se era sporca, piuttosto che prenderne un'altra, la tirava fuori dalla lavapiatti e la lavava a mano, e lui ha scoperto che quando guardavo *Beverly Hills* il giovedì sera bisognava aspettare la pubblicità per osare dire una parola, andare a bere o in bagno. Abbiamo scoperto che al di là delle nostre querelle tra Vasco e Ligabue, Oasis e Nirvana, R.E.M. e Queen, condividevamo una passione indiscussa per la musica anni Settanta, così una sera ha messo un CD di Bob Dylan nello stereo e sulle prime note di *Knockin' on Heaven's Door* mi ha teso la mano come un gentiluomo d'altri tempi, mi ha invitata a ballare e per tutta la durata della canzone mi ha tenuta stretta, nel centro del salotto, oscillando impacciato da un piede all'altro.

Ascoltavamo la musica praticamente tutto il tempo, anche quando ci addormentavamo, così ogni sera mi svegliavo quando il CD finiva perché il silenzio mi sorprendeva più del rumore. Mi ritrovavo a scrutare il buio della stanza, ad ascoltare il respiro di Francesco, percepivo il peso delle sue gambe sulle mie, intrecciate alle mie. Pensavo al suo corpo, che non era più sconosciuto, e al mio, che stavo conoscendo in modo nuovo, come se le sue mani, i suoi baci, il suo desiderio lo stessero rimodellando.

Facevamo l'amore alla luce del sole o a quella della lampada sul suo comodino per poterci guardare, senza nasconderci né la voglia né il sorriso. Eppure, abbiamo scoperto che stare insieme giorno e notte non era in grado di soddisfare il nostro desiderio reciproco: avevamo costantemente voglia, e in un certo senso quasi bisogno, di vederci, toccarci, parlarci, stringerci, esserci fisicamente, anche nel silenzio degli sguardi, che echeggiavano dei "ti amo" non detti, dei "sono felice" che non avevano bisogno di essere pronunciati. Potevamo guardarci per dei tempi infiniti, arrivando a toccare con gli occhi i tasti più dolenti delle nostre anime, le nostre paure recondite, che l'altro coglieva con un battito di ciglia e scacciava con una carezza.

Ho scoperto che tutto il mio potere di concentrazione, di solito imbattibile, era completamente neutralizzato dalla presenza di Francesco nella stessa casa; non appena mi rendevo conto che dovevo rileggere tre volte una frase per comprenderne il significato, mi alzavo e lo raggiungevo, appoggiavo il mento alla sua spalla, respiravo il suo odore, gli infilavo le mani sotto la camicia, lo convincevo a distrarsi dalle sue letture e a dedicarsi a me, alla mia voglia di lui. Francesco infatti poteva passare ore ininterrotte immerso nei suoi libri, che non erano mai di studio, bensì biografie di artisti, pittori scultori musicisti fotografi o cineasti che fossero; cercava di capire come la loro vita avesse potuto influenzare la loro arte, determinarla, ostacolarla a volte, scatenarla altre.

In quei giorni ho scoperto che, mentre leggeva, il suo sguardo spesso si annebbiava, si perdeva insieme ai pensieri che andavano lontano e le pagine smettevano di girare a ritmo forsennato. Allora io mi chiedevo dove stesse viaggiando con la mente, ma se lo chiedevo a lui si limitava a rispondermi con un sorriso o con un bacio. Solo una volta, nel bel mezzo della biografia di Jackson Pollock, quando gli ho chiesto a cosa stesse pensando non è tornato a focalizzare lo sguardo su di me e sul nostro presente, ma, mantenendo gli occhi fissi su un dove inesistente al di là della finestra, ha detto: «Lo sapevi che Pollock era un alcolizzato? Un depresso, un misantropo, un antiborghese. "Ha dato corpo al connubio eccesso-autodistruzione" c'è scritto. È morto perché guidava ubriaco. Guida in stato di ebbrezza».

Ha fatto una pausa e io sapevo a cosa stava pensando, o meglio a chi, ma non ho voluto interromperlo, ho lasciato che i pensieri riprendessero il filo, sperando che volesse continuare a condividerli.

«La gente pensa che Nicolò sia il classico dannato, che vive di eccessi e si autodistrugge, invece è tutto il contrario. Quando l'hanno fermato per guida in stato di ebbrezza non stava cercando di autodistruggersi, stava vivendo, stava vivendo davvero: era in un periodo in cui stava facendo progetti, solidi come non li aveva mai fatti prima: trasferirsi a Parigi, cercare un lavoro stabile, vivere con un'altra persona... Il suo rifiuto di Milano, dei nostri genitori, della vita borghese scontata, monotona, prevedibile come se ciascuno di noi l'avesse già vissuta, non l'ha distrutto. Tutto il contrario. È *tutto* il contrario: lui è vivo, vivo davvero, nel modo più vibrante che si possa immaginare; mentre io... Nicolò ha voluto allontanarsi da una società rappresentata alla perfezione da nostro padre, con la sua fissazione per il buon lavoro, il buon titolo di studio, la buona università, che per lui valgono più delle vere passioni, e da nostra madre, con le sue paure, per cui poter ostentare l'immagine della famiglia del Mulino Bianco vale più della verità, del conoscerla e del dirla. Io invece ho lasciato che mio padre pagasse cinque anni di Bocconi solo per evitare un conflitto, per godere della vita comoda, dicendomi che stavo solo prendendo il tempo necessario per capire che cosa voglio fare davvero. Ma il risultato qual è? È che qui quello che si è autodistrutto sono io. I quadri di Pollock sono definiti "grovigli cromatici" in cui esprimeva il suo umore, il suo Io, senza simboli né metafore: mi chiedo se non siamo tutti dei grovigli cromatici, tutti noi. Colori che si mescolano e cambiano mescolandosi agli altri. Chi ti rende più scuro, chi ti rende più chiaro, chi ti rende verde, chi ti rende marrone. Che poi, chi l'ha detto che il verde è bello e il marrone è brutto? A un certo punto siamo un tale groviglio cromatico che non sappiamo nemmeno più che colore eravamo in partenza. Anche se forse non siamo mai stati davvero un colore preciso, autonomo. Nasciamo colori primari? O forse siamo fin da sempre dei grovigli? Grovigli di storie, grovigli d'incontri. Come tu e Viola, che eravate aggrovigliate già nella pancia di vostra madre, o io e te, che ci svegliamo sempre aggrovigliati. E quello mi piace, è un groviglio che ho scelto e non nel quale mi sono ritrovato ingabbiato. Non voglio più essere aggrovigliato a mio padre. Voglio sceglierli io i miei grovigli. Voglio capire di che colore sono e di colore voglio essere.»

Francesco ha smesso di parlare di colpo, ha voltato la testa, mi ha guardata dritta negli occhi, con uno sguardo all'improvviso serio, lucido, si vedeva che non stava più vagando con i pensieri ma che era coscientemente ancorato al presente, a quel qui e ora e noi due, soli ma insieme. Non sapevo cosa dire, non ero nemmeno sicura che stesse aspettando una risposta, una conferma. Aveva lanciato il suo monologo nell'aria o lo aveva lanciato a me, perché lo cogliessi? Perché reagissi? Ma come reagire? Cosa potevo dire d'intelligente che non mi facesse apparire semplicemente come una bambina affascinata, ancora una volta stregata dalle sue parole e sempre più perdutamente innamorata?

«Andiamo via», ha continuato serio, spezzando il silenzio. Mi ha stupita, mi ha lasciata ancora più interdetta. «Andiamocene via, io e te», ha ripetuto.

«Che cosa vuoi dire? Tipo che vuoi tornare a vedere l'alba al mare?»

«No. Voglio molto di più. E molto di meno. Te l'ho detto, questo groviglio, con te, non lo voglio perdere, ma tutto il resto... Tutto il resto è solo una gabbia. Se voglio costruire qualcosa devo prima di tutto liberarmi. È come un quadro: si parte da una tela bianca; non si può dipingere un quadro nuovo a partire da una tela già piena di macchie, di colori mescolati, di sbavature, di... errori... incancellabili. Si deve cambiare tela. Allora andiamocene via.»

«Li vedi questi libri?» gli ho risposto indicando la pila dei miei libri di scuola appoggiata sul tavolino di legno davanti al divano. «Ti ricordano niente? Io non posso andare da nessuna parte!»

«Lo so, lo so, la maturità! Per carità, chi la dimentica la maturità... Dopo!»

«Franci, mi piacerebbe da matti fare un viaggio con te, per quanto penso che sarebbe parecchio complicato trovare una scusa con i miei genitori, perché non ci cascherebbero mai: io che parto con degli amici ma senza Viola? Non è credibile. Comunque, al di là dei miei... con Viola, Bea e Cami... abbiamo organizzato un viaggio per quest'estate, non hai idea, è tutto programmato da anni! Stiamo aspettando da non so nemmeno più quanto l'estate dei nostri diciotto anni, l'estate in cui possiamo partire da sole, senza andare in un qualche centro d'inglese o di tennis o di quello che si vuole, senza andare da qualcuno con sempre un adulto che ci controlli. Solo noi, da sole. I nostri genitori sono d'accordo e ci daranno un budget, ma l'idea è che si parte e si sta via fino a che non finiamo i soldi, per cui ovviamente stiamo tutte mettendo soldi da parte da un sacco di tempo! L'obiettivo è di non prenotare nulla né fissare un percorso preciso, ma arrivare fino a Kastellorizo e tornare indietro, senza mai prendere un aereo.»

«E perché proprio Kastellorizo?»

«Be', la Grecia è la meta ideale per un viaggio del genere: innanzitutto fa caldo, ci sono spiagge e mare meravigliosi, si mangia bene, ci si sposta senza nessun problema sia da un'isola all'altra sia sulle isole, in motorino, è facile trovar da dormire, anzi, dicono che ti assalgano prima ancora di mettere piede in porto per proporti camere in affitto. E poi è economica, per cui dovremmo riuscire a rimanerci più tempo!»

«Ma perché volete arrivare proprio a Kastellorizo? Non è certo la meta più tipica dei viaggi di maturità!»

«È una lunga storia... In parte ci piace l'idea dell'andare "fino in fondo", fino all'isola greca più lontana... ma il vero motivo è che quando avevamo undici anni, una sera, Tommaso aveva guardato *Mediterraneo*. Io e Viola avremmo dovuto essere a letto, invece l'abbiamo guardato anche noi. Quando nel film Vassilissa dichiara candidamente di essere una puttana non avevamo affatto capito di cosa si trattasse; Tommaso, dall'alto dei suoi sedici anni, si era messo a ridere, ma poi era stato costretto a spiegarci tutto quanto in cambio della promessa di non dire ai nostri genitori che ci aveva fatto vedere quel film, chiaramente non adatto alla nostra età. Così per noi era diventato il simbolo della nostra prima trasgressione, della nostra prima ribellione alle regole e ai divieti, il simbolo del nostro diventare grandi, scoprire i segreti vietati ai bambini. Come prima cosa, puoi ben immaginare cos'abbiamo fatto: abbiamo affittato la videocassetta e l'abbiamo fatto vedere a Bea e Cami. L'idea è nata allora: ci siamo promesse che un giorno avremmo raggiunto da sole l'isola dove era stato girato il film. E allora avrebbe significato che eravamo veramente diventate grandi, che eravamo passate dalla parte del mondo dove ci sono segreti che i bambini non possono conoscere. Ora non voglio nemmeno pensare all'idea di stare tutta l'estate senza vederci, ma... è il nostro viaggio, io lo voglio fare. Prima di ritrovarci ognuna in un'università diversa, prima di passare... al dopo, al mondo in cui non ci sono più segreti, ma ci sono un sacco di scelte da fare e decisioni da prendere.»

Francesco si è alzato dalla poltrona su cui stava leggendo, mi ha raggiunta sul divano, si è sdraiato su un fianco, appoggiandosi su un gomito, la testa sulla mano; mi ha preso per le spalle perché mi sdraiassi accanto a lui, mi ha spostato i capelli dalla faccia, mi ha baciato piano, lentamente. Ha detto: «Certo che questo viaggio lo devi fare. Ci penseremo *dopo*... al dopo».

Mi ha accarezzato una guancia giusto con due dita, sorridendomi. Ho pensato che fosse il suo modo di dirmi "mi mancherai, ma lo capisco".

Più tardi, quella notte, la suoneria del mio telefono ci ha svegliati quando già dormivamo profondamente. Francesco ha biascicato: «Spegnilo», girandosi dall'altra parte, ma io ho guardato lo schermo preoccupata e quando ho letto VIOLA ho risposto all'istante. Viola parlava veloce, agitata, urlava per sovrastare la confusione, ma sentivo che era alla soglia del pianto: «Ali, ho fatto un casino, non so come uscirne. Ti prego mi devi aiutare, vieni a casa!».

«Arrivo.»

Mi sono alzata, ho cercato i miei vestiti. Francesco ha chiesto: «Dove vai?».

«A casa. Non so cos'abbia combinato Viola, ma ha bisogno d'aiuto.»

Ha spostato il piumone sospirando, si è alzato, ha infilato i jeans con gli occhi pieni di sonno. Una volta in ascensore ho accarezzato i segni del cuscino sulla sua guancia, ho detto «grazie» e lui ha mugugnato un «mmh» appoggiando la fronte allo specchio, gli occhi chiusi.

Se l'aria fredda delle tre del mattino non ci aveva ancora svegliati definitivamente, lo ha fatto il centinaio di persone che ho trovato nel nostro appartamento quando ho aperto la porta. C'era gente ovunque, anche sotto al tavolo da pranzo, gente che non conoscevo, gente ubriaca, gente che cantava, gente che si baciava sui divani, sulla poltrona di mio padre, sul letto dei miei, gente che rovistava nel frigo, gente che si affacciava alla finestra e diceva: «Secondo te, se mi butto dal primo piano quante ossa mi rompo?» e gli altri cominciavano con le scommesse, gente che lanciava noccioline cercando di fare canestro nel lampadario di cristallo della sala da pranzo, gente che fumava canne sul mio letto, gente che giocava a ruotare il più veloce possibile con la sedia della scrivania del salotto-tv. Di Viola nessuna traccia.

Ho bussato alla porta del nostro bagno e tre voci hanno risposto in coro: «Occupatooo!».

«Sono Alice.»

Ho sentito subito la chiave girare nella toppa. Viola ha aperto la porta veloce, mi ha trascinata nel bagno tirandomi bruscamente per un braccio, ha aspettato che Francesco mi seguisse, poi ha richiuso la porta a chiave alle sue spalle ed è tornata a sedersi per terra con Bea e Cami.

«Non sgridarmi!» ha esordito. «Dimmi solo in che stato è di là la casa.»

«La casa? Non lo so, non mi sono soffermata a guardare i danni, cercavo più che altro di riconoscere le facce. Chi diavolo sono tutte queste persone, Viola?»

«Non lo so, quelli che conoscevo se ne sono già andati.»

107

«Lasciandoti in questa situazione? Carini! E com'è che le cose sono degenerate in questo modo?»

«Lo puoi immaginare... Ho invitato un po' di gente, dicendo "festa aperta, porta chi vuoi"...»

«Ma Viola! Potevi immaginare come sarebbe finita, no?»

«Chiaramente non pensavo che sarebbe venuta così tanta gente!»

«Invece sì, lo immaginavi benissimo, perché infatti non me l'hai detto. Lo sapevi che se avessi scoperto cosa stavi organizzando ti avrei detto di non farlo!»

«Non te l'ho tenuto nascosto, non l'hai scoperto semplicemente perché non c'eri.»

«Quindi sarebbe colpa mia? Oltretutto, scusa Viola, organizzi una festa e non mi dici di venire?»

«Non volevo disturbarti, era chiaro che stavi meglio dov'eri. Tu stavi vivendo la tua settimana perfetta e io...» Ha lasciato cadere la testa fra le ginocchia, le braccia strette attorno alle gambe rannicchiate, e ha sospirato forte. «...io speravo solo che la voce si diffondesse abbastanza perché venisse anche Matteo senza che lo dovessi invitare!»

Non ero sicura che piangesse, ma di certo mi sorprendeva quanto fosse sé stessa nonostante la presenza di Francesco. È stato lui a prendere in mano la situazione; ha aperto la porta del bagno e uscendo ha detto: «Comunque sia andata, si sono divertiti abbastanza, ora se ne vanno».

Ha svuotato le stanze, una dopo l'altra; spingeva le persone fuori dalla porta e giù per le scale di marmo del palazzo, come greggi di pecore; le accompagnava fino al portone e si assicurava che se lo chiudessero alle spalle. Quando l'intero appartamento è ripiombato nel silenzio, siamo uscite anche noi quattro dal bagno e abbiamo cominciato ad aggirarci da una stanza all'altra per valutare i danni: c'erano macchie di ogni genere sui divani, le lenzuola in camera mia, di Viola e dei nostri genitori avevano buchi dove era caduta la cenere ancora incandescente delle canne e delle sigarette, delle cornici sul cassettone in salotto avevano il vetro rotto, nel bagno di Tommaso il lavandino era intasato di vomito, c'erano vari bicchieri in frantumi e i pezzi di vetro avevano graffiato il parquet, le fodere delle sedie imbottite del tavolo da pranzo erano state infilate come cappucci sopra alle piante e in cucina c'erano schizzi di ketchup e salsa Worcester sul muro.

Viola si guardava intorno pietrificata, Cami e Bea cercavano di sminuire la scena dicendo: «Qua si può pulire...» oppure «Quello è solo da mettere a posto...», ma avevo l'impressione che, sotto sotto, ringraziassero il cielo che non fosse casa loro. Francesco aspettava seduto su un bracciolo della poltrona e, quando siamo tornate da lui, si è lasciato scappare una mezza risata vedendo le nostre facce. Viola si è subito scagliata contro di lui, quasi soddisfatta di poter finalmente scaricare su qualcuno tutta la rabbia che aveva dentro: «Ti fa ridere? Non so, ti sei guardato un po' in giro? Qua non c'è proprio niente di divertente».

Francesco, impassibile, le ha risposto: «Viola, è inutile che ti arrabbi con me, qua la cretina sei stata tu».

«Oh, ma grazie! Vuoi farmi sentire ancora peggio? Sei davvero di grande aiuto.»

«Sì, mi sembra di esserlo stato. Non saresti così arrabbiata se non ti rendessi conto da sola di aver sbagliato a far entrare tutta quella gente in casa tua. Comunque, capita! Capita spesso, anche. A me è capitato soprattutto di essere dalla parte di quelli che ho appena buttato fuori, ma comunque, un giorno capita a uno, un giorno capita a un altro. Oggi è capitato a te. Ora, la prima cosa che devi fare, se posso darti un consiglio, è pulire il vomito, altrimenti domani l'aria in bagno sarà irrespirabile. E pulisci subito il muro della cucina, se vuoi sperare che le macchie se ne vadano.»

Si è alzato, ha cominciato a mettere tutte le sedie sopra al tavolo con le gambe all'insù e ha chiesto: «Dove trovo una scopa? Bisogna tirare su 'sti pezzi di vetro prima che facciano altri graffi e che qualcuno si faccia male. Domani con un pennarello marrone dovremmo riuscire a nascondere i segni sul parquet».

È stato in quel momento che ho realizzato che era la prima volta che eravamo insieme a casa mia. Certo, era già venuto tante volte da Tommaso, anni prima, ma all'epoca era stato solo un'immagine scura ed enigmatica che spiavo dal corridoio mentre fumava sigarette proibite sui divani del salotto dei miei genitori. Ora era il mio primo amore, che era accorso con me in aiuto di Viola nel cuore della notte, aveva incassato il suo sfogo e poi si era messo a rassettare il pavimento della sala da pranzo, raccogliendo pezzi di vetro. Non lo avevo mai fatto salire da me semplicemente perché in settimana c'erano sempre i miei, o per lo meno mia madre; il weekend ci veniva più naturale andare a casa sua, che era sempre libera, mentre da me c'erano Viola, con le sue remore su di lui, gli amici che invitava regolarmente, senza che la situazione degenerasse in quel modo, e Cami e Bea, che dormivano da noi quasi tutti i weekend.

In quel momento, lo guardavo muoversi tra i mobili della mia famiglia, della mia infanzia, nell'intimità di quegli spazi in cui potevo camminare la notte, al buio, senza nessun bisogno di accendere la luce. E c'era qualcosa che mi stupiva in quell'immagine: mi stupiva che nulla stonasse.

Più tardi, mentre stavo rifacendo il mio letto con delle lenzuola pulite, è arrivato silenzioso, mi ha sorpresa mettendomi le mani sulle spalle, sussurrandomi in un orecchio, tra i capelli: «Così questa è la tua stanza? Con tutte le volte che ero venuto da tuo fratello, qui non ero mai entrato».

Mi ha abbracciata da dietro appoggiandomi il mento sulla spalla e si è messo a osservare le decine di foto appese su un grande pannello di sughero accanto al letto, le mensole ricoperte di libri, oggetti, ricordi, strascichi di un'infanzia che ancora, a volte, non riuscivo a capire se e quando fosse veramente finita. Poi ha alzato gli occhi al soffitto, si è messo a ridere, ha detto: «Hai le stelline che si illuminano al buio! Ma tu sei proprio una Peter Pan!». Si è tolto le scarpe, si è sdraiato sul letto e mi ha detto: «Spegni la luce».

Così ho fatto, e l'ho raggiunto sul mio letto, ci siamo messi a guardare le stelle. Poco dopo Viola si è affacciata alla porta della camera, vedendo che eravamo svegli si è lasciata cadere sul letto accanto a noi sospirando forte, di sfinimento.

«È tutto a posto?» ho chiesto.

«È un disastro. Cosa fate?»

«Guardiamo le stelle. Cami e Bea?»

«Dormono in camera di Tommi.»

«Ok.»

«Francesco...» ha aggiunto lei dopo qualche minuto di silenzio. «Grazie.»

Siamo rimasti a guardare le stelle tutti e tre insieme, vicini, stanchi eppure insonni. Sapevo che, di lì a un paio di giorni, i miei genitori ci avrebbero riempite di rimproveri, sapevo che se avessi detto che non c'entravo nulla con la festa mi avrebbero sgridata perché non ero a casa mia nel cuore della notte – «E da chi eri? Con chi eri? Perché è così che passi le notti quando noi partiamo credendo di poterci fidare di voi?» –, sapevo che sarebbe stato quasi meglio condividere la colpa della festa con Viola, eppure in quel momento ero con le due persone più importanti per me sul pianeta, una alla mia destra e uno alla mia sinistra e per la prima volta quelle due persone erano in sintonia. Sapevo anche, o piuttosto sentivo come un vago prurito che si cerca di ignorare, che quella sintonia non sarebbe durata; ma proprio perché percepivo la fragilità di quel momento etereo, sospeso nello spazio senza tempo dell'alba, del prima del giorno ma dopo la notte, prima della luce ma dopo il buio, prima della realtà ma dopo i sogni, cercavo d'immortalarlo con l'immobilità stessa del mio corpo, con il silenzio, con gli occhi fissi sulle stelle di plastica fluorescente. In quel momento era come se tutto fosse sparito, l'appartamento con le macchie i graffi e i buchi e tutto quel che ne sarebbe seguito; in quel momento, mi sembrava di non poter desiderare altro.

Rapidamente la luce fioca delle stelle è stata sopraffatta da quella del sole che spuntava sereno, indifferente alle nostre vicende, e uno dopo l'altro ci siamo addormentati.

Era il 12 aprile 1998, era il giorno di Pasqua, ma le uova di cioccolato che nostra madre ci aveva lasciato, con i nastri uno verde e uno giallo, erano state mangiate dai non-amici di Viola. Dallo stereo del salotto-tv, che nessuno aveva pensato di spegnere, ci raggiungeva la voce di Blondie che, innamorata forse quanto me, invocava *Call Me* senza tregua.

8.

Come previsto, quando i nostri genitori sono tornati da Londra, hanno notato che qualcosa non andava ancor prima di aver finito di appoggiare le valigie. Innanzitutto, appena entrata in salotto, nostra madre ha sbarrato gli occhi vedendo morte le sue innumerevoli piante, che il giorno dopo la festa avevamo scoperto esser state abbondantemente innaffiate con la vodka. Dopo di che, ha notato i divani e ha cominciato a urlare che eravamo peggio di due bambine, che ora che eravamo cresciute si era finalmente concessa i suoi sognatissimi divani color pastello, dato che non avevamo più un'età propensa alle macchie, e invece eravamo ancora peggio. Poi è passata alle cornici e al parquet.

Ha cominciato a muoversi in modo concitato e disordinato da una stanza all'altra, urlando ogni volta più furiosa; passava e ripassava davanti a noi, immobili e silenziose sulla soglia tra il salotto e il corridoio, e ogni volta ci inceneriva con lo sguardo. Quando l'abbiamo sentita urlare da camera sua: «Dove sono le nostre lenzuola? Cosa cazzo è successo nel nostro letto?», Viola è accorsa allarmata, perché sapevamo che se nostra madre diceva «cazzo» voleva dire che aveva oltrepassato la soglia dell'autocontrollo.

Mi sono ritrovata da sola con mio padre, che era rimasto muto e serio guardandosi attorno lentamente, con le mani nelle tasche dei pantaloni di velluto a coste. Quando si è voltato verso di me ho abbassato lo sguardo come se a terra potessi trovare la formula magica per l'invisibilità e ho maledetto di aver addosso una gonna e non poter affondare anche io le mani nelle tasche. Mi è venuto vicino, ha detto: «Tu l'altra sera non eri qui».

Ho alzato lo sguardo, sperando di leggere nei suoi occhi dove stesse cercando di andare a parare.

«Tu, l'altra sera, non eri qui», ha ripetuto lentamente.

«Ero… di là… nel nostro salotto.»

«Ah, vuoi dire dove qualcuno si è divertito a imitare Michelangelo con qualunque genere di bevanda colorata sul *nostro* muro? Perché quello è il *nostro* muro, del *nostro* salotto, di casa *nostra*.»

«Sì.»

«Alice, non mi prendere per scemo, non intendo in quale stanza fossi. Intendo che qualcosa mi dice che tu, nel cuore della notte, non eri a casa tua.»

Ci fissavamo, zitti e immobili; mi sembrava che ogni secondo che passava diventassi di un anno più piccola e lui di un centimetro più alto. Riuscivo solo a pensare: "Rispondi qualcosa, rispondi qualcosa, rispondi qualcosa. Ha capito tutto, non posso negare. Come ne esco?".

«Non dirò nulla a tua madre, non voglio darle una preoccupazione in più.»

«Grazie.»

«No, non "grazie" Alice! Io non sono tuo complice, sono complice di tua madre e non voglio che si preoccupi ulteriormente. Però sì che mi preoccupo, perché oltre a essere tuo padre sono pure un medico e di ragazzine incinte in ospedale non puoi sapere quante ne vedo.»

«Ma no, papà, non ti devi preoccupare…»

«Non voglio sapere niente.»

«Ero da Bea», ho lanciato in cerca di un salvataggio in estremo.

«Alice, finiamola qua, è meglio. Non aggiungere altre bugie, finiamola qua. Ma ci sono tante altre cose che finiscono qua.»

Se n'è andato lungo il corridoio, la testa bassa, le mani ancora nelle tasche, lasciandomi sola con la mia vergogna, con le mie guance paonazze e il cuore in sciopero.

Per giorni, l'imbarazzo nei confronti di mio padre è stato tale che a ogni pasto a tavola insieme evitavo accuratamente d'incrociare il suo sguardo e ringraziavo il cielo che fosse una persona così poco loquace.

Nostra madre ci ha tenuto il muso per un po', ha minacciato una sorta di castigo, ma uscivamo già così poco in settimana che non aveva molto margine di manovra. Il primo weekend dopo le vacanze lei e nostro padre non sono partiti e ci hanno vietato di uscire anche solo per una merenda da Bea o Cami. Bea ha avuto una specie di crisi isterica quando ha saputo che eravamo agli arresti domiciliari, perché quel venerdì ci sarebbe stata una festa a cui era invitata un sacco di gente del Severi, tra cui Viola, per cui se si fosse imbucata con lei avrebbe finalmente potuto conoscere la famosa Agata. Per quanto cercassimo di persuaderla che la cosa non l'avrebbe in alcun modo avvicinata a Federico, era convinta che studiare da vicino la propria rivale fosse la strategia vincente.

La nostra reclusione tuttavia non è durata molto: già dalla settimana seguente i nostri genitori hanno ripreso a partire ogni weekend. Il venerdì pomeriggio nostra madre ci ha bloccate in cucina con un'infinita ramanzina sulla fiducia e il rispetto, che si possono conquistare solamente dimostrando di meritarseli. Io e Viola l'ascoltavamo svogliate e addirittura innervosite, annebbiate com'eravamo dall'ostilità che ogni ragazza diciottenne prova verso la propria madre. Eravamo convinte che ci stesse lasciando di nuovo sole per il weekend non perché aveva capito perfettamente quali potessero essere state le ragioni dietro al nostro errore e volesse darci un'altra occasione di dimostrare quanto fossimo adulte e responsabili; insomma, credevamo che la sua non fosse vera clemenza, ma solo smania di mondanità.

Nostro padre invece la sera, prima di scendere a caricare la macchina, ci ha salutate con un secco e serio: «Mi fido», che era peggio di un blocco di cemento armato sullo stomaco.

Così è ricominciata la routine degli ultimi mesi: scuola, Francesco all'uscita, baci sotto casa, pomeriggi di studio, infiniti scambi di messaggi di sera, venerdì pomeriggio a danza e poi la sera tra le Colonne e il bar Rattazzo, Viola che cerca Matteo con lo sguardo, finge di non vederlo, lo saluta con ostentata nonchalance, parla con un sacco di gente, va a caccia di feste, va a caccia di svago, Cami la segue, Bea le sorveglia, io le guardo da lontano. Sempre più lontano, perché comincio la serata con loro, ma la finisco con Francesco, dormo con lui. I sabati pomeriggio in giro per mostre o per Milano con la Vespa. Francesco che mi porta sui Navigli, che per me si sono sempre limitati al Libraccio o al massimo al Pisotti, dove ogni anno accompagnavo mia madre a settembre a fare scorte di penne, matite, pennarelli, quaderni, fogli Fabriano A4, oppure di piatti, bicchieri, candele, tovaglioli prima delle comunioni, delle cresime o delle nostre feste di compleanno. Io e Viola ci perdevamo nei lunghi corridoi, rimanevamo ammaliate dai muri di tovaglioli, piatti o nastri dai mille colori, o di penne disposte in modo perfettamente ordinato. Andavamo con la macchina, che nostra madre parcheggiava nel cortile interno del negozio, per cui non dovevamo nemmeno camminare più di due metri e a me sembrava quasi una spedizione in periferia. Francesco invece costeggiava i Navigli fino alle vere porte della città, e io scoprivo quartieri ignoti, dalle case sempre più basse, sempre più rade, i muri gialli, i cortili a vista; il verde si faceva via via più presente, s'infiltrava negli spazi della città che si stemperava, fino a imporsi definitivamente. Ci fermavamo a mangiare in vecchie osterie dove con trentamila lire avevamo la pancia strapiena in due. Sembrava di andare a pranzo da una nonna, che fa il risotto con il brodo vero, gli gnocchi al gorgonzola con così tanto formaggio che sembrano annegare e la cotoletta alla milanese grande quanto tutto il piatto, completa di osso, e la chiama «orecchia di elefante». Era tutto semplice, ma squisito, il vino servito in caraffa e bevuto in bassi bicchieri dal vetro spesso. Poco rumore, poca pretesa, poca fretta.

Non ero abituata a uscire da Milano in modo graduale, per me c'era solo un dentro e un fuori, e il dentro era alquanto limitato: alcune vie con il pavé, i palazzi eleganti, altezzosi ma senza spocchia, le finestre grandi e i citofoni dorati, su cui si potevano leggere i nomi delle vecchie famiglie milanesi, quelle radicate da generazioni, che rivendicavano una qualche nobiltà passata, si sentivano parte della storia e ostentavano una paradossale sobrietà, mista a superbia; c'era il centro, dove andavo a fare shopping con le amiche il sabato pomeriggio o al cinema Odeon; c'era il parco Sempione, che soddisfaceva largamente il bisogno vitale di verde, ma si doveva far attenzione a non capitarvi quando cominciava a fare buio. Con Francesco, avevo l'impressione che il mondo si stesse espandendo.

Ogni tanto lasciavamo la Vespa parcheggiata e prendevamo la macchina di sua madre. Francesco guidava tenendomi la mano, la lasciava solo per cambiare marcia o stazione della radio, ma poi tornava a stringermi, a toccarmi, ad accarezzarmi i capelli, una guancia, il collo. Io gli raccontavo delle crisi di panico di Camilla, che aveva deciso d'iscriversi a scienze della comunicazione in Cattolica, mentre Bea a legge in Statale, io a filosofia e Viola ad architettura e quella separazione spaventava tutte un po', ma lei ne faceva una questione da fine del mondo; intanto il sole scottava attraverso i finestrini e lui rideva, mi ascoltava divertito, ma se alla radio partiva una canzone che ci piaceva alzavamo il volume fino ad aver male alle orecchie e tutti i timori per l'anno futuro svanivano.

Siamo andati un weekend su un lago a mangiare il cinghiale, un weekend su un altro a prendere un gelato in piazza, seduti su una panchina, ridendo perché sembravamo dei vecchietti e io, sotto sotto, ci speravo, di ritrovarmi vecchietta con lui, su una panchina a mangiare il gelato insieme: io che prendo bacio e fragola, lui stracciatella e nocciola – «Così me lo fai assaggiare» – e finisce che io mangio un gelato e mezzo, perché il mio non lo mollo, ma il suo mi piace di più.

Poi è arrivato il caldo, la primavera che ogni anno si fa ingannevole e si traveste da estate e lascia i milanesi stupefatti e senza fiato. Mia madre si affrettava a fare il cambio di stagione negli armadi, lamentandosi di essersi fatta cogliere impreparata ancora una volta, anche se in realtà ne parlava da settimane. Ribaltava anche i nostri armadi e noi rimanevamo a sorvegliarla come dei cani da guardia, temendo che ne approfittasse per dar via qualche capo che lei considerava troppo vecchio, troppo rovinato o troppo piccolo. La città, il weekend, era sempre più vuota e il risultato era che ogni domenica sera mio padre si arrabbiava davanti al telegiornale, che tra le notizie capitali per la nazione non mancava mai di menzionare le ore di coda sulla Milano-Genova. Mentre io e Viola apparecchiavamo, lo sentivamo borbottare dalla sua poltrona: «Certo, perché son queste le cose che contano davvero, eh? Il paese va a ramengo, ma l'importante è che al casello di Milano c'erano due ore di coda!».

E il weekend in Liguria lo abbiamo improvvisato anch'io e Francesco, una volta che i miei genitori erano da amici a Forte dei Marmi: abbiamo evitato Camogli, dove diverse persone avrebbero potuto riconoscermi, ci siamo fermati a Genova. Ho convinto Francesco a visitare l'acquario, dove sarei dovuta andare in gita con la scuola anni prima, ma c'era stata l'alluvione: il nostro pullman era rimasto bloccato per ore sotto un ponte in autostrada, eravamo tornati a Milano la sera tardi. I genitori erano terribilmente inquieti, ci aspettavano tutti in piazza Castello con le facce tese, le due professoresse che ci accompagnavano erano esauste, noi studenti eravamo entusiasti, ci sembrava di aver vissuto un'avventura che avremmo potuto raccontare per anni. La delusione per l'acquario mancato era stata dimenticata con la stessa rapidità con la quale avevamo improvvisato battaglie di palline di carta sparate con le Bic usando i sedili rossi del pullman come trincee.

Francesco all'inizio era stato riluttante, ma poi aveva adorato la vasca delle foche e ancor più la sala delle meduse. Si era seduto al buio, quasi ipnotizzato, mi c'era voluto un bel po' per convincerlo a proseguire. Quando siamo usciti il sole stava già per tramontare, così siamo andati a Boccadasse e abbiamo finalmente fatto il bagno, dopo chili di focaccia e qualche birra aperta in spiaggia con l'accendino; io mi aggrappavo a lui, alle sue spalle, perché l'acqua era gelida e il mare scuro faceva credere di nuovo ai mostri, anche a diciotto anni.

La domenica, quando mi ha riaccompagnata a casa, Francesco è salito insieme a me, come aveva preso l'abitudine di fare dopo la notte della festa degenerata durante le vacanze di Pasqua. Sapevo che Viola continuava a tenerlo sotto esame, lo notavo nel suo modo di guardarlo, di salutarlo, di fargli le domande, ma nello stesso tempo vedevo che la loro confidenza aumentava: Francesco la prendeva in giro per il suo pigiama, che lei aveva sempre indosso quando arrivavamo e faceva apposta a tenere finché lui non fosse partito. Discutevano su come cucinare qualsiasi cosa, dalla pasta alle uova al burro, agli hamburger, ma cucinavano assieme. Era un equilibrio che per il momento mi andava benissimo e proprio perché non s'incrinasse non osavo mai accennarvi né con l'una né con l'altro.

Generalmente, Francesco pranzava con noi davanti alla replica settimanale del *Festivalbar*, prima di lasciarci sole per studiare, fare i compiti per il lunedì, mettere in ordine la casa, rientrare nel personaggio a cui i nostri genitori volevano credere – o a cui noi credevamo credessero. Viola si divertiva a provocarlo entusiasmandosi eccessivamente davanti a canzoni ultra commerciali come *My Oh My* degli Aqua, allora lui le lanciava i cuscini del divano, si tappava le orecchie, le urlava: «Abbi pietà!». Quel giorno invece è stato lui che si è lasciato trasportare e, soprappensiero, si è messo a canticchiare insieme a Max Gazzè: «*Vento d'estate, io vado al mare voi che fate?*», facendo dondolare la gamba a ritmo, così Viola ha esclamato raggiante: «Noi andiamo in Grecia!».

Ho sentito un brivido percorrermi l'intera spina dorsale, come se mi avessero infilato una manciata di cubetti di ghiaccio dentro la maglietta. Ho puntato i miei occhi su Viola, sbalordita come se avesse osato dire l'indicibile, ma lei non ha notato nulla, teneva lo sguardo fisso sullo schermo della televisione, su Fiorello e la Marcuzzi che annunciavano l'arrivo dei Morcheeba. Quell'estate che si avvicinava a passi da gigante, con tutte le sue aspettative di libertà, di baldoria, per quanto moderatamente femminile e moderatamente perbene, quell'estate che avevo idealizzato, programmato e desiderato per anni appariva all'improvviso come un fardello soffocante. Mi sembrava impossibile e per il solo pensiero mi son sentita in colpa verso Viola, verso le mie amiche, anche verso la me stessa che aveva messo da parte i soldi per anni. Eppure, da quando Francesco era tornato dalla sua sparizione in Spagna a soccorrere Nicolò, gli unici giorni che avevamo passato senza vederci erano stati quelli del weekend di punizione dopo le vacanze di Pasqua e mi erano apparsi eterni. Non riuscivo a ricordare com'ero io senza di lui, io prima di lui, io prima di noi.

L'ultimo giorno di scuola è arrivato senza che avessi preso il tempo necessario per prepararmi psicologicamente, mi ha sorpresa con una grossa fitta al petto, che faceva stringere la gola, ma anche sorridere. Francesco mi aveva avvisata che non sarebbe venuto a prendermi, perché festeggiassi con i miei compagni, com'era giusto che fosse, ma la mattina ho deciso di andare a piedi lo stesso: preferivo avere più tempo per pensare a quello che stavo vivendo.

La radiosveglia si è accesa puntuale, alle 07:05, come sempre; ho ascoltato la canzone che Radio Deejay aveva scelto per strapparmi dalle braccia di Morfeo, ben consapevole del fatto che mi sarebbe rimasta in testa tutto il giorno e mi sarei ritrovata a canticchiarla nei momenti più inaspettati: ogni volta, se la canzone mi piaceva l'ascoltavo per intero, altrimenti spegnevo subito la radio e mi alzavo, anche se in realtà più la canzone era brutta, più mi rimaneva in testa, pur avendone ascoltati solo pochi secondi.

Sono andata in bagno, mi sono lavata i denti, sciacquata la faccia, ho riappeso alla sbarra sotto al lavandino l'asciugamano verde acqua, poi ho alzato gli occhi ancora assonnati verso lo specchio e in quel momento mi sono resa conto che era l'ultima volta che ripetevo quella routine. Ce ne sarebbero state altre di routine del risveglio in futuro, con nuovi ritmi: i ritmi dell'università o di un lavoro, un giorno.

Ma *quella* routine del risveglio non ci sarebbe stata mai più: alzarmi un'ora esatta prima dell'entrata a scuola, mentre mi lavavo cominciare a pensare a come vestirmi, senza prestare particolare attenzione alla stagione o al clima, bensì a cose come "quali programmi ho per il resto della giornata?" oppure "il golf identico al mio quella spitinfia della Giulia di 3ª D, a cui tutto sta mille volte meglio che alle altre, ce l'aveva addosso ieri quindi non lo rimetterà oggi". E poi far colazione con mia madre, il tè che fuma, lei che lo beve senza colpo ferire, io che soffio e soffio e soffio e ci puccio i biscotti, un giorno i Pan di Stelle, un giorno gli Abbracci, un giorno i Ritornelli; le Gocciole le lascio a Viola, perché non mi piacciono, mentre lei mi lascia le Macine, perché dice che sono troppo grosse. Viola che ci raggiunge sempre tardi, sempre di corsa, il suo tè è già freddo e per far in fretta puccia i biscotti due alla volta. Nostra madre che cerca di fare conversazione, obietta sul nostro guardaroba, perché le magliette sono troppo corte, fanno prendere freddo alla pancia ed è un miracolo se non abbiamo la diarrea cronica, le gonne sembrano cinture, i golf son troppo leggeri, i jeans son troppo lunghi, finiscono sotto la suola delle scarpe, si sporcano, si strappano e quando piove assorbono l'acqua grigia dei marciapiedi bagnandosi fino a metà polpaccio, ma noi non ci cambiamo lo stesso, perché «si vestono tutte così!», il che sottintende: «Sei troppo vecchia per conoscere la moda attuale». E poi andare a scuola, incontrare Cami e Bea davanti al portone, trascinarsi su per le scale chiacchierando di già, perché è da dodici ore che non ci parliamo e pur avendone passate almeno otto a dormire, abbiamo un sacco di cose da raccontarci. Io che leggo loro i messaggi di Francesco della sera prima, Cami che si lamenta perché cito cantanti troppo commerciali e perché stiamo diventando ripetitivi con le canzoni, potremmo quanto meno passare ai film. Bea che ascolta distratta perché cerca con lo sguardo Federico, ma poi non lo saluta. E poi la classe, sempre la stessa. La classe che è stata una quarta ginnasio, e poi quinta, e poi prima liceo, seconda e terza; noi che siamo i maturandi della 3ª A, che siamo insie-

120

me da cinque anni. Che non siamo diventati per forza amici, non tutti, ma abbiamo seguito le vicende degli uni e degli altri, ne abbiamo sparlato e spettegolato, abbiamo dedotto i malumori, abbiamo spiato i baci galeotti o i bigliettini passati di banco in banco. Che abbiamo visto ogni brufolo, ogni seno cresciuto, ogni acconciatura o vestito esteticamente sbagliato.

Noi che abbiamo tutti avuto fretta: fretta di crescere, fretta che finisse ogni ora, ogni compito in classe, ogni interrogazione, ogni mattinata; fretta che finisse la quarta ginnasio e non fossimo più le matricole; fretta che passassero gli anni, avessimo più libertà, potessimo uscire più a lungo la sera, il weekend; fretta di avere diciott'anni e poter prendere la patente; fretta di arrivare all'ultimo anno, essere i grandi della scuola, guardare gli altri dall'alto in basso, fare sfoggio di un'esperienza di vita vissuta. Perché se c'è una cosa certa, di quell'età, è che si vive ogni giorno al cento per cento, non si fanno mai economie di emozioni e il bagaglio di ricordi pesa tanto quanto i diari e le Smemoranda riempiti con foga, con i sorrisi o con le lacrime, e con le penne che cambiano colore a seconda dell'umore.

Noi che abbiamo avuto fretta di arrivare all'ultimo anno e all'ultimo giorno dell'ultimo anno, per poi avere ancora giusto la maturità e passare ad altro. Finire con tutto ciò.

Mentre mi guardavo allo specchio quella mattina mi sono resa conto che, nella fretta, non mi ero mai fermata a pensare. In quegli occhi che mi guardavano a loro volta, dallo specchio, ho scorto della malinconia e mi sarebbe piaciuto coglierla prima, perché quella semplice mattinata nostalgica mi sembrava d'un tratto un addio troppo rapido. Di certo non quello che avrebbero meritato tutti i miei anni di vita scolastica.

Per strada, mentre avanzavo lenta lungo via San Vittore, pensavo alla bambina che era andata alla Ruffini, mano nella mano con Viola, e vi aveva conosciuto Bea e poi Cami. Era cresciuta, aveva imparato a lasciare la mano di Viola, era diventata una ragazzina, aveva scoperto il meraviglioso e sconfinato mondo dei libri, era diventata un'adolescente, si era innamorata del greco, della filosofia e di qualche ragazzo.

Davanti a scuola ho trovato Cami e Bea con una sigaretta già fumata a metà, l'aria confusa tipica di chi si trova nel limbo delle emozioni, oscillante tra la gioia e la tristezza. Mentre salivamo le scale Federico si è avvicinato a Bea, le ha passato un braccio sopra le spalle e le ha detto: «E se noi due oggi bigiassimo insieme?».

Lei si è bloccata di scatto, un piede su un gradino, l'altro sul gradino sopra; si è voltata a guardarlo seria, è rimasta un momento in silenzio, poi ha detto calma, ma con il furore negli occhi: «Ma mi prendi in giro?».

«Perché? È una giornata inutile, non succederà niente oggi. Invece fuori c'è un sole meraviglioso, possiamo andare al parco...»

«Sono tre anni, *tre anni*, che mi piaci e penso che pure i bidelli l'abbiano capito. E tu non mi hai mai rivolto la parola. Il che ci sta, per carità, so benissimo che stai con Agata da... sempre, ma...»

«Io e Agata non stiamo più insieme da mesi.»

«Da mesi? E quindi tu scegli oggi, l'ultimo giorno dell'ultimo anno, per propormi di bigiare assieme?»

«Si sa che ogni fine può essere un nuovo inizio.»

«Sì esatto, è proprio il caso che sia un nuovo inizio.»

Ha ricominciato a salire le scale di fretta, con foga rabbiosa; io e Cami abbiamo quasi dovuto correre per raggiungerla. Una volta in classe Bea è scoppiata a ridere, in modo vagamente isterico: «Ho perso tre anni a sperare che Agata sparisse e lui si accorgesse di me e quello si sveglia oggi? Oggi?».

«In realtà è un'ottima cosa», è intervenuta Cami, «così lasci il liceo senza rimpianti. Ora sai che Federico è solo un cretino.»

Bea l'ha guardata interdetta, poi è scoppiata a ridere di nuovo e l'ha abbracciata, la nostra inguaribile ottimista.

Per tutta la mattina, in effetti, come aveva previsto Federico, non abbiamo fatto nulla. I professori non hanno nemmeno provato a chiudere la porta della classe: eravamo come un branco di pecore a cui viene improvvisamente lasciato aperto il recinto, ci guardavamo l'un l'altro stupiti e curiosi, osavamo oltrepassare la porta guardinghi e quando ci rendevamo conto che nessuno provava a trattenerci vagavamo per i corridoi con fare altezzoso, quasi arrogante, facendo sfoggio della nostra libertà, che era simbolo di anzianità. Facevamo scorta di orgoglio, prima di ritrovarci di nuovo matricole nel giro di due o tre mesi.

A fine mattinata, ho incontrato Antonio sulle scale, fumava una sigaretta seduto da solo sul davanzale di una finestra. Mi son seduta accanto a lui e ho tirato fuori il pacchetto di Camel Light dalla tasca posteriore dei jeans.

«Se diventi medico dovrai smettere», ho detto restituendogli l'accendino che mi aveva passato.

«Un sacco di medici fumano.»

«È vero, però poi rompono agli altri dicendo che non dovrebbero fumare. Promettimi che quando sarò tua paziente non mi stresserai col fumo.»

«Perché, sarai mia paziente?»

«È chiaro! Ti pare?»

«Non sai nemmeno che specialità sceglierò!»

«Io ti vedrei bene…»

«Non cominciare!»

«Perché? Ero seria.»

«Sì, certo… Stavi per dire qualcosa tipo podologo?»

«Eh, perché no! Vengo a farmi curare i calli.»

«Scema.»

Ha giocato un po' con lo Zippo, l'ha acceso e spento più volte richiudendolo. Poi ha aggiunto: «Non so se riuscirò a diventare medico senza di te».

«Ma che dici!»

«Lo sappiamo benissimo, e lo sanno pure i professori, che non sono mai stato bocciato solo perché ho sempre copiato da te!»

«Effettivamente, perché non mi hai mai fatto un regalo?»

«Vuoi una sigaretta?» mi ha chiesto porgendomi il suo pacchetto di Gauloises.

«Sarebbe questo il mio regalo per cinque anni di versioni e appunti e compiti di matematica e di chimica e di...»

«Aspetta, la maturità non è ancora finita! Non c'è ancora nulla di sicuro...» ha detto alzandosi.

«Ma dai, è solo una formalità.»

«Se è solo una formalità, tu perché hai così paura?»

«Lasciami in pace con le mie paure e pensa alle tue, che se non entri a medicina ti ritrovi a fare il veterinario!»

Ci siamo incamminati verso la nostra classe continuando a scherzare e a immaginarlo dottore dei borghesissimi cani milanesi, con tanto di cappottino impermeabile, d'inverno pure trapuntato.

All'uscita tutto era come gli altri anni, come era sempre stato, ma per noi dell'ultimo anno aveva un gusto diverso. Eravamo armati di gavettoni, come d'abitudine, che andavamo a riempire al rubinetto del bar vicino a scuola; le più prese di mira erano le false innocenti che, fingendo di aver dimenticato la tradizionale gavettonata, erano venute a scuola con una maglietta bianca. Le detestavo. Ma quell'anno mi disturbavano meno, mi sembrava giusto che facessero parte del quadro. Un quadro chiassoso, fatto di grida e risate e abbracci; un quadro fatto di corpi bagnati ed eccitati che mescolavano sorrisi e lacrime, cercando di trattenere un istante, intrappolarlo nei ricordi, comunicare il non detto di anni di convivenza.

Eravamo ancora davanti a scuola ma già fuori, ancora con lo zaino sulle spalle ma già pronti a svuotarlo, sentivamo che in quei corridoi stavamo lasciando una parte di noi. Cinque anni di vita, di ricordi, di crescita personale, di scoperta, d'incontri, di meraviglia, di amore e amicizia, cinque anni di sentimenti intensi, come solo a quell'età si sanno vivere in modo assoluto.

A un tratto, la vecchia bidella claudicante ha chiuso il portone alle nostre spalle e io ho avuto l'impressione di non essere io a finire il liceo, ma che fosse il liceo a buttarmi fuori, a dirmi: "Con te ho finito, vai via". "Ma io? Io ho finito con te?" avrei voluto chiedergli in risposta. "Io sono pronta a chiudere la pagina della scuola, a non sentire mai più una campanella, a non avere più un compagno di banco né dei compagni di classe, con tutte le dinamiche di amore odio aiuto complicità competizione rivalità invidia divertimento noia felicità? A non avere più scariche di adrenalina ogni volta che il dito di un professore scorre sul registro? A non maledire più di aver sprecato le autogiustificazioni nei primi mesi dell'anno? A non dover più inventare scuse per rifugiarmi in bagno o sulle scale, a fumare, sperando che l'odore non rimanga addosso quando si torna a casa dai genitori? A non passare più bigliettini sotto il banco, cercando di farsi perfettamente invisibili, ma sotto sotto sapendo che in realtà i professori fanno solo finta di non vedere, come i genitori, spesso, con i bambini?"

Ho sentito una ragazza urlare: «E anche questo è finito! Ancora solo un ultimo anno!».

Avrei voluto darle uno schiaffo e poi piangere per lei e dirle di tenerselo stretto quell'anno e non sprecarne nemmeno un minuto.

Quando erano oramai quasi le due e il marciapiede si era pressoché svuotato, ci siamo rassegnati a tagliare il cordone ombelicale e ad allontanarci da quel portone. Ho abbracciato gli ultimi presenti e voltandomi dall'uno all'altro lo sguardo mi è caduto su una Vespa ferma all'angolo in fondo alla via: Francesco mi guardava sorridendo, il casco appoggiato sulle cosce, gli occhiali da sole tra le mani. Ha annuito con la testa come a dirmi: "Va tutto bene, è giusto così, vai avanti". Gli ho sorriso anch'io, allora lui si è rinfilato il casco, gli occhiali scuri e ha acceso il motore con il solito colpo secco e rumoroso.

Ho dato un ultimo sguardo al portone oramai chiuso, ma non ho più sentito la paura dell'abbandono: c'era un futuro meraviglioso davanti a me e avevo voglia, o forse nuovamente fretta, di andarvi incontro. Ero pronta ad allontanarmi da quel portone, a dirgli "grazie, e arrivederci", ad andare verso casa, con Cami e Bea che per una volta, per assaporare ogni minuto di quella mattinata speciale, erano a piedi anche loro, verso la maturità, verso il viaggio in Grecia, verso l'università e verso Francesco.

Era il 13 giugno 1998 e io camminavo per strada con le mie amiche, offrendo ai passanti una versione tutta nostra di *Lemon Tree*, perché non sapevamo bene le parole, e ridendo dei nostri capelli bagnati, delle magliette appiccicate alla pelle; ridendo perché avevamo una settimana di vacanza prima dell'inizio della maturità e, nonostante ci fosse quel pesante scoglio all'orizzonte, ci sentivamo leggere.

9.

Siamo partite per la Grecia il giorno dopo il mio orale di maturità. Al Manzoni, quell'anno, è stata estratta la lettera N, il che significava che io, Alice Moneta, avrei sostenuto l'orale l'ultimo giorno. Al Severi invece hanno estratto la H. Io e Viola siamo andate lo stesso giorno, nello stesso momento, ciascuna al proprio liceo a scoprire il calendario delle convocazioni all'orale. Una volta ognuna davanti al proprio tabellone ci siamo telefonate.

«Allora?»

«Dillo prima tu.»

«No tu.»

«Lettera H. Ci sono solo Levera, Liffredi e Mantovani prima di me. Sono il primo giorno.»

«Che fortuna!»

«Non è vero! Ho molto meno tempo per studiare…»

«Ma non ne hai bisogno! E così invece sei in vacanza molto prima.»

«Tu quando sei?»

«Ultimo giorno. Hanno estratto la N.»

«Cosa??? Ma no… Vuol dire che quando io sono a festeggiare tu devi ancora studiare? Che faccio tutto lo shopping per la Grecia da sola?»

«Lo farai con Cami e Bea. Loro sono il primo e il terzo giorno.»

«Lo sai che non è la stessa cosa.»

«Lo so.»

Siamo tornate a casa entrambe depresse, lo siamo rimaste per il resto del pomeriggio. La sera abbiamo dormito assieme, senza che ci fosse un motivo particolare, ma solo perché eravamo profondamente arrabbiate con il fato. Era da mesi che non lo facevamo, ma quella sera desideravamo stare insieme, essere unite, i nostri corpi schiacciati e compressi in quei novanta centimetri di spazio. Per una volta non c'entrava Francesco, non c'entrava nessun ragazzo, nessun amico, nessuna festa; la maturità era una cosa esclusivamente nostra, riguardava solo la nostra vita, che eravamo abituate a vivere insieme da sempre. Eravamo a un passo dalla fine di un'epoca, la fine di qualcosa di enorme, e se non potevamo affrontare in contemporanea quel rito di passaggio, sentivamo quanto meno il bisogno di sincronizzare i nostri respiri, i nostri sogni.

I giorni seguenti abbiamo cercato d'ignorare la considerevole differenza di tempo che avevamo a disposizione per prepararci e ci siamo buttate entrambe nell'abbrutimento dello studio intensivo: ci aggiravamo per casa con una fascia sui capelli, sempre gli stessi vestiti scaramantici che nostra madre aveva la proibizione di lavare fino al giorno dell'orale, dei frullati ghiacciati in una mano e fogli di appunti nell'altra.

Il caldo ci stremava quasi più dello studio: pochissime case avevano l'aria condizionata, in alcune tutt'al più c'erano uno o due pinguini che venivano spostati da una stanza all'altra a seconda delle necessità, ma in casa nostra non c'era nemmeno quello, perché nostra madre ne detestava il rumore e trovava che non fosse minimamente necessario. La mattina continuava a comparire a colazione con la sua vestaglia di seta blu e di giorno sfoggiava tutta una collezione di vestiti a maniche corte attillati, in un cotone vagamente rigido che non sembrava minimamente fresco, eppure non era mai sudata. Io e Viola invece cercavamo costantemente il luogo più fresco della casa e più volte ci siamo ritrovate a leggere dentro la vasca da bagno vuota con addosso solo i miei body di danza classica per sentire il fresco della ceramica contro la pelle. Eravamo state abituate, fin da piccole, a emigrare appena dopo la fine della scuola a Camogli, che si riempiva di mamme e bambini milanesi, come d'altronde la vicina Santa Margherita, o Sestri, Bonassola, Levanto. Quelle mamme e quei bambini milanesi si sarebbero spostati dal mare in montagna, al lago, in campagna, avrebbero fatto viaggi in Grecia o in Turchia o più lontano, ma non avrebbero toccato il suolo meneghino per tre mesi. Sarebbero tornati giusto in tempo per l'inizio della scuola armati di nuova cartella e nuovo astuccio, comprati al supermercato in campagna. Per la prima volta in diciott'anni, ci ritrovavamo a vivere l'estate milanese e sperimentavamo sulla nostra pelle appiccicosa quanto fosse veramente torrida, senza stereotipi o esagerazioni.

Ogni tanto mandavo un messaggio a Francesco, gli dicevo Manchi e lui mi rispondeva Studia! La sera passava sotto casa, andavamo a prendere un gelato da Leonarduzzi, la pasticceria in fondo a via Saffi dove tutte le mamme del quartiere compravano il dolce da portare la domenica a pranzo dai nonni; ci davamo baci al gusto di cioccolato e fragola, o crema, o nocciola. I miei genitori fingevano di credere che ci andassi con Camilla, senza chiedere come mai Viola non si unisse a noi.

Le due prove scritte erano passate senza problemi sia per Viola sia per me; non volevamo dichiararci troppo soddisfatte, sempre per la nostra malcelata scaramanzia, ma eravamo comunque un po' più tranquille. Così, il giorno prima del suo orale, Viola ha deciso che non avrebbe aperto libro, nessun ripasso, nessun controllo, "quel che è fatto è fatto" e quel che sapeva sapeva: era meglio fare vacanza, riposarsi, distrarsi, in modo da arrivare con la mente fresca e lucida al grande giorno.

Si è svegliata tardi, ho sentito del movimento in camera sua che era già quasi ora di pranzo. Quando l'ho raggiunta stava impilando sulla scrivania i libri, i quaderni, i plichi di fogli stropicciati e consunti, le penne, gli evidenziatori. Ha guardato con aria soddisfatta quell'ordine impeccabile e ha detto: «Ho chiamato Matteo».

«Per dirgli cosa? Gli hai chiesto di vedervi?»

«No. Gli ho detto addio.»

Sapevo quanto era innamorata di Matteo. Per quanto si

fingesse forte, per quanto sostenesse, cercando di convincere innanzitutto sé stessa, di avere il pieno controllo della situazione, Matteo era stato il suo primo amore; dopo un anno di relazione apparentemente idilliaca, l'aveva lasciata per poter essere libero di vivere l'estate come voleva e durante tutto l'ultimo anno si era rifatto vivo solo a proprio piacimento. Sapevo che, anche se non lo ammetteva, in fondo continuava a sperare che le cose potessero tornare come un anno prima, per cui capivo perfettamente quanto doveva essere stata difficile quella decisione. Avevo voglia di piangere per lei, sentivo la gola stringersi fino a fare male; Viola deve averlo capito e per non scoppiare in lacrime, anche lei è tornata a guardare la scrivania. Ha detto piano: «Ho chiuso tutti i libri: era il momento di chiudere anche questo».

Mi sono avvicinata rapida a lei, l'ho abbracciata da dietro e le ho detto: «Sono fiera di te».

Poi ho sentito che il suo petto cominciava a tremare, allora ho cercato di sdrammatizzare, ho aggiunto ridendo: «Guarda come ti sta già rendendo più saggia questa cavolo di maturità!».

Si è messa a ridere a sua volta e, tirando su con il naso, si è divincolata dal mio abbraccio e si è voltata a guardarmi.

«Anche Bea sarebbe fiera di me: hai mai visto la mia camera così perfetta?»

«No!»

«Dovrei dirle di venire qua a vedere con i suoi occhi, se no non mi crede. Però abbiamo un altro programma per oggi pomeriggio: Cami vuole farsi un tatuaggio!»

«Ma figurati! Lo dice oggi, cambierà idea domani.»

«Sembra abbastanza convinta, ha chiesto se la accompagniamo dopo pranzo al negozio all'inizio di Ticinese.»

«Ma Cami non può farsi un tatuaggio! È la persona meno costante del mondo, se ne stuferà prima della fine dell'estate!»

«Ha detto che lo farà dietro alla spalla apposta per non vederlo. Ma vuole farsi una rosa dei venti per fissare i suoi quattro punti cardinali, cioè noi quattro, prima che i venti ci portino ognuna per la sua strada.»

«Quella è matta!»

«Non dirlo a me, che ero già in una scuola diversa dalla vostra: davvero non capisco tutta questa tragedia per le università separate... Comunque, l'accompagniamo?» Prima ancora che potessi obiettare, ha aggiunto: «No, tu oggi non studi, perché tanto hai ancora otto giorni!».

Abbiamo passato il pomeriggio con Camilla nel negozio dei tatuaggi, analizzando la forma e la dimensione precisa del disegno e il punto esatto della schiena in cui farlo. Quando finalmente si è decisa, non appena il tatuatore l'ha toccata, ha cominciato a urlare dal male. Allora io ho cominciato a urlare perché mi faceva impressione e Viola anche lei perché Cami le stritolava la mano troppo forte. Urlavamo e ridevamo e più urlavamo e più ridevamo. E in quelle risa non c'era più posto per Matteo né per i libri, le regole di fisica, l'esame finale. Solo la sera, quando siamo andate a letto, ovviamente insieme, in camera di Viola, è venuto a entrambe un po' di mal di pancia. Quei crampi allo stomaco che sono fatti di stress e di emozione e che erano suoi tanto quanto miei, perché la casualità di un sorteggio aveva voluto che non sostenessimo la nostra prima grande prova in contemporanea, ma ciò non significava che non la vivessimo assieme, con una partecipazione totale, fusionale, al punto da essere anche fisica. I crampi sono durati anche tutta la mattina seguente, mentre aspettavo nervosa sul marciapiede davanti al Severi; sono passati solo quando Viola si è affacciata al portone con il sorriso che le illuminava tutto il volto e le braccia alzate in segno di vittoria.

Quel giorno anche Camilla ha sostenuto il suo esame e due giorni dopo anche Bea. Per quanto invidiosa e stanca, cercavo di ignorare il fatto che avessero già cominciato tutte e tre a festeggiare e preparare la valigia per il nostro viaggio, andare a comprare costumi da bagno, vestitini e sandali.

Quando finalmente è arrivato anche il mio turno, come Viola, ho deciso di non fare nulla la vigilia dell'esame, per riposare il cervello e ricaricare il morale passando la giornata intera insieme a Francesco. Così non ho messo la sveglia, mi sono alzata tardi, ho fatto una doccia lunghissima, mi sono lavata i capelli, ho tagliato le unghie delle mani e dei piedi, mi sono messa lo smalto rosso su quelle dei piedi, trasparente su quelle delle mani, perché quell'anno c'era ancora la commissione esterna e i professori che mi avrebbero interrogata il giorno dopo non li conoscevo: magari avrei trovato un qualche bigotto che non amava lo smalto colorato e che avrebbe giudicato le mie unghie rosse poco serie, segnale di una studentessa con la mente già in vacanza, già in Grecia per esempio, a bere un mojito in spiaggia all'ora di pranzo, che va bene che in Grecia si mangia tardi, però insomma... Dopo di che mi sono depilata, perché in effetti una studentessa con la mente già quasi in Grecia lo ero e per quanto per scaramanzia non avessi ancora fatto la mia valigia, avevo voglia di cominciare a prepararmi un po'. Il vecchio Silk-épil che condividevo con Viola faceva un male cane: ogni volta che lo usavamo dicevamo che bisognava comprarne uno nuovo, ma poi non lo compravamo mai. Un giorno, nostra madre ci aveva fatto vedere il catalogo dei premi della Standa chiedendoci se ci interessava qualcosa, perché aveva un sacco di punti che le scadevano, e noi avevamo adocchiato un modello di "depilatore elettrico", come lo chiamava il catalogo, che prometteva di strappare i peli senza alcuna sensazione di dolore; poi però aveva optato per una lampada UV che assicurava una tintarella naturale tutto l'anno, e per quella le erano serviti tutti i punti. Così noi eravamo ripiombate nella pigrizia e, piuttosto che andare a cercarlo da MediaWorld o chissà dove altro, abbiamo continuato con il nostro modello dell'anteguerra e con i cubetti di ghiaccio per attenuare il bruciore e il rossore.

Ho infilato una canottiera verde acqua e ho cercato di tagliare dei vecchi jeans per farne dei mini shorts, ma con le mie forbici non ci riuscivo, erano troppo piccole e poco affilate, così sono andata a cercare quelle della cucina. Appena mi ha vista, mia madre ha detto con aria orripilata: «Non penserai mica di uscire in canottiera? Ti ricordo che sei ancora in città, a Milano, dove non ci si veste da spiaggia».

«Proprio perché siamo a Milano ci sono quaranta gradi all'ombra.»

«Esagerata.»

«Mamma, fa un caldo tale che l'asfalto si scioglie letteralmente sotto i piedi. Se ti fermi troppo al semaforo lasci l'impronta delle scarpe sul marciapiede.»

«Eppure, tutte le signore perbene sopravvivono benissimo con le spalle coperte.»

«Senti, posso rinunciare ai jeans tagliati…»

«Perché, pensavi di uscire con degli hot pants?»

«E se no perché li stavo tagliando?»

«Per metterli in valigia.»

«Sai benissimo che la valigia non la faccio prima dell'orale!»

«Tagliali oggi, mettili in valigia domani, se vuoi, ma di certo con quelli non vai per strada a Milano!»

È uscita dalla cucina lasciandomi senza possibilità di replica. Sono tornata in camera mia e ho buttato i jeans tagliati sulla sedia, insieme a un cumulo di altri vestiti che, ufficialmente, non erano una selezione per la valigia, ma erano solo lì per caso. Ho infilato una gonna, le ballerine, ma ho tenuto la canottiera verde acqua, in segno di audace ribellione.

Francesco è passato a prendermi, mi ha mandato un messaggio quando era sotto casa perché scendessi. Quando sono uscita dal portone l'ho trovato ad aspettarmi in piedi, le mani nelle tasche dei bermuda, gli occhiali così scuri che era impossibile vedere i suoi occhi, nessun casco in mano. Ho cercato stupita la Vespa, ma lui si è messo a ridere, ha detto: «Possiamo camminare, no? Abbiamo tutto il pomeriggio!».

«Ma fa un caldo micidiale!»

«Preparati, in Grecia farà ancora più caldo!»

«Sembri mia madre… A Milano il caldo è molto meno sopportabile!»

Mi sono incamminata fingendo un broncio che, arrivati

all'inizio di corso Vercelli, era già sparito. Siamo passati davanti a Cagnoni, un negozio storico di giocattoli che da più di settant'anni rappresentava il sogno di diverse generazioni di bambini. Nessuno, a prescindere dall'età, poteva passare davanti a quelle vetrine senza soffermarsi almeno un istante a sognare gli animali di peluche a grandezza naturale. Ho ripensato a nostra madre che portava me e Viola in quel negozio ogni volta che eravamo invitate a una festa o che c'era una qualche ragione per cui dovevamo comprare un regalo: stavamo dentro per ore, ci sembrava tutto magnifico, era impossibile scegliere. Ogni volta, entrando, nostra madre ci diceva: «Andiamo per comprare un regalo per la vostra amica, mi raccomando, non siamo qui per comprare per voi. Non è la vostra festa». E ogni volta uscivamo con tre pacchetti, un regalo per la festeggiata, uno per me e uno per Viola. La nostra collezione di peluche negli anni è diventata enorme: nostra madre ha dovuto far aggiungere delle grosse mensole in corridoio perché sui letti, sulle poltrone, sul divano della sala giochi non c'era abbastanza spazio per tutti quegli animali.

Abbiamo preso dei panini al Panino Giusto e li abbiamo mangiati ai giardini di Pagano, seduti su una panchina all'ombra, guardando i salterelli vuoti, un po' perché era ora di pranzo, un po' perché era luglio inoltrato e quasi tutti i bambini di Milano erano già partiti per le vacanze. Un po' perché se qualcuno avesse provato a saltare con quel caldo gli sarebbe venuto un colpo all'istante. Era perfettamente logico che fossero vuoti, eppure mi trasmettevano una tristezza nostalgica: erano lì, immobili e silenziosi, davanti a me, maggiorenne, quasi maturata, che due giorni dopo sarei partita per il primo viaggio all'estero da sola; mi sembrava sussurrassero le risa di un'infanzia abbandonata, dimenticata, tanto che quei sussurri in fondo non li sentiva nessuno.

Francesco ha colto quell'onda di malinconia crescente e ha cercato di contrastarla riprendendo a muoverci, a camminare per le strade svuotate dalle vacanze e dal caldo. Abbiamo vagato per via Mario Pagano, via Vincenzo Monti, via

Venti Settembre, cercando l'ombra degli alberi; abbiamo preso ancora una volta un gelato al Leonarduzzi e poi ci siamo incamminati pigramente verso casa sua.

Appena Francesco ha aperto la porta di casa siamo stati travolti da urla confuse: un uomo e una donna che discutevano in salotto, parlando uno sull'altra, tanto da render difficile decifrare le loro parole. Francesco è rimasto immobile, le chiavi che penzolavano dalla mano destra, gli occhi chiusi, quasi a cercar di scappare dall'inevitabile. Si è dimenticato di richiudere la porta e io non sapevo se farlo al suo posto o lasciarla aperta, come via di fuga immediata. O se uscire io, da sola, chiuderla alle mie spalle. Mi sono chiesta per quale motivo sua madre, che doveva essere partita da tempo con il Coglione, fosse tornata. Per un attimo mi sono chiesta anche se l'uomo fosse il Coglione, ma da quel che urlava ho capito quasi subito che si trattava del padre di Francesco.

«Sono anni che pago quell'università perché almeno uno dei due possa avere un futuro decente. Tu lo sapevi? Lo sapevi che non aveva mai dato nemmeno un esame? Eh? È pure riuscito a farsi riformare al militare, come quel nullafacente di Nicolò prima di lui, che poi chissà quale scusa sono riusciti a usare, se la scoliosi o il setto nasale deviato, o... chi lo sa, forse le dita dei piedi troppo lunghe? Sono una generazione di smidollati, tutti quanti, ma almeno che si eviti il militare per studiare! Invece no, niente; chi sa se ci ha almeno mai messo piede... E tu? Allora, lo sapevi o no? Scegli, sei una stronza che gode nel sapere che sborso soldi inutilmente o sei una madre ancora più inesistente di quel che pensassi?».

«Inesistente? Inesistenteee? Ma come osi? Proprio tu... da che pulpito parli?»

«Quindi vuoi dire che lo sapevi? Per anni Nicolò mi ha succhiato soldi, ma non pensavo pure Francesco! Invece... Due approfittatori, ecco chi hai cresciuto!»

«Ho fatto del mio meglio, viste le circostanze. Ti ricordo che li ho cresciuti da sola!»

«E di chi è la responsabilità? *Tu* mi hai sbattuto fuori di casa!»

135

«Ti scopavi chiunque passasse sotto il tuo naso! Ero stata paziente, ti lasciavo sparire, ti lasciavo tornare…»

«Ma sii onesta! Stavi zitta solo perché ti faceva comodo! Ti ho tirata fuori da quel buco miserabile in cui sei cresciuta e ti ci sei affezionata un po' tanto in fretta alla bella vita, eh? La bella casa, i bei vestiti, la bella gente, la bella zona… Mica ci volevi più rinunciare!»

«Ma cosa stai dicendo? Cosa stai dicendo? Tu sei quello che ha pensato ai suoi comodi, ai suoi interessi: meglio sposarmi, piuttosto che rischiare lo scandalo. Il giovane broker super promettente che paga un aborto illegale a quella poveraccia della sua segretaria: sarebbe stato davvero troppo per te, o per tuo padre, che si era dato tanto da fare per piazzarti dov'eri. No, meglio sposarmi e poi trattarmi come mi hai trattato! E io mandavo giù, mandavo giù, mandavo giù, perché oramai Nicolò c'era e poi anche Francesco e ti guardavano con questi occhi adoranti e ti cercavano, ti cercavano sempre, quando non c'eri e anche quando c'eri ed era come se non ci fossi. Non volevo essere io quella che li allontanava dal loro padre, ma non mi hai dato scelta, mi ci hai costretta. Ti avevo chiesto solo una cosa, una: non in questa casa! Ma tu quella sera non avevi potuto resistere eh? Avevi dovuto farla venire qua, a casa nostra, con i bambini in casa! Nicolò la conosceva! Io avevo potuto fingere di non sapere tanto a lungo, ma non potevo chiedergli di fingere anche lui.»

«Ooh, vuoi una medaglia? Madre attenta e premurosa? Guarda che bel lavoro che hai fatto con Nicolò! Lo sapevi che qualche mese fa è stato fermato per guida in stato di ebbrezza su un'autostrada spagnola? Indovina un po' chi ha dovuto tirare fuori i soldi perché il signorino era completamente al verde, indovina. Indovina da chi è andato a piagnucolare Francesco, a testa bassa, perché non ti voleva far preoccupare. Era una messa in scena pure quella per sfruttare un po' paparino, che qua sembra essere l'unico a sapere che cosa significhi lavorare? Lo sapevi o no? Hai una qualche idea di come stia vivendo Nicolò?»

Abbiamo sentito qualcosa frantumarsi, probabilmente

un vaso, le voci si sono arrestate per un attimo, poi quella di lei ha ripreso, più strozzata di prima: «*Tu* non sai niente di loro, *tu* non li conosci. Io sì. Io sono rimasta, io li ho cresciuti. Per anni non ho potuto avere una vita perché mi sono ritrovata da sola con loro, mentre tu andavi in giro a divertirti».

«Eppure, mi è giunta voce che da qualche anno stai giocando a fare la ragazzina innamorata...»

«Vattene!» Ancora il rumore di qualcosa che andava in frantumi. «Vai via! Non ti permetto di giudicare l'unica persona che finalmente mi sa rendere felice. Non pagare mai più niente, non ce ne frega un cazzo dei tuoi soldi!»

«Puoi starne certa che nessuno di voi vedrà mai più un centesimo, ma vedi di farlo capire anche a quei due falliti.»

Stavo assistendo al regolamento dei conti di una famiglia che non mi apparteneva; non mi ero mai sentita tanto fuori luogo in tutta la mia vita. Francesco era immobile e mi dava le spalle. Non sapevo se andarmene o se stringergli una mano, ricordargli che ero lì, che poteva appoggiarsi a me. In quel momento però suo padre è comparso in anticamera, si è fermato di scatto, stupito di trovarsi davanti Francesco.

«Oh, eccolo qua. Immagino tu abbia sentito: la pacchia è finita, mio caro! Puoi dire addio alla tua bella università, anche se non penso che ti dispiacerà molto... Da quanto tempo è che non ci metti piede, eh? Ce l'hai almeno mai messo?»

«Te l'ho sempre detto che non m'interessava. Tu hai voluto iscrivermici comunque», ha risposto Francesco raddrizzando la schiena per fronteggiare suo padre. Erano alti uguali, si assomigliavano anche, eppure non c'era nulla in loro, nei loro corpi, nei loro atteggiamenti, che comunicasse l'idea di una famiglia.

«I patti erano ben diversi, e lo sai bene! Avevamo stabilito che... Oh, ma sai che c'è? Non me ne frega più niente, io me ne chiamo fuori.»

«*Me ne chiamo fuori? Me ne chiamo fuori?* Come se adesso volessi cambiare qualcosa? Sono diciannove anni che te ne sei chiamato fuori!»

«Lo vedrai! Lo vedrai eccome se adesso non cambia qualcosa! Adesso sei libero, caro mio, libero di rovinarti la vita come tuo fratello! Ma non lo farai più con il mio aiuto.»

«Mio fratello me l'ha salvata la vita. Mentre lui non l'ha aiutato nessuno. Si è salvato da solo.»

Francesco parlava rabbioso, non lo avevo mai sentito urlare tanto, lui che generalmente si lasciava scivolare le cose addosso, evitava i conflitti, le polemiche, era per il "vivi e lascia vivere". Stringeva sempre più forte le chiavi nella mano destra, avevo paura che finisse col tagliarsi.

Suo padre gli ha risposto con un sorriso ironico, di disprezzo: «*Mi ha salvato la vita!* Ma ti senti quando parli? *Mi ha salvato la vita.* Ma guardati attorno, guarda dove sei cresciuto, guarda tutto quello che hai sempre avuto».

«E tu cerca di vedere tutto quello che ci hai tolto, solo per la voglia di abbassare i pantaloni.»

Suo padre gli si è avvicinato fermandosi a pochi centimetri dal suo volto; respirava lento, a fondo, e faceva rumore espirando dalle narici dilatate dalla rabbia. Mi faceva pensare a un drago. Si sono guardati a lungo negli occhi, uno sguardo di sfida, di rabbia, di rancore accumulato per troppo tempo, poi suo padre si è voltato di scatto e, prima ancora che ce ne rendessimo conto, era già uscito sbattendo forte la porta d'ingresso. L'anticamera è piombata nel silenzio, un silenzio che contrastava in modo raggelante con le urla di un attimo prima. Allora abbiamo cominciato a sentire dei singhiozzi, la madre di Francesco che piangeva in salotto.

«Devo andare da mia madre.»

«Ok, ma tu come stai?»

Ha aperto la mano destra, ha guardato i segni che le chiavi avevano lasciato sul palmo. Ha appoggiato le chiavi sul cassettone dell'anticamera e, sempre senza guardarmi, ha ripetuto: «Devo andare da mia madre».

Ho esitato un momento, avrei voluto chiedergli di nuovo: "Ma tu come stai? Perché non so come tu possa reagire a una scena del genere… A me m'avrebbe uccisa una scena del genere. Invece tu sei lì, senza l'ombra di una lacrima negli occhi, a preoccuparti di tua madre". Avrei voluto urlarglielo, per farlo reagire: "Dimmi come stai!". Invece mi sono limitata a dirigermi verso la porta di casa, senza aggiungere nulla, senza salutarlo. Qualunque parola mi sarebbe sembrata superflua. Mentre stavo aprendo la porta mi ha raggiunto un: «In bocca al lupo per domani».

Mi sono voltata stupita, confusa, ma non era già più lì. L'anticamera era vuota e silenziosa.

In bocca al lupo per domani. La maturità. Domani. Era l'ultima cosa a cui avrei pensato in quel momento.

Sono tornata a casa a piedi, rivivendo la scena assurda a cui avevo assistito nella mia testa, ancora e ancora. Appena arrivata in camera mia, come prima cosa, ho tolto la canottiera verde acqua e ho messo una maglietta, perché quel ridicolo moto d'insurrezione mi sembrava di colpo aver perso ogni significato e non avevo nessuna voglia di discutere con mia madre per qualche centimetro di tessuto. Poi ho chiuso la porta, mi sono sdraiata sul letto e ho messo il CD di Enya a volume altissimo. Sono rimasta a lungo sdraiata ascoltando *Only If...* in repeat, cercando di calmarmi, ma non riuscivo a togliermi quelle urla dalla testa, il pugno di Francesco stretto attorno alle chiavi, fino a farsi male, i singhiozzi di sua madre, i vasi in frantumi. Come tutta quella famiglia, d'altronde.

Alla dodicesima volta che la canzone partiva nello stereo, Viola è entrata in camera senza bussare, ha lasciato cadere dei sacchetti di Absolute e Baloon per terra, si è buttata sul letto facendo rimbalzare le gambe e ha detto allegra: «Vuoi vedere cosa ho comprato per le nostre serate in piazza a ballare il sirtaki?».

«Non ora Vi.»

«Senti, se sei qui a farti le paranoie per l'orale... Non doveva essere la giornata off per staccare il cervello ed essere ancora più in forma domani?»

«L'orale è l'ultima cosa a cui riesco a pensare in questo momento. Tu non puoi immaginare cosa è successo da Franci.»

Le ho raccontato la lite furiosa di cui ero stata malauguratamente spettatrice, senza dimenticare una singola parola o un dettaglio. Viola mi ha ascoltata in silenzio, gli occhi sbarrati e sconvolti; quando ho finito di parlare ha lasciato uscire un profondo sospiro e ha commentato scuotendo la testa: «Che infami...».

«Come scusa? Infame il padre.»

«Anche la madre! A fare la vittima come se crescere quei bambini fosse stata la cosa peggiore che le sia capitata.»

«Dev'essere stato difficile da sola.»

«Ho capito, ma da lì a dire in faccia a suo figlio "per anni non ho potuto avere una vita"...»

«Il problema è che non gliel'ha detto in faccia, pensava che Franci fosse fuori! Probabilmente non gliel'aveva mai detto e ora lui ha sentito tutto... Forse non sapeva nemmeno che il matrimonio dei suoi fosse un matrimonio riparatore. Vorrei solo sapere come sta.»

«Come vuoi che stia, Ali? Starà malissimo! Per la prima volta mi fa pena, poveraccio...»

«Secondo te posso mandargli un messaggio?»

«No! Lascialo in pace. Davvero Ali, stasera niente messaggi, niente "buonanotte", niente. Lo lasci in pace. Lo lasci parlare con sua madre o stare da solo o quello che vuole. Ti ha già detto "in bocca al lupo per domani", quindi "a domani".»

«Oh, mamma mia, ma come ci vado io domani?»

«Sapresti rispondere a qualunque domanda anche dormendo, quindi ci vai senza nessun problema. Adesso, posso farti vedere cosa ho comprato? Ci sono un po' di cose anche per te!»

A cena sono stata particolarmente silenziosa, ma i miei pensavano fossi stressata per il grande orale del giorno dopo, per cui mi hanno lasciata tranquilla, senza porre alcun genere di domanda. Come per la vigilia dell'esame di Viola e, ai tempi, di Tommaso, mia madre ha preparato la colazione per cena: latte caldo, cereali, brioche e panettone. Dove riuscisse a trovare il panettone a luglio nessuno l'ha mai saputo. Sosteneva che la colazione per cena conciliasse il sonno, ma per sicurezza mi ha anche portato una camomilla in camera, mentre mi mettevo in pigiama, dispensata per una sera dallo sparecchiare.

Mio padre è venuto a darmi il bacio della buonanotte, come non faceva da anni, si è seduto un momento sul mio letto e ha detto: «Sai, quando opero, devo lasciare qualunque preoccupazione esterna fuori dalla sala operatoria. È come se dovessi annebbiare il campo visivo per potermi concentrare su un unico obiettivo. Tutto quello che sta frullando in questa testolina, domani lascialo in corridoio, non portarlo in classe. Potrai sempre recuperarlo dopo».

Poi se n'è andato, veloce come la carezza che mi ha fatto sui capelli, senza che avessi il tempo di guardarlo negli occhi, capire cos'avesse capito, ringraziarlo, per quel consiglio e per non essere un vile egoista, non averci lasciati quando Tommi aveva dieci anni e io e Viola cinque e per non essersi mai chiamato fuori da niente, ma soprattutto mai dalla nostra famiglia.

L'ultima a raggiungermi è stata Viola, già in pigiama e pronta per dormire nonostante non avesse ragioni per andare a letto con le galline. Non sapevo con certezza se fosse lì per la maturità o per la scena a cui avevo assistito a casa di Francesco o perché era emozionata per il nostro viaggio, che più si avvicinava e più le faceva venire una mammite che non avrebbe mai ammesso, nemmeno sotto tortura. O per tutte quelle ragioni insieme. Comunque, era lì, fedele al suo ruolo, alla sua posizione; fedele a me.

Era il 7 luglio 1998, dalla finestra spalancata entrava finalmente un po' d'aria fresca, insieme ai rumori della città, alle note di *C U When U Get There* in una casa vicina e a una zanzara che, chissà come, era riuscita a passare attraverso la zanzariera.

10.

Avevo sempre invidiato Viola per la sua capacità di dormire nonostante il ronzio delle zanzare nelle orecchie. Era un suono insopportabile per me, come il russare o il gocciolio di un lavandino che perde. Le macchine che guidavano veloci sul pavé di corso Magenta, il tram che riprendeva i suoi passaggi regolari all'alba o gli studenti che cantavano stonati vagando per strada, di certo ubriachi, ma altrettanto liberi e felici, non mi disturbavano minimamente, mentre un animale di un paio di millimetri che volava nella mia stanza era capace di stracciarmi i nervi e tenermi sveglia per ore. Di solito, accendevo la luce, la cercavo con occhi da lince assonnata, mi mettevo in piedi sul letto, il cuscino o una maglietta in mano, per schiacciare la responsabile di quel suono maledetto senza lasciare la macchia sul muro. La caccia poteva durare a lungo: saltavo dal letto alla sedia, al pavimento, smettevo solo quando la condannata a morte era effettivamente ridotta in poltiglia; poi, tornavo a sdraiarmi soddisfatta ma perfettamente sveglia, a causa di tutta quella ginnastica.

Quella notte invece non mi sono mossa, sono rimasta ad ascoltare: ogni tanto la zanzara si avvicinava al mio orecchio e si riallontanava, si fermava e poi ricominciava a volare. Doveva essere alla disperata ricerca di sangue appetibile, ma né io né Viola eravamo mai state di loro gusto. Stavo sveglia, scrutando il buio della stanza, la luce dei fari delle macchine che filtrava attraverso le persiane; cercavo di capire in che posizione fossero le gambe di Viola senza muovere nemmeno un muscolo, e pensavo a quelle di Francesco che erano sempre aggrovigliate alle mie, anche se era girato dall'altra parte o sdraiato sulla pancia con le braccia sotto al cuscino.

Ho preso il telefono senza troppo pensare e gli ho scritto un messaggio: Come stai? Solo nel momento in cui sullo schermo è apparso MESSAGGIO INVIATO ho pensato di guardare che ora fosse sul display rosso della radiosveglia: 03:24. Non ho nemmeno avuto il tempo di riappoggiare il telefono sul comodino che si è messo a vibrare, ma non era un messaggio: Francesco mi stava chiamando. Ho risposto dicendo solo: «Shh», e sono uscita piano dal letto, per andare a parlare in bagno, senza svegliare Viola.

«Viola dorme con te?»

«Sì, ma ora sono in bagno.»

«Cosa fai sveglia?»

«C'è una zanzara in camera. E tu?»

«Sto cercando un volo per Tenerife.»

«Perché Tenerife?»

«Nicolò e Jeanette non hanno ancora trovato lavoro a Parigi, per cui hanno subaffittato la casa e sono tornati a lavorare nel bar dove avevano lavorato l'anno scorso, giusto per l'estate.»

«E tu vuoi andare da loro?»

«Ho bisogno di vedere Nicolò. Non me ne frega niente di vagare tra la Liguria, Forte e il lago insieme agli unici disperati che ancora non hanno un lavoro e non sanno cosa fare in luglio.»

«E la vacanza in barca?»

«È tra quasi un mese. Intanto vado da Nic.»

«Non ci vedremo domani vero?»

«C'è un volo all'una e venti…»

«Prendilo.»

Siamo rimasti entrambi in silenzio per un momento, sentivo le piastrelle fredde sotto i piedi e un brivido mi ha scosso le spalle. Mi è caduto lo sguardo sulla zanzara, che doveva avermi seguita attirata dalla luce: si riposava a pochi centimetri dagli spazzolini, uno verde e uno giallo, come i nostri telefoni, come sempre da quando eravamo bambine.

143

L'ho schiacciata veloce con la mano, poi ho ripetuto: «Prenota l'aereo, vai da Nicolò».

«Mi dispiace, Alice.»

«Eh dai, non parto mica per la guerra, non abbiamo nessun bisogno di dirci addio, baci abbracci e fazzoletto bianco! Ci vediamo tra un mese e mezzo o poco più.»

«In bocca al lupo per domani.»

«Me l'hai già detto!»

«Ora cerca di dormire, anche se sei prontissima.»

«Non ti preoccupare, Viola fa miracoli con il fondotinta, domani non si vedrà nessun'occhiaia!»

«Dormi lo stesso.»

«Anche tu.»

È rimasto un momento in silenzio, poi ha risposto: «Anch'io».

Sapevo che non si riferiva al dormire, ma che voleva dirmi "ti amo anch'io"; dirmelo senza dirlo, senza cadere nella sdolcinatezza, che rende subito più deboli e fa venire una gran voglia di abbracci e potrebbe quasi convincere a non prenotare un aereo, solo per avere un giorno di più insieme, un bacio ancora, un abbraccio, di quelli stretti, di quelli che senti il profumo dei capelli e le costole che si comprimono.

Ho messo giù il telefono e sono rimasta a lungo a fissare la macchia di sangue lasciata dalla zanzara sul muro. Mi chiedevo di chi potesse essere quel sangue, da dove venisse quella zanzara e per un momento mi è spiaciuto di averla uccisa; avrei potuto semplicemente chiudere la porta del bagno e lasciarla lì, a riposare tra uno spazzolino verde e uno giallo.

Poi ho spento la luce e sono tornata a letto.

Il mio orale di maturità è stato il penultimo della scuola, dopo di me c'era solo Antonio, che di cognome faceva Mura. Mentre aspettavamo che finissero i due compagni prima di noi, Antonio ha giocato a *Snake* tutto il tempo e io ho fissato il suo schermo tutto il tempo. Era ipnotico, perfetto per quell'attesa snervante. Negli ultimi mesi si era allenato così tanto in classe che ormai era diventato un asso: il serpente diventava così lungo che occupava quasi tutto lo schermo. Quando perdeva mi porgeva il telefono chiedendomi: «Vuoi giocare?», ma io rispondevo: «No, grazie, guardo te», perché era effettivamente molto più rilassante seguire con gli occhi i movimenti veloci delle sue dita sui tasti 2, 4, 6 e 8.

Il presidente della commissione, unico commissario interno, era il nostro professore di latino. Quando hanno chiamato il mio nome mi ha accolta facendomi l'occhiolino, sicuramente per mettermi a mio agio, ma mi ha fatto pensare a Francesco che, ogni volta che gli raccontavo qualcosa di lui, diceva: «Quello è furbo, ci prova con le studentesse senza mai fare il primo passo; così, se quelle povere sceme che si sentono lusingate e valorizzate dalle sue attenzioni gli danno corda, e sono pure maggiorenni, evita ogni rischio di denuncia».

In quel momento, mi sono chiesta se esistessero davvero delle ragazze che apprezzano che si faccia loro l'occhiolino mentre si stanno sedendo al loro orale di maturità.

La prima ad attaccarmi è stata la professoressa di filosofia. Probabilmente, aveva saputo che avevo deciso di iscrivermi a filosofia in settembre e voleva mettermi alla prova, infatti mi ha chiesto di parlare di Sartre, che era proprio una domanda perfida, perché tutti sanno che Sartre è sì nel programma di terza liceo, ma che nessuno riesce mai ad arrivarci per mancanza di tempo. Anche da noi, la professoressa l'aveva a malapena nominato a fine anno, spendendo una scarsa mezz'ora ad abbozzare le quattro linee dell'esistenzialismo e poi l'aveva liquidato dicendoci: «La *Nausea* è un romanzo molto affascinante, vi consiglio di leggerlo un giorno». Ma chi legge un romanzo "molto affascinante" a diciotto anni? Francesco, ecco chi. Anche se non esattamente a diciotto anni, bensì a ventitré: ce l'aveva in macchina il giorno in cui eravamo andati al mare, a Genova, per fare il bagno di notte e festeggiare l'arrivo del caldo, quello stesso caldo che ogni anno viene accolto con gioia, gambe nude anche se bianchissime e birre gelate e che, tempo un mese, diventa insopportabile. L'avevo visto sul cruscotto, le pagine sgualcite, un sacco di orecchie per tenere il segno, la copertina piegata, che non stava più chiusa bene. Era un libro vissuto, forse letto più volte, o comunque con grande attenzione e partecipazione. Non avevamo ancora parlato di Sartre a scuola, ma qualcosa sapevo, per cui gli avevo chiesto cosa ne pensasse e Francesco era così: se gli davi il la su qualcosa che gli piaceva, che lo interessava o che lo toccava personalmente si lanciava in monologhi che io non volevo mai interrompere, perché quello che diceva mi piaceva follemente; perché quello che diceva mi sembrava sacrosanto; e perché qualcosa, in me, sentiva che tutto, con lui, poteva essere effimero, fugace, per cui volevo catturare le sue parole, volevo catturare i suoi sguardi, le sue idee, volevo catturare i momenti, imprimerli nella mia mente per non perderli mai.

Così lì, all'esame, mi sono ritrovata a ripetere le parole di Francesco, la sua descrizione della condizione esistenziale dell'uomo, caratterizzata dall'angoscia e dalla solitudine, ma anche da una fondamentale libertà. Mentre parlavo pensavo a lui, e a Nicolò; pensavo a quanto poco avevo capito quel sabato pomeriggio, in macchina, quando dietro a un'apparente analisi del testo, Francesco aveva voluto parlarmi della sua infanzia, delle paure senza volto con cui era cresciuto, dell'abbandono, della solitudine e del vuoto, e della sua aspirazione ad agire, a prendere le redini della propria vita come aveva fatto suo fratello. La sua voglia di essere libero, ma di quella libertà che si deve trovare prima di tutto dentro a sé stessi.

Ho autonomamente collegato il discorso alla letteratura dell'ultimo secolo, a Moravia, Buzzati, Pirandello, per poi risalire a Lucrezio e Seneca, così ho fatto bella figura anche agli occhi dei commissari delle altre materie e ho evitato che potesse venir loro la voglia di farmi una qualche domanda supplementare. L'unica che mancava era matematica, la seconda materia dell'orale, quella che più temevo, ma Viola mi aveva aiutata a prepararmi.

Quando sono uscita dal portone della scuola non ho sentito nessun brivido, nessuna nostalgia, nessun cordone ombelicale da tagliare. In fin dei conti quelli che mi avevano interrogata non erano i miei professori, non c'erano i miei compagni accanto a me, non eravamo nella nostra classe, non eravamo nemmeno allo stesso piano della nostra 3ª A. La mia scuola, il mio liceo, la mia adolescenza erano finiti settimane prima. Uscendo da quel portone non avevo bisogno di voltarmi indietro; non avevo bisogno di dire addio.

Ho trovato i miei genitori e Viola ad aspettarmi, impazienti e sorridenti, sul marciapiede di fronte; sapevo che Francesco non ci sarebbe stato, che doveva essere già all'aeroporto, ad attendere d'imbarcarsi, eppure la visione della mia famiglia su quel marciapiede mi è sembrata incongrua, quasi contraddittoria.

Per festeggiare mi hanno portata fuori a pranzo, come avevano fatto con Viola e con Tommaso. Siamo andati da Kota Radja in piazzale Baracca, il ristorante cinese che adoravo fin da quando ero bambina e dove nostro padre era solito prendere cibo da asporto ogni volta che voleva farmi piacere. Ognuno di noi aveva una preferenza diversa: Viola adorava Burghy – che da due anni si chiamava McDonald's, ma lei si ostinava a chiamarlo con il suo nome originale, che le piaceva di più –, Tommaso la pizza e io il cinese; e per i nostri compleanni, o quando eravamo malati, o quando c'era motivo di festeggiare o dovevamo essere consolati, nostro padre portava a casa la nostra cena preferita.

Mentre eravamo al ristorante, Tommaso ha chiamato sul telefono di nostra madre, che non solo ha risposto anziché passarmelo direttamente, ma gli ha pure riferito tutto quello che io avevo raccontato, senza lasciarmi più molto da dire; quando ho conquistato il telefono, a Tommaso non rimaneva che farmi i complimenti: «Non ne dubitava nessuno, ma brava comunque!».

«Grazie!»

«Ora partite subito? Non aspettate neanche i risultati?»

«No, andrà a vederli la mamma e poi ci chiama, partiamo subitissimo: domani mattina!»

«Brave! Godetevela... Mi sa che non ci vediamo questa estate.»

«Mi sa di no, hai deciso quando verrai in Italia?»

Mia madre è intervenuta esclamando forte: «Bella domanda!». Si è rimpossessata del suo telefono e ha proseguito ansiosa: «...perché qua è bellissimo: i figli che crescono e diventano autonomi e fanno i loro programmi, però insomma, anche noi vorremmo poter fare i nostri e se sapessimo quando vieni... Perché ovviamente quando vieni ti vogliamo vedere. Già è così un peccato che non ci saranno le ragazze... Che poi, anche loro, chi lo sa quando torneranno, perché partono senza dare una data di ritorno. Comodo! Ma diciamo che loro tireranno fino a fine agosto in Grecia, tu invece quando vieni in Italia?».

Arrivati a casa, mi sono fiondata in camera e ho finalmente aperto l'armadio per preparare la mia valigia. Viola però mi si è piazzata davanti con uno sguardo a metà tra l'indagatore e l'accusatorio: «Dov'è Francesco?».

«Perché?»

«Che non fosse fuori da scuola ok, dato che sapevamo tutti che ci sarebbero stati anche la mamma e il papà, che avevano fatto la stessa identica sorpresa anche a Tommi e a me, solo una settimana fa. Però il tuo telefono non è mai suonato, tu non ti sei nascosta in bagno per telefonare e ora... vuoi fare la valigia. Anziché correre da lui, tu vuoi fare la valigia.»

«È in Spagna. O meglio, forse in questo momento è ancora in volo.»

«Cosa stai dicendo?»

«È partito. O sta partendo.»

«Smettila con queste precisazioni linguistiche. E smettila di fare la finta tranquilla.»

«Sono tranquilla, Viola, l'ho sentito stanotte.»

«Ma quando?»

«Alle tre e mezza, tu dormivi. Gli ho mandato un messaggio, perché non riuscivo a dormire e volevo sapere come stava e lui mi ha chiamata, mi ha detto che aveva bisogno di vedere Nicolò. E lo posso capire.»

«In Spagna?»

«Sì, Nicolò lavora in Spagna questa estate.»

«Ma viveva in Spagna. E si è trasferito a Parigi.»

«Sì, ma non aveva un lavoro a Parigi, così è tornato a lavorare in un bar sulla spiaggia a Tenerife per quest'estate. Ma ha tenuto la casa di Parigi e ci torna in settembre.»

«E Francesco è partito per Tenerife?»

«Sì.»

«Oggi.»

«Sì.»

«E non poteva partire domani?»

«Ma cosa cambia?»

«Cosa cambia? Cambia che poteva esserci oggi, poteva darti un bacio, farti i complimenti, salutarti un po' meglio di come vi siete salutati ieri. Semplicemente *esserci*, Alice. Invece ancora una volta, appena c'è qualcosa che non va, lui scappa.»

«Non è scappato, Viola. È partito, è diverso. Tu non c'eri ieri, non puoi immaginare…»

«Me l'hai raccontato.»

«Allora puoi cercare di capire! Aveva bisogno di ritrovare l'unica vera famiglia che ha ed è suo fratello!»

«E non poteva aspettare domani?»

«Ma se non è un problema per me, perché dev'esserlo per te?»

«Per me non è un problema che sia partito, per quel che mi riguarda ci può rimanere a vita in Spagna!»

«Oh certo, ti piacerebbe…»

«No, Alice! Non mi piacerebbe se questo ti facesse soffrire, mi piacerebbe se ti liberasse da qualcosa di sbagliato.»

Nel momento stesso in cui aveva finito di pronunciare quelle poche parole, Viola si è resa conto che aveva esagerato. Ha abbassato lo sguardo, ha preso in mano una maglietta a caso.

«Di sbagliato? Di sbagliato, Viola? Cos'è, stiamo tornando indietro di mesi? Pensavo che l'avessimo superata, che *tu* l'avessi superata; pensavo che avessi capito che Francesco non era quello che pensavi all'inizio!»

«Certo mi sono ricreduta su molte cose, però Ali, scusa, ma non su tutto.»

«Quindi ci risiamo?»

«Perché in tutta questa storia tu mi devi vedere per forza come la cattiva? Lo vuoi capire o no che semplicemente mi preoccupo per te? Che lui sia partito per la Spagna proprio il giorno del tuo orale di maturità e il giorno prima della tua partenza per un viaggio di un mese e mezzo senza di lui, a me non cambia nulla: per me è un problema che per te non sia un problema! Gli giustifichi tutto!»

Stavo lì, davanti all'armadio aperto, con gli occhi bassi e scuotevo piano la testa. Non avevo voglia di litigare con Viola, non avevo voglia di combattere con lei ancora una volta per giustificare Francesco, soprattutto perché sentivo che quella discussione andava al di là di lui: non era Francesco che dovevo difendere, ma me stessa, le mie scelte, la mia capacità di giudizio. Da mesi avevo capito che, quando qualcosa riguardava Francesco, Viola non riusciva ad accettare che mi ostinassi a fare di testa mia, il che la maggior parte delle volte, tra l'altro, significava fare l'esatto opposto di quello che lei mi consigliava. Avrei voluto dirle che mi feriva, che ostinandosi a ripetermi che sbagliavo non faceva altro che convincermi del fatto che avesse pochissima stima di me. Mi sconvolgeva quanto potesse considerarmi incapace di valutare una persona tanto vicina a me quanto Francesco. Avrei voluto che fosse partecipe della mia relazione nello stesso modo in cui, per anni, mi aveva aiutata a prepararmi per le interrogazioni, quando mi ascoltava ripetere le lezioni di greco, che lei allo scientifico non studiava, e alla fine mi diceva: «Perfetto! Bravissima!» anche se non aveva la minima idea di che cosa avessi detto, semplicemente perché si fidava della mia sicurezza, del mio modo di parlare rapido e senza esitazioni. Però sapevo che avremmo potuto discutere per ore e non volevo farlo quel giorno: avevo appena finito la maturità e stavo per partire per il nostro viaggio tanto atteso, volevo solo che tutto fosse come lo avevo desiderato e immaginato per anni. Lei l'ha capito e ha subito cambiato tono di voce e argomento, si è messa a ragionare su quali vestiti e scarpe e costumi e parei avrei dovuto mettere in valigia. Cercava di fare selezione tra i miei sandali con i lacci lunghi che si arrotolano su tutto il polpaccio fino al ginocchio, perché ne avevo di almeno cinque colori diversi, ma non avrei potuto portarli tutti. Mi ha detto tutto quello che aveva già preso lei, dato che eravamo abituate a condividere i nostri guardaroba: i vestiti con le spalline sottili, che secondo nostra madre sembravano delle camicie da notte, i costumi da bagno tinta unita double face, che erano come due al prezzo di uno, occupavano meno spazio in valigia ma permettevano di dare l'impressione di cambiare costume ogni giorno, gli anelli di plastica colorata, le collane fatte con i fili di cuoio, i parei in abbondanza, perché potevano servire sia da gonna sia da copricostume, sia da telo per la spiaggia o da asciugamano della doccia. Poi è andata a prendere il mio zaino nel soppalco delle valigie in anticamera, si è messa in ginocchio davanti al mio armadio e infilava, compattava e schiacciava tutto quello che le passavo.

Quando anche l'ultimo sandalo ed espadrilla e rossetto e anello e collanina erano stati faticosamente infilati in ogni spazio libero dello zaino, mi è caduto lo sguardo sulle All Star fucsia che avevo addosso in ognuna delle prime volte con Francesco: la sera del nostro primo bacio, la prima volta che mi era venuto a prendere a scuola e la prima volta che avevamo fatto l'amore; che avevo quando eravamo andati a Como e avevamo mangiato il gelato su una panchina come una vecchia coppia; che avevo quando ero stata da lui durante le vacanze di Pasqua e le avevo sfilate il primo giorno appena arrivata ed erano rimaste abbandonate in un angolo della sua camera fino a che Viola non ci aveva svegliati nel cuore della notte perché aveva completamente perso il controllo della sua festa. Le ho prese in mano, sono rimasta un momento a guardarle; sapevo che in Grecia avrebbe fatto troppo caldo, ma avrei sempre potuto portarle con la scusa di metterle in treno.

Ho abbassato lo sguardo su Viola, che tirava a fatica la cerniera del mio zaino perché, sfidando le leggi della fisica, riuscisse a contenere molte più cose di quelle consentite dal suo volume.

«Viola, tu hai ragione, Franci sta scappando da tutto. Ma ti assicuro che non sta scappando da me.»

Lei ha alzato lo sguardo, ha sorriso e in modo del tutto sorprendente mi ha risposto: «Sei fortunata». Poi tirandosi in piedi ha aggiunto: «Ma questo zaino non riuscirai mai a sollevarlo!».

Siamo scoppiate a ridere entrambe.

La mattina dopo, nostro padre ci ha svegliate presto, è venuto a darci un bacio prima di uscire per andare in ospedale. È rimasto stupito di trovarci ciascuna nel proprio letto, pensava che saremmo state agitate e che avremmo dormito insieme. Invece nessuna delle due aveva cercato l'altra, nella notte, perché sentivamo che stavamo vivendo quella partenza in modo molto diverso. Non riuscivo a sincronizzarmi sul livello di eccitazione di Viola, dato che tutto era smorzato dall'idea di separarmi tanto a lungo da Francesco, e lei non riusciva a condividere la mia nostalgia. Anzi, sapevo che le dava fastidio, la feriva personalmente.

Come suo solito, nostro padre non ha trovato le parole per dirci quello che avrebbe voluto, ma nell'esitazione della sua carezza più lunga che d'abitudine sono riuscita comunque a leggere della commozione per quelle bambine diventate grandi, che andavano via da sole. L'ho abbracciato forte, anche se la sua barba mi faceva il solletico sul collo, e mentre annusavo il suo odore, misto di sapone e di Stira e Ammira, mi sono resa conto che era da un tempo lunghissimo che non lo facevo. Quando l'ho lasciato andare ha detto: «Vostra madre vi ha già fatto tutte le raccomandazioni necessarie, inutile che le ripeta. Fate buon viaggio».

Poi è uscito veloce dalla mia stanza, lasciandomi col dubbio di aver veramente intravisto delle lacrime appannare i suoi occhi chiari.

Secondo nostra madre, invece, le raccomandazioni non erano mai abbastanza. Così, appena dopo aver salutato nostro padre, è comparsa nella nostra parte di casa e camminando avanti e indietro in corridoio, tra la porta di camera mia e quella di camera di Viola, mentre ci vestivamo, ha ricominciato a fare la lista delle cose da non dimenticare.

«Ricordatevi: i soldi mai tutti nella stessa tasca, che se ve li rubano almeno non ve li rubano tutti. E controllate il credito del telefono: se avete bisogno di una ricarica avvisatemi per tempo, non aspettate di essere senza soldi che se poi avete un problema non potete chiamare. Peccato che la Summer Card dall'estero non cambi nulla. E rispondete subito ai messaggi: io non vi chiamo per non farvi spendere, ma non lasciatemi ad aspettare le vostre risposte sennò vado in ansia. E non perdete il telefono, mi raccomando! Non andate a fare il bagno tutte e quattro insieme, perché se lasciate le borse incustodite vi rubano tutti e quattro i telefoni in una volta sola! E non lesinate sugli alberghi e le camere in affitto, che è meglio fare un viaggio un po' più corto ma dormire in posti puliti e sicuri. E anche i taxi, non fate la follia di camminare da sole di sera in posti che non conoscete. E fatemi sapere ogni spostamento che fate, sempre: libere di andare dove volete, ma voglio sempre sapere dove siete. E... cosa fai già con lo zaino in spalla, non fate colazione?»

«La faremo in treno», ha risposto Viola comparendo sulla porta di camera mia con gli occhiali da sole in mano e in testa un panama che aveva comprato uguale anche per me, il suo con la fascia di tessuto gialla e il mio verde, come gli spazzolini, come i cellulari.

Nostra madre ci ha abbracciate più forte e più a lungo del solito, in anticamera, ma nel suo sguardo c'era molta più preoccupazione che commozione.

Avevamo dato appuntamento a Cami e Bea in piazzale Baracca, davanti all'edicola della fermata del tram, ma ovviamente erano in ritardo. Mentre le aspettavamo, ci siamo messe a spulciare le riviste che avrebbero potuto intrattenerci durante il viaggio: c'erano i giornali seri, che parlavano del processo a Berlusconi e Craxi, quelli di sport che parlavano del Mondiale in corso, criticando l'Italia che solo cinque giorni prima si era fatta eliminare ai quarti di finale dalla Francia, e poi il mare di riviste di gossip, di moda, musica, bellezza, diete, arredamento. Guardavamo le copertine, passando dalla faccia di papa Giovanni Paolo II a quella di Cindy Crawford o di Naomi Campbell, da Padre Pio ad Anna Falchi o Raul Bova, quando abbiamo sentito la voce di Camilla alle nostre spalle: «Lasciate stare, ho già comprato una biblioteca intera d'idiozie! Almeno per il treno e uno o due traghetti dovremmo essere a posto!».

Ci siamo voltate e abbiamo visto che per l'occasione sfoggiava dei grossi occhiali da sole a forma di cuore. Siamo scoppiate a ridere e in quel momento ogni timore e ogni nostalgia sono spariti, è rimasta solo una gioia infinita. Ho preso la mano di Viola, l'ho stretta forte e, insieme a lei e alle nostre amiche speciali, mi sono incamminata verso la M rossa, perché la metropolitana e poi un treno e poi un traghetto ci portassero fino a Patrasso e da lì potesse cominciare la nostra peripezia egea in direzione di una casa azzurra. Avevamo grossi zaini pesanti, pieni di superfluità, ma il cuore allegro e la mente leggera; parlavamo di niente, ma parlavamo a raffica. E sorridevamo parlando, sorridevamo camminando, sorridevamo cercando il binario giusto, sorridevamo calcolando quante sigarette ci sarebbero servite in viaggio dato che poi in Grecia sarebbero costate meno ed era inutile comprarle in Italia. Sorridevamo perché ci stavamo lasciando alle spalle la fine della maturità, la fine del liceo, la fine di un'età in cui si dipende ancora interamente dai genitori ma senza più sentirne il bisogno; perché era l'inizio del nostro viaggio, l'arrivo di quell'avventura tanto attesa, la partenza verso un'estate che avevamo caricato di tutte le aspettative tipiche di quattro diciottenni; perché ci ritrovavamo noi quattro, insieme, per un tempo lungo e indefinito, senza Matteo, Federico o Francesco, senza amici incompatibili, senza licei o università diverse, senza compiti, senza scadenze, senza obblighi. Noi quattro come alle elementari, come alle medie, come a catechismo, come a Bardonecchia a casa di Bea, a fare le lezioni di sci sempre rigorosamente insieme, anche se a Cami non piaceva, trovava scomodi gli scarponi e diceva che i vestiti la ingoffavano. Come avevamo promesso che fosse, e nemmeno Francesco era riuscito a farmelo mettere in dubbio.

Era il 9 luglio 1998, i piedi mi bollivano nelle All Star fucsia, per nulla adatte al caldo torrido di Milano, al treno senza aria condizionata o a mezz'ora di camminata sotto il sole di mezzogiorno per raggiungere il porto di Ancona, ma io cantavo *Life Is a Flower* con le mie amiche nel nostro inglese maccheronico senza rendermi conto delle vesciche che mi si stavano formando, perché ero invasa da una felicità elettrizzante che è quasi più forte dell'adrenalina.

11.

Abbiamo raggiunto Kastellorizo dopo ventotto giorni di viaggio. Siamo passate da Paros, Santorini, Chalki, Simi, Rodi. In ogni isola, come prima cosa, affittavamo dei motorini, ancor prima di aver trovato delle stanze dove dormire, che comunque trovavamo abbastanza facilmente. Nonostante le raccomandazioni di nostra madre, non eravamo schizzinose, abbiamo sempre preso delle camere in cui ci stringevamo tutte e quattro insieme. Non c'era mai l'aria condizionata, ma solo dei piccoli e rumorosi ventilatori che ci puntavamo addosso e tenevamo tanto vicini ai letti da rischiare di perderci un dito nel buio.

Giravamo ogni isola in lungo e in largo, in modo smanioso, quasi con l'angoscia di perdere qualcosa. Facevamo a turno per guidare i due motorini, perché avevamo voglia tutte e quattro sia di guidare, come se sentendoci padrone della strada ci sentissimo direttamente anche padrone del mondo, sia di stare dietro, poter allargare le braccia e agitarle al vento come gli uccelli, lasciar cadere la testa all'indietro, chiudere gli occhi accecati dal sole, sentire l'aria tra i capelli, i caschi minuscoli a forma di scodella che cadono sul collo, perdono qualsiasi funzione protettiva.

Allo stesso tempo, in ogni isola, ci innamoravamo di una spiaggia in particolare e dopo averne girate diverse finivamo col tornare sempre nella stessa; ci innamoravamo di un bar in particolare e finivamo sempre col tornarci, dopo aver passeggiato per i paesini con i nostri copricostumi invisibili e i sandali greci che c'eravamo fatte fare su misura a Santorini, con il cuoio chiaro che ogni giorno diventava più scuro, più vissuto, si bagnava con l'acqua di mare e quando si seccava restavano le macchie di sale, scappavano via in motorino, ci obbligavano a frenare di colpo, fare dietro front, tornare a recuperare la scarpetta di Cenerentola ridendo. Ci innamoravamo delle vecchiette vestite di nero che passavano la giornata sedute sul ciglio della porta di casa, chiacchieravano tra di loro mostrando gengive incredibilmente sdentate, e noi non ci capacitavamo di come potessero non morire di caldo vestite in quel modo; ci innamoravamo del mare, dell'acqua trasparente, delle insalate di pomodori cetrioli feta e olive e dei gyros pita la sera, che mangiavamo senza ritegno, senza pensare alla dieta, alle calorie, alla pancia o ai fianchi, che si sarebbero allargati ben più tardi. Ci innamoravamo del sole, che splendeva sempre, inesorabile, era quasi spietato, non si lasciava mai coprire da una nuvola, per alcun motivo, e aveva fatto raggiungerc alla nostra pelle sfumature mai viste in diciotto estati di mare italiano, spagnolo, marocchino o addirittura californiano; ci innamoravamo degli asini, che ragliavano all'alba più puntuali dei galli, delle capre e dei gatti, che elemosinavano scarti sotto tutti i tavoli di tutti i ristoranti. Le altre tre s'innamoravano anche sempre di qualcuno, di un barista, di un deejay, di un turista australiano, di avventure tanto leggere quanto rapide, divertenti proprio perché senza premesse né conseguenze. Quei loro incontri fugaci mi facevano sentire ancora di più la mancanza di Francesco, ma cercavo di supplire scrivendogli tutti i giorni, spesso anche più volte al giorno. Lui mi rispondeva quasi sempre rapidamente, tranne quando era troppo lontano dalla costa e il suo telefono non prendeva; allora mi agitavo subito e Viola fiutava la mia tensione meglio di un segugio. Lo capivo dai suoi sguardi, dal tono della voce, per quanto si astenesse da ogni genere di commento: in generale evitavamo l'argomento Francesco, perché sapevamo avrebbe incrinato l'armonia perfetta in cui invece vivevamo tutte e quattro dal momento della partenza.

Per quanto lasciassimo il cuore su ogni isola, non ci siamo mai fermate su nessuna per più di cinque o sei giorni, non abbiamo mai perso di vista il nostro obiettivo e abbiamo continuato ad avanzare verso est. Fino a che un giorno, dopo quattro ore di aliscafo, è piano piano apparsa davanti a noi, incredibilmente vicina alla costa turca, una piccola isola, bassa e secca, rocciosa. Mentre ci avvicinavamo adagio, si è tratteggiato in modo sempre più preciso un minuscolo paesino dalle case colorate, i tetti rossi, che circondava a ferro di cavallo una piccola baia. Non c'era un vero porto, nemmeno un molo: le barche accostavano al bordo della strada del paese, scaricavano i pochi turisti che decidevano di avventurarsi così lontano e poi tornavano alle isole più grandi, più caotiche.

Appena scese dall'aliscafo, ci si sono parate davanti varie persone che ripetevano insistenti: «*Room, room*», e facevano larghi gesti con le braccia per indicare la direzione della loro stanza in affitto; senza esitare abbiamo seguito una tipica vecchietta vestita di nero, che nonostante l'età, la schiena curva, la pelle più rugosa che avessi mai visto in vita mia e le gengive quasi del tutto sdentate, camminava incredibilmente veloce.

La casa era tutta bianca e verde, grande e abbastanza fresca. La vecchietta parlava senza sosta, nonostante fosse perfettamente conscia del fatto che non la capissimo; ci ha condotte al primo piano, dove ci ha mostrato due camere da letto comunicanti, ognuna con due vecchi e alti letti di legno dall'aspetto scomodo e dei ventilatori a soffitto. Ci siamo affacciate a una delle finestre davanti alle quali ondulavano sottili tende di lino bianche, agitate da una piacevolissima brezza, e abbiamo visto il mare, solo il mare, nient'altro che una distesa di acqua blu, piatta e scintillante sotto i raggi obliqui del sole già basso nel cielo. Abbiamo fatto segno "ok" con le mani, senza nemmeno cercare di contrattare il prezzo, come avevamo imparato a fare per risparmiare qualche dracma da spendere in un cocktail in più la sera stessa. La vecchietta ha ripetuto ancora diverse frasi, con tono insistente, incurante delle quattro paia di occhi che aveva puntati addosso, spalancati e interdetti, poi è uscita chiudendosi la porta della camera alle spalle, portandosi via una scia di parole che non si arrestavano nemmeno lungo il corridoio o giù per le scale.

Una volta sole, siamo rimaste per un lungo momento immobili e zitte, come se tutte e quattro avessimo bisogno di elaborare la stanchezza del viaggio, l'assurdità della padrona di casa logorroica, la meraviglia della vista dalle finestre, ma soprattutto la soddisfazione di essere arrivate a destinazione. Poi Viola ha spezzato il silenzio urlando: «Prima a fare la doccia!».

Abbiamo provato a protestare, tentando un «eri già la prima ieri» o un «no, prima è quella che per prima arriva in bagno», ma non eravamo ancora riuscite a trovare gli asciugamani negli zaini disordinati, aperti e richiusi, disfatti e rifatti troppe volte per avere ancora una logica, che Viola era già sotto l'acqua piacevolmente tiepida. Ogni sera, scherzavamo in quella corsa alla doccia, anche se in realtà poi la prima a lavarsi è quella che si annoia di più, perché una volta pronta deve aspettare le altre, mentre avrebbe solo voglia di uscire.

Ci siamo lavate di dosso l'appiccicume dei sedili di plastica dell'aliscafo, ci siamo cambiate e siamo uscite a conoscere quel posto tanto idealizzato quanto sconosciuto, tanto piccolo quanto affascinante. Passeggiando e girovagando per le piccole vie illuminate dalla luce arancione del tramonto abbiamo rapidamente capito che tutta la vita si concentrava in quel ferro di cavallo attorno alla baia principale; c'erano diversi bar e ristorantini, ma un unico locale notturno e nessuno affittava motorini, perché non sarebbero serviti a nulla dato che il resto dell'isola era raggiungibile a piedi o solo in barca.

Prima che il sole sparisse del tutto, abbiamo comprato quattro birre e in pochi minuti abbiamo raggiunto, quasi a un estremo del ferro di cavallo, la casa di Vassilissa, la prostituta protagonista del film *Mediterraneo*. Abbiamo fatto tintinnare le bottiglie di Mythos una contro l'altra, ma poi nessuna di noi ha saputo cosa dire per brindare a quel momento. Eravamo sedute su quei gradini, gli stessi su cui Abatantuono e gli altri avevano atteso il proprio turno per il loro momento di piacere con Vassilissa, avevamo raggiunto la nostra meta, il fulcro simbolico di tutto quello che avevamo ideologicamente attribuito a quel viaggio per anni, eppure non avevamo la sensazione di essere arrivate, di aver raggiunto alcun punto d'arrivo, bensì casomai un punto di partenza. Nonostante il sole fosse tramontato, l'aria si facesse più fresca e le cicale avessero smesso di cantare; nonostante sulla sponda opposta della baia cominciassero ad accendersi le luci nelle case e sui tavoli dei ristoranti, non sentivamo addosso nessuna sensazione di fine, ma solo di un nuovo inizio. Forse era tipico della nostra età, delle ragazzine cresciute che avevamo inconsapevolmente lasciato in Italia e che si affacciavano alla loro vita, alle loro scelte, a una libertà che avevano inseguito senza comprenderla davvero.

Cami ha cominciato a ridere piano e poi sempre più forte, fino a doversi tenere la pancia con le mani; ci contagiava senza che capissimo per cosa stesse ridendo, poi ha fatto un sospiro profondo, si è alzata in piedi di fronte a noi e aprendo larghe le braccia ha detto: «Siamo patetiche! Qua con i musi lunghi quando siamo riuscite a tenere fede a una promessa che ci eravamo fatte sette anni fa! Siamo fantastiche! E dobbiamo brindare a noi, ma soprattutto», ha alzato la birra verso il cielo e ha assunto un tono eccessivamente solenne, «brindiamo a quella gran puttana di Vassilissa!».

«Quello era *Pretty Woman*, ed era "quella gran culo di Cenerentola"», l'ha corretta Viola.

«Già... Ma in fondo, *Pretty Woman, Mediterraneo...* pur sempre di puttane si tratta!»

Abbiamo cominciato a ridere anche noi, come Camilla, in modo sempre più forte e liberatorio. Avevamo portato una macchina fotografica, con l'idea di chiedere a qualcuno di fare una foto a tutte e quattro insieme su quei gradini, ma non c'erano passanti; così ci siamo strette per farci un autoscatto, sperando di non trovare una qualche testa tagliata quando una volta a casa avessimo fatto sviluppare il rullino dal fotografo di via Boccaccio.

Poi ci siamo incamminate verso il centro del villaggio. Io ho rallentato, sono rimasta qualche passo indietro rispetto alle altre, perché tutto quel senso di progettualità e libertà e aspettative per il futuro non aveva fatto altro che farmi pensare a Francesco, che cercava la sua strada e che la voleva cercare con me, che qualche mese prima mi aveva detto: «Andiamocene via» e mi aveva detto anche: «Questo groviglio, con te, non lo voglio perdere». Sentivo la sua mancanza in modo fisico, carnale, mi sembrava che la pelle bruciasse, non più per il sole greco, ma per il bisogno di contatto, per la voglia di strapparsi dal mio corpo e raggiungere lui. Avevo voglia di baciarlo, di toccargli i capelli, quei capelli che si scompigliava con entrambe le mani ogni volta che era nervoso; avevo voglia di stringergli le mani e poi sentirle grandi e calde sulla mia schiena; avevo voglia di guardarlo negli occhi neri, a lungo, in silenzio, una guancia appoggiata al cuscino; di sentire il suo respiro sul mio collo, il peso del suo corpo sul mio, la sua risata. Gli ho scritto un messaggio: Sono arrivata alla più minuscola e lontana isola greca, con mia sorella e le mie amiche, come doveva essere. Ora sono pronta per ripartire con te, poi ho accelerato il passo, ho raggiunto le mie compagne di viaggio, compagne di vita, compagne di sogni.

Ci siamo fermate in un ristorante a caso, che come quasi tutti gli altri aveva sistemato i tavoli tanto vicini all'acqua che se non si faceva attenzione quando si spostava la sedia per alzarsi si rischiava di cadere in mare. Le tovaglie di plastica si appiccicavano alle braccia umide di calore e le sedie di paglia lasciavano solchi nelle nostre cosce nude. Mentre ci gustavamo la *moussaka* migliore della nostra vita si è avvicinato al nostro tavolo un gruppo di sei ragazzi, chiaramente un po' più grandi di noi, e uno di loro ha cominciato a parlarci in francese: «Siete le italiane che stanno dalla signora Eleni! Vi abbiamo viste arrivare oggi pomeriggio. Anche noi stiamo in quella casa, abbiamo affittato le altre due stanze!».

«Come avete fatto a capire, nel suo fiume di parole, che si chiama Eleni?» ha chiesto Bea.

«Parla tanto vero?» ha risposto ridendo forte il ragazzo francese. «Siamo qui da tre giorni e ancora abbiamo capito solo il suo nome di tutto quello che cerca di dirci!»

Probabilmente rassicurato dal fatto che capivamo e parlavamo francese, ha preso una sedia dal tavolo accanto al nostro e l'ha avvicinata per sedersi vicino a noi, dopo di che ha continuato a riempirci di domande, cominciando da quelle più classiche come: «Da dove venite?», «Come vi chiamate?», «Che giro state facendo in Grecia?», «Quanto vi fermerete sull'isola?».

Lui era parigino, si chiamava Martin, era arrivato da tre giorni con i suoi amici e avevano deciso di cominciare da un'isola piccola e calma per riposarsi dopo la sessione estiva di esami universitari, per poi dirigersi a Mykonos. Era alto, magro, aveva i capelli castani disordinatamente lunghi, si tirava indietro il ciuffo con le cinque dita della mano ogni minuto: mi faceva pensare a Mathieu del *Tempo delle mele*. Quella che però ha mosso la sedia di quell'impercettibile centimetro verso di lui, il centimetro che nessuno noterebbe, ma che le amiche colgono anche a un chilometro di distanza, è stata Cami e Cami non era certo una giovane Sophie Marceau perennemente imbronciata, bensì una delle persone più allegre che abbia mai conosciuto. Hanno cominciato a parlare fitto tra di loro, lui la prendeva in giro per il suo catastrofico livello di conoscenza del francese, fantastico regalo della scuola pubblica italiana, ma lei non si scoraggiava e rideva cercando le parole, traducendo in inglese, ricorrendo ai gesti.

Gli amici di Martin non hanno potuto fare altro che sedersi rassegnati al tavolo accanto al nostro, spostarlo per avvicinarlo fino quasi a formare un'unica lunga tavolata, presentarsi, cercare qualche argomento di conversazione. Abbiamo parlato delle isole che avevamo già visitato, loro ci hanno detto quel che avevano scoperto di Kastellorizo, come per esempio quale fosse il primo ristorante ad aprire all'alba per fare la colazione salva-stomaco dopo una megabevuta e prima di andare a letto.

Finita la cena, ci siamo incamminate insieme ai parigini

verso l'unico bar con musica e cocktail dell'isola. Era all'estremo opposto del ferro di cavallo rispetto alla casa azzurra di *Mediterraneo*, aveva i muri gialli e un piccolo spazio esterno, direttamente sul mare, dove poter ballare, bere e chiacchierare godendo dell'aria fresca della notte. Mi sono chiesta quante persone fossero finite in acqua senza in realtà desiderare di fare il famoso bagno di mezzanotte.

Mentre ordinavo il mio whiskey-coca, ho sentito il telefono vibrare nella tasca posteriore dei miei jeans, che avevo tagliato cortissimi con le forbici da cucina di mia madre: Nuove distanze ci riavvicineranno. Francesco mi rispondeva ancora una volta nascondendosi dietro le parole delle canzoni: sapeva che adoravo *Diamante* di Zucchero e quella promessa di ritrovarci dopo la separazione, per quanto mi abbia fatto venire ancora più voglia di lui, di averlo accanto, mi ha anche fatto sorridere. Così, voltandomi verso la baia buia, ho alzato il mio bicchiere verso il mare, sapendo che al di là della notte c'era quella casa azzurra, quel luogo idealizzato tanto a lungo, che ci aveva guidate fin lì e da cui eravamo pronte a ripartire. Avrei voluto brindare con tutte e tre le mie amiche, ma Camilla era già sparita con Martin.

L'abbiamo ritrovata la mattina dopo, seduta sulla soglia di casa insieme alla signora Eleni, che sorseggiava un caffè; aveva i capelli spettinati e gli occhi stanchi, ma quando ci ha viste le si è stampato un enorme sorriso sulla faccia e mentre la raggiungevamo ha detto ridendo: «Non capisco niente di quello che mi dice, però secondo me è una grande!».

Quel giorno, abbiamo affittato una barca insieme ai francesi da un signore che, senza alcuna originalità, si chiamava Dimitri e che ci ha consigliato la signora Eleni. Ha dovuto accompagnarci da lui di persona, dato che con la sua parlantina greca fitta fitta non riuscivamo minimamente a capire dove l'avremmo potuto trovare. Ci siamo incamminati per le stradine di Megisti carichi di asciugamani, creme, maschere con boccagli penzolanti, telefoni, macchine fotografiche, panini e bottiglie d'acqua. La signora Eleni stava davanti a noi, camminava curva ma veloce, meravigliosamente sicura sulle sue caviglie gonfie; noi le stavamo dietro attenti e incuriositi, eccitati come bambini in gita scolastica.

Ci siamo fermati davanti a una casa tutta rosa, la signora Eleni ha parlato a lungo con una sua coetanea, o forse ancora più vecchia, ancora più curva, che stava anch'essa seduta sulla soglia di casa. Hanno parlato tanto a lungo che abbiamo finito per chiederci se non si fosse fermata solo a chiacchierare con un'amica, invece d'un tratto la signora è sparita all'interno della sua casa rosa e un minuto dopo ne è uscito il marito, con i capelli bianchi, una pancia spropositata, l'aria imbronciata di chi è stato disturbato. La signora Eleni l'ha indicato, ha detto «Dimitri» e poi, senza aggiungere altro, rassegnata all'incomunicabilità che c'era tra di noi, si è semplicemente rimessa in moto, ha ricominciato a camminare rapida e sicura per le stradine del paese insieme a Dimitri. E noi dietro, come cagnolini fedeli, abbiamo raccolto altrettanto rapidi le borse da terra e ci siamo rimessi a trottare.

Arrivati alla barca, Dimitri ha chiesto in inglese: «Chi guida?».

Ludovic si è fatto avanti e noi ci siamo sentite subito sollevate, dato che non avevamo previsto che la barca fosse così grossa, avesse un vero timone e un motore nascosto, non di quelli fuoribordo, con una corda da tirare per accenderlo e una barra da spostare a sinistra se vuoi girare a destra e a destra se vuoi girare a sinistra. Dimitri gli ha mostrato alcune cose, parlando in inglese, poi è tornato verso la sua casa, insieme alla signora Eleni.

Siamo rimasti fuori in mare tutto il giorno, abbiamo fatto il giro dell'isola, che era in fin dei conti rapidissimo, viste le dimensioni. Abbiamo fatto bagni eterni, gare di tuffi, picnic sugli scogli. Cami e Martin si baciavano in continuazione, sugli asciugamani che avevamo steso sopra ogni centimetro libero e piatto della barca, o avvinghiati in acqua o sulle rocce. Dove gli scogli lo permettevano, cercavano di nascondersi, di sottrarsi ai nostri sguardi divertiti e vagamente invidiosi. Io guardavo la mia amica, l'allegria che aveva negli occhi, nel sorriso, nella risata fresca e sonora e l'ammiravo, perché sapeva che Martin sarebbe partito il giorno dopo, eppure aveva quella straordinaria capacità di godersi appieno il presente.

Viola ha scoperto che *Mediterraneo*, pur avendo vinto l'Oscar, non aveva spopolato dai nostri vicini d'Oltralpe, così ha voluto a tutti i costi convincerli che come prima cosa, al loro ritorno, avrebbero dovuto comprare la videocassetta e guardarlo, se possibile in lingua originale. L'ascoltavo raccontare la trama del film, con Bea e Cami che aggiungevano dettagli, spiegavano alcuni riferimenti alla storia o alla cultura italiana, ma non partecipavo al racconto, perché, per quanto ameno fosse, sentivo crescere dentro una sorta di ansia sconosciuta, come se conoscessi il finale tragico al quale Viola si stava inesorabilmente avvicinando, all'insaputa degli ascoltatori curiosi. E poi, nel momento stesso in cui ha cominciato a pronunciare quelle parole ho capito: conoscendola, sapevo che non avrebbe trascurato quel dettaglio, uno dei suoi preferiti, e sapevo anche che non avrebbe ignorato il riferimento immediato a me e alla nostra ultima litigata prima della partenza.

«...e il film finisce, così, con questa musica greca bellissima e il suono delle cicale e compare sullo schermo: *Dedicato a tutti quelli che stanno scappando.* Che tra l'altro rimanda alla citazione con cui inizia il film: *In tempi come questi la fuga è l'unico mezzo per mantenersi vivi e continuare a sognare.*»

Si è voltata a guardarmi e siamo rimaste a fissarci a lungo, in silenzio. Gli altri parlavano attorno a noi, erano già passati ad altro, commentavano altri film, altri attori, altre storie. Non ascoltavo le loro parole, ascoltavo solo il silenzio di Viola, il suo sguardo insistente, preoccupato, come la maggior parte delle volte che parlavamo di Francesco, come un mese prima quando avevamo preparato insieme il mio zaino e lei aveva scoperto che Francesco era fuggito in Spagna da Nicolò, il giorno del mio orale di maturità. Per tutta la vacanza avevamo ignorato quel nostro ultimo scontro, ma nel suo sguardo vedevo riaffiorare, immutata, tutta la sua incomprensione. Vedevo la certezza che Francesco fosse un egoista, un solitario in fuga perenne, che prima o poi mi avrebbe spezzato il cuore; certezza che nulla che avessi potuto dire o che Francesco avesse potuto fare era riuscito a intaccare. Come un mese prima, però, non volevo rovinare un bel momento con una discussione che sapevo sarebbe stata inutile, inconcludente. Tantomeno avevo voglia di starmene lì, zitta, a sostenere quello sguardo inquisitore, così ho preso la mia maschera e mi sono tuffata nell'acqua fresca e salatissima, ho cominciato a nuotare piano ma sempre più lontano, muovendo solamente le gambe, cercando le conchiglie sul fondo. D'un tratto ho sentito qualcuno che mi stringeva una caviglia, ho urlato forte nel boccaglio, mi sono voltata di scatto e ho visto Édouard, il più silenzioso e riservato del gruppo di parigini, che rideva tanto che si è dovuto togliere maschera e boccaglio per non bere.

«Trovato qualcosa?»

Gli ho fatto vedere le due mani piene di conchiglie e ha commentato: «Bel bottino!».

Si è diretto verso gli scogli, si è arrampicato senza nessuno sforzo apparente, poi si è voltato per aiutarmi, sicuro che l'avessi seguito; mi ha afferrato un braccio dato che con le mani piene di conchiglie non potevo aggrapparmi a nessun appiglio. Ci siamo seduti vicini, con le spalle i gomiti e le ginocchia che si sfioravano a ogni movimento. Édouard era alto, ma soprattutto era grande: aveva piedi grandi, mani grandi, spalle larghe. Aveva anche gli occhi, grandi, azzurri e quasi sempre sorridenti, in mezzo a una faccia da bambino, con i riccioli biondi che di certo non lo aiutavano ad assumere un aspetto più adulto. Era come se la testa fosse in contraddizione col corpo. Ho sorriso pensando che anche il fatto che fosse un laureando in chimica biomolecolare ma che girasse costantemente con la musica elettronica nelle orecchie e un certo numero di canne già rollate in tasca, pronte all'uso, fossero due cose abbastanza incongruenti.

Ho appoggiato le conchiglie sulla roccia, il sole impietoso ha cominciato ad asciugarle e sono diventate subito meno splendenti, meno colorate, meno belle.

Édouard ha chiesto: «Quindi è per un film che siete venute qua?».

«Quel film è stato il primo non adatto alla nostra età che abbiamo visto, grazie a mio fratello. E abbiamo scoperto cosa fosse una prostituta: noi sapevamo, ma i nostri genitori non sapevano che noi sapessimo. Avevamo messo un piede nel mondo dei grandi e lo avevamo messo di nascosto. Non so come dire, è come se quel film fosse diventato il simbolo della nostra emancipazione, del nostro diventare grandi, del nostro liberarci… da un sacco di cose. E in più è stato girato sull'isola greca più lontana possibile dall'Italia, per cui ci piaceva porla come meta: arrivare il più lontano possibile.»

«Più lontano possibile da cosa?»

«Da casa. Da Milano.»

«Anche da qualcuno?»

«Sei sulla strada sbagliata.»

«Vuoi dire che nessuna di voi sta scappando?»

«No.»

«E quelle citazioni che ha detto Viola? Ti hanno messa chiaramente a disagio.»

Ho scosso la testa, tenendo lo sguardo fisso sulle conchiglie oramai asciutte.

«Mi piaceva di più immaginarti in fuga», ha ripreso Édouard guardando il mare.

«In fuga da cosa?»

«Ci son sempre due poli in una fuga: si scappa da qualcosa, ma si va anche verso qualcosa.»

Ho pensato che con quel viaggio, effettivamente, stavamo scappando dalla nostra infanzia, da un'educazione fatta di regole e bell'apparenza, dalle nostre madri che ci avevano riempite di raccomandazioni ma non ci avevano mai chiesto cosa desiderassimo. Ho pensato che stavamo rincorrendo un ideale di libertà che aveva a lungo coinciso con dei muri azzurri visti in un film, ma quel viaggio ci aveva insegnato che potevamo semplicemente trovare la libertà dentro di noi, capire che ne eravamo capaci, che potevamo scegliere le nostre destinazioni, la direzione da dare alla nostra vita. E ho pensato a Francesco, che scappava dalle responsabilità di un'università che non amava ma inseguiva dei sogni, che scappava da dei genitori che lo avevano tradito ma si rifugiava da un fratello che lo aveva sempre guidato, che scappava da una società borghese che lo opprimeva, da amici che si conformavano sempre più ai modelli imposti dall'ambiente circostante ma teneva stretta me, mi cercava con gli occhi quando mi veniva a prendere all'uscita di scuola, mi trovava con le mani nel buio quando mi allontanavo da lui nel letto caldo, mi raggiungeva con parole scritte su schermi elettronici, ogni sera, fin in fondo al mar Egeo.

«Allora forse quello in fuga è qualcun altro?» ha chiesto nuovamente Édouard.

«Forse. Ma non in fuga da me né verso di me. Perché ci siamo già trovati.»

Édouard ha puntato i suoi occhi blu nei miei, si è fatto serio e pur senza muoversi avevo l'impressione che venisse sempre più vicino. Poi ha detto: «Peccato».

Si è alzato in piedi e si è tuffato, con la maschera in mano; ha nuotato veloce verso la barca, senza voltarsi.

Sono rimasta a guardare la sua silhouette allontanarsi sulla superficie del mare; la luce del sole che rifletteva sull'acqua mi faceva bruciare gli occhi, eppure non distoglievo lo sguardo. Quando Édouard è scomparso dietro uno scoglio mi sono resa conto che avevo il cuore che batteva forte, le guance calde, non solo per il sole, e sul volto mi si era stampato un sorriso spontaneo, inconscio. Un sorriso di cui mi sono vergognata, che ho nascosto all'istante, come se il sole o il mare o il vento potessero andare a riferirlo a Francesco. Un sorriso tanto imprevisto e sconosciuto che mi ha fatta spaventare.

Era il 7 agosto 1998 e nella mia testa si ripeteva in modo quasi assillante una canzone di un nuovo gruppo francese che Édouard mi aveva fatto ascoltare con il suo walkman poco prima in barca, *Music Sounds Better With You*. Ho guardato le nove conchiglie ai miei piedi, oramai completamente asciutte, completamente scolorite, innocue testimoni di un sorriso e due guance rosse; le ho ributtate in mare, le ho guardate andare a fondo lentamente.

12.

I ragazzi francesi sono partiti il giorno dopo per Mykonos. Li abbiamo salutati a casa della signora Eleni, prima
d'incamminarci verso una nuova giornata di mare. Ho evitato accuratamente d'incrociare lo sguardo di Édouard, ma
quasi automaticamente mi sono voltata a controllare Viola
e, come temevo, ho scoperto che mi stava osservando, il
che significava che aveva di certo colto qualcosa, se non capito tutto. Aveva forse già percepito il mio disagio il giorno
prima, una volta tornata in barca, ma lo aveva sicuramente
attribuito al nostro scambio di sguardi dopo la sua citazione da *Mediterraneo*. Poi doveva aver notato qualcosa la sera,
nel mio sedermi accanto a Édouard al ristorante ma non ri-
volgergli mai la parola, nel mio accettare il cocktail che mi
offriva, ringraziarlo a testa bassa, ma poi andare a ballare
fuori, con la scusa del caldo; nella mano che mi aveva rapidamente appoggiato sulla spalla nuda prima di separarci in
cima alle scale della casa della signora Eleni e nel mio buttarmi sul letto senza nemmeno svestirmi o lavarmi i denti,
dire «buonanotte» e chiudere gli occhi subito, all'istante,
perché il sonno mi cogliesse e tutta quella confusione sparisse dalla mia testa insieme a quel giorno strano. Conoscendo Viola, doveva aver percepito anche l'invisibile brivido che mi aveva attraversato il braccio quando Édouard
aveva sfiorato appena la mia spalla nuda.
Quando, mentre salutavamo i ragazzi francesi, ho capito
che Viola aveva capito, non mi ha dato fastidio che sapesse:
Viola sapeva tutto di me e fino a pochi mesi prima avrei passato la notte a raccontarle ogni minimo dettaglio di ogni ge-

sto, di ogni sguardo, di ogni parola, anche di ogni intonazione. Quello che mi ha fatto segretamente infuriare è stato quel microscopico accenno di sorriso che ho visto balenare sulle sue labbra e che mi ha fatto realizzare che fosse felice. E speranzosa: un bello sconosciuto d'Oltralpe che veniva a incrinare la mia devozione per Francesco. Non le sembrava vero. Mi sono resa conto che era per quello che non le avevo parlato di Édouard la notte prima, che non avevo commentato con lei ogni gesto, ogni sguardo, ogni parola, ogni intonazione: perché sarebbe stato come dargliela vinta e, per la prima volta in vita mia, mi ritrovavo a essere orgogliosa di fronte a Viola. Certo, era talmente assurdo non condividere con lei ogni dettaglio e soprattutto non analizzare assieme i sorrisi e i brividi che Édouard era riuscito a strapparmi, che avevo l'impressione che mi girasse la testa. Cercar di dominare da sola quelle emozioni sorprendenti mi dava le vertigini, ma in quel momento, per me, era più importante difendere Francesco, il suo primato indiscutibile, la nostra unione che avevo giurato essere più solida di qualunque distanza.

Quel giorno, il traghetto proveniente da Rodi ha portato molta più gente di quello che avevamo preso due giorni prima: c'erano solo tre traghetti alla settimana ed era abbastanza prevedibile che quello del sabato sarebbe stato il più pieno. Le strade si sono riempite di movimento e di chiasso e soprattutto il bar, quella sera, si è riempito di pelli ancora paurosamente bianche o già bruciate dal sole, di cocktail, di fumo, di sudore, di risa, di gonne che si agitano, occhi che sognano, bocche che si baciano, di voci, di lingue diverse.

Ogni tanto il deejay si divertiva a inserire un sirtaki, sulle cui note noi turisti imbranati abbozzavamo giusto qualche passo scoordinato, poi tornava a regalarci Gala, i Chumbawamba o Gigi d'Agostino, e noi tornavamo a cantare a squarciagola, a chiudere gli occhi per annullare i pensieri, lasciarci trasportare dalla musica, dall'alcol, dal vento che soffia caldo anche nel cuore della notte, dalle parole che gli sconosciuti ti dicono nell'orecchio anche se non capisci la loro lingua.

Abbiamo bevuto qualche tequila bum bum tutte insieme, poi a me è venuta voglia del mio solito whiskey-coca, così sono andata a ordinarlo al bancone e, mentre aspettavo che il barista lo preparasse, mi sono voltata a guardare la notte, illuminata da una luna quasi piena. Ho pensato a Vasco, che poche settimane prima aveva cantato al Festivalbar: «*Se guardi in alto c'è ancora la luna, è qui vicino a te!*» e a Francesco, che era al di là del mare, su una barca in Croazia con i suoi amici, ma poteva guardare la stessa luna. Francesco che mi mancava ancora di più dopo che Édouard mi aveva strappato un sorriso e un brivido; Francesco che avrebbe colto tutto quello che volevo dirgli rubando un verso a Vasco. Ho tirato fuori il telefono dalla borsa e gli ho scritto: C'è qualcosa nell'aria stasera che non si può, non si può spiegare... poi il barista mi ha distratta chiamandomi e tendendomi il mio bicchiere. Mentre aspettavo che mi portasse il resto, ho sentito un corpo caldo dietro di me, vicinissimo al mio, e una voce che sussurrava nei miei capelli, sul mio collo, una strofa esattamente di quella stessa canzone: «*Sto soltanto, sto soltanto dicendo...*».

E io lo sapevo come finiva quella strofa, lo sapevo così bene che il cuore mi è rimbalzato in gola e poi è tornato a gonfiarsi nel petto, tanto forte da far quasi male. Mi sono voltata di scatto e mi sono trovata a pochi centimetri dal naso di Francesco, dal suo sorriso, dai suoi occhi che mi guardavano beffardi, perché la sorpresa gli era riuscita alla perfezione e io dovevo avere una faccia sconvolta. Mi ci è voluto un lungo momento per realizzare che era veramente lui, che era veramente in Grecia, a Kastellorizo, in quel bar. Avevo mille domande che mi turbinavano nella testa, ho cominciato a formularle in modo confuso: «Ma cosa ci fai qua? Come mi hai trovata? Quando sei arrivato? Come sei venuto fino a qua? Da quanto tempo non sei più in barca in Croazia? Cosa ci fai qua? Quanto rimani?».

Lui ha intrecciato le mani dietro la mia schiena, mi ha avvicinata a sé, ha risposto: «Prima questo» e mi ha baciata, le labbra tese in un sorriso che non riusciva a spegnersi. Poi è tornato a guardarmi, ridendo piano, ma io ero talmente felice di vederlo che mi sembrava di non poter mantenere nemmeno quei venti centimetri di distanza, così gli ho buttato le braccia al collo, l'ho abbracciato forte, con tale impeto che metà del mio whiskey-coca ghiacciato gli è finito addosso, facendolo urlare. Siamo scoppiati a ridere entrambi, mentre lui agitava forte la sua maglietta rossa per staccare la stoffa bagnata dalla pelle. Stavamo lì a toccarci, stringerci, baciarci, ridere, quando Bea, Cami e Viola ci hanno raggiunti, l'aria sconvolta quasi quanto la mia poco prima. Ognuna aveva scritta in faccia la domanda "perché sei qui?", ma nessuna osava pronunciarla, così è stato Francesco a parlare per primo: «Scusate l'intrusione, ma la vostra amica mi mancava troppo».

«E quindi ora pensi di continuare il viaggio con noi?» ha chiesto Bea a metà tra il sinceramente incuriosito e lo schiettamente terrorizzato.

«No, non vi preoccupate! Penso che sarei alquanto fuori luogo!»

«Ma tu lo sapevi?» ha chiesto Cami rivolta a me.

«Giuro di no!» ho risposto scuotendo la testa e alzando le mani, quasi dovessi difendere la mia innocenza.

«E come ci hai trovate allora?» ha chiesto lei.

«Su un'isola così piccola, con un solo paesino e soprattutto un solo bar che stia aperto di notte?»

«Già… Ed eri in barca in Croazia?»

«Sì.»

«E hai fatto Croazia-Kastellorizo per lei… Oddio quanto è romantico…» ha commentato Cami lasciandosi quasi cadere su uno sgabello del bancone.

«Arrivi diretto dall'aeroporto?» ha chiesto finalmente Viola, che fino a quel momento era stata l'unica a non aver parlato.

«Sì.»

«La tua valigia dov'è?»

Francesco ha risposto indicando con un gesto della testa una sacca di tela blu appoggiata ai suoi piedi. L'abbiamo guardata tutte e quattro per un lungo istante, basite, senza osare dire nulla, ma sapevamo perfettamente che stavamo tutte considerando che in quella sacca minuscola avremmo potuto mettere, tutt'al più, le nostre scarpe.

«Hai un posto dove dormire?» ha continuato pragmatica Viola.

«No.»

«Alice è in camera con Bea qua a Kastellorizo. Perché Bea ti ceda il suo letto e venga in camera con noi e che ci stringiamo in tre in due letti singoli... be', come minimo devi offrirci da bere! E non un solo giro!»

Si sono rivolti tutti e quattro verso il bancone, allegri, lasciandomi un passo indietro, io e il mio bicchiere mezzo vuoto e la mia espressione ancora sbigottita. L'accoglienza di Viola mi stupiva, mi lasciava fastidiosamente disorientata, non riuscivo a capirne il vero livello di sincerità, ma allo stesso tempo ero tanto felice che non avevo nessuna voglia di preoccuparmene.

Quando la stanchezza ha cominciato a prendere il sopravvento sulla nostra voglia di ballare, Viola, Bea e Cami si sono incamminate verso casa, mentre io e Francesco ci siamo messi a passeggiare lungo la riva del mare percorrendo il ferro di cavallo della baia. Siamo arrivati fino alla casa di Vassilissa, ci siamo seduti sui gradini di pietra bianchi e abbiamo acceso entrambi una sigaretta. Il rumore del fumo che espiravamo era l'unico a sovrastare la quiete della notte, insieme a quello dell'acqua, che colpiva ritmicamente il ciglio della strada, si muoveva lenta come se fosse anch'essa stanca.

«E così siete arrivate alla vostra meta», ha detto Francesco dando un colpo sul gradino di pietra e voltandosi a guardare il muro dietro di lui.

«Già...»

«Brave. E ora?»

Ho risposto alzando le spalle e buttando fuori una grossa boccata di fumo rivolta verso la notte ancora scura.

Allora lui ha continuato: «Vuoi venire via con me?».

«Vuoi andare a far colazione?»

«No… intendo: andare via dalla Grecia. Interrompere il viaggio con le amiche e cominciarne uno con me.»

Mi sono voltata a guardarlo di colpo, dimenticando la sigaretta che bruciava tra le dita, dimenticando il mare addormentato e la luna quasi piena oramai al di là degli scogli.

«Al bar non ho detto nulla davanti alle tue amiche, volevo prima parlarne con te», ha proseguito Francesco, «ma non sono venuto solo con l'idea di farti un saluto, dire "sorpresa!" e poi "ciao, divertiti e tanti saluti". Sono venuto con l'idea di… rapirti. La casa di Nicolò, a Parigi, è libera, gli affittuari l'hanno presa solo per un mese. Ora è vuota, e Nicolò e Jeanette ci tornano fra tre settimane; mi hanno proposto di prestarcela. Il fatto, Alice, è che in questo mese ho pensato un sacco a… a tante cose e mi sono reso conto che ho perso una marea di tempo. A fare la guerra a mio padre, a detestare il Coglione, a prepararmi per quello che mi piacerebbe fare… senza mai provare a farlo davvero. Ma in quest'ultimo anno c'è qualcosa di vero che ho costruito, qualcosa di solido, ed è questa relazione con te. In barca, continuavano tutti a stressarsi e a deprimersi per la fine della vacanza che si avvicinava, continuavano a lamentarsi per quello a cui dovevano tornare, ovvero un ridicolo stage sottopagato o un lavoro vero ma orrendo oppure, ancora peggio, il dover cercare lavoro, ma il lavoro che soddisfi mamma e papà, il lavoro che faccia dire "wow" a tutti tranne che al diretto interessato. Allora mi sono reso conto che per me la fine della vacanza che si avvicinava non era una fonte di stress o di tristezza, anzi! Per me voleva dire ritrovare te e cominciare, cominciare sul serio a cercare qualcosa che mi faccia dire "wow" la mattina quando mi sveglio, qualcosa che non mi faccia sentire perennemente insoddisfatto. Poi il tuo messaggio: Ora sono pronta per ripartire con te! Mi sono fatto lasciare al primo porto e sono venuto a prenderti perché non vedo l'ora di ripartire con te.»

«Intendevo: in futuro! Un'altra volta, per un altro viaggio, un'altra vacanza!»

«E se cominciasse ora una nuova vacanza? Un nuovo viaggio: il nostro viaggio. Non me ne fregava niente dell'ennesima vacanza in barca, me ne frega di questa relazione. Me ne frega di te. Lo so che per te questa non è una "ennesima vacanza", ma il primo viaggio da sole e proprio per quello non ho mai nemmeno pensato di chiederti di rinunciarci; però adesso avete già passato un mese insieme, in giro, siete arrivate dove volevate arrivare. Magari potresti accorciarlo. E se quello che ti frena è che sogni il mare tutto l'anno, mentre a Parigi ci si può andare in qualunque momento, posso assicurarti che...»

«Parigi è perfetta», l'ho interrotto. E mi sono stupita io stessa nel sentirmi pronunciare quelle parole, perché non avevo riflettuto, perché non pensavo di essere capace di mollare le altre di punto in bianco. Ma in quel momento Francesco era con me, spalla contro spalla, pelle contro pelle, e non mi sembrava nemmeno pensabile separarmene di nuovo.

Ci siamo incamminati verso casa. Sentivo l'eccitazione crescere a ogni passo, insieme alla lista di domande che avrei voluto fargli: quando saremmo partiti? Come? Si era già informato sugli orari degli aerei? Quanto sarebbe costato? Dov'era esattamente la casa di Nicolò? Ho preferito rimandare le domande a più tardi e godermi quel momento, la baia ancora immersa nella notte, alcune risate lontane, un gruppo di ragazzi che faceva il bagno nell'acqua scura e Francesco accanto a me, la sua mano che teneva stretta la mia, la sua presenza che ancora, dopo ore, mi sembrava stupefacente, mi lasciava incredula. Quando ci siamo avvicinati a casa ho cominciato a chiedermi anche quando e come avrei annunciato quel cambio di programma a Viola, Bea e Cami, e come avrebbero reagito; al di là dell'eccitazione per quella fuga d'amore a Parigi, ha cominciato a crescere dentro di me anche la preoccupazione per i miei genitori, ai quali ovviamente avrei dovuto tenere segreta la cosa. Ero troppo agitata per dormire, per cui una volta arrivati ho fatto vedere a Francesco dov'erano la stanza e il bagno, perché potesse fare una doccia dopo il suo lunghissimo viaggio, gli ho raccomandato di fare piano, dato che ancora non avevo capito dove dormisse la signora Eleni, e poi sono tornata in strada, con la scusa di fumare l'ultima sigaretta.

Mi sono seduta sulla seggiolina che la signora Eleni occupava tutto il giorno, ho sfilato i sandali di cuoio comprati a Santorini e ho appoggiato i talloni alla sedia, rannicchiando le gambe. Ho acceso una sigaretta e ho posato il mento sulle ginocchia buttando fuori forte il fumo, maledicendo come ogni volta di aver distrattamente aspirato il primo tiro, che sa di benzina. Ho pensato a cos'avrebbe detto mia madre, vedendomi per strada a piedi nudi, con una canottiera e quelli che lei chiamava ancora hot pants, come negli anni Ottanta. Cos'avrebbe detto se avesse scoperto che i soldi che versava in maniera regolare sul mio conto in banca, perché il nostro viaggio fosse sicuro, gli spostamenti sicuri e dormissimo in posti sicuri, cos'avrebbe detto se avesse scoperto che quei soldi sarebbero finiti nell'acquisto di un biglietto aereo per Parigi. E cos'avrebbe detto mio padre. Poche parole di sicuro, ma accompagnate da una tacita disapprovazione raggelante.

Un rumore accanto a me mi ha distratta. Viola ha richiuso piano la porta d'ingresso alle sue spalle, si è seduta sul gradino bianco, ha chiesto tendendo la mano: «Hai l'accendino?».

Non dormiva perché era la mia gemella, perché eravamo in sincronia da diciotto anni e la telepatia che lega i gemelli non è solo una leggenda metropolitana. Viola sapeva, sapeva già tutto. Aveva capito le intenzioni di Francesco ancora prima di me.

«Ti ha chiesto di partire con lui?»

«Sì.»

«Hai già detto di sì, vero?»

«Sì.»

Annuiva in silenzio, giocando con i piedi, passando le dita delle mani tra i lacci dei sandali che avevamo fatto fare insieme ai miei, scegliendo assieme i due modelli, perché l'idea era che poi ce li potessimo scambiare. Si è tirata indietro i capelli, che oramai erano lunghi fino a metà schiena, si è voltata verso di me: «Doveva essere il nostro viaggio».

«E lo è stato: siamo arrivate fino in fondo, insieme. Ed è stato tutto bellissimo!»

«Non è finito. Perché ne parli già al passato? Il nostro patto era: mettiamo da parte i soldi e andiamo avanti a viaggiare finché non li finiamo. Non li abbiamo ancora finiti.»

«Il patto era anche: arriviamo fino a Kastellorizo. E ci siamo arrivate, tutte insieme. Ci siamo state qualche giorno tutte insieme.»

«Wow, ci hai concesso tre giorni a Kastellorizo e allora adesso puoi correre via?»

«Eh, dai, Viola, vorresti che gli dicessi di no e continuassi la vacanza con voi ben sapendo che preferirei essere altrove?»

«Che preferiresti essere altrove? Che cosa carina da dire!»

«Viola, sei tu, sono io! Da quando in qua dobbiamo misurare le parole tra di noi?»

«Se non vuoi misurare le parole, misura i pensieri! Come diavolo è possibile che ora tu possa preferire essere altrove che in giro per la Grecia, in totale libertà, con noi tre? Questo viaggio l'aspettavamo da anni, lo desideravi anche tu come se dovesse essere...»

«Forse lo abbiamo idealizzato troppo. O forse le cose cambiano. Forse quando lo abbiamo programmato eravamo troppo piccole... e poi siamo rimaste aggrappate a quel pensiero senza mai considerare che potevano subentrare altre...»

«Altre persone?»

«Sì.»

«Lo temevo, sai? L'ho temuto fino all'ultimo momento, fino a che non è sparito il giorno del tuo orale, fino a che non siamo partite. Temevo che a un certo momento tu ci dicessi di punto in bianco "vi mollo". Poi però siamo partite e allora mi son detta: "No, questo è il nostro momento, come doveva essere. E il suo, sarà un'altra volta". Invece no, a quanto pare il suo momento è arrivato prima di quel che avessi previsto.»

«Tutto con Franci è stato... diverso e imprevedibile.»

«Ali, tu non hai mai amato le cose imprevedibili.»

«Forse ho solo imparato a lasciar… andare, a lasciar accadere quel che deve accadere.»

«Forse. O forse ti sei solo innamorata di lui e ti adatti al suo modo di vivere.»

«Che mi rende felice. Viola, per l'ennesima volta, Franci mi rende felice.»

«Finché dura. Finché non ti chiederà troppo.»

«Viola, ti prego! Quando mi chiederà troppo, glielo dirò. Per ora non mi ha chiesto troppo: mi ha proposto un sogno!»

«Il tuo sogno era questo!»

«Era! Viola, *era*!»

Siamo rimaste a fissarci negli occhi, zitte ma entrambe ansimanti. Vedevo la rabbia nel suo sguardo, mista alla tristezza: sapevo che era furibonda e allo stesso tempo disperata, perché percepiva la mia partenza come un abbandono e un tradimento personali. Ma anch'io mi sentivo tradita: tradita dalla mia gemella che per quanto avesse sempre saputo leggermi la mente non riusciva a capire quanto potessi desiderare di partire con Francesco, quanto fossi felice per la sua sorpresa. Ci guardavamo con le lacrime che affioravano al bordo degli occhi e le sigarette che bruciavano imperterrite tra le dita. Sapevo che voleva chiedermi di restare, avrebbe voluto supplicarmi, ma se solo un giorno prima ero stata io a essere orgogliosa, non parlandole di Édouard, ora era lei a esserlo con me.

Ha sospirato forte e ha annuito di nuovo, guardando oltre; ha buttato il mozzicone oramai cortissimo, ha acceso una nuova sigaretta e ha chiesto: «Hai già pensato a come fare con la mamma e il papà?».

Era l'unica cosa che poteva fare in quel momento: comportarsi come si era sempre comportata, aggrapparsi al nostro naturale modo di funzionare. Il che significava sostenermi nonostante non fosse d'accordo e aiutarmi nelle questioni pratiche.

«No.»

«È facile, il giorno in cui noi torniamo a Milano devi assolutamente tornare anche tu. Per le foto, basterà prenderne alcune tra quelle scattate prima e dire che sono degli ultimi giorni; non capiranno mai dove e quando sono state fatte e se fossimo più o meno abbronzate. Per il telefono, se la mamma scrive a me le rispondo come se fossimo insieme, se scrive a te prima mi chiami e ti dico dove siamo e cosa stiamo facendo e poi le rispondi. Telefonare, non telefona quasi mai, dovesse farlo le dico che non siamo insieme in quel momento e se dovesse chiamare sul tuo non rispondi, fingi di non aver sentito e lei riproverà immediatamente sul mio.»

«E per i soldi?»

«Domani preleviamo entrambe un po' e parti con i tuoi soldi e con i miei. Mi lasci la tua carta e io ogni tanto la uso al posto della mia, così continuano ad apparire prelievi o spese in Grecia, che poi lo sai che il papà controlla gli estratti conto. Se i soldi con cui parti non ti bastano, te li deve prestare Francesco.»

«Ok. È fattibile, no?»

«Mi stai chiedendo se è fattibile o mi stai chiedendo la mia benedizione?»

«Non ho bisogno della tua benedizione, Viola.»

«Mmh, meglio così, perché non mi piace per niente l'idea di questo ritorno a tre.»

«Vi divertirete un sacco e non vi mancherò per niente.»

«Mi sa che saremo più che altro noi a non mancarti... E poi comunque si sa che i tragitti di ritorno sono sempre malinconici.»

Le ho sorriso e mi sono resa conto in quel momento che era la prima volta in vita nostra che saremmo state lontane per più di una settimana.

Quel giorno io, io che prima di Francesco se il weekend ero con Viola Cami e Bea mi bastava, perché ero sempre stata la più solitaria, al limite dell'asociale secondo molti, io che a diciotto anni sapevo gestire le emozioni solo dormendo nell'abbraccio di Viola, io che il primo giorno di asilo avevo dato la mano a Bea in cortile e avevo tenuto stretta la sua per due settimane anche se non si decideva a parlarci,

179

io che quando Cami partiva per i suoi voli pindarici di sogni e romanticherie non mi spazientivo come le altre due, ma anzi ringraziavo il cielo che al mondo ci fossero ancora persone i cui occhi ogni tanto prendono la forma di due cuori, come il cane di *Hello! Spank,* io che quando Bea si era rotta il polso destro a nove anni avevo convinto le altre a mangiare con la mano sinistra per un mese per solidarietà e le nostre madri non avevano più potuto cucinare piselli o zuppa per non trovare un massacro per terra a fine pasto, io che avevo un guardaroba unico con Viola, io quel giorno ho rotto il "noi quattro".

Quando sono partita le ho abbracciate forte, tutte assieme e tanto a lungo che per un momento Francesco ha pensato che non ci saremmo più staccate. Non era solo perché non le avrei viste per una o due settimane o perché non sarei tornata indietro di traghetto in traghetto insieme a loro, quanto piuttosto perché quel viaggio, alla fine, si era rivelato ancora più simbolico di quanto avessimo immaginato e stava veramente segnando la fine di qualcosa, un momento cerniera tra un prima che avevo adorato e un dopo in cui avevo voglia di buttarmi a capofitto.

Era il 9 agosto 1998 e, mentre m'incamminavo verso l'aliscafo, con ai piedi le All Star fucsia che avevo ritirato fuori dal fondo dello zaino nonostante finché fossi sul suolo greco avessi l'impressione di evaporare, avrei voluto che da tutte le case dell'isola si levasse la voce di Donna Lewis che intonava per me *I Love You Always Forever.*

13.

Siamo atterrati a Parigi di sera tardi. Abbiamo fatto una lunga coda all'ufficio di cambio, per liberarci delle kune e delle dracme di cui non avevamo più bisogno e recuperare dei franchi francesi. Quando ci siamo finalmente ritrovati seduti in un taxi, Francesco ha letto al tassista l'indirizzo che Nicolò gli aveva scritto su un foglietto di carta: 59, rue de Paradis. Sono scoppiata a ridere, perché era davvero il colmo che, in tutta la romanticheria di quella fuga, l'appartamento fosse pure in via del Paradiso.

Era un appartamento piccolo, al sesto piano senza ascensore di un vecchio palazzo di pietra, con una scala di legno fastidiosamente irregolare, ma era così tipico che avrebbe potuto essere scelto per un set cinematografico.

Appena entrato, Francesco ha lasciato cadere a terra la sua sacca e il mio zaino, che con galanteria aveva portato per i sei piani di scale. L'ingresso era minuscolo e fungeva più che altro da corridoio: vi erano una porta a destra, una a sinistra e due di fronte, da cui potevamo intravedere un bagno e una cucina incredibilmente stretti. La porta di destra era aperta, dava su un piccolo salotto, traboccante di libri e piante grasse, ma ben ordinato. Francesco si è guardato attorno, esitante, poi si è voltato a guardare me e allora, prima ancora di esplorare lo spazio, impossessarci del luogo, marcare il territorio seminando indizi della nostra presenza che ci facessero sentire vagamente a casa, abbiamo sentito il bisogno pressante di riappropriarci l'uno dell'altra, riscoprire ogni centimetro di pelle, sentirci di nuovo uniti in quella fusione totale dei corpi, delle bocche e degli sguardi. Abbiamo optato per la porta di sinistra.

La mattina dopo ci siamo svegliati ancora una volta intrecciati e felici. Abbiamo aperto gli occhi quasi in contemporanea: era uno di quei risvegli in cui non sai bene chi si sia svegliato per primo, si sia mosso per primo, toccando l'altro, rubando qualche centimetro di lenzuolo. E sei felice che l'altro ti sfiori, che ti guardi con occhi assonnati, che sia accanto a te. Abbiamo scoperto che sia la camera sia il salotto avevano due grandi finestre che davano sui tetti grigi di Parigi e da cui si poteva vedere, poco lontano, il Sacré-Cœur. Per quanto impedisse alla porta di aprirsi completamente, il letto era stato sistemato di fronte alla finestra, il che era senz'altro la scelta più giusta, perché svegliarsi con quella vista era meraviglioso. Siamo rimasti sdraiati ancora a lungo, a chiacchierare abbracciati, poi ci siamo trascinati nella doccia assieme, noncuranti della fame, noncuranti del fatto che fosse già pomeriggio, noncuranti di niente. Ed è più o meno con quello spirito che abbiamo vissuto i dieci giorni successivi.

Mi sembrava di essere tornata alle vacanze di Pasqua, quando avevamo vissuto per giorni senza orari, senza obblighi, senza dover render conto di niente a nessuno. A Pasqua però io ero ancora la piccola liceale coscienziosa, ero andata da lui con montagne di libri e cercavo di rimanere l'ottima studentessa che ero sempre stata; lui, all'epoca era ancora un universitario fuoricorso, nottambulo, perditempo, un contestatore a vasto raggio senza scopi precisi, ma con passioni segrete e pensieri profondi. In pochi mesi le cose erano cambiate e ci ritrovavamo in quella che riconoscevamo essere solamente l'anticamera della nostra vita, sospesi su una nuvola di felicità pura, incondizionata, senza compromessi e senza ostacoli, una nuvola fuori dalla realtà e fuori dal tempo. Un pomeriggio, per esempio, in place de la Concorde, ci siamo seduti per terra, ai piedi dell'obelisco e siamo rimasti a lungo a guardare gli Champs-Élysées affollati di macchine e di gente che si godeva il sole, il caldo, quel buonumore carico di aspettative che trasmette sempre l'estate. La confusione, il traffico, i rumori tutto attorno a noi c'investivano in modo violento, eppure nulla riusciva a toccarci; era come se non fossimo lì, se fossimo oltre.

Al contrario delle vacanze di Pasqua, quando c'eravamo chiusi in casa e avevamo lasciato il mondo fuori, l'avevamo zittito e messo tra parentesi, quell'estate a Parigi cercavamo di passare più tempo possibile all'esterno, per le strade, nei parchi, sui ponti o nei musei.

La mattina facevamo sempre colazione al bar sotto casa di Nicolò e Jeanette; il primo giorno il proprietario del bar, passando fra i tavoli, si è soffermato a guardare Francesco inclinando la testa, strizzando gli occhi.

«Scusa», ha detto, «ma assomigli da matti a un ragazzo che viene sempre qua la mattina.»

«Un italiano?» ha chiesto Francesco.

«Sì, abita qua di fronte.»

«È mio fratello!»

«Ma dai! Sei il fratello di Nicolò! Me l'aveva detto che prima o poi saresti arrivato.»

Dopo quelle colazioni fatte di cappuccini sbiaditi o *café crème* e *baguette* burro e marmellata, ci mettevamo in movimento. In pochi giorni abbiamo cominciato a orientarci in modo sempre più spontaneo: avevamo comprato il *Paris Pratique*, un libricino blu con le mappe degli arrondissement, uno per pagina, che all'inizio consultavamo freneticamente e poi man mano sempre meno. Quando eravamo stanchi ci riposavamo sulle sedie di ferro del Jardin du Luxembourg, delle Tuileries o del Palais-Royal: sedie scomode e pesantissime, ma prese d'assalto come bene raro e prezioso da persone di tutte le età che, una volta conquistato il proprio posto attorno alle grandi fontane, potevano rimanere ore a leggere piccoli libri tascabili. Oppure ci sedevamo a prendere un caffè alle *terrasses* dei bar, chiedendoci quanto riuscissimo a mimetizzarci agli occhi dei veri francesi. Un giorno, ho avuto l'impressione di aver visto passare Édouard, ma poi mi sono detta che doveva essere solo uno scherzo del mio inconscio carico di sensi di colpa, che lui e i suoi amici dovevano essere ancora a Mykonos. Mi sono chiesta se Viola, Bea e Cami li avrebbero rincontrati durante il viaggio di ritorno, dato che avevano previsto di fare tappa su isole diverse rispetto all'andata. Poi però ho scacciato rapidamente quel pensiero, perché ogni volta che cercavo di visualizzare Viola e le mie amiche, d'immaginare come sarebbe proseguita la loro vacanza, mi travolgeva immediatamente un ulteriore considerevole carico di sensi di colpa.

La sera cenavamo prendendo delle crêpe d'asporto che mangiavamo seduti al Champ-de-Mars, sul Pont des Arts o sulla punta dell'Île de la Cité, guardando passare la gente e le barche, il cielo spegnersi lentamente, la città accendersi delle luci delle case, delle strade, di una vita che ci circondava e ci affascinava. Poi tornavamo a casa ancora a piedi, le gambe pesanti ma la voglia di usarle ancora e ancora, perché avevamo diciotto anni io e ventitré lui ed eravamo invasi dall'energia di un'età in cui tutto sembra ancora possibile. E in fin dei conti, tutto lo è davvero. Un'età in cui non ammiriamo più i supereroi dell'infanzia, ma siamo convinti di esserlo diventati. E la stanchezza non vince mai contro la smania di vivere.

Una sera, costeggiando la Senna prima di risalire verso casa, abbiamo visto da lontano un gruppo di persone ballare in coppia, come ai vecchi tempi. Ancora una volta, allora, ha vinto la curiosità: ci siamo avvicinati e abbiamo scoperto che si trattava di un gruppo di anziani, dell'età dei nostri nonni, che approfittava del caldo per ritrovarsi a ballare le canzoni dei loro tempi. Erano coppie sorridenti, affiatate, che si muovevano incerte sulle gambe deboli, ma con ancora la voglia di abbracciarsi, tenersi per mano, guardarsi negli occhi e seguire il ritmo, farsi trasportare dalla musica così come l'uno dall'altra. Immaginavo che alcuni avessero potuto incontrarsi di recente, in una nuova fase della vita, sicuramente non premeditata, quando avevano scoperto che dopo la vedovanza c'era ancora un dopo, c'era ancora la possibilità di un nuovo inizio; altri invece li immaginavo insieme da sempre, da una quantità d'anni che io non avevo nemmeno ancora vissuto. Era uno spettacolo meraviglioso, carico di energia, di speranza, di positività. Abbiamo passato la serata così: a ballare canzoni che non conoscevamo, imitando passi che non conoscevamo, mescolandoci a persone che non conoscevamo, che avevano il triplo dei nostri anni, della nostra esperienza, delle nostre pene e dei nostri bagagli affettivi. Tutto era immenso, Parigi attorno a noi, Notre-Dame davanti a noi, in tutta la sua arrogante magnificenza, e l'amore di quelle coppie eterne accanto a noi.

Durante le nostre passeggiate, mentre camminavamo tenendoci per mano e respirando tutta la spocchia della città dalle mille meraviglie, non sentivamo il bisogno di parlare, di riempire i vuoti con le parole. La sera invece, nel buio del nostro letto, protetti dal Sacré-Cœur illuminato, chiacchieravamo fino a tarda notte, fino a che le parole rallentano e le frasi restano sospese a metà, affondano nel sonno.

Io e Viola non ci telefonavamo mai, perché non potevamo permetterci di consumare tutte le nostre ricariche telefoniche, per cui rimandavamo i racconti dettagliati a quando ci saremmo riviste. Però lei mi scriveva quasi tutti i giorni per aggiornarmi sugli spostamenti, le spese fatte con la mia carta e i messaggi di nostra madre, che arrivavano con una regolarità impeccabile un giorno sì un giorno no, una volta a me una volta a lei. Come Viola aveva previsto, invece, non ci telefonava mai. Tuttavia, ogni volta che vedevo il nome di Viola sullo schermo del mio Nokia verde sentivo un nodo allo stomaco e un brivido di paura paralizzarmi come una scossa elettrica che richiama all'ordine, richiama alla realtà: temevo che i nostri genitori potessero aver scoperto qualcosa, ma temevo anche che arrivasse il fatidico quanto inevitabile messaggio di Viola che avrebbe dettato la fine di quell'idillio.

Finiti i soldi, stasera prendiamo il traghetto per Ancona e domani treno per Milano. Ci troviamo in Centrale.

Così mi ha scritto, dopo soli tredici giorni da quando c'eravamo separate. Non mi ha dato nessun preavviso e sapevo che lo aveva fatto apposta, perché non mi rovinassi gli ultimi giorni a Parigi.

185

Io e Francesco, come prima reazione, abbiamo comprato una bottiglia di champagne e delle patatine e siamo saliti a Montmartre, per brindare sui gradini del Sacré-Cœur, che ci aveva cullati ogni notte e salutati ogni mattina al risveglio. Arrivati davanti alla basilica, Francesco non si è seduto sui gradini di pietra, ma si è incamminato verso il prato recintato che scendeva lungo la collina, ha scavalcato la ringhiera, si è voltato per darmi una mano e aiutarmi a scavalcare a mia volta. Io ho esitato un momento, come sempre combattuta tra la mia educazione ligia e rispettosa e il mio essere invaghita della sua determinata opposizione a qualunque forma di regola. Lui ha riso, perché la mia diligenza non smetteva di stupirlo, ma anche d'intenerirlo; ha detto: «Eh dai, è molto meglio qua!».

In un lampo era già sceso a metà del prato e in un lampo, ovviamente, io l'ho seguito, perché Francesco sapeva cogliere il bello nelle cose più semplici, sapeva dare valore ai momenti fugaci; perché partecipare alle sue trasgressioni mi faceva sentire viva in modo nuovo e sconosciuto.

Ci siamo seduti in mezzo alla collina buia; davanti a noi si adagiava la città illuminata e silenziosa e in fondo si ergeva spavalda la Tour Eiffel. Immaginavamo le vite degli altri, nascoste nelle case che si stendevano a perdita d'occhio davanti a noi: studenti che arrivano da altre città, altri paesi, per cercare casa, iscriversi all'università, cercare un lavoro, bambini che nascono, violacei e urlanti, mamme che piangono, fratelli che s'ingelosiscono, adulti che tornano a casa dal lavoro o ne cominciano uno notturno, turisti che spendono cifre immorali nelle boutique di lusso e nei ristoranti, artisti che fanno i ritratti per strada, sperano di sfondare, musicisti che si esibiscono in metropolitana, sperano di sfondare, ragazze che si fanno belle, davanti allo specchio, nel bagno di casa loro e sperano di sfondare in un qualche modo, in quella massacrante selezione innaturale che è la società. Perché in fondo tutti sperano qualcosa. Che sia un incontro, che sia un lavoro, che sia un riconoscimento. Che sia un inizio, che sia una fine. Tutti sperano qualcosa.

Sentivo la malinconia crescere nel petto, salire al fondo della gola.

«È ora di andare a casa», ho detto.

«Rimaniamo ancora cinque minuti.»

«Intendevo domani. È ora di tornare a casa. Quest'estate è stata perfetta: il viaggio in Grecia con le mie amiche, con Viola, e poi tu, qui... È stato tutto ancora più perfetto di quello che avrei potuto desiderare... Ma adesso è ora di tornare a casa.»

«Dov'è la tua casa Alice?»

«In che senso? Lo sai dov'è.»

«È Milano la tua casa?»

«Certo.»

«Io non ho più una casa. Dopo la litigata con mio padre a cui hai assistito anche tu, mia madre ha deciso che era il momento di fare quello che avrebbe dovuto fare un sacco di anni fa: ha disdetto l'affitto dell'appartamento. D'altronde ci vivevo solo io in realtà... Così, la settimana prossima, quando torna dalle vacanze, si trasferirà definitivamente e ufficialmente dal Coglione. Mi ha detto di non preoccuparmi, che non ha bisogno di aiuto per il trasloco, che ci pensa lei... Probabilmente per lei svuotare quell'appartamento sarà una meraviglia, l'esempio più puro di un atto catartico, mentre di certo pensa che a me metterebbe tristezza e quindi vuole risparmiarmelo. In realtà non so se mi farebbe veramente tristezza, più che altro non mi interessa: non m'interessa andare a svuotare camera mia, mettere tutto dentro a delle scatole che poi non saprei nemmeno dove mettere. Lei ha detto che porta tutto dal Coglione, che mette le mie cose in "camera mia": così l'ha chiamata, perché ha detto che hanno una camera in più e che posso andare quando voglio... ma non è certo quello che voglio! Quella non è la mia camera; e di certo non è casa mia. Col Coglione poi...»

«Franci, mi spiace, dev'essere davvero brutto lasciare la casa in cui si è cresciuti... Però cerca di pensare al risvolto positivo: vuol dire che ora ti puoi trovare una casa tutta tua!»

Francesco ha scosso la testa, ha continuato a scuoterla a

lungo, respirando forte, tenendo gli occhi dritti davanti a sé, verso Parigi, verso quel mare di case con le luci accese, piene della vita degli altri.

«È vero, ma non a Milano. Io domani non torno a Milano, Alice», ha detto, lo sguardo sempre rivolto verso un punto lontano, vagabondo. Scuoteva la testa, faceva segno di no, ma non era solo una risposta alla mia frase, era un rifiuto generale, rivolto a tutto quello che nella vita lo aveva deluso. Rivolto anche a quello che era stato per anni il suo muro di autoprotezione. Era crollato tutto, lasciandolo completamente nudo di fronte alla sua solitudine.

«Vuoi rimanere ancora un po'? Io non posso, lo sai.»

«Non torno più. A Milano. Non ci torno più.»

«Ma cosa stai dicendo?»

«Tra due mesi qua ci sarà una mostra di fotografia internazionale, enorme: si chiama Paris Photo. C'è già stata l'anno scorso. Un sacco di fotografi e galleristi che conosco hanno esposto qua. Ha avuto un tale successo che hanno deciso di rinnovarla, vogliono renderla un appuntamento annuale.»

«Fantastico! Ma non hai bisogno di aspettare qua due mesi, puoi tornare quando c'è questa mostra.»

«No, Alice. Io *voglio* rimanere qua, voglio ricominciare, ricominciare da zero. O forse dovrei dire *cominciare*: sono anni che seguo corsi d'arte, corsi di fotografia, vado in giro, incontro, m'informo, faccio foto anche, foto che però non mi son mai sentito di far vedere a nessuno e che sono chiuse in un cassetto, o meglio, a breve saranno chiuse in una scatola in casa del Coglione. Ma poi, stringi stringi, cos'ho fatto? Niente. È l'unica cosa sulla quale mio padre ha ragione! Ma è lui la causa del mio non far niente: buttare tutti questi anni nella pattumiera era la mia vana ripicca verso di lui. Ora basta: mi rifiuto di continuare a lasciare che condizioni la mia vita. E proprio per questo non posso tornare a Milano. Non posso cominciare a far qualcosa sulla scia dei fallimenti miei, di mio padre, di mia madre, di mio fratello. Sulla scia di amicizie con cui non ho fatto altro che condividere serate fatte di niente, fingendo di contestare una mentalità alla quale, ora, tutti i miei amici si stanno conformando. Te l'ho già detto tempo fa, ho bisogno di una tela bianca, colori primari e nuovi grovigli. L'unica cosa che voglio salvare sei tu. Allora... resta qua con me.»

«Qua? A Parigi?»

«Iscriviti alla Sorbona! Non ti sto chiedendo di rinunciare ai tuoi progetti. Puoi studiare filosofia qua, anzi dai: filosofia alla Sorbona, è un sogno no?»

«Ma io ho una vita a Milano. Non c'è solo un'università che mi aspetta, ho una famiglia, delle amiche. Tu forse no, ma io sì.»

«Non le perderesti solo allontanandoti di qualche chilometro.»

«Qualche chilometro? Mi stai chiedendo di cambiare paese!»

«Sì. Ti sto chiedendo di vivere con me.»

In quel momento ho sentito una certezza balenarmi in testa e un brivido gelido correre lungo la schiena, le braccia, fino alle mani, che si contraevano dalla rabbia.

«Tu lo avevi già deciso. Ci stai pensando da Pasqua. Da quando mi avevi detto "andiamocene via". Poi avevi fatto finta di niente, avevi cambiato discorso, perché avevi capito che non ero pronta nemmeno per ascoltare una proposta del genere, ma in realtà avevi già tutto in testa! E quando sei venuto a prendermi in Grecia, lo avevi già deciso. Non è adesso, in questi cinque minuti, che ti è venuta una tale illuminazione. Perché uno non stravolge la propria vita in cinque minuti, eppure è quello che mi stai chiedendo! Tutti questi tredici giorni sono stati solo un inganno! Avevi già deciso tutto e volevi farmi vivere questa bellissima favola per convincermi a trasferirmi qui con te. Mi hai preso in giro, mi hai mentito per tutto il tempo.»

«Non ti ho mentito, ho solo voluto che tu godessi di questi giorni, di questa città. Altrimenti avresti analizzato ogni cosa, avresti passato il tempo a fare liste dei pro e dei contro.»

«Non mi sembra di aver mai fatto grandi liste con te.»

«Allora non farla nemmeno stavolta. Scegli me e basta.»

Ho rivisto Viola comparire nello specchio del nostro bagno, due testoline identiche e assonnate e nostra madre che cerca di farci le trecce senza tirare i capelli. Viola qualche anno dopo, con il primo apparecchio ai denti, sempre nello stesso specchio, sempre la sua faccia identica che si riflette accanto alla mia; armeggia faticosamente con lo spazzolino giallo e si arrabbia perché: «Se siamo uguali, come diavolo è possibile che i miei denti sono storti e i tuoi no?». Viola che impara a nascondere i primi segni di acne adolescenziale con il correttore di nostra madre, che quando lo scopre se lo riprende, lo riporta nel suo bagno, ma poi esce e ce ne compra due tutti nostri, e noi siamo emozionate e felici, perché è il nostro primo trucco. Ho rivisto Bea, che si ancora a noi con il grembiule a quadretti bianchi e gialli e non abbandona più la sua postazione per i quindici anni successivi, ma con il tempo ribalta i ruoli e spesso finisce per essere lei la nostra ancora. Bea che non esita mai a dirmi: «Quei pantaloni ti stanno malissimo», oppure «Quel golf t'ingoffa», ed è fermamente convinta di farmi un favore. Ho risentito la voce stonata di Cami, che ha l'abitudine di cantare quando è soprappensiero e una volta le è scappato durante una lezione di geografia astronomica. Cami che a quattordici anni ruba un pacchetto di Philip Morris a sua madre, così il sabato pomeriggio ci troviamo tutte e quattro davanti a Fiorucci, ma anziché provare le felpe e le magliette con gli angeli finiamo tutte e venti le sigarette per imparare ad aspirare senza tossire. Quando torniamo a casa Viola vomita; nostra madre è fuori, Tommaso si preoccupa, chiede se deve chiamarla, allora Viola gli confessa tutto e lui rimane interdetto, si lascia cadere sul bidet, le spalle basse, e dice, piano: «Non siete piccole?», e io mi chiedo se la sua sia una domanda o un'affermazione. Ho rivisto mia madre, che da qualche tempo sono convinta non riesca più a capirmi, ma per quanto mi trattenga orgogliosamente dal farlo ho ancora voglia di abbracciare; mio padre, sentimentalmente impacciato, che è a suo agio solo con un bisturi in mano, ma sa comunicare con i silenzi. Ho rivisto le stelle fluorescenti di camera mia, i peluche ancora sulle mensole in corridoio; il mio piccolo mondo si è sovrapposto alla distesa di Parigi, davanti a me, avvolta nel buio.

Francesco aveva fatto vacillare tante cose, aveva cambiato le mie abitudini, i miei weekend, il mio corpo anche; aveva ridimensionato la mia ansia per la scuola, mi aveva fatto apprezzare la spontaneità, le gite fuori porta, aveva addirittura modificato strada facendo la mia estate della maturità. Ma soprattutto Francesco mi aveva fatto fare le prime vere litigate con Viola, mi aveva fatto capire quanto potessimo essere diverse, quanto potessi essere indipendente da lei e riconoscibile nella mia unicità. Aver fatto più volte di testa mia, aver affermato e sostenuto le mie scelte nonostante la disapprovazione di Viola, però, non toglieva nulla al fatto che la mia gemella, la mia immagine speculare, la mia seconda metà, sarebbe sempre stata il mio porto sicuro. Lei, così come le mie amiche, per quanto ultimamente vi avessi passato meno tempo assieme, o i miei genitori, per quanto fossimo da qualche tempo arenati nell'incomunicabilità, erano le mie certezze e Francesco si era solamente aggiunto alla lista, ma non mi aveva mai chiesto di scegliere tra lui e loro. La sola idea di allontanarmi dalle persone che per tutta la vita erano state i miei punti di riferimento mi faceva tremare le gambe e mi serrava lo stomaco in una morsa. In un attimo, ero di nuovo la ragazzina impaurita di sei mesi prima, abituata a muoversi esclusivamente all'interno di un mondo ristretto e sicuro, con coordinate ben conosciute, certe e affidabili; una ragazzina abituata alla prevedibilità, attaccata alla routine, ai punti fissi, pochi ma incrollabili.

«Franci, questa volta non si tratta di andare a guardare l'alba a Varazze. O al lago, o a fare il bagno in mare di notte. Non si tratta nemmeno di andare a Parigi per una decina di giorni mentre i miei pensano che sia in Grecia! Questa volta non puoi dirmi: "Non riflettere e vivi"! Tu ci hai riflettuto! Forse non avrai scritto nero su bianco una lista dei pro e dei contro, ma questa scelta non l'hai presa alla leggera. A me invece quanto dai, dodici ore?»

«Puoi andare a Milano, parlare con i tuoi, con Viola, le tue amiche, prendere le tue cose… E poi tornare qui. Con me.»

191

«Hai già organizzato tutto? Hai anche già deciso dove vivremmo? Franci, questo è il *tuo* progetto, è la *tua* fuga.»

«Non sto fuggendo.»

Ho chiuso gli occhi e sospirato forte. Ho pensato a Viola, che mi aveva messa in guardia e mi aveva detto: «Fuggirà di nuovo e ti ferirà». Ho pensato a Édouard, che aveva detto che in ogni fuga non si scappa soltanto, si va anche verso qualcosa.

«D'accordo, allora stai rincorrendo qualcosa, stai rincorrendo un sogno, ma è il *tuo* sogno.»

«Vorrei che tu ne facessi parte.»

«Non posso vivere il sogno di qualcun altro, Franci. Avremmo dovuto averne uno da condividere. Lo abbiamo avuto, fino a oggi.»

Siamo rimasti ancora un momento in silenzio a guardare la città che si spegneva lentamente. Avevo la vista annebbiata, l'udito pure, il corpo di pietra. Desideravo con tutta me stessa tornare indietro solo di alcune manciate di minuti, tornare a stappare la bottiglia di champagne, a immaginare le vite degli altri sotto di noi, lontani da noi, per poi tornare a casa a piedi, trascinarci su per le scale, dormire un'ultima notte insieme prima di prendere il treno che ci avrebbe riportati alla realtà. Avrei dato di tutto per poter cambiare le cose, perché Francesco non avesse parlato, perché non mi avesse messa in quella posizione. Ho pensato a sua madre, che aveva dato una sberla a Nicolò e gli aveva detto: «Non potevi lasciare le cose com'erano?». Ero furibonda. E disperata. E terrorizzata. C'era un tale caos di sentimenti dentro di me che piano piano si sono neutralizzati l'un l'altro e hanno lasciato solo un grande vuoto. Il respiro è tornato lento, dopo la foga della discussione. Tutto fuori e dentro di me era calmo, tanto da sembrarmi incoerente con la situazione.

Non so quanto tempo sia passato, ma a un certo punto Francesco si è alzato, senza dire nulla, così l'ho seguito in modo automatico. Abbiamo camminato fino a casa senza parlare, vicini ma distanti, le mani nelle tasche, gli occhi fissi sui nostri passi. Abbiamo fatto i sei piani di scale, siamo entrati in casa, ci siamo lavati i denti, ci siamo sdraiati sul letto vestiti, sempre zitti e senza mai toccarci. Siamo rimasti a lungo a fissare il soffitto, nel buio, fermi nella nostra distanza, sapendo perfettamente che nemmeno l'altro dormiva. Verso le cinque di mattina mi sono alzata, ho raccolto le mie cose, le ho spinte a fatica nello zaino. Francesco ha acceso la luce del comodino e si è seduto a guardarmi. Quando ho chiuso l'ultima cerniera si è alzato, ha cancellato i pochi metri che ci separavano, mi ha abbracciata stringendomi sempre più forte, affondando il naso nei miei capelli, nel mio collo. Ha respirato forte e io ho respirato lui, la sua presenza spaventosamente vicina. Poi mi ha preso il volto tra le mani, ha appoggiato la sua fronte alla mia, ha detto: «Resta con me».

Ho risposto: «Torna con me».

Si è lasciato cadere con la schiena contro il muro, gli occhi chiusi, la mascella tesa. Sentivo qualcosa lacerarsi dentro, ma non ero in grado di ripararlo. Non mi sono più voltata a guardarlo, sapevo che se lo avessi fatto non sarei riuscita a muovermi; invece sono uscita da quella camera, da quella casa, da quel palazzo. Sono andata via da un progetto che non era il mio. Via da Parigi. Via da noi.

Era il 23 agosto 1998, le strade erano vuote, la città ancora addormentata, ma dal retro di una boulangerie chiusa si sentiva *Your Woman*, come se qualcuno volesse infierire, prendersi gioco di me; solo il sole sembrava tardasse a spuntare, quasi volesse essere magnanimo ed evitare di ricordarmi che la vita sarebbe andata avanti comunque, imperterrita.

14.

Il treno da Ancona arrivava in Centrale verso mezzogiorno, il mio due ore più tardi, benché fossi partita all'alba. Il viaggio durava poco più di sette ore e io per poco più di sette ore non ho fatto altro che piangere. Non ho mangiato, non ho bevuto, non ho letto, non mi sono alzata, non sono andata in bagno, non ho dormito, nonostante avessi passato una notte completamente in bianco, non ho ascoltato la musica. Ho solo guardato fuori dal finestrino e ho pianto.

La campagna francese, verde, piatta, piena di mucche quasi tutte marroni, sfilava al di là del vetro senza che riuscissi in alcun modo a coglierne la bellezza. Ogni tanto, il paesaggio era interrotto da serie di pale eoliche, che fin da piccola mi ostinavo a chiamare mulini a vento, nonostante le correzioni di mio padre. Quando ci capitava di vederne durante i nostri viaggi in macchina mi divertivo a contare quanti secondi ci mettevano le pale a fare un giro completo. Mia madre le trovava «eleganti», così diceva, ma poi aggiungeva sempre: «Vedrete che prima o poi i Verdi avranno da criticare anche questo...», e così proseguiva con la sua polemica contro i Verdi, che nella mia totale ignoranza e adolescenziale mancanza d'interesse politico, si limitavano a essere un nome, l'identità vaga di un qualche schieramento a me poco chiaro. Non ascoltavo mia madre né gli interventi di mio padre, d'accordo con lei, ma semplicemente andavo avanti a fissare quel moto lento, impassibile e implacabile delle pale e continuavo a contare: «Uno, due, tre, quattro...» in silenzio.

Ho provato a farlo anche quel giorno in treno, sperando

che il moto rotatorio ipnotizzante riuscisse a calmarmi, ma il TGV andava troppo veloce, non facevo a tempo a contare fino a due che il mulino a vento era già scappato via.

Viola Bea e Cami mi aspettavano all'inizio del binario, nel calore e nella ressa che invade la stazione Centrale di una domenica di fine agosto. Quando mi hanno vista da lontano hanno cominciato a fare grandi gesti con le braccia, a urlare eccitate, a chiamarmi, ma più io e i miei occhi rossi ci avvicinavamo più la loro espressione cambiava, le loro braccia si abbassavano. Quando ci siamo trovate di fronte mi hanno guardata attonite. Io sentivo il mento che tremava, la voglia di piangere ancora. La prima a parlare è stata Viola. Senza troppi giri di parole e con la furia negli occhi, ha chiesto direttamente: «Che cazzo ha fatto?».

Ho respirato forte, per riuscire a parlare senza piangere.

«Non mangio niente da... ventiquattr'ore, a parte delle patatine e dello champagne ieri sera. Possiamo andare in un bar? E parlare? Prima di tornare a casa?»

Siamo uscite dalla stazione e abbiamo camminato a caso per le vie grandi, larghe, dai palazzi alti, grigi e anonimi. Conoscevamo la stazione Centrale solo per averla studiata a scuola, in quanto tipico esempio di architettura fascista, e perché lì partivano i treni per la Liguria. Le poche volte che vi eravamo capitate però eravamo passate direttamente dalla metro all'interno della stazione, per poi salire rapide verso i binari, dato che i nostri genitori ci avevano sempre riempite di raccomandazioni: «È pieno di drogati, là, non potete neanche immaginare cosa succede nei sotterranei della stazione. Ed è meglio che non lo sappiate. Tenete presente solo che non ci va nemmeno la polizia laggiù, solo don Mazzi, è l'unico che accettano. Quindi c'è poco da andare in giro: comprate il vostro biglietto e salite a prendere il treno. Stop».

Il quartiere intorno alla stazione, quindi, ci era completamente sconosciuto: ci sentivamo più sperdute che nei paesini greci di cui non riuscivamo a memorizzare i nomi. Non eravamo altro che quattro ragazzine abituate a muoversi sempre e solo all'interno di una manciata di vie, quelle che

Francesco si divertiva a definire «il monte Olimpo della società alto borghese di Milano», una società che vedeva incarnata nei suoi genitori e proprio per questo aveva rifiutato in blocco, come Nicolò prima di lui. Ma in fondo anche i miei genitori, come pure quelli delle mie amiche, ne erano i tipici esemplari: quel «monte» era casa mia, quella società era la mia, ed essendo innamorata di Francesco, avendo ascoltato affascinata le sue parole di condanna, avevo peccato ancora una volta di *hybris*. E la mia punizione era stata implacabile.

Siamo entrate in un bar a caso, impersonale e squallido. Per terra c'erano ancora delle piastrelle palesemente degli anni Ottanta, gli specchi ai muri e il frigorifero dei gelati all'ingresso, con la grande scritta SAMMONTANA su un lato e il cartellone dei prezzi sul davanti. Quel cartellone su cui si sceglie da bambini, perché si è troppo bassi per guardare dentro a quel cubo delle meraviglie.

Con i nostri grandi zaini e i movimenti impacciati, saremmo potute passare per delle turiste, se il nostro inconfondibile accento da *cotolètta*, *forchètta* e *biciclètta* non ci avesse tradite. Abbiamo chiesto quattro caffè, abbiamo preso due Coppe Oro all'amarena per Bea e Viola e due Maxibon per me e Cami, come ogni volta; siamo tornate all'esterno, ci siamo sedute sulle sedie di plastica intrecciata che, in estate, si appiccica alla pelle delle cosce nude e lascia imbarazzanti segni indelebili. Le altre mi guardavano con occhi inquieti, ma nessuna osava parlare, così ho dato un morso al mio gelato, cominciando rigorosamente dalla parte ricoperta di cioccolato – se no poi come lo si tiene in mano? – e ho cominciato a raccontare tutto, senza omissioni e senza pause.

Quando ho finito, Camilla era quasi in lacrime, teneva la bocca aperta, gli occhi spalancati, il Maxibon le colava sulla mano, il biscotto era ormai tutto molle. Per una volta non ha cercato nessun risvolto positivo con cui consolarmi, era semplicemente attonita: il profondo sentimentalismo che la contraddistingueva l'aveva dotata anche di una tale capacità empatica che, in quel momento, di certo stava lottando con tutte le sue forze per non piangere. Beatrice invece, i denti serrati e il fumo che le usciva dalle narici, come una mamma-drago che medita vendetta, ha detto: «Se mi autorizzi lo ammazzo».

Ho sorriso alla mia fedelissima amica senza mezzi termini, protettiva e orgogliosa con noi quanto con sé stessa. Poi mi sono voltata verso Viola e ho aggiunto: «Avevi ragione tu, Vi. Tu me l'avevi detto, mi avevi messa in guardia: mi avevi detto "fuggirà di nuovo", mi avevi detto "ti chiederà troppo" e io credevo veramente che avrei sempre potuto seguirlo o aspettarlo, perché non sarebbe fuggito da me. Tutti i suoi sparire in Spagna, andare da suo fratello, mollare gli amici in barca e venire da me in Grecia, andare a Parigi, erano tutti gesti impulsivi che mi piacevano. Mi dicevo che era uno capace di vivere le proprie emozioni, seguire l'istinto. Mi aveva insegnato a fare lo stesso e mi piaceva: faceva sentire più viva anche me. Ma questa volta… questo è troppo. Per me è troppo. E tu Viola l'avevi capito».

«Mi dispiace, Ali», ha risposto Viola e non c'era nessun tono di rivincita nella sua voce, nessuna soddisfazione nel suo sguardo o nella sua mano che stringeva la mia.

Appena arrivata a casa, sono andata in camera mia, ho lasciato cadere lo zaino per terra e ho tolto le All Star fucsia, le ho chiuse in una scatola e l'ho buttata nell'angolo più recondito dell'armadio. Non ho nemmeno fatto a tempo a buttarmi sul letto che è arrivata l'inevitabile telefonata di nostra madre, chiaramente non soddisfatta del nostro messaggino: Siamo a casa, tutto bene. Abbiamo dovuto raccontarle tutto il raccontabile, fare grandi descrizioni, aggiungere dettagli alle stringate ed essenziali informazioni che avevamo mandato durante l'estate in risposta ai suoi regolari messaggi. Lei ci riempiva di domande, io e Viola tenevamo la cornetta tra le nostre due teste vicine, per ascoltare insieme e fare attenzione a non contraddirci. Quando ha capito che non avrebbe ottenuto nulla di più da quella nostra scarna condivisione di ricordi, ha cominciato a raccontarci le sue vacanze e soprattutto, nei minimi dettagli, la settimana passata con Tommaso. Poi ci ha avvisate che sarebbe rimasta a Camogli ancora una settimana.

«…perché che senso ha stare a Milano in agosto? La città è vuota e fa solo troppo caldo. Dovreste venire qua anche voi, che tanto l'iscrizione alle vostre università l'ha già fatta il papà e secondo me vi annoiate e basta.»

Per noi quell'annuncio è stato un sollievo infinito: una settimana più tardi sarebbe stata tanto presa dal rientro, la casa da riavviare, le valigie di due mesi da disfare, il primo round del cambio di stagione, i nuovi ritmi, l'inizio delle nostre università, che sarebbe passata ad altro, non avrebbe più pensato al nostro viaggio e non ci avrebbe più fatto domande.

In un angolo del cervello mi è però anche balenato il pensiero che saremmo state sole: nostro padre sarebbe rientrato per il lavoro quel pomeriggio stesso, ma sarebbe stato tutti i giorni in ospedale. Così, se Francesco fosse tornato a Milano, avrei potuto passare un sacco di tempo con lui; se Francesco fosse tornato a Milano e avesse dovuto cercarsi un appartamento tutto per sé, avrei potuto accompagnarlo e cercarlo con lui; se Francesco fosse tornato a Milano e avesse deciso di lasciare la Bocconi per lanciarsi davvero nel mondo della fotografia, avremmo potuto passare tutti i giorni tutto il giorno a fare il giro delle gallerie di Milano per distribuire il suo curriculum e sperare di trovare quanto meno uno stage. Erano troppi "se" e con l'altra parte del mio cervello ho preferito cacciarli il più lontano possibile.

Quel giorno ho deciso, con tutta la razionalità alla quale riuscivo ad appigliarmi, che le lacrime che Francesco meritava le avevo già piante per sette ore di treno; ho deciso che la scelta che avevo fatto era quella giusta, che non avevo bisogno di scrivere nessuna lista dei pro e dei contro per esserne sicura; ho deciso che le novità e i cambiamenti che ci avrebbero travolte nei giorni successivi non lasciavano spazio ai rimorsi, né ai rimpianti.

Quando nostro padre è tornato da Camogli, carico di pizza e focaccia al formaggio che abbiamo divorato direttamente in cucina, senza nemmeno apparecchiare, io e Viola abbiamo ripetuto tutti i nostri racconti, cauti e ben studiati, mentre lui ascoltava in silenzio, tutt'al più annuendo. Una volta esaurito quello che avevamo da dire e da mangiare, mi ha guardata per quei tre secondi sufficienti per farmi capire che mi stava studiando, per farmi abbassare lo sguardo, fingere di voler pulire il tavolo.

«Sei stanca», ha detto, e non era una domanda.

«Lo sai, Viola dorme come un sasso sempre e comunque e ovunque, io non son riuscita a dormire in traghetto.»

«Mmh... Per fortuna hai qualche giorno per riposarti prima dell'inizio dell'università.» Poi, uscendo dalla cucina e passandomi accanto, ha aggiunto appoggiando una mano sulla mia spalla: «È un nuovo inizio».

Era davvero un nuovo inizio, o per lo meno quel giorno ho deciso che doveva esserlo. L'ho deciso meccanicamente, senza spontaneità, senza passione, senza eccitazione, senza trasporto, ma solo con una progettualità quasi ingegneristica, per quanto mi stessi iscrivendo a filosofia.

Ho passato giorni a sistemare la mia camera in modo frenetico, ossessivo, fin dentro a ogni singolo cassetto, scatola o armadio. Volevo fare ordine, fare selezione, fare spazio. Ho riorganizzato anche l'armadio del bagno e la scarpiera. Ho passato ore al Libraccio, sui Navigli, per rivendere tutti i libri del liceo, insieme a Viola che sbuffava: «Stiamo ore in coda per recuperare diecimila lire... Possiamo andarcene?», allora le dicevo di andare a prendere un gelato e tornare più tardi, che avrei fatto la coda anche con i suoi libri e stavo lì, sui due piedi, ad aspettare e morire di caldo. Sono andata alla CUEM a prendere la guida con i programmi e gli orari di tutti i corsi di filosofia e ho preparato un piano di studi per il primo semestre tanto denso che sarebbe potuto bastare per l'anno intero. Infine, ho selezionato i vestiti che volevo dare via, le magliette di Absolute e l'Eastpak che avrebbero tradito in modo troppo eclatante il mio status di matricola. Mia madre, quando è tornata da Camogli, ha accolto con entusiasmo quella mia iniziativa, dato che di solito doveva spronarmi fino al limite del ricatto perché facessi ordine e selezione nel mio armadio, senza tra l'altro ottenere mai grandi risultati; mi ha subito proposto di andare a fare shopping insieme per rinnovare il mio guardaroba, ma le ho risposto che preferivo andarci con Bea. Quando andavo nei negozi con mia madre, infatti, più quello che provavo era da "brava ragazza", più lei diceva: «Ma guarda come sei carina!», e il tono con cui diceva "carina" lo faceva apparire esattamente l'ultima cosa che avrei voluto essere. Bea invece era obiettiva fino a essere fastidiosa, ma per lo meno con lei si poteva essere sicure che se diceva che una cosa ci stava bene, voleva dire che era assolutamente perfetta.

La prima lezione che ho seguito alla Statale è stata di storia della filosofia antica. L'aula era grande almeno il doppio di quella del liceo, quando sono entrata ho pensato che, se mi fossi seduta nei banchi in fondo, come avevo fatto per i cinque anni precedenti, non avrei sentito nulla; allo stesso tempo non volevo passare per una secchiona, così ho calcolatamente optato per un posto in sesta fila. Come ogni matricola che si rispetti ancora non conoscevo la reale esistenza del quarto d'ora accademico, per cui una volta seduta mi sono ritrovata ad aspettare. Eravamo al massimo in quattro o cinque nell'aula vuota, chiaramente tutti matricole, e a ogni minuto che passava ero sempre più imbarazzata e preoccupata: ho controllato tre volte che il numero dell'aula e l'orario indicato sul libretto dei corsi fosse corretto, ho fatto finta di mandare dei messaggi lunghissimi con il telefono, poi ne ho mandato uno vero a Viola: Mi sento solissima. Lei ha risposto quasi all'istante: Qua è tutto enorme. Ho pensato a Camilla, che era l'unica ad aver dato forse il vero e giusto peso alla nostra separazione in università diverse e mi è venuto da ridere, immaginandola già in lacrime. Dopo un tempo che mi è sembrato lunghissimo l'aula ha infine cominciato a riempirsi ed è comparso anche un professore incredibilmente vecchio.

Appena prima che la porta si chiudesse, è venuta a sedersi accanto a me una ragazza con i capelli neri corvini, lunghi quasi quanto quelli di Viola, e la frangia. Portava una maglietta a righe simile a una che avevo appena dato via, perché troppo da liceale, dei jeans più o meno a zampa e delle All Star verdi. Mi ha fatto un gran sorriso sedendosi, poi ha tirato fuori un quaderno nuovo fiammante, un astuccio pieno di penne di tutti i colori e ha cominciato a scrivere velocissima, cercando di riportare sulle sue pagine candide praticamente tutto quello che il professore diceva. Appena la lezione è finita ha richiuso il quaderno, l'ha rimesso insieme all'astuccio in un Eastpak blu elettrico identico a quello che avevo usato per tutti gli anni del liceo ed è scappata via veloce come il vento, lanciandomi un «ciao» allegro a cui non ho avuto il tempo di rispondere.

L'ho ritrovata quel pomeriggio stesso al corso di filosofia morale e il giorno dopo a quello di filosofia teoretica e a quello di estetica. Mi sono detta che doveva essere matta come me, o secchiona come me, o disperata come me, ma aveva scelto i miei stessi corsi, ovvero troppi e troppo impegnativi per un solo semestre, tanto più il primo anno. Si sedeva sempre nei banchi davanti, portava sempre delle magliette senza alcuna pretesa e il terzo giorno l'ho vista mangiare un panino seduta da sola nel cortile di filosofia. Ero affascinata dalla sua capacità di fregarsene completamente di quello che avrebbe potuto pensare o dire la gente di lei: non aveva alcun timore di passare per una secchiona o per una senza amici, aveva una serenità nello sguardo e in ogni suo movimento che mi facevano venire voglia di abbracciarla, chiederle "me ne dai un po'?", come se la pace e la serenità si potessero passare per osmosi.

Il giorno in cui l'ho vista nella biblioteca del dipartimento ho deciso di andare a sedermi di fronte a lei e le ho sussurrato un timido «ciao», sperando che mi riconoscesse. Lei ha alzato gli occhi dall'*Etica nicomachea*, si è illuminata di un sorriso sincero e ha detto: «Oh, tu sei la matta che ha scelto di cominciare dai corsi più difficili come me!». Ho riso, disarmata dalla sua genuinità, e lei ha aggiunto: «Ti va un caffè?».

Abbiamo preso il caffè alla macchinetta e ci siamo sedute a berlo al sole, su un muretto del chiostro davanti alla biblioteca. Si chiamava Caterina, veniva da Bergamo e parlava con un accento che mi faceva venire una gran voglia di ridere. Non conosceva Milano, ma aveva già trovato un lavoro come maschera al Piccolo Teatro e un minuscolo appartamento dietro Buenos Aires. Era diversa dalle mie amiche, diversa da me, diversa dalle mie ex compagne di liceo, diversa da tutto quello che avevo potuto conoscere in diciotto anni di "Olimpo alto borghese milanese". Non avevamo alcuna conoscenza in comune né alcun passato condiviso, potevamo solo parlare di filosofia e del nostro presente tutto nuovo, tutto da scoprire.

Abbiamo cominciato a ripetere ogni pomeriggio quella lunga pausa-caffè, che prendevamo alla macchinetta e bevevamo al sole, finché è durato, e poi sempre più avvolte in grandi sciarpe e giacche e guanti e berretti. Caterina era forse ancora più freddolosa e innamorata del sole di me: con l'autunno che avanzava le magliette a righe hanno presto lasciato il posto a dei grossi golf che sembravano fatti a maglia da sua nonna, e forse lo erano, per quanto non abbia mai osato chiederglielo. Il suo disinteresse per la moda era tale da essere quasi affascinante.

Ci tenevamo l'un l'altra il posto in biblioteca, dove ci davamo appuntamento praticamente tutti i giorni, e a ogni lezione; prendevamo entrambe appunti in modo frenetico, bevevamo avide le parole dei professori come delle groupie, le riportavamo in modo fedele su grandi quaderni intonsi, ordinati, perché potessero diventare nostre, venire a casa con noi, aiutarci a crescere. A volte però la mia mano s'arrestava di colpo, rimanevo con la penna sospesa a mezz'aria, un po' come il mio cuore, solo perché il professore aveva detto una frase che a Francesco sarebbe piaciuta o aveva tirato in ballo una citazione di Sartre, che Francesco amava tanto. Tutti i corsi che seguivo gli sarebbero piaciuti. Spesso quando studiavo dovevo lottare con me stessa per concentrarmi, per non pensare a quanto avrei voluto raccontargli tutte quelle novità, presentargli Caterina, che ero certa avrebbe adorato, e fargli leggere i miei appunti, commentare insieme i libri in programma nei vari corsi; sicuramente alcuni li aveva già letti, altri li avrebbe divorati in pochi giorni. Ripensavo a quando, in cima al Duomo, aveva scoperto che avevo deciso d'iscrivermi a filosofia e ridendo mi aveva detto: «Qualcosa mi dice che ci divertiremo un mondo insieme». Ed era vero: ci saremmo divertiti un mondo insieme.

A Caterina però nascondevo i miei momenti di distrazione, di nostalgia: non le ho mai raccontato di Francesco, così come non le ho mai presentato Viola né Beatrice né Camilla e non l'ho mai invitata a casa mia. Era la mia ventata d'aria nuova, fresca come la sua pelle sempre rigorosamente struccata. Era il mio nuovo mondo, fatto di idee platoniche, sillogismi aristotelici, quaderni riempiti in modo furioso ma preciso e libri sottolineati sempre solo a matita, se no il Libraccio non li ricompra.

Nella sua totale ignoranza della mia vita, e soprattutto di Francesco, un giorno mi ha candidamente proposto di andare a vedere una mostra di Man Ray alla Fondazione Mazzotta.

«Non sono affatto un'esperta di fotografia e conosco solo i fotografi più famosi, quelli proprio classici tipo Doisneau o appunto Man Ray, McCurry, o... Ecco vedi, non ne conosco molti! Comunque, ti va?»

«Magari...»

«Senza complimenti! Non so se ti piaccia la fotografia, o le mostre in generale.»

«Sì sì...» Avrei voluto dirle che al solo pensiero di andare a quella mostra mi venivano i crampi allo stomaco e il nodo alla gola, che avrei dato qualsiasi cosa per andarci con Francesco. Francesco che mi avrebbe raccontato tutta la vita di Man Ray e almeno un aneddoto diverso per ogni opera. Avrei voluto dirle che non mi sentivo pronta, che temevo di scoppiare a piangere e fare una figuraccia, come quando due settimane prima ero andata al concerto dei R.E.M. al Propaganda con Viola, Bea e Cami perché, per quanto avessi paura di rimettere piede in quel posto, dove non ero ancora tornata dopo l'estate, si trattava pur sempre dei R.E.M., che non passavano da Milano proprio ogni due per tre, e non potevo perdere una tale occasione; ma poi avevo passato la serata a singhiozzare, soffiarmi il naso e asciugare le colate nere di trucco. Avrei voluto dirle che se al concerto ero riuscita a fingere che *Losing My Religion, Nightswimming* e *Everybody Hurts* mi avessero commossa in modo esagerato ma ancora più o meno comprensibile, temevo che con le fotografie sarebbe stato meno facile trovare una giustificazione. Però la sua proposta era così innocente, così semplice e ignara, che ho proseguito: «È solo che non sono per nulla esperta nemmeno io».

«Meglio! Così non mi fai sentire un'ignorante!»

E alla mostra non ho pianto. Anzi, ho riso. Ho riso insieme a Caterina, quando, davanti a ogni foto, non riuscivamo a commentare con più di un «bella!» oppure «questa è meno bella...». Ogni tanto ci scappava un: «Questa la conosco!».

«Anche io! L'avevo già vista!»

«Mamma mia, siamo messe malissimo!»

Ce lo dicevamo nell'orecchio, sussurrando, mantenendo un'aria molto seria, concentrata, come se fossimo completamente assorte da quei capolavori in bianco e nero, come se ci stessimo scambiando dei commenti alquanto profondi ed elaborati. Ma poi scoppiavamo a ridere, cercavamo di nasconderci nelle sciarpe, anche se era un riso sonoro: il rumore genuino della leggerezza. Ed era meraviglioso. Lasciavo che quelle risate scuotessero il mio corpo come se dovesse essere svegliato o come una tovaglia che viene scrollata fuori dal balcone: le briciole cadono, vengono portate via dal vento; certo rimangono le macchie, alcune indelebili, ma la si può rimettere sul tavolo, stendere bene con le mani, coprire le macchie con i piatti e usarla di nuovo.

Un giorno siamo andate a prendere il nostro solito caffè, ma una volta davanti alla macchinetta ci siamo rese conto che non avevamo monete, nessuna delle due. Caterina ha appoggiato la borsa per terra e si è accovacciata per frugarci dentro con foga, imprecando sottovoce perché era stanca morta e aveva assolutamente bisogno di caffeina. Io ridevo dicendole: «Andiamo al bar! Ho cinquemila lire, possiamo prenderlo là o farci cambiare i soldi!», quando abbiamo sentito una voce dietro di noi chiedere: «Lungo o corto?».

«Scusa?» ha chiesto Caterina alzando la testa, ma rimanendo accovacciata accanto alla sua borsa in disordine.

«Lo vuoi lungo o corto?»

«Oh no io non...»

«L'ho ben visto, non trovi una moneta! Quindi te lo offro, lo vuoi lungo o corto?»

Ho finto di non avere più nessuna voglia di un caffè e sono tornata in biblioteca, lasciandola sola con quel ragazzo galante, dalle spalle larghe e il corpo secco ma muscoloso. Aveva i capelli castani particolarmente spettinati, dei jeans trasandati, eppure c'era qualcosa di corretto in quel suo stile non curato. Aveva gli occhi buoni e col tempo ho imparato che era buono davvero. Caterina è rimasta a lungo nel chiostro con lui, col caffè nel bicchierino di plastica marrone che diventava freddo tra le sue mani, poi quando è tornata a sedersi accanto a me ha sussurrato: «Si chiama Franco, vuole diventare avvocato. Che strano! Ho sempre avuto l'immagine degli avvocati come degli avvoltoi, invece lui è gentile, nei modi, nelle parole... Ha anche gli occhi gentili! Che strano...».

Ha riabbassato lo sguardo su Merleau-Ponty e la sua *Fenomenologia della percezione,* ma ho notato che le pagine hanno cominciato a voltarsi molto più lentamente, nonostante la caffeina.

Abbiamo rincontrato Franco qualche giorno dopo, mentre c'incamminavamo per via Festa del Perdono, a fine pomeriggio. Lui stava slegando il motorino, quando ci ha viste ha chiesto divertito: «Niente bisogno di un caffè oggi?».

«No grazie, l'abbiamo già preso!» ha risposto Caterina.

«Già, anch'io e te l'abbiamo già preso il caffè, per cui adesso direi che possiamo passare all'aperitivo, no? Non saltiamo le tappe, a cena ci andiamo un'altra volta.»

Non parlava in modo spocchioso, ma solo con una sicurezza spontanea, sincera.

Caterina aveva un'aria confusa, non capiva fino a che punto Franco scherzasse o fosse serio. Ha accennato una mezza risata, ma lui ha proseguito tranquillo: «Allora dove ci diamo appuntamento? Certo non qua… andiamo in Brera! Venerdì ti va bene? Alle sette e mezzo davanti al Jamaica?».

Caterina ha risposto candidamente: «Ok!».

Poi l'ha guardato allontanarsi sorridente, soddisfatto, sul suo SH rosso e si è voltata a guardarmi con aria stupefatta.

«Ho appena accettato un appuntamento con un gran figo o mi sbaglio?»

«Non ti sbagli. Hai appena accettato un appuntamento. Con un gran figo.»

Ha letteralmente fatto un salto di gioia, battuto le mani come una bambina, poi si è fermata di colpo, mi ha guardato seria e un po' preoccupata: «Ma tu lo sai cos'è il Jamaica?».

E io ho riso. Ho riso perché Caterina era così semplice e vera che veniva voglia di prenderla per mano. Perché non conosceva il Jamaica o le Colonne di San Lorenzo o il bar Rattazzo e chi li frequentava; perché venerdì sarebbe andata in Brera con il golf della nonna, una gran sciarpa avvolta attorno al collo e il berretto di lana; perché trovava figo Franco, ma non si rendeva conto che la sua bellezza naturale, autentica, era travolgente.

Era il 25 novembre 1998 e una nuova storia d'amore stava nascendo, accompagnata dal sottofondo musicale di tre ragazze che, poco lontano, fischiettavano *Torn*. Il ragazzo sul motorino, questa volta, era davanti all'uscita di un'università, non di un liceo, e io non ero più protagonista, ma spettatrice in prima fila; eppure non ero gelosa, bensì felice, di nuovo dopo tanto tempo, perché c'era qualcosa di buono in quello a cui stavo assistendo, qualcosa di giusto. Come se il cosmo avesse ritrovato il proprio ordine prestabilito.

15.

Le mie chiacchiere con Caterina nei cortili dell'università hanno cominciato a essere meno focalizzate sugli stoici, gli epicurei, Husserl, Heidegger e Jankélévitch e più su Franco, i weekend che passava con Franco, le serate che passava con Franco, Franco che andava a prenderla alla fine delle *pièces* al Piccolo, anche se era tardi, Franco che la portava in giro per Milano raccontando aneddoti su strade, case o giardini nascosti, Franco che offriva sempre al ristorante, Franco che andava a nuotare tutte le settimane ma aspettava anche con ansia l'inizio della stagione sciistica, Franco che non si stancava mai di fare l'amore, Franco che era cresciuto in una famiglia di avvocati eppure aveva ancora una visione quasi utopistica della legge.

Caterina amava parlare della sua vita, lo faceva senza ritegno ma senza egocentrismo: era semplicemente un libro aperto e si dava agli altri senza paura. Ogni tanto mi faceva domande sulla mia vita fuori dall'università, sulla mia famiglia e le mie amiche, ma di fronte alla mia laconicità non insisteva; aveva questo modo dolce di essere paziente, di lasciare che andassi verso di lei con i miei tempi. Probabilmente interpretava la mia riservatezza come diffidenza verso gli altri, quando in realtà avevo solo bisogno di qualcuno che non conoscesse il mio dolore, la mia solitudine, il vuoto che mi soffocava ogni mattina al risveglio, per poterlo dimenticare, almeno in alcuni momenti.

Mi piaceva invece parlare di Caterina a Viola, Cami e Bea, o ai miei genitori, di quella mia novità, tutta mia e solo mia, di quell'amicizia senza passato, senza riferimenti né ricordi. All'inizio avevo temuto che Viola o le nostre amiche potessero essere gelose, ma in fin dei conti anche loro si stavano facendo nuovi amici in Cattolica, al Politecnico o in Statale; anzi, stavano allargando i loro orizzonti sociali molto più di me e studiando molto meno di me. Avere Caterina mi permetteva di non sentirmi solo una spettatrice passiva del loro cambiamento, delle loro vite piene di novità, nuovi luoghi, nuove persone, nuovi argomenti; a volte anche nuovi modi di dire, copiati da chissà chi. Nei weekend cercavano di trascinarmi a tutte le feste di cui sentivano parlare e la maggior parte delle volte le seguivo senza obiettare, per quanto non ne avessi una gran voglia, solo perché l'alternativa di stare a casa da sola era ancora più deprimente. Tuttavia ero tornata a preferire di gran lunga i momenti in cui potevamo essere solo noi quattro, piuttosto che dover fingere di essere di buonumore, cercare a fatica argomenti di conversazione e sorbirmi ogni volta i soliti commenti su quanto io e Viola fossimo incredibilmente uguali. Ogni volta che un ragazzo tentava l'approccio con banalissime lusinghe, non faceva altro che farmi pensare a Francesco, che sapeva da sempre distinguere i miei occhi da quelli di Viola, o il mio modo di spostare i capelli dietro le orecchie. Francesco che era stato il primo a *vedermi*, a farmi dei complimenti che avevo sentito riguardarmi in esclusiva. Per quanto per diciotto anni della mia vita che io e Viola fossimo assolutamente identiche fosse stata la cosa più naturale del mondo e non mi avesse mai dato nessun fastidio, dopo Francesco non volevo più tornare a essere "la copia". Una sera, in un bar, un amico di Viola quando mi ha vista mi ha presa per mano e mi ha tirata di fianco a lei, poi si è voltato verso gli altri e ha detto: «Vi ricordate il gioco "trova le cinque differenze"?».

Sono scoppiati tutti a ridere, Viola ha sbuffato, com'era solita fare in quei casi, uno sbuffo misto a sorriso; a me è venuta voglia di piangere, di vomitare e di urlare tutto assieme.

Più il tempo passava e meno mia madre dava peso alla mia nuova amicizia con Caterina. Quando a tavola raccontavo qualcosa, riportava sempre la conversazione sugli esami o i professori, mi chiedeva: «Che libri hai detto che ci sono in programma? E il professore com'è? Vecchio decrepito come tutti i baroni che stanno incollati alle loro poltrone?». Un giorno mi ha addirittura interrotta sbuffando forte, ha stropicciato nervosa il tovagliolo sulle ginocchia e ha detto: «Ma hai idea di quanto sia grande la Statale? Non puoi approfittare per conoscere anche qualcun altro?».

«Magari conoscerò qualcun altro più tardi, l'università è cominciata da solo tre mesi! E Caterina è davvero simpatica, sto benissimo con lei!»

«Anche lei immagino che stia benissimo con te visto che le passi tutti i tuoi appunti.»

«Ma cosa stai dicendo? Facciamo degli scambi, dei confronti... Ma Cate è ancora più precisa di me, prende degli appunti che sono perfetti! Vive in biblioteca... Ma che problema hai con lei?»

«Non ho nessun problema, non l'ho nemmeno mai vista questa ragazza. Ti dico solo di fare attenzione, perché è comparsa dal nulla e non sai niente di lei.» Poi spostando con un gesto brusco la sedia per alzarsi ha aggiunto: «Vado a prendere l'arrosto».

Non appena è uscita dalla sala da pranzo mi sono voltata a guardare Viola, che ammutolita mi guardava a sua volta con occhi grandi e sconvolti.

«Ma cos'ha oggi?» ho chiesto a mio padre.

«Non ha niente, oggi. Ha dei brutti ricordi riguardo alla sua università, vuole solo proteggerti.»

«Da cosa? Da Caterina?» ho chiesto quasi ridendo.

Mio padre non ha risposto, si è limitato a servirsi del vino e bere lentamente. Così ho insistito: «Caterina è un agnello! È di una bontà che penso che non farebbe del male a una mosca... davvero, non mi stupirebbe se un giorno mi dicesse che è buddhista».

«Le persone a volte ingannano. E vostra madre è stata ingannata. E non vorrebbe mai che a voi succedesse qualcosa di simile.»

«In che senso è stata ingannata? Ma da chi?» è intervenuta Viola. «Da un ex che l'ha mollata? Cosa c'entra Caterina?»

Nostro padre ha sospirato forte e si è accarezzato la barba nera guardando un punto vago verso la finestra; è rimasto un momento in silenzio, chiaramente cercando di mettere insieme i pensieri, scegliere cosa dire o come dirlo. Poi ha cominciato piano, scuotendo la testa: «No, ragazze, no... non si stratta di un ex. Ci sono tanti modi per ingannare qualcuno e possono non avere nulla a che vedere con una relazione d'amore». Ha sospirato ancora, come se dovesse decidere se prendersi la responsabilità di quella rivelazione o meno, poi ha ripreso a parlare: «Vostra madre aveva un'amica all'università. Si conoscevano di vista già prima, perché il mondo è piccolo e Milano ancor di più, ma avevano frequentato due licei diversi. Sono diventate amiche all'università. E lì son diventate proprio amicissime, erano sempre insieme. Sempre! Studiavano insieme, uscivano insieme, facevano le vacanze insieme. Mi ricordo che all'inizio, quando avevamo cominciato a frequentarci, facevo una gran fatica a vedere vostra madre da sola. Ve l'ha nominata una volta, prima di Pasqua, quando avevate parlato dei vostri gruppi di studio per la maturità: vi aveva detto che lei all'università studiava sempre con una certa Ludovica. Me lo ricordo perché mi aveva davvero stupito sentirgliela nominare. Ha aggiunto che all'epoca la adorava, ma voi non avete notato con quanta nostalgia l'abbia detto. Prima della laurea, vostra madre e Ludovica si erano messe in testa che volevano diventare giornaliste».

«La mamma voleva diventare giornalista?»

«Sì! Siamo stati giovani anche noi sapete? Abbiamo avuto dei sogni anche noi. Oltretutto non dovete dimenticare che noi siamo stati giovani in quegli anni Settanta che a voi piace tanto imitare; ma viverli era un'altra cosa. Era un periodo di sconvolgimenti sociali, politici... che si fosse d'accordo o meno, o non con tutto, comunque era un clima di cambiamento. Non si poteva rimanere indifferenti. E la mamma e Ludovica volevano partecipare intervistando: volevano incontrare i politici, i fondatori delle Brigate Rosse,

210

gli esponenti delle sommosse… Per esempio, io ero affascinato dalla nascita di Medici senza frontiere e allora la mamma si era messa in testa che voleva andare in Francia e intervistare i primi volontari. Fatto sta che, un giorno, ha incontrato in treno uno degli studenti che era stato arrestato durante lo sgombero della facoltà di architettura, uno che all'epoca a Milano era molto conosciuto, oggi a voi non direbbe nulla, e l'ha convinto a raccontarle la sua vita, la sua storia, i giorni dell'occupazione dell'università, l'arrivo delle famiglie che la polizia aveva mandato via da via Tibaldi. Appena arrivata a Milano, ovviamente, la mamma ha fatto leggere tutto a Ludovica, la quale le ha detto che poteva aiutarla, che conosceva qualcuno al "Corriere"… E due giorni dopo l'articolo è in effetti uscito sul "Corriere", ma a nome di Ludovica.»

«No! Ma veramente?» abbiamo detto in coro io e Viola.

«Già. Era un articolo fantastico. Era brava la mamma, è sempre stata brava a capire le persone, a capire chi non dirà nulla e chi invece basta spingere un po' perché si aprano le dighe. È con la sua parlantina che riesce a far parlare gli altri. Al nostro terzo appuntamento, eravamo andati al ristorante; lei è stata zitta per tutto l'antipasto, io ero disperato. A un certo punto le ho chiesto come mai non dicesse nulla, se c'era qualcosa che non andava, allora mi ha risposto: "Stavo facendo un test: se io non parlo, tu non parli. Sarà una gran fatica la mia vita con te. Sposarti mi costerà quanto meno un mal di gola". Era il nostro terzo appuntamento! Ma lei sapeva già che ci saremmo sposati. Con Ludovica invece si è sbagliata, si è sbagliata di grosso. È stato il suo grande errore; ha dato anni di amicizia, di fiducia, di tutto a una persona che ha colto la prima occasione possibile per fregarla. E l'ha fregata per bene, perché quell'articolo è uscito appena prima della loro laurea e dopo neanche due mesi Ludovica aveva un lavoro. Altrettanto in fretta si è trasferita a Roma, dove c'era più gente da intervistare.»

«E la mamma non ha fatto niente?»

«Cosa volevate che facesse? Oramai l'articolo era uscito.

L'unica cosa che avrebbe potuto fare sarebbe stato andare a ritrovare lo studente dell'articolo e chiedergli di andare al "Corriere" a dire chi l'aveva veramente intervistato. Ma sul momento la mamma non ha dato così tanto peso all'articolo in sé, non pensava che avrebbe aperto la carriera di Ludovica. Sul momento, quello che l'ha veramente ferita è stato il tradimento della sua amica. La cosa l'ha disgustata, non ha mai più provato a scrivere nulla. La magra consolazione è che oggi Ludovica lavora in televisione, si occupa quasi solo di gossip, non più di politica, è un po' penosa. È una prezzemolina, conosce chiunque, la incontriamo dappertutto.»

«È tornata a Milano? E la mamma accetta di vederla?» ho chiesto incredula.

«Sì, il marito sta qua, lei fa un po' su e giù. E la mamma si comporta come si deve, così si dimostra superiore. Poi Ludovica conosce chiunque... è meglio far buon viso a cattivo gioco, salutarla col sorriso e passare oltre.»

«Solo perché questa conosce chiunque? Ma le ha fregato la sua grande occasione!»

«È vero, ma poi la vita va avanti. E c'è una realtà con cui fare i conti. E se si vuol fare parte di una certa società, bisogna accettare certi compromessi.»

«Tipo farsi calpestare?»

«No, Alice, tipo capire che...»

Abbiamo sentito i passi di nostra madre nel corridoio, più forti del necessario. In quel momento mi sono resa conto che ci aveva messo almeno dieci minuti a prendere l'arrosto. Non appena si è seduta nuovamente al suo posto ha accarezzato la lunga catena d'oro con i tre ciondoli delle nostre nascite, ha sistemato il collo alto nero, i capelli dietro le orecchie. Avrei voluto chiederle: "Ma a che pro? Perché?". Come aveva potuto mandare giù un boccone tanto amaro? Fare buon viso a un gioco così cattivo? Mio padre aveva detto che erano i compromessi necessari per far parte di una certa società, ma perché voleva far parte di una società che imponeva dei compromessi tanto duri? Una società basata sull'apparenza, sulla nomea, unita e compatta al punto che questo poteva essere allo stesso tempo la sua forza ma anche la sua dannazione. Non c'era alcuna differenza tra mia madre e la madre di Francesco, che aveva tollerato i tradimenti del marito per anni pur di continuare a far parte di un mondo nel quale lui l'aveva introdotta. Avrei voluto farle un sacco di domande, perché non riuscivo a capire se quello che provavo era più delusione o pena, ma lei mi ha preceduta, ha cominciato a parlare di tutt'altro, rapida, esattamente come mi aspettavo che avrebbe fatto.

«Allora, avete deciso quando partite per la montagna? Ho sentito la Isa stamattina e mi diceva che loro arriveranno dopo Capodanno, perché prima vanno da sua cognata. Che poi, son sicura che lei non ha tutta 'sta voglia di andare dai cognati, poverina, lo fa solo per lasciarvi la casa. Dopo però quando arrivano mi ha detto che hanno invitato dei loro amici torinesi, che per carità, va anche bene che voi torniate a Milano non troppo tardi…»

Anche quell'anno infatti, come tutti quelli dell'ultimo decennio, Cami, Viola e io saremmo andate in vacanza a Bardonecchia, a casa di Beatrice. Quando Natale aveva cominciato ad avvicinarsi, ero stata sollevata nel constatare che nessuna aveva fatto particolari programmi, nessuna proponeva nuove mete o nuove compagnie: saremmo state ancora una volta tutte e quattro insieme.

Io e Viola avevamo cominciato a frequentare quel vecchio chalet di famiglia fin da bambine. La prima volta che eravamo andate a giocare a casa di Bea, per vedere il suo nuovo letto delle bambole, quando nostra madre era venuta a prenderci, ovviamente, non avevamo nessuna voglia di andar via. Così lei aveva detto la frase che negli anni avrebbe ripetuto una quantità innumerevole di volte: «Una sigaretta e andiamo». Poi era sparita in salotto con la mamma di Bea e noi avevamo avuto ancora quasi un'ora per giocare. Ci eravamo chieste se ci volesse davvero così tanto tempo per fumare una sigaretta o se si fosse dimenticata che era quasi ora di cena, ma negli anni abbiamo rapidamente imparato che quell'"una sigaretta" equivaleva in realtà a una chiacchierata infinita e significava, per noi, avere ancora un sacco di tempo per giocare. Era la stessa cosa ogni volta che ci veniva a prendere a casa di qualcuno, ma a casa di Bea in particolare, perché da quel primo pomeriggio all'inizio dell'asilo la mamma di Bea era diventata una delle sue migliori amiche. Era "La-Isa", che noi pronunciavamo come se fosse una parola sola. A Sant'Ambrogio di quell'anno la Isa ci aveva invitati tutti a Bardonecchia. Tommaso aveva tenuto il muso per l'intero viaggio, temendo di essere l'unico della sua età, ma poi si era divertito da matti a sciare con nostro padre, il padre di Bea e un numero indefinito di zii, cugini e amici.

Adoravo le vacanze o anche solo i weekend in quella casa, perennemente caotica, chiassosa, frequentata da cugini di ogni età che arrivavano senza preavviso e si portavano dietro gli amici: ci si ritrovava sempre in un numero di persone parecchio superiore ai posti letto, senza che questo sconvolgesse nessuno; si ricorreva ai materassi gonfiabili, ai divani, s'improvvisavano camerate. Alcuni amici erano ospiti fissi come lo eravamo Cami, Viola e io ed erano diventati, nel corso degli anni, la nostra compagnia abituale per le vacanze sciistiche. Li vedevamo solo in montagna, di anno in anno un po' più alti, un po' più brufolosi, un po' più disinvolti, perché per il resto del tempo vivevano tutti a Torino, da dove d'altronde veniva la Isa. Si era trasferita a Milano appena dopo la laurea, dopo che aveva conosciuto in vacanza d'estate ad Alassio quello che nel giro di due anni sarebbe diventato suo marito. Dopo vent'anni di vita milanese, parlava ancora con le *o* aperte e le *s* strascicate, diceva ancora di rimpiangere i colli e detestare la frenesia generale, ma d'inverno sfoggiava pellicce di visone da far invidia alle *sciùre* di via della Spiga e a Natale in casa sua non faceva mai mancare il panettone, con i canditi e senza cioccolato, altrimenti non è quello vero.

Anche quell'anno sapevamo che avremmo incontrato pochissimi milanesi, che generalmente si orientavano più verso Courmayeur, Sankt Moritz o Cortina, e nessuno della nostra scuola, mentre ci avrebbero raggiunte per Capodanno due cugini di Bea, con un numero indefinito di amici.

214

Noi quattro siamo partite appena dopo Natale e per tre giorni abbiamo avuto la casa tutta per noi. Ci svegliavamo tardi, prendevamo lo skipass pomeridiano, dopo tre piste eravamo già al rifugio davanti a grandi piatti di würstel e patatine fritte e grosse cioccolate con doppia razione di panna montata. La sera mangiavamo sul divano davanti alla tele, approfittando dell'incredibile collezione di videocassette che c'era sempre stata in quella casa.

Mi sentivo bene con le mie amiche, mi sentivo a casa, eppure c'era una vena di disturbo latente, perenne: per quanto nessuna abbia mai osato accennarvi, non potevo non ripensare all'ultima vacanza che avevamo passato insieme, quando la sera, vestite di niente, ballavamo fino a tarda notte in bar sconosciuti, mentre ora guardavamo film romantici imbacuccate nei nostri caldi pigiami e nei calzettoni di lana. Provavo un costante desiderio, recondito, proibito, inconfessato, ma comunque doloroso: il desiderio che anche quella vacanza non finisse con le mie amiche, come previsto, bensì che Francesco venisse a sconvolgere tutto ancora una volta.

Viola sapeva, Viola sentiva i miei pensieri, ma non me ne ha parlato; ha lasciato che rimanessero segreti, sperando sparissero col tempo, lo sci, il sole, gli amici dei cugini di Bea e la festa in rifugio per l'inizio dell'ultimo anno del millennio. Solo ogni tanto si soffermava a guardarmi più a lungo del dovuto o mi dava un bacio della buonanotte più caloroso del solito, la sera, prima di addormentarsi. Dormivamo insieme in un letto matrimoniale; ogni sera lei sprofondava in un sonno profondo non appena toccava il cuscino. Io rimanevo nel buio ad ascoltare il suo respiro pacifico, lasciavo che mi cullasse, rallentando il mio e accompagnandomi nel mondo dei sogni.

Mi ero abituata ormai da tempo a spegnere il telefono prima di andare a dormire e aspettare di scivolare nel sonno scrutando la notte con gli occhi. Per più di un mese, dopo il ritorno da Parigi, avevo continuato a tenerlo stretto in mano la sera, una volta a letto: riaccendevo lo schermo a intervalli regolari, passavano ore prima che mi rassegnassi al fatto che non sarebbe arrivato nessun messaggio della buonanotte. E in realtà non mi rassegnavo davvero, perché quella maledetta bustina all'angolo dello schermo era la prima cosa che cercavo al mattino. Tante volte avevo avuto la tentazione di cedere io per prima, scrivere a Francesco che mi mancava, magari chiamarlo, addirittura. In quei casi mi rialzavo, andavo in camera di Viola, facevo appello alla sua razionalità per fare quello che sapevo essere più giusto.

«Mi manca.»

«Lo so.»

«Ho voglia di dirglielo.»

«A che pro? Quand'anche ti dovesse rispondere "anche tu mi manchi", poi? Pensi che tornerebbe a Milano? O vuoi andare a Parigi?»

«No... Ho sempre fatto tutto quello che mi chiedeva, l'ho seguito in ogni sua follia... Ma avevi ragione tu, che dicevi che un giorno mi avrebbe chiesto troppo, e... mi ha chiesto troppo. Ho provato a dirgli di seguire lui me per una volta, gli ho chiesto di tornare con me. Non mi ha nemmeno risposto. Avrei dovuto insistere, farlo ragionare, convincerlo! Invece me ne sono andata così in fretta... Non abbiamo nemmeno mai preso in considerazione l'ipotesi di una relazione a distanza.»

«Perché vorresti provare una relazione a distanza con uno che vive esclusivamente nell'istante presente? Uno che ha voglia di andare al mare e quindi prende e va al mare, anche se è notte ed è inverno; uno che ha voglia di venire a prenderti in Grecia, per cui prende e in due giorni fa Croazia-Grecia, Grecia-Parigi. Uno che l'unica decisione vagamente ponderata e meditata te l'ha comunicata all'ultimo minuto anche se implicava un totale stravolgimento della tua vita.»

«Ho colto il punto.»

«Allora spegni il telefono e cerca di dormire», diceva alzando il piumone perché m'infilassi accanto a lei.

Quando le foglie avevano cominciato a cadere dagli alberi, anche le mie speranze avevano perso la loro linfa vitale ed erano volate via col vento. Quasi senza rendermene conto mi ero ritrovata a dimenticare il telefono in fondo alla borsa o a spegnerlo prima di mettermi in pigiama e lasciarlo lontano da me, sulla scrivania o sul divano del salotto-tv. Non avevo nemmeno più dormito con Viola, fino a che non siamo andate a Bardonecchia.

La terza sera in montagna, il suo respiro calmo e regolare, che tante volte mi aveva cullata, mi ha fatto innervosire: non faceva che sottolineare la mia inquietudine, mi ricordava con una ritmicità snervante che avrei dovuto dormire anch'io, ma che non ci riuscivo. O forse m'irritava ancor di più il fatto che il mio malessere non le impedisse di dormire. Sapevo che poteva leggere i miei pensieri, eppure questo non la frenava dall'abbandonarsi a un sonno tranquillo, profondo, nonostante le fossi accanto, perfettamente sveglia e inquieta. Così ho preso un grosso golf e una sciarpa e sono scesa nella casa buia e silenziosa.

In fondo alle scale di legno chiaro sono rimasta un momento a guardarmi intorno: le pareti erano ricoperte da fotografie di nonni, figli e nipoti; non c'era nemmeno un quadro, quasi a voler sottolineare che non esistesse forma d'arte più bella e più significativa di quei volti, quasi tutti sorridenti. L'intera casa era una narrazione vivente, raccontava la storia di una famiglia unita, una famiglia in espansione che non dimenticava le proprie radici. Ho pensato all'appartamento dov'era cresciuto Francesco, dove non c'era nemmeno una fotografia; mi sono chiesta chi ci vivesse ora, chi avesse occupato la sua camera, chi vi si svegliasse ogni mattina guardando i raggi di luce filtrare attraverso le persiane sul parquet.

Mi sono preparata una tisana e sono andata a sedermi sulla sedia a dondolo della veranda: tutt'attorno a me c'era solo il buio della notte e il bianco della neve. E un silenzio assoluto, totale: non volevo muovermi per timore di spezzarlo. Potevo immaginare il freddo senza sentirlo, protetta dalle pareti e dal soffitto di vetro trasparente. Ero chiusa dentro a un'effimera scatola di vetro, immersa nell'oscurità e nel gelo, sormontata da un cielo scuro, spaventosamente vasto. Mi sembrava una perfetta metafora del modo in cui avevo vissuto negli ultimi mesi. Tenevo le braccia conserte, la testa appoggiata allo schienale, gli occhi puntati in alto a cercare le stelle, lasciando che la calma della natura cullasse la mia insonnia. Ho pensato alle stelle di plastica di camera mia, a Milano, sempre allo stesso posto, immobili e immutabili; ma fasulle, proprio per questo.

D'un tratto il vecchio cucù a muro del nonno di Bea ha cantato per ricordarmi che erano le tre di notte, che il tempo non si era fermato, la terra continuava a girare per quanto impercettibile e la vita a seguire il suo corso, anche se io faticavo a tenere il passo. Mi ha fatta sobbalzare al punto che per poco non mi sono rovesciata addosso la tisana, oramai fredda.

Dato che l'incantesimo della veranda era stato rotto, sono rientrata in salotto e mi sono guardata attorno, perché ancora non avevo voglia di tornare a letto. Ho acceso il grosso computer grigio che il padre di Bea aveva di recente installato su una scrivania in un angolo della stanza. Mentre aspettavo che tra fastidiosissimi fischi rumorosi riuscisse a connettersi a internet ho acceso una sigaretta e ho fatto a tempo a fumarla tutta prima che sullo schermo comparisse la home page di Yahoo. Ho aperto la mia posta, per passare il tempo più che per vera curiosità, dato che ancora non c'era praticamente nessuno che conoscesse il mio indirizzo e-mail; eppure, non appena la pagina si è caricata, ho visto in grassetto, in prima riga, Caterina Antani, oggetto «Riflessioni». Ho aperto il suo messaggio con il sorriso, divertita dalla mia amica filosofa che non riusciva a stare più di una settimana senza condividere i suoi pensieri esistenziali; ho immaginato che avesse passato il pomeriggio sui libri, nonostante sapessi che era andata a Bormio con Franco, e che le fossero frullate in testa così tante idee e rivelazioni che non era riuscita a non condividerle all'istante, anche se filtrate da uno schermo meccanico. Quello che non mi aspettavo minimamente era che le sue riflessioni potessero non riguardare la filosofia.

Amica mia,
così ti chiamo, perché è così che ti considero davvero, oramai, da qualche mese.
Amica mia, che ti fai grandi domande e speri, come tutti, di
capire un giorno il senso dell'esistenza; amica mia che hai gli
occhi che pensano anche quando ridi e bevi un caffè tenen-
dolo con i guanti, che prima o poi ti scivolerà e ti ustionerai
le gambe, e dici «mamma che freddo» ogni trenta secondi.
Amica mia, vorrei che i tuoi occhi oltre che pensare e cercare
senza sosta, potessero ridere.
Amica mia, che nascondi qualcosa nei tuoi invalicabili silenzi
e, se ho capito qualcosa di te, penso che sia un grande dolore; amica mia, che sai ascoltare con partecipazione e senza
giudizi, ti chiedo: questa volta, ascolta me. Non puoi cercare
il senso dell'esistenza senza esistere, non puoi comprendere
la vita senza metterla in discussione. Un giorno mi hai detto
che "la tua Milano" non è altro che un palcoscenico, ma sai
una cosa? Nessuno può importi quale personaggio recitare.
Non lasciare che qualcuno scriva la sceneggiatura della tua
vita. Se è una ferita che t'impedisce di parlare, curala. Se
qualcosa si è rotto, riparalo e poi rimettiti in movimento, perché la strada è lunga e meravigliosa e sarebbe un gran peccato perdersi il meglio per colpa di inutili paraocchi. Possono
essere rassicuranti, ma tu ami la filosofia e la filosofia non
ammette percorsi prestabiliti, vedute ristrette e pregiudizi.
Amica mia che ti chiedi cosa significhi vivere, vivi senza remore. Amica mia che ti chiedi il senso profondo del socratico
gnothi seautòn, non avere paura di conoscerti, di esporti.
Non avere paura di sceglierti. Non viaggiare solo con la
mente, non evadere solo nei libri. Noi non siamo cartesiane,
noi lo sappiamo che non si può avere la mente lucida ma il
cuore annebbiato.
Amica mia, sarà il Natale, il ritorno a casa, sarà l'inizio imminente di un anno nuovo, con tutto il carico di aspettative e
buoni propositi e false promesse che si porta sempre con sé
il Capodanno e ancora di più quest'anno, questo 1999, questa fine del mondo – «*the end of the world as we know it*» –,
sarà che sono in un letto con accanto questa perla che mi è

caduta dal cielo insieme a un bicchierino di plastica marrone, che dorme beato perché è in pace con sé stesso, perché crede in quello che fa, e crede davvero di poter fare qualcosa di buono, sarà... ma ho pensato a te e ho pensato che c'è un'unica cosa che voglio augurarti davvero per questo nuovo anno: la felicità. Che poi lo sappiamo che nessuno sa veramente spiegare cosa sia, ma prima di provare a definirla, dobbiamo viverla.

Buon anno, Amica mia.

Sono rimasta a lungo a guardare lo schermo illuminato, senza vederlo davvero. Non pensavo a quello che avevo appena letto, non riflettevo sulle parole di Caterina, non c'era nulla di razionale in me. Lasciavo solo che le sue parole mi entrassero in profondità, colpissero come lame d'acciaio il mio cuore impietrito. Piangevo, ma mi ci è voluto un bel po' per rendermi conto che avevo le guance bagnate, e il collo, anche. Non c'era nessun rumore attorno a me e per un lungo momento non ho mosso nessun muscolo del mio corpo.

Poi tutto ha ricominciato a prendere consistenza, allora ho realizzato che tenevo ancora la mano sul posacenere di cristallo, gelido. L'ho ritratta, mi sono asciugata le guance con le dita e poi anche con la manica del golf. Ho rimesso a fuoco lo schermo del computer, le parole di Caterina, così giuste, così vere. Ho pensato a quella ragazza minuta dai capelli corvini, un'esplosione di spontaneità, di verità senza mezzi termini concentrata in un corpo magrissimo. L'ho immaginata schiacciare veloce sui tasti del suo computer portatile al buio, accanto al suo adorato Franco addormentato. Ci conoscevamo da nemmeno quattro mesi, eppure non esitava a definirmi "amica", con tutta la profondità che racchiude veramente quella parola troppo spesso usata con leggerezza. E aveva ragione. In quel poco tempo aveva saputo diventarmi amica senza alcuna influenza esterna, conoscenze in comune o presentazioni varie. Mi aveva conosciuta per quella che ero, separata da tutto il contorno che mi ero sempre portata appresso, dai miei genitori, il nostro appartamento con i tappeti e i mobili vecchi e i lampadari di cristallo, da Viola, Bea e Cami, dal piccolo mondo in cui ero cresciuta, disegnato da poche vie con ancora il pavé e i palazzi con i citofoni dorati. Forse proprio per quello, perché capiva la mia tristezza ma non la sua origine, perché conosceva i miei silenzi e i miei sguardi ma non i miei ricordi, perché sapeva cosa cercavo ma solo nell'astrattezza di un'idea e non nella concretezza di una persona, aveva potuto darmi quel consiglio. Agire, muoversi, vivere. Vivere la felicità. Vivere senza remore. Ho riletto la sua lettera, tutta d'un fiato, con quella frase che mi echeggiava in testa, sono tornata a cercarla facendo scorrere il testo in su e in giù con il mouse. "Vivi senza remore." Tutta la nostra amata filosofia si basava sul "conosci te stesso" di Socrate e secondo lei era possibile solo vivendo senza remore. Le sue parole si sono sovrapposte a un'altra eco, più lontana. "Puoi smettere di riflettere e semplicemente vivere?" Le parole si mescolavano nella mia mente, allora ho smesso di pensare, ho aperto una nuova pagina internet, senza ragionare, senza valutare i pro e i contro, senza calcolare alcuna fattibilità pratica. Era come se le mani si muovessero da sole, come se stessi facendo l'unica cosa che potevo fare in quel momento: www.ferroviedellostato.it, orario dei treni, destinazione Parigi.

Mi ricordavo dal mio ritorno di agosto che il TGV che collegava Parigi e Milano passava da Bardonecchia: mi ricordavo di aver cercato lo chalet di Beatrice con lo sguardo appannato dal pianto. Mentre il cuore accelerava sempre più, è finalmente apparso sullo schermo l'orario dei treni: ne passava uno di prima mattina. Ho cercato di respirare a fondo, quanto meno per riuscire a concentrarmi e focalizzarmi sugli aspetti concreti. Ho spento il computer e sono corsa di sopra, nella camera dove dormivano Beatrice e Camilla, ho ringraziato il cielo che Bea avesse il sonno pesante, ho scosso Cami chiamandola piano. Appena ha aperto gli occhi le ho fatto segno di seguirmi in bagno. Era assonnata e confusa, non capiva cosa volessi, cercava solo di mettere a fuoco gli occhi sull'orologio. Le ho preso entrambe le mani perché mi prestasse attenzione, le ho detto: «Cami, sai dove Bea ha messo le chiavi della macchina?».

«Sì... perché?»

«Devo andare a Parigi. C'è un treno tra poche ore.»

Di colpo ha smesso di guardare l'orologio, ha spalancato gli occhi, perfettamente sveglia. Il sorriso è esploso sulle sue labbra e nei suoi occhi. Conoscendola, mi sono affrettata a tapparle la bocca con una mano perché non urlasse.

«Ti prego non svegliare nessuno! Ho bisogno che mi accompagni in stazione. Lo chiedo a te proprio perché so che sei l'unica che non mi fermerà, le altre mi farebbero ragionare e riflettere... e aspettare... Invece... Cami, io devo andare.»

«Sì, sì, sì, certo che devi andare! Vado a cercare le chiavi in camera, non ti preoccupare, Bea ha messo i tappi.»

«Grazie, Cami.»

«Oh, mamma mia, è la cosa più romantica che potessi immaginare! Arrivo, aspettami qua.»

«No! Vado a prendere le mie cose, troviamoci giù.»

«Ok.»

«E... Cami?»

«Sì?»

«Devi vestirti.»

«Ah, giusto!»

In camera ho raccolto in fretta le mie cose, lasciando perdere i vestiti da sci che tanto non mi sarebbero serviti. Quando ero già quasi sulla porta mi sono voltata a guardare Viola che dormiva, aveva un'espressione serena, il volto rilassato. Il senso di colpa mi ha assalita allo stomaco. Ho pensato a quante volte, per mesi, mi aveva detto che Francesco mi avrebbe ferita, che il suo modo di affrontare la vita non era compatibile con il mio e un giorno o l'altro mi avrebbe chiesto troppo, ma quando poi ero comparsa alla stazione Centrale in lacrime, o anche nei mesi seguenti, non aveva mai nemmeno osato accennare un "te l'avevo detto". Nonostante avesse platealmente dimostrato di avere ragione, non aveva mai mostrato alcuna soddisfazione. Ho cercato d'immaginare il suo risveglio, di lì a poche ore:

non mi avrebbe trovata nel letto, non mi avrebbe trovata in casa, Cami avrebbe finito per raccontarle tutto, si sarebbe infuriata, mi avrebbe chiamata. O forse no, non avrebbe voluto parlarmi, non prima di diverse ore, prima di essersi calmata. Si sarebbe sentita tradita, come quando a Kastello-rizo, seduta sui gradini della casa della signora Eleni, all'alba, mi aveva guardata a lungo con le lacrime agli occhi, piena di rabbia. Tradita perché non le avevo chiesto un consiglio, tradita perché ero partita senza dirle nulla, tradita perché avevo svegliato Camilla anziché lei. Mi sono avvicinata al letto, ho teso una mano per scuoterla piano, per dirle "svegliati, ti devo parlare", ma poi ho esitato, il braccio è rimasto sospeso a mezz'aria qualche istante, poi è ricaduto al mio fianco.

Ho ripensato a una notte di Natale, quando avevamo cinque anni, quasi sei: avevo sentito dei rumori in salotto, così ero andata a svegliarla. Ero rimasta un lungo momento a guardarla dormire, esitando: sapevo che se l'avessi svegliata l'avrei rapidamente contagiata con la mia curiosità, anzi, sarebbe stata ancora più curiosa di me, saremmo andate a spiare, avremmo scoperto il grande mistero di Babbo Natale, che a me sembrava molto strano che esistesse, ma se esisteva davvero vederlo lo avrebbe fatto sparire. Avevo esitato finché il mio bisogno di avere risposte chiare, vere, aveva avuto il sopravvento: allora l'avevo scossa più volte, per strapparla al suo sonno sempre incredibilmente profondo. Ci eravamo avventurate per il corridoio semibuio, per mano; ci eravamo accucciate in anticamera accanto all'appendiabiti con il Barbour di Tommaso, i nostri piumini e il loden di nostro di padre. Nostra madre, invece, ogni volta che tornava a casa, riponeva con cura la pelliccia nell'armadio del guardaroba, appendendola a una gruccia di plastica nera abbastanza grande da non rovinare le spalle. Quella notte avevamo scoperto che Babbo Natale non esisteva. Ci eravamo sentite tradite, avevamo avuto l'impressione che tutti, tutti quanti ci avessero mentito. A partire da quella notte abbiamo cominciato a scambiarci i vestiti per confondere gli altri, abbiamo cominciato a usare la nostra somiglianza fisica come un'arma di divertimento, uno scudo per difenderci dal mondo, da tutti quelli che ci avevano mentito, mentre noi, all'interno della nostra bolla, eravamo le uniche detentrici della verità. Solo noi. Unite, solidali. Solo noi contro tutti. Quella notte avevamo dormito a cucchiaio per la prima volta.

Mentre guardavo Viola dormire, di tredici anni più grande, mi è venuta una gran voglia di scuoterla e dirle: "Sono curiosa, ho bisogno di sapere, ho bisogno di vederlo, di parlargli". Avrei voluto che lei si lasciasse contagiare e mi dicesse: "Dai, andiamo, parto con te", allora saremmo partite insieme, tenendoci la mano, io e lei, unite contro tutti. Solo noi: quello scudo mi avrebbe protetta da ogni delusione. O almeno che mi dicesse: "Buon viaggio, in bocca al lupo", che mi sorridesse, mi abbracciasse, mi desse un bacio rassicurandomi perché "ci penso io alla mamma e al papà". Invece sapevo che avrei provato la prima delusione già al suo risveglio: la mia curiosità, il mio bisogno di ritrovare Francesco non l'avrebbe contagiata; anzi, mi avrebbe frenata, mi avrebbe detto che ero matta, che ero masochista. Non mi avrebbe lasciata partire, quando invece volevo farlo con tutta me stessa. Dovevo farlo per ritrovare la pace, comunque andassero le cose una volta a Parigi, ma era la mia pace, non la nostra. Era la mia vita, la mia scelta, la mia sceneggiatura, come aveva detto Caterina. Viola l'avrebbe capito e si sarebbe sentita sola. Non volevo farle del male, sentivo la gola stretta in una morsa di tristezza al pensiero del suo risveglio, ma se a Kastellorizo ero stata orgogliosa con lei non parlandole di Édouard, per la prima volta nella nostra vita, in quel momento volevo essere egoista, come non mi era mai successo di essere nei suoi confronti. Ho cercato un foglio e una penna sulla scrivania, perché volevo lasciarle un biglietto, poi però mi sono resa conto che avrei potuto scrivere per ore per cercare di spiegarle tutte quelle sensazioni e, anche se avessi avuto il tempo, sicuramente in quel momento non avrei trovato le parole. Ho deciso che l'unica cosa che contava era non sparire nel silenzio più totale, così ho preso un pennarello verde e le ho scritto PARIGI

224

sul braccio. Quando stavo finendo la G si è mossa, ha infilato la mano sotto al cuscino. Ho lasciato perdere. Ho appoggiato il pennarello sul comodino e sono uscita dalla stanza.

Cami mi aspettava davanti alla porta d'ingresso, quasi più eccitata di me. Ha guidato veloce per le strade deserte, siamo arrivate con un'ora di anticipo in una minuscola stazione completamente vuota. Si è offerta di aspettare con me, ma preferivo che tornasse subito a casa perché nessuno si accorgesse della sua assenza. È scesa dalla macchina per salutarmi in modo solenne, mi ha abbracciata forte e ha detto: «In bocca al lupo».

«Speriamo...»

«L'amore vince sempre. Lo so che voi pensate che sia troppo romantica, ma io ci credo davvero. Ama in modo totale, gli altri, te stessa, la vita, e stai certa che non potrai mai perdere.»

«Ti voglio bene, Cami.»

«Vai a dirlo a lui.»

«Vado!»

Ho comprato un biglietto per Parigi di sola andata, ho tirato fuori il lettore CD portatile, con le cuffie nuove che avevo ricevuto a Natale, e mi sono seduta ad aspettare. Quando finalmente, dopo un'estenuante ora di attesa, il treno mi si è materializzato davanti sono salita senza esitare. Temevo solo che il cuore mi scoppiasse.

Era il 30 dicembre 1998 e io ero sola nel gelo della notte che finiva, *Come Into My Life* filtrata dalla gommapiuma ancora pulitissima e soffice delle cuffie, ma non sentivo il freddo né la stanchezza, perché ero invasa da una forza nuova, elettrizzante come l'adrenalina, inebriante come la speranza.

16.

Per tutto il viaggio, ho guardato il paesaggio sfilarmi veloce davanti agli occhi. Era come riavvolgere una pellicola:
le montagne, la periferia di Lione, la campagna sempre più
piatta, sempre più piena di mucche per lo più marroni, i
mulini a vento, tutto scorreva fuori dal finestrino al contrario, rispetto al mio viaggio di quattro mesi prima. Come in
agosto, non mi sono mai mossa dal mio posto, non ho mangiato, non ho bevuto, non ho letto, non ho ascoltato la musica; cercavo solamente, con tutta me stessa, di controllare
le emozioni. Mi sforzavo di non immaginare nessun genere
d'incontro con Francesco, nessun dialogo, nessuna situazione, nessun luogo. Il timore che potesse avermi dimenticata,
che fosse anzi arrabbiato con me, o che potesse trovare ridicolo e patetico quel tentativo disperato di riparare al mio errore si faceva sempre più largo tra i pensieri.

Ogni tanto mi addormentavo, stravolta nonostante l'eccitazione dopo la notte in bianco. Facevo sogni molto confu-
si, ma sempre c'era Viola che agitava un braccio enorme
con sopra la scritta PARIG e s'incideva da sola la "i" dicendomi seria: "Non si lasciano le cose in sospeso, si finisce quello
che si comincia". Allora mi svegliavo di soprassalto, sentendo un gran nodo allo stomaco al pensiero di come avrebbe
reagito quando, al risveglio, avesse scoperto che avevo di
nuovo abbandonato una nostra vacanza prima della fine,
ancora per Francesco. Cercavo di pensare a Caterina, per
combattere quella spiacevole sensazione di nausea mista a
colpevolezza.

All'arrivo alla Gare de Lyon mi sono resa conto che non

mangiavo nulla dalla sera precedente. Ho cambiato un po'
di soldi in franchi francesi e mi sono messa in coda a un
chiosco per comprare un panino e una bottiglietta d'acqua. Mentre aspettavo, guardavo la gente attorno a me: alcune persone camminavano veloci, con passo sicuro, sembravano sapere con esattezza dove dovevano andare; altre
erano palesemente sperdute e rivolgevano in alto lo sguardo alla ricerca di cartelli con indicazioni. C'era chi aspettava con aria annoiata, chi faticava a nascondere l'ansia del-
l'attesa di qualcuno che doveva arrivare. C'erano coppie
che si abbracciavano, fidanzati, genitori e figli, nonni e nipoti, amici. Abbracci di ritrovo, abbracci di saluto. C'erano
baci, c'erano lacrime. La stazione pullulava di sentimenti.
Ho dovuto nuovamente lottare per non immaginare il mio
incontro con Francesco. Ho preferito rimettermi in movimento. Mi sono infilata in metropolitana e mi sono diretta
a casa di Nicolò.

Ho ringraziato il cielo che a Parigi ci fosse un sistema di
codici elettronici al posto dei citofoni e che il codice del
portone al 59 di rue de Paradis non fosse cambiato dall'e-
state precedente. Mi sono incamminata su per i sei piani di
scale sentendo l'emozione salire nel petto e l'apprensione
scendere nelle ginocchia, sempre meno stabili. C'era ancora lo stesso tappeto, scolorito al punto da lasciar giusto suggerire di essere stato rosso, un tempo, e tanto consumato
che sullo spigolo di diversi gradini si era strappato. Arrivata
all'ultimo piano ho fatto un grosso sospiro davanti a quella
porta che mi ero chiusa alle spalle mesi prima e, con le mani che tremavano, ho schiacciato il campanello. Un rumore
di passi sul parquet scricchiolante ha cominciato ad avvicinarsi sempre più, finché la porta si è aperta ed è apparso
davanti a me un signore di mezz'età, con la barba incolta, i
capelli in disordine e una pancia sproporzionata rispetto al
resto del corpo. Mi ha fatto pensare a Dimitri, che ci aveva
affittato la barca a Kastellorizo. Mi ha guardata dalla testa ai
piedi in silenzio e poi di nuovo dai piedi alla testa, senza
nessun bagliore di stupore sul volto o nella voce, bensì
ostentando un'indifferenza disarmante, come se si aspettas-

se di trovare un fattorino o un finto tecnico del gas. Mi ha chiesto: «Cerchi qualcuno o vendi qualcosa?».

«Cerco qualcuno. Cerco due ragazzi italiani, fratelli, Francesco e Nicolò. Dovrebbero vivere qua con la fidanzata svedese di uno dei due, Jeanette.»

«Di fratelli non ne so nulla. C'era una coppia qua. Ma si sono trasferiti. Mi hanno venduto quasi tutti i loro mobili spacciandoli per "in perfetto ordine". Il letto si è sfondato alla prima volta che mi ci sono sdraiato.»

Avrei voluto dirgli che forse era colpa della sua pancia, ma non mi sembrava il caso. Invece ho chiesto: «Sa a che indirizzo si sono trasferiti?».

«In Canada.»

«Come scusi?»

«In Canada, *ma chérie*», ha ripetuto più forte, come se potessi veramente avere solo un problema di udito e non di totale smarrimento davanti a quella notizia del tutto inattesa. «E se li ritrovi, fammi il piacere di dir loro che rivoglio i soldi del letto.»

Ha richiuso la porta senza aggiungere altro, sbattendola praticamente a un centimetro dalla mia faccia sbigottita. Mi sono ricaricata in spalla la sacca verde e ho ripercorso in discesa le scale, con uno stato d'animo ben diverso da quello di pochi minuti prima.

Una volta in strada, mi sono guardata attorno pensando a cosa fare: ero andata senza esitare a casa di Nicolò perché non volevo telefonare a Francesco, volevo presentarmi di fronte a lui in persona; non volevo che avesse il tempo di pensare, di scegliere se rispondermi o meno, volevo assistere direttamente alla sua prima reazione. Inoltre, non sapevo di preciso cosa dirgli, ma ero certa che avrei trovato le parole nel momento in cui l'avessi guardato negli occhi. Nicolò e Jeanette, però, erano spariti dall'altra parte del mondo e non sapevo nulla della vita di Francesco a Parigi, per cui non avevo alternative: mi sono rassegnata a tirar fuori il telefono dalla borsa e a comporre il suo numero sulla tastiera con i numeri e le lettere oramai scoloriti. Lo ricordavo a memoria, anche se Bea l'aveva cancellato dalla mia rubrica mesi prima, perché non fossi tentata di chiamarlo nei momenti di particolare malinconia o ubriachezza, così come tutti i suoi messaggi, dopo che li avevo metodicamente trascritti sulla Smemoranda.

«*TIM, messaggio gratuito: siamo spiacenti, il numero da lei chiamato non è attivo.*»

Ancora una volta, l'odiosa voce della signorina della TIM è riuscita a cancellare tutte le mie speranze in meno di dieci secondi, come quando Francesco era andato ad aiutare Nicolò in Spagna; all'epoca mi aveva informata, per giorni, che il numero chiamato non era raggiungibile; ora non era nemmeno più attivo. Francesco doveva aver preso una tessera francese, non doveva più aver usato né ricaricato quella italiana. Doveva averla dimenticata in un cassetto, o forse buttata. Potevo cancellare il suo numero dalla mia memoria, oltre che dalla rubrica.

Ho cercato di non farmi prendere dal panico, anche se sentivo salire in gola una gran voglia di piangere. Poi lo sguardo mi è caduto sulle vetrine rosse e blu del bar all'angolo della strada, dove io e Francesco avevamo preso *café crème et tartine*, ogni mattina che ci eravamo svegliati assieme sul suolo gallico. Quelle mattine in cui la prima cosa che vedevo, quando aprivo gli occhi, era il suo sorriso, come se non si fosse spento nemmeno nel sonno. Ho rimesso il telefono in tasca, ho ripreso la sacca da terra e ho attraversato la piccola strada a senso unico con passo deciso.

Appena entrata ho individuato dietro al bancone il proprietario del bar, che cinque mesi prima aveva riconosciuto in Francesco il fratello di Nicolò; stava lavando dei bicchieri, ma appena mi sono avvicinata al bancone, senza nemmeno sollevare lo sguardo, mi ha chiesto: «Cosa prendi?».

«A dir la verità sto cercando qualcuno. Lei conosceva un ragazzo italiano, Nicolò, che abitava qua di fronte. L'estate scorsa sono venuta qui con il fratello di Nicolò, Francesco, e lei aveva riconosciuto subito un'aria di famiglia. So che Nicolò si è trasferito in Canada, però Francesco immagino che abbia abitato qui con lui per un po' per cui, magari... ha conosciuto anche lui?»

«Certo, venivano spesso insieme.»

«Allora per caso sa, ora che Nicolò è partito, dove abita Francesco?»

«Francesco è partito prima di Nicolò. Saranno già due mesi. Dopo aver tampinato tutti gli espositori e probabilmente anche i visitatori di Paris Photo è riuscito a trovare un lavoro, ma negli Stati Uniti. È partito così, in fretta e furia. Non chiedermi dove negli Stati Uniti, perché va bene che mi piace chiacchierare con i clienti, però non è che io segua le loro vite nei minimi dettagli. So solo che quando Nicolò e Jeanette hanno avuto una proposta di lavoro a Montréal erano contenti perché sarebbe stato più facile incontrarsi con Francesco, ogni tanto.»

Nei minimi dettagli? Stava parlando degli Stati Uniti! Sapere per lo meno in quale stato si fosse trasferito non mi sembrava essere proprio un minimo dettaglio.

Mi girava la testa. Gli ho sorriso rapidamente, ho sussurrato: «Posso avere un caffè?», e sono andata a sedermi a un tavolo contro al muro. Ho acceso una sigaretta e mi sono lasciata cadere contro lo schienale imbottito della *banquette*. Ho sentito d'un tratto tutta la stanchezza delle ore di sonno perse avvampare in ogni muscolo del mio corpo.

Nel bar c'erano poche persone, eppure mi sembravano comunque tante per un 30 dicembre; le osservavo con invidia, avevo l'impressione che fossero tutte esattamente dove e con chi volevano essere, tranne me che ero sola, in una città straniera, senza avere la minima idea di dove dormire e di come proseguire la mia ricerca. Eppure, avrei voluto stare seduta in quel bar per sempre, mi sembrava impossibile muovermi, non avevo la più pallida idea di quale direzione prendere. Milano? Tornare a Bardonecchia? Una morsa di colpevolezza mi ha presa nuovamente allo stomaco, immaginando la scritta PARIG sul braccio di Viola, lei che si sveglia e ci mette un attimo a vederla e a capirla; il suo sguardo di disappunto; Viola che mi maledice, si sfoga con Bea e Cami, ma mi copre con i miei, sta dalla mia parte ancora una volta, come sempre. "Ti avrei aiutata a cercarlo, dovevi parlarmene. Non si parte in quel modo, le cose vanno organizzate con un minimo di razionalità", avrebbe detto. E sarebbe stato strano, perché Viola non era la razionale tra noi due: io ero quella con i piedi per terra, io quella che s'impuntava per frenare le sue follie. Io la guastafeste, un mare di volte, per quanto poi la maggior parte di queste lei finisse per ringraziarmi. Ma questa volta aveva ragione lei: Francesco mi aveva nuovamente spinta ad agire d'impulso, ma ero solo andata a sbattere contro un muro. Camilla aveva detto che l'amore vince sempre, ma dovevo contraddirla. Beatrice invece, se l'avessi chiamata in quel momento, mi avrebbe fatta scoppiare a piangere, mi avrebbe detto con tono severo "Sei una cretina", ma poi avrebbe aggiunto "Torna a casa" e una volta a casa mi avrebbero abbracciata forte.

Potevo immaginarmele perfettamente, tutte e tre chine su un unico cellulare, a cercare assieme le parole per chiedermi notizie, con la giusta cautela di chi non sa ancora se la storia abbia avuto un lieto fine, per poi decidere di lasciar perdere, aspettare che mi faccia viva io. Potevo immaginare le loro parole, i loro toni, i loro gesti; potevo immaginare l'ansia di Camilla, il disappunto di Bea, il sentirsi tradita di Viola. Le conoscevo alla perfezione perché le conoscevo da sempre, come loro conoscevano me. Eravamo cresciute insieme, c'eravamo viste cambiare ed eravamo cambiate insieme, c'eravamo modellate l'una sull'altra, avevamo plasmato le nostre personalità come in *Tetris*. O per lo meno, era sempre stato così: ci avevo sempre pensate come i blocchi che scendono via via più velocemente sullo schermo del Game Boy; eppure, in quel momento mi sono resa conto che la mia partenza improvvisa, quel mio colpo di testa, non avrebbero mai potuto prevederlo, mai nemmeno ipotizzarlo. Anche Camilla, per quanto quella mattina fosse stata felicissima di essere complice di quel gesto incredibilmente romantico, non aveva smesso di rivolgermi sguardi d'ammirazione, ma basiti, mentre guidava verso la stazione.

Ho acceso un'altra sigaretta e ho pensato che avrei voluto avere una zappa per scavare, scavare e tirare via tutto il tempo che era passato, come un bambino sulla spiaggia che scava fino a trovare la sabbia bagnata, perché è solo con quella che può costruire un castello. Volevo tornare a quando non c'era da scegliere l'università, da trovare un lavoro, a quando vivere il presente era abbastanza, a quando non c'era ancora nessun progetto per il futuro; a quando conoscevo i tratti del volto di Francesco a memoria e li ricalcavo con le dita la notte, nel buio; a quando avevo riscoperto il mio corpo in modo nuovo, attraverso le sue mani. Volevo tornare a noi.

Doveva essere passata più di un'ora quando il barista è venuto al mio tavolo, ha preso la tazzina, ha visto che non avevo nemmeno toccato il caffè, ormai gelido. Mi ha chiesto con voce gentile: «Ne vuoi un altro? Che sia caldo?».

«No, grazie.»

«Ok, dai, ti offro qualcosa di più forte e facciamo quattro chiacchiere, ma vieni con me che devo almeno fare finta di gestire questo posto.»

Siamo tornati insieme al bancone, lui ha ripreso la sua postazione di lavoro e io mi sono arrampicata su uno degli alti sgabelli davanti. Immaginavo che avesse almeno il doppio dei miei anni; aveva uno sguardo vivo e saggio, tipico di chi ha vissuto intensamente senza mai esserne stanco, stufo o assuefatto, di chi si è confrontato con le persone più diverse, di chi ha sulle spalle il carico dell'esperienza ma è ancora giovane nello spirito.

«Cosa vuoi bere?» mi ha chiesto. «Prima bevi e parli, poi ti offrirò anche un *croque monsieur*, perché non sono un irresponsabile e l'alcol a digiuno alle cinque di pomeriggio va tamponato.»

Gli ho sorriso riconoscente; trovavo i suoi modi spicci, diretti, profondamente teneri e gentili, ma di quella gentilezza sottile, non ostentata, che poi in fin dei conti è sempre la più vera. Ho esitato un attimo: ero abituata a bere quasi sempre whiskey-coca, ma quel giorno mi faceva paura, avevo l'impressione che se lo avessi ordinato avrei chiuso il cerchio, sarei tornata al punto di partenza, avrei cancellato tutto quello che c'era stato in mezzo, come se quasi un anno prima avessi ordinato quel cocktail da sola, senza bisogno di aiuto, fossi tornata da Viola, mi fossi sforzata di ballare, di tirare tardi, il giorno dopo fossi andata a scuola stanca e con la testa intontita, avessi commentato la serata precedente, avessi riferito nei minimi dettagli gli ultimi pettegolezzi a Bea e Cami che non erano potute uscire perché i loro genitori erano rimasti a Milano.

«Un mojito», ho chiesto.

Ne ha preparati due e passandomi il mio ha detto: «Non bevo mai con gli sconosciuti: io sono Philippe».

«Alice.»

«Bene, Alice, a cosa brindiamo?»

«A cosa brindiamo? Si brinda anche alle pene d'amore?»

«Si brinda a tutto! Tutto quello che ci faccia provare qualcosa.»

«Chissà quante ne hai dovute ascoltare di pene d'amore...»

«Ognuna è diversa, unica e speciale. E quindi interessante. Mi piace osservare le reazioni della gente: chi si abbatte, chi reagisce, chi sdrammatizza, chi resta malinconico per mesi. Chi si perde definitivamente, chi ne approfitta per cambiare; chi dimentica in fretta, chi trasforma la delusione in rabbia. C'è anche chi diventa violento, quelli sono gli unici che non ascolto, che caccio fuori dal bar e dalla mia vista. Il dolore deve far crescere, non rendere idioti.»

Ho pensato alla professoressa di filosofia del liceo che mi aveva detto: «Il dolore è fondamentale, sai? Leggi Nietzsche, ti aiuterà». Non lo avevo ancora fatto. Ho pensato che, per tutto quello che riguardava Francesco, non avevo mai seguito i consigli di nessuno, per primi quelli di Viola. Mi sono chiesta in quale categoria di persone mi avrebbe classificata Philippe: forse in quella delle ragazzine che nei film americani, il giorno stesso in cui vengono lasciate, mettono tutti gli oggetti, le foto, le cassette, i diari che potrebbero farle pensare all'ex ragazzo in una scatola, e poi mettono la scatola in garage (perché nei film americani c'è sempre un garage), ma non buttano mai nulla perché tutti sanno, pubblico compreso, che a breve quella scatola verrà riesumata. Io non avevo un granché da nascondere dalla mia vista, dato che Francesco non mi aveva mai regalato nulla e non ero il genere di ragazza che conservava i biglietti del cinema o gli scontrini dei primi appuntamenti: avevo solo relegato nell'angolo più buio e inarrivabile dell'armadio un piccolo sasso, preso su una spiaggia ligure davanti a una gelida alba arancione, insieme alle All Star fucsia. E avevo chiuso i pensieri in una scatola mentale, archiviata nel giro di un Maxibon mangiato in un bar anonimo delle vie intorno alla stazione Centrale. Ma come da copione, anche quella scatola aveva finito per essere riesumata.

Ho pensato a chi era invece tipo da conservare biglietti e ricordi: Camilla. Camilla aveva trasformato le scatole delle scarpe in scatole dei ricordi e le aveva nascoste nella scarpiera per mimetizzarle, perché sua madre non le individuasse e non scoprisse tutte le uscite proibite, i ragazzi incontrati, i segreti accumulati, che aumentavano in maniera direttamente proporzionale alle proibizioni.

Ho chiesto scusa a Philippe, che giocava a spingere verso il fondo i ghiaccioli del suo bicchiere con la cannuccia, solo per essere discreto e lasciarmi una sorta di privacy mentre chiaramente vagavo lontana con i pensieri. Ho tirato fuori il telefono e lui ne ha approfittato per andare a preparare il mio *croque monsieur*.

Cami ha risposto al secondo squillo, con voce eccitata: «Allora?? Dimmi dimmi dimmi! L'hai trovato? Sei con lui? Cos'ha detto? Come ha reagito?».

«Si è trasferito negli Stati Uniti due mesi fa. E suo fratello in Canada. Non c'è più nessuno qua.»

«Mi stai prendendo in giro?»

«No, Cami, purtroppo no. E non so nemmeno dove, negli Stati Uniti, manco fossero piccoli!»

«Ma da chi l'hai saputo che si è trasferito?»

«Dal proprietario del bar sotto casa sua. Cami, lui non me l'ha detto, se n'è andato senza dirmelo… Lo so che non ci sentivamo da mesi, ma finché era qua poteva pensare che un giorno sarei tornata a cercarlo. O almeno, io pensavo che lo pensasse! Invece evidentemente proprio no, dato che se n'è andato dall'altra parte del mondo, letteralmente, senza lasciarmi il minimo indizio. Quando si dice passare oltre… in questo caso è un eufemismo, lui è andato oltreoceano! E in tutto ciò io sono pure partita come un'idiota, senza soldi e senza un piano b. Ti prego, dimmi che Martin ti aveva dato il suo numero di telefono.»

«Chi?»

«Martin! Il parigino che ti sei fatta a Kastellorizo!»

«E pensi che avrei tenuto il suo numero di telefono?»

«Sì, Cami, perché tu tieni tutto. Non conosco nessuno a Parigi e non so dove andare, ti prego dimmi che ti aveva dato il suo numero.»

«Ok sì, me l'aveva dato nel caso in cui fossimo passate da Mykonos, ma non dire alle altre che l'ho tenuto.»

«Cami, non si stupirebbe nessuna, comunque non lo dirò. Ma dimmi che l'hai salvato sul tuo telefono, che non è su un bigliettino a Milano nella scatola dei ricordi…»

«Sì, l'ho salvato, l'ho salvato. Smettila di angosciarti.»

«Grazie, Cami!»

«Ma quindi quando torni?»

«Non ne ho la più pallida idea, domani penso. Cercherò un treno.»

«Ok, vado a riferire tutto a Viola, che è furibonda ma preoccupatissima.»

«Grazie. Mandami il numero per messaggio!»

«Ok. Baci.»

Due minuti dopo avevo sullo schermo del telefono il numero di Martin e per quanto mi vergognassi non poco, gli ho telefonato.

«Pronto?»

«Pronto, ciao. Martin?»

«Sì.»

«Sono Alice, una delle amiche di Camilla, che hai conosciuto questa estate in Grecia…»

«Chi?»

«Camilla… un'italiana… siete usciti insieme due giorni, a Kastellorizo, prima che voi partiste.»

«Oh, certo. E tu sei?»

«Alice.»

«Mmh...»

«Ascolta, sono un po' in difficoltà: sono a Parigi ma senza soldi e senza un posto dove dormire e non conosco nessuno. Non è che per caso potrei venire da te?»

«No, mi spiace. Vivo con la mia ragazza e non penso che apprezzerebbe. Né di avere un'altra ragazza in casa né di sapere come ti ho conosciuta...»

«Oh, ok. Ci stavi già insieme questa estate, giusto? Fantastico.»

«Se vuoi ti do il numero di Ludovic, ti ricordi? Era anche lui in Grecia.»

«Sì, mi ricordo, grazie! Sarebbe perfetto.»

«Te lo mando per messaggio. Ciao.»

«Ciao, ti saluto Camilla.»

«Sì, come vuoi.»

Avrei voluto urlargli addosso e insultarlo, prima di tutto per Cami, poi perché non si ricordava nemmeno il mio nome e poi anche per la sua fidanzata tradita; invece, potevo solo ringraziarlo con voce falsamente gentile e aspettare che mi spedisse il numero del suo amico. Come in effetti ha fatto.

Sperando che la conversazione fosse anche solo minimamente migliore, ho chiamato Ludovic, mi sono presentata di nuovo ricordando la brevissima storia tra Martin e Camilla e spiegandogli che era stato Martin a darmi il suo numero. Ludovic è stato decisamene più caloroso del suo amico, ma nemmeno lui si ricordava di me: «Oh, Alice, che piacere sentirti! Come stai? E le gemelle come stanno?».

Evidentemente quell'estate in Grecia ero completamen te invisibile. Ho fatto finta di niente e gli ho spiegato perché lo stavo chiamando.

«Accidenti, mi avrebbe fatto piacere ospitarti, ma sono dai miei per le vacanze di Natale, a Grenoble. Aspetta, fammi pensare... Édouard penso che rimanesse a Parigi, anzi sì, sono sicuro, domani sera ha una festa per il Capodanno. Ti ci potrà portare! Hai da scrivere?»

Ho fatto un segno con la mano a Philippe, che stava

236

uscendo dalla cucina con il mio panino fumante; mi ha passato una penna e un tovagliolo di carta. Ludovic mi ha dettato il numero di telefono, poi si è messo a ridere: «Peccato che tu non sia una delle gemelle, a Édouard era piaciuta un sacco quella con i capelli corti; com'è che si chiamava?».

«Alice.»

«Oh… ma… tu hai detto che sei…»

«Alice. Ciao, Ludovic, grazie per l'aiuto.»

Ho riattaccato prima ancora che provasse a salvarsi la faccia dalla sua fantastica gaffe.

Sono rimasta un momento a fissare il tovagliolino con su scritto il numero di telefono di Édouard, che avevo salutato in Grecia, davanti alla porta di casa della signora Eleni con due bacini e gli occhi bassi e che pensavo non avrei mai più rivisto in vita mia. L'avevo a malapena conosciuto, avevamo passato insieme solo una giornata e due serate, eppure era l'unico, a parte Francesco, che in tutto quell'ultimo anno fosse riuscito a strapparmi un sorriso di lusinga e due guance rosse, che mi avesse elettrizzato la pelle con il semplice contatto.

Philippe ha tirato un lungo sorso dalla cannuccia del suo cocktail, poi, appoggiando entrambi i gomiti al bancone, ha chiesto: «Fammi capire bene, sei venuta a Parigi per cercare Francesco, giusto?».

«Sì.»

«Con cui stavi questa estate.»

«Sì.»

«E ora non ci stai più.»

«No. Da quest'estate.»

«E non sapevi che si fosse trasferito in America fino a che non te l'ho detto io.»

«Esatto.»

«E non sai come rintracciarlo.»

«No. Mia sorella ha sentito dei suoi amici a Milano lamentarsi del fatto che non abbia mai mandato notizie a nessuno, non ha più il numero italiano e io non ho mai avuto un suo numero francese. Non ho il numero di suo fratello e sua madre si è trasferita chissà dove con il suo nuovo compagno e non conosco il suo cognome da nubile…»

«E allora che numero hai scritto su quel tovagliolo?»

«Che numero ho scritto? È il numero di…» Pensavo ai riccioli biondi che stonavano con la voce profonda. «…Di qualcuno che ho conosciuto quest'estate in Grecia.»

«Non eri qui a Parigi con Francesco questa estate?»

«Sì, ma prima ero in Grecia con mia sorella e due amiche.»

Philippe ha fatto un grande sorriso malizioso, si è messo quasi a ridere, ma ho subito smentito i suoi pensieri: «Non è niente di quello che immagini! È solo un ragazzo gentile che vive a Parigi e io non so dove passare la notte».

«Da dove sei arrivata?»

«Da Bardonecchia.»

«E come sei venuta?»

«In treno.»

«Se Francesco non è qua e non lo puoi trovare… Perché non torni a casa tua?»

«È quello che farò, domani: ora è troppo tardi, non ci son più treni.»

«Il bar resta aperto fino alle due: puoi rimanere qua. Anche oltre le due, io abito qua sopra.»

Ho guardato nuovamente il numero di Édouard sul tovagliolo che tenevo con entrambe le mani. Ho pensato alle nove conchiglie che avevo ributtato in mare dopo aver parlato con lui sugli scogli: le avevo lasciate scivolare via perché non rimanesse nulla di tangibile di quel momento, di quell'incontro. Eppure, qualcosa era rimasto, qualcosa a cui non avevo pensato per mesi, ma che era tornato a materializzarsi su quel tovagliolo nel giro di pochi minuti.

«Grazie. Faccio ancora questo tentativo e poi nel caso…»

Ho fatto un grosso sospiro e mi sono lanciata in quella terza telefonata, che mi sembrava molto meno imbarazzante delle due precedenti, eppure mi faceva tremare le mani, per tutt'altri motivi, che mi rifiutavo di ammettere.

«Pronto?»

«Pronto, Édouard?»

«Sì?»

«Ciao, sono Alice, ci siamo conosciuti questa estate a Kastellorizo.»

«Alice!» Mi sembrava di poter sentire il suo sorriso dall'altra parte del telefono, era quasi rumoroso tanto era sincero. «Come hai avuto il mio numero?»

«Me l'ha dato Ludovic e quello di Ludovic me l'ha dato Martin e quello di Martin me l'ha dato Camilla. È una lunga storia. Sono a Parigi, ma non ho soldi e non so dove andare. E non conosco nessuno.»

«Ti do il mio indirizzo, hai da scrivere?»

«Sì.»

«14 rue du Moulin-Joly. Tu dove sei?»

«All'angolo tra rue de Paradis e rue Bleue.»

«Ok, non sei lontana, hai bisogno che venga a prenderti? Sai come arrivare qua da me?»

«Non ti preoccupare, sono in un bar, chiedo a qualcuno qua di spiegarmelo.»

«Ok, ti aspetto, in mezz'ora dovresti arrivare.»

«Grazie, Édouard.»

Ho messo giù il telefono e mentre piegavo e mettevo in tasca il tovagliolo con scritti il numero e l'indirizzo di Édouard mi sono resa conto che stavo sorridendo, come in Grecia, sugli scogli, quando i nostri gomiti e le ginocchia bagnate si toccavano appena, le gocce salate colavano sulla faccia, facevano venire voglia di tirare fuori la lingua per catturarle, e il sole rimbalzava sull'acqua, faceva fare le smorfie e strizzare gli occhi. Era un sorriso imprevisto, spontaneo, genuino ma colpevole, perché era il sorriso del subconscio, che indifferente a tutto non può mai smettere d'immaginare nuove opzioni e strade alternative.

Édouard era esattamente come me lo ricordavo: grande. Occhi grandi, mani grosse, il corpo lungo e dinoccolato. Aveva i capelli più lunghi di quell'estate, riccioli biondi disordinati che cadevano da tutte le parti. E gli occhi da bambino, il sorriso sincero. Nel momento in cui l'ho visto, af-

239

facciato alla finestra del quarto piano, per urlarmi il codice da digitare al portone, ho sentito la tensione sparire dai muscoli delle spalle, dalla pancia, dalla gola. Mi ha aspettata sul pianerottolo mentre salivo le scale, appena sono arrivata al suo piano mi ha abbracciata, mi ha dato due bacini sulle guance e ha detto quasi ridendo: «Ma questa è una sorpresa davvero incredibile!».

Il suo appartamento era minuscolo: era un monolocale con un letto a soppalco, una cucina che mi faceva pensare a quella di un camper, per quanto non fossi mai stata in un camper in vita mia, e un bagno in cui si doveva quasi scavalcare il water per entrare nella doccia. Era anche incredibilmente disordinato: c'erano vestiti ovunque, oggetti ovunque, tazze e bicchieri ovunque, scarpe ovunque, CD ovunque. C'erano mensole stracolme di libri, di foto senza cornice, di tappi di champagne con delle date scritte a pennarello. Era tutto estremamente sincero, genuino. Non c'erano artefatti, non c'era bell'apparenza. Era solo un mini appartamento che trasudava vita, trasudava Édouard in ogni angolo.

Mi ha offerto da mangiare, ma avevo ancora sullo stomaco il *croque monsieur* di Philippe che avevo tranguugiato tra una telefonata e l'altra. Così è passato direttamente a offrirmi da bere. Abbiamo aperto una bottiglia di vino rosso e abbiamo cominciato a chiacchierare del più e del meno: «Come stanno le tue amiche?», «Com'è andata a Mykonos?», «Ti piace l'università?», poi al terzo bicchiere di vino, per lui a digiuno, ha trovato il coraggio di guardarmi negli occhi e chiedermi quello che gli ronzava nella testa fin dalla mia telefonata: «Allora, me lo dici che cosa ci fai qua? Senza soldi e senza saper dove andare?».

Era ovvio che prima o poi me l'avrebbe chiesto, eppure non mi ero preparata una risposta. Non avevo voglia di parlargli di Francesco, di quello che era successo dopo la Grecia, di quanto mi sembrasse insulsa negli ultimi mesi la mia quotidianità: cenare tutte le sere con i miei genitori, ascoltare i monologhi di mia madre, i silenzi di mio padre, i loro commenti sulla crisi di governo, Prodi sfiduciato,

D'Alema nominato, evitare i loro sguardi preoccupati, andare alle feste degli amici delle mie amiche, guardare film romantici senza piangere, perché le dighe non vanno mai aperte se non si è certi di saperle richiudere. Senza tutte quelle premesse, non potevo nemmeno spiegargli l'e-mail di Caterina, ma Édouard si meritava una risposta; e quegli occhi da bambino, che continuavano a fissarmi, si meritavano la verità.

«Cercavo qualcuno», ho risposto. «In Grecia, mi avevi detto che in ogni fuga si lascia qualcosa e si va verso qualcos'altro: io volevo lasciare l'apatia in cui ero sprofondata da qualche mese e volevo ritrovare qualcuno per rimediare a un errore. Ma non l'ho trovato.»

«E allora?»

«E allora... eccomi qua.»

«E che cosa pensi di fare?»

«Intanto per stasera, se a te va bene, pensavo di dormire su questo divano.»

Édouard ha finito con un lungo sorso il suo bicchiere di vino, poi è tornato a fissarmi, con un mezzo sorriso sulle labbra. Immaginavo non fosse sufficiente come risposta, immaginavo volesse più che altro sapere quanto contavo di rimanere a Parigi e se il fatto che non avevo trovato chi stessi cercando volesse dire che era una storia chiusa o solo rimandata. Ma ha avuto la gentilezza di non insistere; invece, si è alzato, ha detto: «Sto morendo di fame! Mi faccio una pasta, sicura che non ne vuoi un po'?».

«Sì grazie, ora ho fame anche io!»

Mentre cucinava ne ho approfittato per telefonare a Viola. Sapevo che il suo silenzio, il fatto che non mi avesse mandato nemmeno un messaggio in tutto il giorno, significava che era furibonda, come d'altronde mi aveva confermato Camilla al telefono, eppure non mi sentivo colpevole. Quando ha risposto non mi ha nemmeno salutata, è passata direttamente ai rimproveri: «Ti ci stai un po' affezionando a questa cosa di mollarci a metà delle vacanze... Posso sapere cosa ti è saltato in testa?».

«Viola, e dai, lo sai benissimo che cosa mi è saltato in testa.»

«Alice, era da settimane che non nominavi più Francesco. Sapevamo tutte perfettamente che pensavi ancora a lui, perché bastava guardarti: eri il ritratto della depressione. Ma se non volevi più parlarne, non stavamo certo a tirar fuori noi l'argomento. Però insomma, se ti mancava ancora così tanto, potevi cominciare con il dircelo.»

«Viola, ero stanca anche di lamentarmi, non mi serviva a niente.»

«Lo so benissimo, non sto dicendo che dovevi lamentarti o piangere o chissà che. Dovevi parlare con noi. Dovevi parlare con me! Potevamo studiare insieme un modo per ritrovarlo un po' più sensato, senza doverti ritrovare in una città straniera non sapendo nemmeno dove passare la notte!»

«Ascolta, non ho ragionato... avevo solo bisogno di agire, e ho agito.»

«Ma su quello ti dico: finalmente! Eri così passiva e indifferente, non provavi più gusto per niente, al di fuori dell'università... Però caspita, c'è modo e modo di reagire. Oltretutto, ti sei presa quella romantica di Cami come complice... un pochino ci hai ragionato! A proposito, Cami dice che non hai soldi.»

«Ho pagato il biglietto per venire qua con i contanti e gli altri contanti che mi restano devo tenerli per comprare il biglietto di ritorno. Non potevo usare la carta, se no il papà quando controlla l'estratto conto lo vede. Quindi non posso nemmeno usarla qua, se no come giustifico delle spese a Parigi? Tipo un albergo?»

«Ma quindi torni qui domani?»

«Be' direi di sì, cosa sto qua a fare?»

Édouard mi ha appoggiato un piatto di spaghetti in bianco sulle ginocchia, mi ha sorriso e ha detto sottovoce: «È tua sorella? Salutamela!».

Si è seduto sulla poltrona di fronte a me e ha cominciato a tagliare con il coltello il blocco di spaghetti incollati e sconditi nel suo piatto e a mangiarli con il cucchiaio. Ha rialzato lo sguardo con la bocca gonfia di pasta e vedendo i miei occhi spalancati e la mia faccia orripilata è scoppiato a ridere, ha mandato giù veloce e ha aperto la bocca per ridere ancora più forte. Ha cercato di giustificarsi dicendo: «Eh, dai, sono francese! Abbiamo altre cose che cuciniamo e mangiamo meglio di voi. Domani ti assicuro che mi prenderò la mia rivincita! Stasera non ero preparato...».

Ho sentito Viola che mi chiamava e cercava di attirare la mia attenzione: «Ali, ci sei?».

«Magari rimango un giorno in più.»

«Cosa stai dicendo?»

«Édouard deve cucinare per me. Ti tengo aggiornata. Non dire nulla alla mamma e al papà.»

Ho messo giù il telefono e ho impugnato con aria di sfida e smorfie esagerate il piatto che Édouard mi aveva lasciato sulle gambe.

Era il 30 dicembre 1998 e mentre avanzava fredda e scura la penultima notte dell'anno e nel modernissimo stereo di Édouard Mark Morrison ci proponeva *Return of the Mack*, io ridevo, ridevo di gusto, perché gli spaghetti erano indistricabili, di arrotolarli nemmeno a pensarci, potevo solo rassegnarmi a tagliarli col coltello.

17.

L'ultima mattina del 1998 mi sono svegliata sentendo il rumore di una porta che si chiudeva. Mi c'è voluto qualche secondo per ricordarmi dove fossi, con chi fossi e perché. Tutto il vino rosso che avevo bevuto prima di cena e poi ancora per cercare di mandare giù la pasta più cattiva che avessi mai mangiato in vita mia mi pulsava ancora nel cervello intontito. Quando ho avuto la forza di aprire gli occhi e mettermi a sedere ho visto che Édouard non era uscito, bensì rientrato con dei croissant e dei pain au chocolat, e stava preparando un'enorme caffettiera di caffè americano.

Dopo colazione, dopo una doccia, dopo aver trovato dei vestiti puliti nella mia sacca preparata alla rinfusa, di fretta, al buio, accanto a Viola che dormiva, dopo essermi vestita facendo le contorsioni nel bagno microscopico, siamo usciti.

Édouard si muoveva sicuro, disinvolto, parlava senza sosta, mi raccontava la storia di quelle strade e la sua storia in quelle strade, in cui era cresciuto. Mi ha fatto vedere la sua scuola, la vecchia casa dei suoi nonni, il bar che frequentava al liceo e quello più nascosto dove si nascondeva quando bigiava. Era un autentico figlio di Belleville, aveva quella città, quel quartiere nel sangue, come io avevo Milano, l'altezzoso quartiere attorno a Sant'Ambrogio. Lo seguivo curiosa e divertita e allo stesso tempo ringraziavo il cielo che mi avesse portata in una zona in cui io e Francesco non avevamo messo piede: un quartiere popolare, senza turisti, senza musei, senza l'arrogante spocchia dei grandi palazzi haussmaniani, senza artisti di strada, senza il Sacré-Cœur all'orizzonte. Potevo quasi illudermi di essere in un'altra città ed evitare di fare confronti con la Parigi che avevo visto e vissuto in agosto. Siamo andati in un grosso mercato nella corsia centrale di boulevard de Charonne, dove Édouard ha fatto incetta di formaggi, e poi mentre risalivamo verso casa mi ha chiesto: «Vuoi vedere una cosa divertente?».

Mi ha portata nel cimitero del Père-Lachaise e, orientandosi svelto tra le tombe, mi ha guidata fino a quella di Jim Morrison. Davanti c'erano persone di ogni età, con i capelli rasta o la barba lunga, alcuni stavano seduti e fumavano con l'aria contrita, altri appoggiavano semplicemente dei fiori, davano una carezza al marmo e si allontanavano con lo sguardo basso.

Ci siamo seduti anche noi, poco lontani, abbiamo acceso una sigaretta e siamo rimasti a osservare e commentare quei fan così fedeli al loro mito, anche a ventisette anni dalla sua scomparsa, da essere quasi affascinanti. Quando siamo tornati in strada, nel gelo dell'ultimo dell'anno, il giorno stava già volgendo al termine, il cielo scuriva lentamente, ma le strade erano ancora affollate.

Tornando a casa Édouard si è fermato a comprare una baguette ed è uscito dalla boulangerie tenendola al centro, avvolta in un piccolo quadrato di carta bianca, come il più classico stereotipo dell'uomo parigino. Appena arrivati a casa, ha assaggiato tutti i formaggi che aveva comprato, ha tagliato un pezzo di baguette anche per me e mi ha detto: «Va bene, non ho cucinato, ma assaggiali e vedrai che mi perdoni la pasta di ieri sera!».

«Te l'ho già perdonata con i pain au chocolat di stamattina!» ho risposto tirando fuori il telefono dalla borsa per chiamare Viola. Mi ha risposto al secondo squillo, ho immaginato tenesse il telefono in tasca per non perdere la mia chiamata: «Alla buon'ora! Quando pensavi di darmi notizie? Allora, hai comprato il biglietto? Quando arrivi?».

«Mmh, a dire la verità oggi non sono andata in stazione...»

«E che hai fatto?»

«Abbiamo guardato dei fan di Jim Morrison completamente matti rendergli omaggio davanti alla sua tomba.»

«Per tutto il giorno?»

«No! Ci siamo svegliati tardi, poi siamo andati al mercato... abbiamo fatto un giro turistico dei luoghi d'infanzia di
Édouard...»

«Come va con lui?»

«Bene, è adorabile.»

«Certo che è adorabile, e ti mangia con gli occhi. Allora
già che sei lì potresti farci un pensiero e... divertirti.»

«Viola, sai benissimo per quale motivo sono qui.»

«Già, ma quel motivo è scomparso. Le cose non vanno
sempre come le avevamo programmate, non penso di do-
vertelo insegnare io, o sbaglio? Non sei tu quella che è diventata così imprevedibile e impulsiva? O sei impulsiva solo
quando si tratta di Francesco?»

Era una buona domanda, alla quale però non sapevo rispondere; non ho comunque avuto bisogno di farlo, perché
Édouard si è avvicinato e ha urlato nel telefono: «Non ti
preoccupare, ci penso io a farla divertire questa sera!». Poi
ha aggiunto sottovoce, rivolto a me: «È tua sorella giusto?».

Ho salutato Viola, le ho promesso di chiamarla il giorno
dopo, le ho chiesto di salutare Cami e Bea, ho augurato a tutte e tre buon anno e buona serata. Mi dispiaceva non essere
con loro, non cominciare insieme l'ultimo anno del millennio, ma non avevo voglia d'intristirmi né di lasciarmi andare
a possibili dubbi e ripensamenti. Ho messo giù il telefono e
sono andata ad assaggiare i formaggi che stavano appestan-
do tutto l'appartamento, eppure sembravano invitanti.

La festa degli amici di Édouard era a casa dei genitori di
uno di loro, partiti per le vacanze. Era un appartamento
grande, elegante, con un numero imprecisato di camini, so-
vrastati da grandi specchi con cornici dorate e mobili visibil-
mente costosi che erano stati spinti ai bordi delle stanze per
fare spazio. Alle nove di sera era già pieno di persone che stonavano con quello stile classico e raffinato, ma che si muovevano perfettamente a loro agio. Fumavano tutti moltissimo e
l'aria era annebbiata nonostante le finestre spalancate.

Mi sono chiesta se fosse una situazione simile a quella
che si era verificata a casa nostra durante le vacanze di Pa-

squa, quando la festa di Viola era degenerata, ma non sembrava così: chiunque arrivasse conosceva già il codice d'ingresso del portone e portava con sé una bottiglia di champagne, che veniva subito messa in fresco nella vasca da bagno piena di cubetti di ghiaccio. Si salutavano tutti con due bacini sulle guance, uomini o donne che fossero. Le ragazze avevano uno stile spaventosamente sobrio, soprattutto per essere una festa di Capodanno, ma curato nel minimo dettaglio; parlavano sottovoce e tendenzialmente sorridevano molto poco. Tra i ragazzi invece spopolavano i cardigan a V, che a Milano avevo visto addosso solo a mio padre o ai suoi amici che venivano a cena – e che io, Viola e Tommaso eravamo obbligati ad andare a salutare, anche se eravamo già in pigiama e stavamo guardando un film: così, dalla prima pubblicità rimandavamo alla seconda e poi alla terza, ma tanto quell'odiosissimo giro in salotto lo dovevamo comunque fare. Non era però solo la moda a farmi sembrare tutto diverso, per quanto quei ventenni o poco più, alla loro festa di fine anno, in fin dei conti non facessero altro che ballare, chiacchierare, bere e fumare, esattamente com'era accaduto a qualsiasi festa fossi stata a Milano, Bardonecchia o Camogli. Non conoscevo le canzoni, lo champagne scorreva a fiumi – mentre da noi avrebbe potuto essere birra a buon mercato –, sul tavolo del buffet c'era una montagna di baguette e un enorme vassoio ricoperto di ogni genere di formaggio e diversi paté; le sigarette, perennemente accese, una dopo l'altra, senza sosta, erano quasi più un ornamento, un completamento delle dita, accostate alla bocca con grazia e aspirate lentamente.

Ero un'estranea in quel quadro. Eppure, non mi sentivo a disagio, bensì inebriata, sedotta da un mondo a un passo da me ma allo stesso tempo così distante, un mondo che potevo toccare con mano, ma che non era il mio.

All'avvicinarsi della mezzanotte, mi sono chiesta che cosa stessero facendo Viola e Bea e Cami nel rifugio di Bardonecchia: dovevano aver finito di cenare, sedute a lunghe tavolate vivaci, con grandi piatti di polenta, salsiccia e fonduta e probabilmente stavano già ballando sui tavoli di legno o fumando nella neve, senza sentire il freddo, anestetizzate dall'alcol o dalla voglia di sedurre qualcuno.

Mi sono appoggiata al davanzale di una finestra spalancata, un bicchiere di champagne in una mano, una sigaretta nell'altra, lo sguardo rivolto ai gruppi di ragazzi chiassosi che per strada si affrettavano verso dei dove che non conoscevo, per essere pronti a brindare e ad accogliere a gran voce quella nuova pagina di calendario, quella nuova data, nuovi sogni, nuovi progetti, buoni propositi e tante promesse. Che poi si sa, svaniscono con la stessa rapidità dei postumi del giorno dopo. Mi sono chiesta dove sarei stata io, quella sera, se avessi ritrovato Francesco a Parigi: se saremmo stati in un letto a guardare il Sacré-Cœur illuminato e a recuperare il tempo perduto; o se invece sarei stata di ritorno a Bardonecchia con la coda tra le gambe e il cuore definitivamente spappolato, perché Francesco era passato ad altro, mi aveva dimenticata e non aveva più spazio per me nella sua vita.

Un ragazzo con un cardigan marrone e un lungo ciuffo di capelli che gli cadeva di continuo sull'occhio sinistro, gli faceva tenere la testa leggermente inclinata verso la spalla, si è appoggiato al davanzale accanto a me. Mi ha fissata in modo insistente ma silenzioso finché non mi sono decisa a voltarmi verso di lui, allora con un sorriso beffardo mi ha chiesto: «Tu sei l'italiana che sta a casa di Édouard?».

«Sì.»

«E ti chiami?»

«Alice.»

«E chi sei?»

«In che senso?»

«Chi sei per Édouard? Che cosa ci fai a casa sua?»

«Non so quanto la cosa ti riguardi... E soprattutto, perché lo vuoi sapere?»

«Perché qua hanno cominciato a girare le scommesse. Non aveva mai parlato di un'italiana e ora tu vieni a passare le vacanze di Natale da lui.»

«Non sono venuta a passare le vacanze da lui.»

«Allora ecco la domanda: che cosa ci fai a casa sua?»

Non ne avevo idea. La sera prima sarei potuta rimanere

nel bar di Philippe fino alla chiusura e anche oltre, come lui stesso mi aveva proposto, e poi aspettare in stazione il primo treno del mattino per tornare in Italia, dalle mie amiche, alla mia vita; che non conoscessi Philippe, mentre Édouard sì, per quanto poco, era una scusa puramente razionale, ma non sincera. Sarei potuta andare in stazione quel giorno stesso, anziché vagare per Belleville, andare al mercato e visitare il cimitero delle persone famose. Non mi piacevano le domande insistenti di quello sconosciuto arrogante, ma forse non era solo il suo modo di fare spocchioso a darmi fastidio.

Ho cercato Édouard con lo sguardo e quando lui ha notato che lo stavo fissando si è avvicinato, mi ha presa per mano e mi ha convinta a ballare il rock, come non avevo mai fatto in vita mia, nemmeno per gioco. Allora ho pensato che aveva ragione Viola, ancora una volta, e che tutto era completamente imprevedibile, per cui tanto valeva seguire il ritmo, anche se non lo conoscevo, e lasciarmi portare. Ballare senza prevedere i passi, senza l'esercizio della danza classica, senza indicazioni né correzioni: semplicemente ballare; semplicemente vivere, senza riflettere. E questa volta, farlo solo per me.

Pochi minuti più tardi c'è stato il classico conto alla rovescia – che quello è uguale in qualunque paese e in qualunque parte del mondo – e poi le urla di «*bonne année*» e i baci sulle guance dati a chiunque, anche se non ci si conosce e alcuni ne approfittano per baciare sulla bocca e alcuni sono anche contenti e non si staccano più.

Abbiamo continuato a ballare per ore e a bere champagne per ore. Quando ci siamo ritrovati di nuovo per strada, barcollanti e stanchi, il cielo cominciava già a schiarire e dalle boulangerie usciva un profumo meraviglioso. Édouard ha provato a bussare a due o tre vetrine, finché un grosso signore sporco di farina, particolarmente magnanimo, o particolarmente esasperato, gli ha aperto e gli ha venduto due croissant. Li abbiamo mangiati ancora caldi, risalendo verso casa sua, lungo piccole stradine finalmente silenziose, finalmente addormentate, mentre il sole avanzava sbadigliando sul primo giorno di un nuovo anno, per l'ultima volta del millennio.

Il 1999 è sopraggiunto come una grossa onda, lenta, che piano piano ti porta su e d'un tratto ti accorgi di essere in alto, sulla cresta, senza schiuma e senza affanno. Quando ho aperto gli occhi nel pomeriggio ormai inoltrato del 1° gennaio, il 1999 era lì, con la sua distesa di giorni sconosciuti davanti a me. E non aveva fatto rumore, nessuna irruzione eclatante, non aveva portato con sé promesse né buoni propositi. A differenza di quello che mi aveva scritto Caterina, non avevo nemmeno particolari aspettative per quell'anno da fine del mondo. Avevo passato la notte a ballare con persone di cui non ricordavo i nomi, di cui non conoscevo le storie né le famiglie, di cui non comprendevo i codici linguistici o d'abbigliamento, persone che non sapevo interpretare e classificare, come mia madre mi aveva tacitamente insegnato a fare fin dalla nascita. Ero stata completamente persa, senza alcun punto di riferimento, senza alcun senso dell'orientamento sociale, ma non mi ero sentita sola, bensì libera e leggera.

Mentre tenevo gli occhi fissi sulle assi del soppalco su cui dormiva Édouard, nella speranza che tutta la stanza attorno la smettesse di girare vorticosamente, mi sono chiesta come quelle persone avessero visto me, come potessi apparire a occhi nuovi, stranieri, neutrali. Ma soprattutto, come *volevo* apparire? Chi volevo essere?

Caterina aveva detto "non avere paura di sceglierti", aveva parlato di scrivere noi stesse la sceneggiatura della nostra vita, di non incarnare personaggi imposti da nessuno. Francesco aveva parlato di dipingere un quadro nuovo, a partire da una tela bianca, senza macchie e senza errori, senza colori preesistenti a determinare le proprie sfumature. Quelle due persone che nemmeno si conoscevano, che nemmeno sapevano dell'esistenza l'uno dell'altra, avevano in fin dei conti detto la stessa cosa. E io sapevo che quel giorno sarei dovuta andare in stazione, sapevo che dovevo comprare un biglietto del treno per Bardonecchia, ritornare dalle mie amiche e, due giorni dopo, tornare a Milano, perché dovevamo studiare per la prima sessione di esami e perché i genitori di Beatrice sarebbero arrivati in montagna con amici e noi avremmo dovuto liberare la casa e i nostri genitori si aspettavano che tornassimo a Milano. Lo sapevo, ma in quel momento l'unica cosa che volevo era chiudere gli occhi, mettere in pausa la realtà, rimanere sospesa in quel luogo sconosciuto, dove non conoscevo nessuno e nessuno conosceva me. Dove non avevo una storia, non avevo un passato e, proprio per quello, potevo avere qualunque futuro desiderassi. Sapevo che c'era una realtà a cui tornare, ma in quel momento desideravo con tutta me stessa rimandare quel risveglio. Aspettare. Non sapevo bene che cosa, ma quanto meno che la stanza smettesse di girare.

Quando ho sentito Édouard che si alzava mi sono messa a sedere sul divano letto, gli ho detto: «Buon anno!».

«Buon anno, Alice!»

Ha riso per i miei occhi neri come un panda per il trucco colato durante le poche ore di sonno ed è andato a preparare il caffè. Io l'ho raggiunto e mi sono seduta al piccolo tavolo rotondo.

«Sei stato carino a non chiedermi per quanto avrei invaso casa tua, ma non ti preoccupare, mi sa che oggi devo prendere una decisione.»

«Oggi? Non si prende nessuna decisione il primo dell'anno! Si è sempre pieni di coraggio e speranza e… fiducia: ci sono queste date che ti fanno credere che la tua vita intera possa cambiare, come il compleanno o Natale o, per l'appunto, Capodanno, ma è una sensazione che domani mattina sarà già scomparsa, per cui oggi non prendi nessuna decisione! Domani se vuoi.»

«Ok», ho risposto sorridente e sollevata.

«Piuttosto, hai una qualche tradizione per il primo dell'anno?»

«No… Magari per il Capodanno: mangiamo le lenticchie perché si dice che portino fortuna; ma il primo dell'anno di solito è una giornata in cui si è tutti solo stanchi e comatosi.»

«E non hai nessun rituale?»

«Un rituale vero e proprio no, di solito vado a prendere una cioccolata con le mie amiche e poi guardiamo un film.»

«Ok», ha risposto infilandosi nel piccolo bagno e ho sentito che faceva scorrere l'acqua della doccia.

Un'ora più tardi eravamo da Angelina, una vecchissima istituzione parigina di fronte alle Tuileries, e sorseggiavamo con finto ritegno e ostentata compostezza la cioccolata calda più buona della mia vita. Era uno di quei posti dove, non appena ci metti piede, la tua voce si abbassa automaticamente di venti decibel e insieme alla cioccolata ti portano tre minuscoli biscottini; tre, di numero, disposti con perfetta simmetria su un piatto smisuratamente grande e tu ne mangi uno, due, ma non hai il coraggio di toccare anche il terzo, per quanto siano squisiti.

Siamo tornati a casa in autobus, ma prima di salire Édouard è voluto passare in un piccolo negozio di alimentari, di quelli dove tutto costa tre volte tanto, ma sono aperti quando il resto del mondo attorno sembra in letargo, o pronto per l'armageddon. Ne è uscito con una scatola di lenticchie, me l'ha data dicendo: «Spero che portino fortuna anche se vengono mangiate l'1 e non il 31».

Guardavo quella scatola di metallo, cinquecento grammi di *lentilles cuisinées*, e mi sembrava uno dei regali più dolci che avrei mai potuto immaginare. Continuavo a fissarla, con il sorriso sulle labbra, negli occhi, nel cuore. Édouard ha cercato di sdrammatizzare dicendo: «Sono solo delle lenticchie!».

Ma sapevamo entrambi che erano molto di più: erano tutta l'attenzione di cui lui era capace; erano la sua gentilezza silenziosa, senza convenevoli, fatta di gesti veri anziché di parole vuote. Gli ho dato un bacio su una guancia e ho ripreso a camminare accanto a lui, stringendo il mio regalo tra le mani.

A casa ha messo un film nel videoregistratore assicurandomi che era un classico della sua adolescenza, un capolavoro di comicità popolare, ma era un umorismo estraneo alla mia cultura, che non mi diceva assolutamente nulla. Eppure, mi sono ritrovata a ridere, anche se non capivo le battute, solo perché la risata fresca e sonora di Édouard era contagiosa. Allora, mi sono resa conto che quel ragazzo dai riccioli biondi, le mani grandi e gli occhi infantili mi aveva strappato la prima risata dell'anno e mi sono detta che il 1999, senza particolari promesse, stava già portando qualcosa di buono.

Il giorno dopo Édouard doveva andare a pranzo dai suoi genitori e mi ha proposto di ritrovarci appena dopo; gli ho risposto che ne avrei approfittato per andare in stazione, cercare un treno per Bardonecchia, o forse già per Milano, e fare un giro.

Mi sono incamminata a piedi verso la Gare de Lyon, evitando accuratamente di passare da place des Vosges, dove cinque mesi prima io e Francesco avevamo fatto un lungo pic-nic e poi eravamo rimasti sdraiati al sole, sul prato affollato, lui aveva giocato con il mio ombelico, mi aveva fatto il solletico con dei fili d'erba strappati e aveva detto: «L'uomo ha pensato per secoli che la terra fosse ferma al centro dell'universo e poi si è scoperto che girava attorno al sole e poi che nemmeno il sole è il centro, ma solo una stella come altre».

«Vedo che almeno Galileo l'hai studiato.»

«Scema! Voglio dire: chi se ne frega di quale sia il centro, no? Tanto poi tutto è relativo. Io penso che sia più importante che ognuno trovi il proprio di centro, attorno a cui ruotare, un centro di gravità che ti tenga con i piedi per terra.»

Mi aveva dato un bacio sull'ombelico ed era tornato a sdraiarsi accanto a me, le teste vicine, i capelli che si mescolavano.

Arrivata alla Gare de Lyon ho tirato fuori il telefono dalla borsa, perché non avevo alcuna voglia di comprare quel biglietto e volevo chiamare Viola: speravo che la sua voce mi facesse tornare già un po' a casa, mi convincesse che era la direzione giusta da prendere e non solo l'unica alternativa possibile. Ho visto sullo schermo 5 CHIAMATE PERSE e il simbolo della bustina in alto a sinistra che lampeggiava, a indicare che avevo ricevuto così tanti messaggi che non c'era più spazio sul telefono, ce n'erano ancora altri in coda che attendevano nell'etere Omnitel. Ho guardato la lista delle chiamate perse: Viola alle dieci di mattina, poi mia madre un'ora più tardi e dieci minuti dopo, ancora Viola a mezzogiorno e ancora mia madre.

Mi sono resa conto che avevo dimenticato il telefono in modalità silenziosa, come l'avevo messo quella mattina quando l'avevo acceso, per non rischiare di svegliare Édouard. Le ginocchia hanno cominciato a tremare, ho dovuto sedermi su una panchina e con mani incerte ho aperto la casella dei messaggi. Prima di tutto ce n'era uno di Beatrice: I miei hanno chiamato, arrivano un giorno prima, cioè oggi!!, poi uno di Viola: Ho provato a chiamarti, perché non rispondi??? Cosa dico alla Isa? Poi cominciavano quelli di mia madre: Spero che tu abbia un'ottima spiegazione per non essere a Bardonecchia a casa della tua amica. Richiamami immediatamente. Se non rispondi al telefono immediatamente non riesci neanche a immaginare la punizione che ti becchi. Tua sorella non vuole parlare, con lei me la vedo domani, ma tu torni a casa immediatamente.

A ogni messaggio che cancellavo sentivo il *tin-tin* di uno nuovo che arrivava e in ognuno mia madre utilizzava la parola "immediatamente". La immaginavo in preda a convulsioni isteriche, abituata com'era di solito a ottenere *immediatamente* quello che voleva. Ho cercato di concentrarmi per costruire una bugia abbastanza credibile da giustificare la mia sparizione, ma non ho avuto abbastanza tempo, perché il telefono ha cominciato a suonare di nuovo: era mia madre che chiamava, ancora, e quella volta ho dovuto rassegnarmi a rispondere.

«Dove sei?»

«Ciao, mamma.»

«Alice, sto cercando di rimanere calma. Non appena arrivi a casa ti distruggo, ma ora sto cercando di rimanere calma. Quindi dimmi: dove sei?»

«A Parigi.»

Ho sentito un lungo silenzio nel telefono, l'ho anche allontanato dall'orecchio per guardare se si era spento, per caso. Poi mia madre ha ripreso a parlare, lottando con tutta sé stessa per non sbranare la cornetta: «A Parigi! Tu dovresti essere con tua sorella e le tue amiche a Bardonecchia, a casa di nostri amici, e invece sei... a Parigi!».

«Ti posso spiegare.»

«Oh, ci puoi giurare che mi spieghi! Ora mi spieghi immediatamente cosa ci fai a Parigi, come ci sei andata, quando ci sei andata, con chi e perché.»

«Sono da sola, ho preso un treno e sono... appena arrivata.»

Ho sperato che almeno quella bugia riuscisse a non essere smentita e potesse attenuare la mia condanna.

«E perché?»

«Perché... volevo... vedere qualcuno.»

«Alice! Alice, tu non prendi un treno per andare all'estero senza averne prima parlato con me e tuo padre. E poi perché? Per un capriccio da ragazzina innamorata che vuol vedere qualcuno? Ma stiamo scherzando? Chi poi, potrei sapere chi volevi vedere?»

«Non è un capriccio da ragazzina innamorata, è che...» e lì mi è venuta un'illuminazione, non so come, ma l'idea mi è sembrata subito perfetta, «è che volevo fare una sorpresa e se te lo avessi detto, non ti offendere, ma so che non saresti riuscita a mantenere il segreto. Volevo vedere Tommaso.»

Potevo immaginare i muscoli facciali di mia madre già distendersi, gli occhi quasi sorridere. Così ho deciso di rincarare la dose: «Mi è dispiaciuto troppo che non sia tornato a Milano per Natale, anche se capisco perfettamente che avesse voglia di fare il suo viaggio in Messico e avendo solo una settimana di vacanza gli costasse molto meno partire il 24 notte. Però... avevo voglia di vederlo».

Ero certa di aver toccato il suo tasto sensibile, eppure la sua voce non si è addolcita, anzi, si è fatta ancora più nervosa, spazientita.

«Alice, ma mi prendi per scema? Tuo fratello sta a Londra, non a Parigi!»

«Certo, lo so che sta a Londra, ma non c'è un treno diretto per Londra da Bardonecchia. Ho fatto scalo a Parigi.»

«Già, perché ti sembrava molto più sensato che tornare a Milano e prendere un aereo...»

«Te l'ho detto, non avrebbe funzionato la sorpresa.»

«E chi se ne frega della sorpresa! Ti sembra una ragione

sufficiente per vagare per l'Europa senza la nostra autorizzazione? Senza averci nemmeno informati! E poi, perché tua sorella non è con te?»

«Perché deve studiare, mentre io posso prendermi qualche giorno in più, ho già studiato bene prima di Natale con Caterina.»

«E quindi adesso prenderesti il treno per Londra?»

«Sì... no... in realtà non c'è più posto oggi, lo prenderò domani.»

«Ma ti rendi conto che sei in una città straniera da sola, senza un posto dove andare?»

«Non ti preoccupare mamma, dormo qua nell'albergo della stazione.»

«Nell'albergo della stazione? Le stazioni sono sempre posti malfamati! Lo vedi che sei un'immatura? Un'irresponsabile e immatura!»

«Ma no, è la Gare de Lyon, è in centro città, va benissimo.»

«La Gare de Lyon? Ma il treno per Londra non parte dalla Gare du Nord?»

Accidenti a mia madre e alla sua attenzione per i dettagli!

«Sì, certo. Ma ora sono appena arrivata alla Gare de Lyon e mi sono informata qua per i treni per Londra. Si possono comprare anche qua e poi si parte da là.»

Mia madre ha sospirato forte dentro alla cornetta.

«Quindi tu volevi andare a Londra, ma sei a Parigi e devi partire dalla Gare du Nord, ma sei alla Gare de Lyon. È tutto molto confuso il tuo racconto, o il tuo ammasso di scuse improvvisate.»

«Non sono scuse.»

«Ascolta, se vuoi veramente andare a trovare tuo fratello, sai benissimo che questo mi rende solo molto felice. E questa cosa che io non sappia tenere i segreti è assurda: saresti benissimo potuta tornare a Milano e prendere un aereo diretto da qua e io non avrei detto nulla a Tommaso. Anzi, avrei potuto darti un po' di cose per lui, un regalino, delle cibarie...»

«Mamma, gli hai appena mandato uno scatolone prima di Natale.»

«E allora? Vai, vai a trovarlo e vedi come vive, povero ragazzo. Convivono in tre in un appartamento grande come quello del nostro portinaio!»

«Cosa ne sai di com'è l'appartamento del nostro portinaio?»

«Oh, lo so, e Tommaso dovrebbe essere più umile e accettare i soldi che tuo padre gli offre, ma questo non ti riguarda. Piuttosto, mia cara, non pensare di cavartela così, perché avrai anche diciott'anni, o diciannove settimana prossima, ma non vai in giro, da nessuna parte e tantomeno all'estero, senza il nostro permesso. E quando torni da Londra ne riparleremo molto seriamente, con anche tuo padre. È chiaro?»

«Sì, mamma.»

Ero alquanto fiera di me, perché per quanto mia madre dicesse di non sperare di cavarmela così, sapevamo benissimo entrambe che me l'ero appena cavata così. L'unico problema era che ora dovevo andare a Londra e dovevo far comparire sul mio estratto conto il pagamento di una camera in un albergo vicino alla Gare de Lyon.

Ho raggiunto Édouard in un bar di rue Oberkampf dopo aver cercato per ore una camera d'albergo disponibile, aver comprato un biglietto dell'Eurostar ed essere passata da casa a recuperare tutte le mie cose. Quando Édouard mi ha vista comparire con la sacca ha fatto una faccia sorpresa e palesemente delusa. Gli ho restituito le chiavi di casa, ma le ha lasciate sul tavolino, senza toccarle. Ho raccontato tutta la telefonata con mia madre, la scusa geniale di voler vedere mio fratello che mi era balenata in testa all'improvviso, ma che ora mi aveva incastrata in quel viaggio a Londra e anche dell'albergo che avevo dovuto prenotare per rendere il tutto davvero credibile.

«Così finalmente libero il tuo divano letto!»

«Non mi davi nessun fastidio.»

«Ma dai, ti ho invaso la casa così, senza preavviso e senza darti nemmeno una data di scadenza. Sei stato fin troppo gentile. Stasera offro io e brindiamo con qualcosa di più serio, che il vostro vino sarà anche buono, però...»

Sono andata al bancone e sono tornata con sei bicchierini di tequila, una ciotolina di sale e delle fette di limone. Abbiamo fatto tintinnare i bicchieri, senza osar brindare a nulla, abbiamo leccato il sale sulle nostre mani in contemporanea e abbiamo bevuto veloce quel liquido chiaro, che ogni volta mi bruciava la gola, e poi ci siamo guardati con entrambi il limone in bocca. Édouard ha sfilato quasi subito quel sorriso giallo e facendosi serio, senza distogliere gli occhi dai miei, ha detto: «Voi mangiate le lenticchie il 31 dicembre, noi invece esprimiamo desideri con le ossa del pollo a Natale. Quest'anno io ho chiesto di rivederti e a mio fratello è rimasto in mano l'osso più piccolo. Cinque giorni dopo sei comparsa. Che tu sia arrivata senza preavviso, è stato il mio regalo di Natale in ritardo. E che tu abbia dormito tre notti sul mio divano è vero, mi ha dato fastidio, ma solo perché avrei preferito che tu fossi nel letto con me».

Continuava a guardarmi, con i suoi grossi occhi blu, occhi buoni, occhi insistenti. Era uno sguardo quasi soffocante. Ho dovuto distogliere il mio, farlo vagare per il bar, sul tavolino, sugli shot davanti a noi. Ne ho bevuto un altro, dimenticando il sale e il limone, mi è venuto da tossire. Poi ho cominciato a parlare, rigirando il bicchierino vuoto tra le dita, cercando di sostenere il suo sguardo, ma dovendo abbassare il mio ogni due parole.

«Édouard sono stata bene questi tre giorni con te. Non erano previsti e sono stati... belli. Non saprei come altro descriverli. Sono stata bene, sono stata davvero bene. L'altra sera, alla festa dei tuoi amici, non ero nessuno, non ero veramente nessuno per loro. Non avevo un nome, ero solo una tabula rasa, una novità senza storia e senza scia, senza legami, senza un passato. E mi è piaciuto così tanto non essere nessuno. Che poi in realtà vuol dire poter essere chiunque, nel modo più libero che abbia mai provato in vita mia. Ora devo andare a Londra, ma mi sto sul serio chiedendo se dopo voglio tornare a Milano... oppure no. Non che abbia un'idea precisa su cosa fare o dove andare... Affatto! In questo momento sono così confusa. Solo mi chiedo se tornare alla mia vita milanese, che negli ultimi mesi non mi rendeva felice, proprio per niente. O se cercare altro. Se tornare a Parigi, per esempio...»

«Sei venuta qua perché cercavi qualcuno.»

«Già. Ma poi le cose non sono andate come avevo previsto. E sono finita da te. E te l'ho detto: sono stata bene.»

«Alice, se dopo Londra vuoi tornare a Parigi, io ne sarei felice. Se stasera vuoi lasciare vuota quella camera d'albergo, io ne sarei felice. Se hai bisogno di un motivo per tornare a Parigi, te ne posso dare venti. Però prima di qualsiasi cosa, voglio che tu risponda sinceramente a una domanda: se la persona che stavi cercando quando sei arrivata, solo tre giorni fa, fosse stata ancora qua, se l'avessi trovata, se avessi potuto rimediare al tuo errore, saresti con me adesso? Chiederesti a me un motivo per tornare a Parigi?»

Ho lottato con tutta me stessa per non distogliere i miei occhi dai suoi, ho pensato che gli dovevo almeno questo, almeno la sincerità del mio sguardo. E la verità. Stava mettendo a nudo i suoi sentimenti senza timore e senza vergogna e io ho sentito ancora una volta, come la prima sera a casa sua, che gli dovevo la verità, per quanto dura.

«No», ho risposto sentendomi colpevole e maledicendo me stessa per quella risposta.

«È come immaginavo. Allora mi dispiace, ma io voglio essere una scelta, non un ripiego. Ancor meno un amico.»

Ha appoggiato la sua mano sulla mia, sul tavolino del bar, per qualche secondo, poi alzandosi ha detto piano: «Stupido io a credere ancora alle ossa di pollo».

E se n'è andato, senza voltarsi.

Era il 2 gennaio 1999, nel bar risuonava *Come As You Are* e io ero di nuovo sola, la sacca verde ai miei piedi, lo sguardo perso al di là delle vetrate, verso il cielo di Parigi maltrattato dal vento, le nuvole stropicciate, mentre nell'aria volavano timidi accenni di neve.

18.

Tommaso mi ha aperto la porta con addosso dei jeans slavati e una camicia bianca con i primi due bottoni slacciati, i piedi nudi. Era bello. Sembrava cresciuto, sembrava che la saggezza e l'autonomia di quell'anno da solo all'estero gli avessero regalato anche qualche centimetro d'altezza. Ed era bello, per la prima volta in vita mia mi rendevo conto che mio fratello era schifosamente bello.

È rimasto immobile e silenzioso a fissarmi per un lungo istante, poi la sua espressione da esterrefatta si è fatta sorridente; si è appoggiato con una spalla allo stipite della porta, ha infilato le mani in tasca e incrociato le gambe, e sospirando ha detto: «Devi ritrovarti proprio in un bel casino per venire da me piuttosto che da Viola».

«Ciao, Tommi», ho risposto vergognandomi un po'.

«Vieni, entra.»

L'ho seguito in un minuscolo corridoio che fungeva da ingresso, con tante di quelle giacche e borse e zaini e cappelli e ombrelli appesi al muro e scarpe per terra che era difficilissimo passare, sembrava di doversi inoltrare in un passaggio segreto. Il mini-corridoio portava in un salotto con angolo cucina, dappertutto c'era una moquette grigia chiara e incredibilmente pulita; allora ho capito il motivo delle scarpe nell'ingresso, ho sfilato le mie e sono tornata ad appoggiarle insieme alle altre. Quando l'ho raggiunto in salotto, Tommi aveva due lattine di birra in mano, me ne ha passata una senza nemmeno chiedermi se la volessi ed è andato a sedersi su una delle due poltrone. Mi sono installata di fronte a lui su un piccolo divano, duro e scricchiolante, ho sfilato la giacca lasciandola cadere dietro la schiena, ho aperto la mia birra, pensando che mio fratello era già diventato un inglese doc per comprare la birra in lattina.

«Allora, mi dici sinceramente perché sei qui? Non mi offendo.»

Non ero mai andata a trovarlo, si era trasferito da più di un anno e non ero mai andata a trovarlo. Non lo avevo nemmeno mai chiamato, le uniche volte in cui gli avevo parlato era perché era al telefono con nostra madre e dopo che lei aveva monopolizzato la conversazione per tempi biblici mi passava la cornetta dicendo: «Salutalo, che poverino è là da solo», e a me veniva da ridere, pensando che Tommaso doveva essere al settimo cielo, là da solo. Comunque, settimo cielo o no, non ero mai andata a trovarlo e ora comparivo a casa sua, senza preavviso e senza un vero motivo, ma solo per cercare un rifugio. Ho pensato che anche lui, come Édouard, si meritava la verità, piuttosto che una qualche scusa raffazzonata in pochi secondi: «Avevo bisogno di una scappatoia».

«Da cosa?»

«Da una situazione di stallo. Ero a Parigi e non volevo tornare a Milano… avevo bisogno di raggirare la mamma e il papà, che non erano molto felici di scoprire che ero andata a Parigi senza dire niente a nessuno. E sapevo che venire a trovare te era l'unico viaggio che avrebbero approvato. E finanziato. Soprattutto la mamma.»

«Giusto. Furba.»

Annuiva guardandomi con occhi insistenti, come se volesse che continuassi a parlare, ma dato che non dicevo nulla, ha chiesto: «E perché non volevi tornare a Milano?».

«Non lo so. Davvero non lo so, mi sentivo bloccata. Non so se fosse paura, perché ultimamente ero così infelice, così demotivata… O se sia che, non so… è come se fossi… è come se sentissi che è ora di passare oltre, come se Milano mi avesse già dato tutto quello che aveva da darmi e ora stesse solo stringendo gli orizzonti per impormi una direzione, senza lasciarmi libertà di scelta…»

«E quindi sei andata a Parigi, a cercare qualcosa di nuovo?»

«Qualcosa di vecchio. Qualcuno. Qualcuno con cui stavo e che si è trasferito a Parigi e mi ha chiesto di trasferirmi con lui, ma non ho voluto farlo e così ci siamo lasciati. E ora che ho cambiato idea è troppo tardi, non vive più lì. Non so dove sia.»

«Vuoi dire Franci?»

«Lo sapevi? Tu sapevi che stavamo insieme?»

«Ma, Ali, cosa pensi? Ovvio che sì, io e Franci ci eravamo un po' persi di vista dopo il liceo, ma abbiamo comunque un sacco di amici in comune. Era ovvio che la voce mi sarebbe arrivata! E comunque, prima ancora che me ne parlassero gli amici, che in quanto uomini non sono particolarmente pettegoli, me ne aveva parlato il papà.»

«Cosa?»

«Già!» Si è messo a ridere forte vedendo la mia faccia sconvolta. «Mi ha chiamato un giorno, dall'ospedale, in modo che non ci fosse la mamma nei dintorni. Mi ha detto che sembravi sulle montagne russe delle emozioni: un giorno eri felice come una Pasqua, un giorno avevi gli occhi gonfi e rossi e stavi muta a tavola. E poi gli hai chiesto di caricarti la batteria, che voleva dire che non avevi toccato il motorino per chissà quanto, ma dopo qualche giorno sei tornata ad andare a scuola a piedi. Insomma, voleva sapere se doveva preoccuparsi per questo fidanzato così altalenante.»

«E perché l'ha chiesto a te e non a Viola?»

«Perché sapeva che lo conosco.»

«Ma come faceva a sapere chi era?»

«Gliel'ha detto la mamma.»

Mi sono lasciata cadere contro lo schienale rigido del divano e il braccio con la lattina in mano sulla coscia, sempre più sbalordita e confusa; alcuni schizzi di birra sono rimbalzati sui miei jeans.

«E lei come faceva a saperlo?»

«Non lo so, vi avrà visti. O gliel'avrà detto qualcuno, sai come girano in fretta le voci. E lei Franci lo conosceva dai tempi del liceo, è venuto tante volte a casa nostra.»

«Ma se anche lei lo sapeva, perché lui ti ha chiamato dall'ospedale perché lei non sentisse?»

«Ali, lo sai com'è il papà: pensa sempre di dover proteggere la mamma. Visto che lei è una persona ansiosa, cerca di nasconderle le possibili fonti di preoccupazione.»

Ho pensato a mia madre, che per mesi mi aveva preparato il tè un quarto d'ora prima la mattina e aveva buttato la pasta un quarto d'ora dopo per pranzo; che dopo l'estate, con la scusa dei capelli rovinati dal sole e dal sale, mi aveva proposto di andare insieme dal parrucchiere e mi aveva offerto un servizio completo, con taglio, piega, impacco idratante e pure massaggio craniale. Mi aveva proposto anche di andare a fare shopping insieme, per trovare qualcosa di più adatto a una giovane universitaria, ma le avevo malamente risposto che preferivo andarci con Bea. Non avevo notato che tutte quelle proposte non avevano incluso Viola, nonostante avesse preso ancora più sole di me e cominciasse pure lei l'università.

Sono tornata a far mente locale su quello che mi aveva appena rivelato Tommaso e gli ho chiesto: «E tu cosa gli hai risposto? Al papà…».

«Di fidarsi di te.»

Ho sentito le lacrime salirmi agli occhi, tutto d'un tratto, premevano forte per uscire, abbondanti, mi solleticavano il naso; stringevo le labbra, ma sentivo lo stesso il mento tremare. Mio fratello, quel fratello di cinque anni più grande, che io e Viola avevamo sempre un po' ignorato, perché eravamo simbiotiche, perché bastavamo a noi stesse, perché eravamo delle bambine quando lui già fumava, aveva il motorino, invitava "un'amica" quando i nostri genitori uscivano la sera e si chiudeva in camera e metteva la musica forte e noi sapevamo a malapena che i grandi si baciano con la lingua e il solo pensiero ci faceva dire: «Che schifo, io non lo farò mai». Quel fratello che ci guardava da lontano, che diceva agli amici: «Le mie sorelline non le guardi nemmeno», che faceva le vacanze da solo e prima di partire ci dava un bacio sulla guancia, che ci lasciava guardare con lui i film non adatti alla nostra età, nascondendoci dai nostri genitori, ma poi non ci voleva spiegare nulla ed era riuscito a convincerci che i profilattici fossero una sorta di dentifricio. Quel fratello che aveva fatto l'Erasmus a Londra e ci aveva lasciato il cuore, e pure una macchina, che aveva sfasciato in circostanze mai veramente chiarite, e che aveva giurato ci sarebbe tornato appena dopo la laurea, che aveva dormito per diciotto anni al di là del muro della mia camera e ora aveva una casa tutta sua. Quel fratello che amavo senza averglielo mai detto, che ammiravo senza averglielo mai detto, che guardavo da lontano con curiosità, a volte anche con invidia. Quel fratello si fidava di me.

Abbiamo sentito la porta d'ingresso aprirsi e richiudersi sbattendo con foga e due voci femminili, forti e squillanti, inoltrarsi nel mini-corridoio, salvandomi dal pianto imminente. Due ragazze sono apparse in salotto parlando e ridendo tra loro, ci hanno a malapena salutati. Tommaso mi ha presentata, precisando che ero sua sorella, così le due ragazze si sono voltate di nuovo verso di me e mi hanno risalutata, prestandomi un briciolo di attenzione in più, ma poi sono tornate in cucina, hanno cominciato a tirare fuori un numero assurdo di cose dal frigorifero. Io le fissavo, sconvolta e incredula, non tanto per quanto fossero tipicamente inglesi, con i capelli rossi e le lentiggini, quanto perché erano assolutamente identiche.

«Gemelle», ha detto Tommaso annuendo solenne, «sembra che sia condannato a conviverci!»

Siamo scoppiati a ridere entrambi. Le due gemelle rosse non si sono nemmeno voltate, era come se non esistessimo, il che ci ha fatto ridere ancora di più. Avevo dimenticato le lacrime, per un momento avevo anche dimenticato perché fossi lì. Ero solo felice di esserci.

Il giorno dopo, Tommaso si è alzato presto per andare al lavoro. Ha mangiato una ciotola di porridge in piedi, con il sedere appoggiato al mobile della cucina; io dormivo sul durissimo divano letto del salotto e quando ho cominciato a sentire il rumore ritmico del cucchiaio contro i bordi della ciotola ho aperto gli occhi e sono rimasta a osservarlo, nel suo completo blu, la camicia bianca, la cravatta annodata stretta. Mi sono chiesta quando nostro padre gli avesse insegnato a fare il nodo della cravatta per la prima volta; quando si fosse sentito grande per la prima volta; quando si fosse innamorato per la prima volta. D'un tratto ero piena di curiosità per il mio fratello maggiore.

Quando ha visto che ero sveglia mi ha salutata di fretta, mi ha detto: «Divertiti oggi», mi ha lasciato una mappa della metropolitana, le chiavi di casa ed è uscito. Mi sono alzata anch'io, ho richiuso il divano letto, mi sono lavata, mi sono vestita; ho preparato un porridge a mia volta, o almeno ci ho provato, ma è venuto un orrore e l'ho mandato giù a fatica. Poi sono uscita a vagare per Londra.

Così è stato per tutta la settimana: Tommaso si alzava presto, mangiava un porridge veloce in piedi in cucina e spariva nella City; io mi alzavo al rallentatore, mi preparavo con calma e poi salivo sugli autobus a caso, rigorosamente ed esclusivamente quelli a due piani, mi sedevo al piano di sopra e andavo in giro, il naso incollato al finestrino, cercando d'immaginare vite alternative. La sera gli raccontavo quello che avevo visto, i musei che avevo visitato e lui mi consigliava i posti che preferiva, mi diceva: «Devi andare lì domani», e si eccitava parlando, lasciava trasparire tutto il suo amore per quella città adottiva. Non mi chiedeva mai cose tipo: «Quanto pensi di rimanere?» o «Cosa pensi di fare dopo?». Mi raccontava delle persone che aveva conosciuto, gli amici con cui aveva legato, delle serate strampalate in cui si era ritrovato; oppure parlavamo di Viola o dei nostri genitori. Ma non parlavamo mai dei suoi amici milanesi e tantomeno abbiamo mai, mai più, nominato Francesco.

Venerdì mattina, mentre Tommaso faceva la sua colazione solitaria alla luce fioca dei pensili della cucina, ho rotto il silenzio di quel salotto ancora buio e addormentato chiedendogli a bruciapelo: «Tommi, stai con qualcuna?».

Lui ha sussultato, la ciotola di porridge gli è quasi rimbalzata tra le mani.

«Pensavo dormissi!»

«No. Allora?»

«Non in questo momento.»

«Sei venuto a Londra per amore?»

«No.»

«Troveresti assurdo trasferirti per qualcun altro?»

«Quindi ora sei pronta a parlarne?»

Il giorno dopo io e Viola avremmo compiuto diciannove anni. Per la prima volta nella nostra vita non avremmo festeggiato il nostro compleanno insieme. Non solo ero pronta a parlare, di Francesco e di tutto, ne avevo anche bisogno.

«Ora devo andare al lavoro», ha detto Tommaso interrompendo i miei pensieri. «Ti mando l'indirizzo di un pub vicino al mio ufficio per messaggio, troviamoci lì alle sette. E parleremo.»

Il pub era buio, chiassoso e così tipicamente inglese che non mi avrebbe stupita veder spuntare Hugh Grant da dietro un tavolo, due pinte tra le mani e un sacchetto di patatine all'aceto balsamico sotto il braccio. Ci ho messo un po' a individuare Tommaso, era già seduto a un tavolo, senza giacca, senza cravatta e con la camicia stropicciata. Beveva con un gruppo di colleghi. Quando sono arrivata salutando timidamente mio fratello, mi hanno accolta con un entusiasmo che lasciava trasparire il tasso alcolico che dovevano aver già raggiunto. Mi sono seduta con loro, che cercavano di coinvolgermi nelle loro discussioni a quanto pareva esilaranti, ma il loro inglese era così stretto e rapido che facevo fatica a capire; allora si facevano una risata, mandavano giù un altro sorso di birra e poi continuavano imperturbabili. Mi facevano pensare alla signora Eleni. Alla terza pinta ero anche io leggera e allegra, avevo completamente dimenticato quello di cui io e Tommaso ci eravamo promessi di discutere, e i racconti dei suoi colleghi mi facevano ridere indipendentemente dal loro modo di parlare, comprensibile o meno.

Al ritorno io e Tommaso abbiamo preso un taxi; per tutto il tragitto abbiamo giocato a "cosa ti manca di più della cucina italiana" per cui siamo riusciti a chiederci con assoluta serietà: «Vince la cotoletta alla milanese o gli gnocchi alla romana?».

«Gnocchi alla romana.»

«E gnocchi alla romana o il sugo al pomodoro con la salsiccia della nonna?»

«Il sugo della nonna!»

«E il sugo della nonna o...» e così via, per tutto il tempo in cui il taxi ha attraversato Londra quasi per intero.

Arrivati davanti a casa, siamo usciti dal taxi un po' barcollanti, quando una sorpresa ci ha zittiti di colpo, lasciando a pari merito il gelato artigianale con la focaccia al formaggio: in cima ai gradini d'ingresso, seduta per terra, le braccia attorno alle gambe rannicchiate, una valigia ai suoi piedi, c'era Viola.

«Se per il mio diciannovesimo compleanno mi sveglio con quaranta di febbre è tutta colpa vostra. Sono completamente congelata!»

Non la vedevo solo da dieci giorni, eppure mi pareva un tempo lunghissimo. Solo l'estate precedente, quando ero andata a Parigi con Francesco, avevo passato altrettanto tempo, o addirittura qualche giorno di più, lontana da lei. Le sono corsa incontro e l'ho stretta forte. Quei pochi centimetri di pelle che aveva scoperti, sul volto, erano effettivamente gelati e le gambe e le braccia erano rigidi come quando scendeva dalle seggiovie, lamentandosi sempre per il freddo. Quando mi sono staccata da lei, mi ha guardata con aria di rimprovero, ma in un attimo si è lasciata andare a un sorriso sincero e mi ha detto: «Prego», perché sapeva che volevo dirle "grazie" anche se la voce faceva fatica a vincere la commozione. Grazie perché aveva fatto sì che non festeggiassimo per la prima volta in vita nostra separatamente il nostro compleanno; grazie perché nonostante l'avessi abbandonata con solo una scritta verde su un braccio, e nemmeno completa, era venuta da me.

Per il nostro compleanno Tommaso ci ha portate a Camden Town, assicurandoci che avremmo perso la testa per quel posto, quel mercato, quell'atmosfera. E aveva assolutamente ragione. Ha detto che avremmo potuto scegliere ognuna un regalo da parte sua: io ho scelto dei pantaloni leopardati, che non avrei mai osato mettere a Milano, e degli occhiali tondi con le lenti rosa. Mi facevano pensare a Janis Joplin, che aveva lasciato che le facessero il cuore a pezzettini, ma era ancora pronta a regalarne i pezzi rimasti e forse al mio posto sarebbe rimasta a Parigi con Francesco, non avrebbe avuto bisogno di tornare a cercarlo con quattro mesi di ritardo. Viola invece ha scelto una giacca di cuoio nera con il collo e i polsini di finta pelliccia. Abbiamo riso immaginando nostra madre che, orripilata, come primo commento avrebbe chiesto: «Sicura che non abbia le pulci?».

La sera siamo andati a cena in un ristorante giapponese alla moda, che conosceva Tommaso, vicino a Oxford Circus. Nostra madre aveva lasciato dei soldi apposta a Viola dicendole: «Andate dove volete e godetevela! E mi raccomando offrite anche a Tommaso che anche se non è il suo compleanno ha bisogno pure lui di un regalo, che poverino, fa così tanti sacrifici…».

E noi ancora ci chiedevamo quali fossero tutti quei sacrifici.

Era uno di quei ristoranti con il tapis roulant di piattini dal bordo colorato, dove ogni colore corrisponde a un prezzo. Abbiamo mangiato come orchi, facendo a gara a chi aveva più piattini davanti a sé. Siamo tornati a casa con le pance gonfie e le teste appesantite; appena entrata mi sono lasciata cadere sul divano dimenticando quanto fosse duro. Mi sono fatta male alle ossa del sedere.

«Lo sai che basta che ne faccia un accenno alla mamma e in due giorni ti consegnano un divano nuovo, vero?» ho detto cercando invano una posizione più comoda.

«Non voglio cambiare divano! È comodo che sia scomodo: scoraggia gli ospiti a rimanere troppo a lungo.»

«Grazie, mi stai mandando un messaggio?»

«Tu non sei un'ospite, sei mia sorella!»

«Ma tanto comunque domani parti con me, no?» è intervenuta Viola.

Mi sono voltata a guardarla, stupita. La notte precedente mi aveva fatto raccontare nei minimi dettagli tutto quello che avevo fatto a Parigi e Londra, com'era andata la convivenza con Tommaso, per la prima volta in vita nostra senza la presenza incombente dei nostri genitori, e soprattutto com'era andata quella con Édouard. Aveva commentato solamente dicendo: «Che spreco», quando le avevo raccontato il modo in cui c'eravamo salutati, ma era stata molto più eloquente con le smorfie e gli sbuffi. In tutto ciò però non mi aveva mai chiesto quali fossero i miei programmi per il giorno dopo o quelli seguenti.

«Io domani torno a Milano, mi sembra ovvio che parti con me», ha insistito Viola.

«Perché ovvio?»

«Perché è più comodo e piacevole se facciamo il viaggio insieme.»

«Ma io non so se voglio tornare a Milano.»

«E cosa pensi di fare, di dormire su un divano letto in eterno? Di passare le tue giornate vagando su degli autobus a due piani? Tra meno di un mese hai la prima sessione di esami.»

«Se non li do a questa sessione posso darne di più alla sessione dopo. E poi comunque i corsi li ho seguiti, i libri li ho letti… se voglio essere pronta sarò pronta.»

«*Se voglio essere pronta? Se?* Stai mettendo in dubbio anche l'università adesso? Ma dove è finita la vera Alice?»

«Perché dici "la vera Alice"? Questa è vera! Io sono vera!»

«Franci ti ha fatto il lavaggio del cervello, fin dalla prima sera! Te ne sei andata dal Propaganda senza dirmi niente, non ti è nemmeno venuto in mente di avvisarmi fino a mezzogiorno del giorno dopo. Ero morta di paura! E vogliamo parlare della Grecia? Quando te ne sei andata di punto in bianco da un viaggio che tu, pure tu come tutte noi, sognavi da anni? E adesso di nuovo, eravamo tutte in montagna insieme, felici e contente, e tu sparisci nel cuore della notte! E sei pure tanto furba da prenderti come unica complice quella sognatrice di Cami. Non ragioni quando si tratta di lui. Non ti saresti mai comportata in questo modo prima di lui!»

«Viola, io non ero felice e contenta a Bardonecchia. E

Franci non mi ha fatto il lavaggio del cervello. Mi ha semplicemente dato il coraggio di seguire l'istinto, di fare quello che avevo voglia di fare. Il mio unico rimpianto è solo di non aver avuto il coraggio di farlo fino in fondo.»

«Benissimo. Quindi ora vuoi rimediare al tuo errore. Sei partita per Parigi in modo assurdo, ma ancora se vuoi poteva avere un senso. Solo che lui a Parigi non c'è più! Se n'è andato e non sappiamo dove. Stare qui non ti servirà a niente!»

«Nemmeno riaffogare nella soffocante routine milanese, fatta solo di doveri e aspettative: dove devi essere come gli altri si aspettano che tu sia, fare quello che si aspettano che tu faccia, frequentare chi si aspettano che tu frequenti... Per che cosa poi? Per diventare come la mamma, che si è fatta fregare dalla sua migliore amica, ma continua a sorriderle solo per non diventare una paria della Milano-bene? Ha ragione Caterina, che la Milano-bene infatti non la conosce per niente: non dobbiamo vivere con i paraocchi, dobbiamo scriverla noi la nostra storia!»

«Scusa, fammi capire: stai cercando Francesco o stai rifiutando in toto la tua vita?»

«Forse le due cose vanno insieme?»

«Peccato che se vuoi ritrovare Francesco è solo a Milano che puoi sperare che succeda! Prima o poi si farà vivo con qualcuno, tornerà a trovare sua madre...»

«Temo che Viola abbia ragione», l'ha interrotta Tommaso. «E che tu possa solo aspettare, Alice. Magari nel frattempo passerai ad altro e quando lo rivedrai proverai solo tanta tenerezza per il tuo primo amore, o magari invece no.»

«Più passa il tempo più è possibile che sia lui a passare ad altro.»

«Già, così è la vita. Ma mentre aspetti penso che ci sia qualcosa di più importante.»

«Che cosa?»

«Devi capire perché non lo hai seguito. Perché dici che non hai avuto il coraggio di fare fino in fondo quello che volevi fare? Perché non sei rimasta a Parigi quando te l'ha chiesto?»

«Perché mi ci aveva portato con l'inganno: mi ha fatto vivere tredici giorni da sogno senza dirmi che aveva già progettato di trasferircisi.»

«C'è chi potrebbe vederla come una cosa romantica. E comunque può essere ragione di litigata, ma non per forza di rottura. Penso che il motivo sia un altro. Perché non hai voluto lasciare Milano?»

«Perché lui aveva dei motivi per lasciare Milano, io no. A me non stava ancora stretta: capivo quello che mi diceva, ma io non avevo veramente delle ragioni per stravolgere la mia vita come lui. Io non avevo dei genitori orribili da evitare, un'università fuori corso che detestavo e degli amici sempre più incompatibili. Era il *suo* progetto, non il mio. Il *suo* sogno. Io avevo… troppo da perdere.»

«Non ci si trasferisce necessariamente per abbandonare quello da cui si parte. Io non ho tagliato nessun ponte andando via da Milano. Non c'è mai niente di definitivo e si può andare altrove semplicemente per vivere qualcosa di bello. Sono sicuro che questo lo capivi anche tu. Allora perché gli hai detto di no? Perché non l'hai seguito a Parigi? Perché non sei rimasta con lui?»

Avevo sempre più caldo, sentivo il cuore battere veloce e rimbalzare così forte nel petto che mi facevano male le costole. Tommaso non la smetteva di assillarmi con le domande. Mi mancava il fiato, mi girava la testa. Avevo l'impressione che il salotto si stesse rimpicciolendo e che i muri, sempre più opprimenti, minacciassero di schiacciarmi. E Tommaso non mi dava tregua. «Perché? Perché? Perché, Alice?» L'eco dei suoi "perché" mi rimbombava nella testa intontita. Ho chiuso gli occhi e ho cercato di fuggire con la mente in un bar con i muri gialli, *Let a Boy Cry* in sottofondo e una voce che mi sussurra all'orecchio: «*Sto soltanto, sto soltanto dicendo…*» e poi quel "ti amo" che non osava dire se non in rarissimi momenti, quando a letto, protetto dal buio, si aggrappava a me con le mani, con tutto sé stesso e con quelle due minuscole parole; oppure a una stanza in via del Paradiso, con una grande finestra davanti al letto, da cui al mattino potevamo vedere il Sacré-Cœur e la collina di Montmartre, che ancora non sapevamo sarebbe stata teatro della nostra fine.

Ho riaperto gli occhi: Tommaso si era alzato, era venuto a sedersi accanto a me, mi aveva preso una mano e la stringeva tra le sue. Ha passato un braccio attorno alle mie spalle e mi ha avvicinata a lui, al suo petto su cui non mi appoggiavo da quando da bambina al mare mi divertivo a buttarmi su di lui dopo essere uscita dall'acqua, con il mio costume intero tutto bagnato, e lui urlava, poi rideva, mi ributtava in acqua, si tuffava anche lui, fingeva di affogarmi, ma senza mai lasciarmi la mano. Quel petto su cui non mi appoggiavo da troppi, troppissimi anni. Quel petto contro cui non avevo mai dormito, perché c'era Viola, c'erano le sue braccia che venivano a cercarmi in camera mia prevedendo ogni mio bisogno. In quel momento, però, Viola era di fronte a me, un'espressione fredda sul volto, il corpo rigido e colpevole. Francesco mi aveva riavvicinato a mio fratello, ma mi aveva allontanata da lei, sempre di più.

«Perché avrei perso Viola.»

Viola ha chiuso gli occhi. È stato l'unico muscolo del suo corpo a muoversi: le palpebre si sono lasciate cadere al colpo di quell'accusa inequivocabile.

«Già, penso che il motivo fosse quello», ha detto calmo Tommaso. «Io vi ho viste crescere, vi ho guardate da lontano, dall'unica distanza che mi autorizzavate, perché voi siete sempre state quest'unico blocco di cemento armato infrangibile, nel quale nessuno ha mai osato infilarsi. E nemmeno avrebbe potuto farlo. Bea e Cami vi sono venute vicine e solo perché voi le avete scelte, solo perché voi le avete autorizzate ad avvicinarsi, ma non sono mai entrate veramente nel vostro duo. Nessuno ha mai potuto farlo e voi non ne avete mai sentito il bisogno, perché c'eravate l'una per l'altra. Fino a Francesco. Francesco è comparso così, come un fulmine a ciel sereno, inaspettato; ha creato una fessura tra di voi e poi piano piano si è infiltrato, come l'acqua, inarrestabile e distruttivo, e ha spezzato la vostra unione, ha spezzato quel blocco di cemento. Io non c'ero, ma basta ascoltarvi e guardarvi oggi per capire che avete avuto paura, tutt'e due, anche se in modi diversi. E così avete allontanato Francesco, l'avete respinto, perché era l'unico che aveva osato mettersi tra di voi e vi spaventava l'idea di vivere separate. Ma, ragazze, voi non siete un blocco di cemento unico, voi siete due persone, e pure diversissime. Ok, non fisicamente: fisicamente siete così identiche che ancora lo trovo un po' destabilizzante, forse perché non vi vedevo da tanto. Ma come persone, siete diversissime e siete tutte e due forti, ognuna a modo suo. E siete capaci di vivere separatamente, ognuna a modo suo. Vi ricordate quando avete scelto una il liceo scientifico e l'altra il classico? Sembrava una tragedia, eppure siete sopravvissute!»

Mi sono voltata verso Viola, che aveva riaperto gli occhi e mi guardava con affetto. Abbiamo accennato entrambe un sorriso impercettibile e avrei voluto alzarmi, andare ad abbracciarla, ma eravamo entrambe paralizzate nelle nostre posizioni, nelle nostre convinzioni, da troppo tempo.

Tommaso ha capito che era il momento di sciogliere la tensione, passare ad altro, lasciare che riprendessimo noi il seguito di quel discorso in privato, più tardi. Si è alzato ed è andato a prendere una scatola di metallo in un mobile della cucina. Ha tirato fuori dalla scatola un pacchettino d'erba secca e compatta, avvolta nel domopak, e delle cartine. Io e Viola abbiamo spalancato gli occhi, ci siamo guardate entrambe, poi Tommaso, poi di nuovo entrambe, stupefatte.

«Ma perché non ti abbiamo mai conosciuto un po' meglio? Accidenti, ci saremmo divertite molto di più con te!» ha detto Viola ridendo.

«Ve l'ho detto, facevate muro. Ma per fortuna si evolve!»

Era il 9 gennaio 1999, io e Viola festeggiavamo i nostri diciannove anni a Londra con nostro fratello e della marijuana, *Wonderwall* a basso volume di sottofondo, per non svegliare le gemelle dai capelli rossi nella camera accanto; era tutto quello che non avremmo mai immaginato ed era esattamente quello di cui avevamo bisogno.

19.

Dopo aver fumato, curiose e avide, un paio delle canne di Tommaso e aver divorato una scatola intera di cereali in preda alla fame chimica, abbiamo aperto il divano letto e ci siamo sdraiati tutti e tre. Tommaso ha subito cominciato a lamentarsi dicendo che era troppo scomodo, che non capiva come avessi potuto dormirci una settimana ed è sparito in camera sua. Io e Viola ci siamo addormentate quasi all'istante, ancora vestite e con la luce accesa.

Ci siamo svegliate un paio d'ore più tardi. Il CD nello stereo doveva essere in modalità repeat all perché ci stava proponendo nuovamente *Narcotic*. Ho sentito Viola che cercava un bicchiere in cucina, lo riempiva dal rubinetto; mi sono alzata anch'io, l'ho raggiunta e senza dire niente ho aspettato che finisse di bere, poi lei mi ha passato il suo bicchiere, altrettanto silenziosa. L'ho riempito di nuovo dal rubinetto e ho bevuto l'acqua gelata, mentre lei tornava a sdraiarsi. Ho spento lo stereo e la luce, mi sono ributtata a mia volta sul divano letto, sempre senza svestirmi. Siamo rimaste un momento immobili ad ascoltare il rumore della pioggia, poi Viola mi ha preso una mano e ha detto: «Domani non partirai con me vero?».

«No, Viola.»

«Cosa dirai alla mamma e al papà?»

«Non ne ho idea.»

«Cosa pensi che farai?»

«Non ne ho idea.»

«Allora perché non torni?»

«Perché ho paura di rimanere incastrata, mentre ho bisogno di muovermi. Devo solo capire in quale direzione.»

Viola è rimasta un momento in silenzio, poi ha detto: «Qualunque sia, mi sembra evidente oramai che non coinciderà più con la mia».

«È così da un bel pezzo, Vi. Ma non per colpa di Franci. Tu l'hai odiato, dal primo all'ultimo momento, perché pensavi che mi allontanasse da te, da noi, da quello che c'era prima, dal mio modo di essere...»

«È vero, non sopportavo di non riuscire a riconoscerti. Ma hai ragione, non è colpa di Francesco. Lui è stato... come dice Tommi, lui è stato l'acqua che si è infiltrata fino a rompere il blocco di cemento, ma per infiltrarsi doveva già esserci una crepa. Insomma, lui non ti ha rapita, *tu* sei andata via dal Propaganda, da Kastellorizo, da Bardonecchia. *Tu* hai fatto le tue scelte, lui non ha fatto niente, ti ha solo proposto un passaggio, o una vacanza a Parigi. E tra l'altro questa volta, in montagna, lui non ti aveva proposto proprio niente, ma tu sei andata via lo stesso.»

«Mi aveva proposto anche una vita a Parigi...»

«Davvero sei tornata a Milano per me?»

«Non per te, per me: per quanto in quest'ultimo anno possa aver fatto più volte di testa mia, anche se spesso non eri d'accordo, io ho bisogno di te. Io non posso perderti.»

«Ma tu non mi perderai mai! Qualunque cosa tu faccia e ovunque tu vada! E poi guarda che anch'io ho bisogno di te, non l'ho mai capito tanto come in quest'ultimo anno. La cosa assurda è che me ne rendevo conto proprio quando tu dimostravi quanto non avessi più bisogno di me: ogni volta che sparivi o semplicemente facevi qualcosa senza chiedermi un consiglio, senza nemmeno sapere cosa ne pensassi. O ancora di più quando facevi l'esatto opposto di quello che secondo me avresti dovuto fare. Era evidente che non avevi più bisogno di me, ma ho realizzato che ero io ad aver bisogno di quel tuo aver bisogno. Mamma mia, che intricato! Capisci cosa voglio dire?»

«Sì, ho capito. Ma il fatto che abbia imparato a prendere delle decisioni in modo autonomo e a difenderle nonostante tu possa non essere d'accordo, anche se poi purtroppo abbiamo visto che la maggior parte delle volte avevi ragione tu, comunque non vuol dire che non abbia più bisogno di te. Forse ne ho solo bisogno in un modo diverso.»

«O forse è sempre stato diverso. È come quando da piccole andavamo in giro tenendoci sempre per mano: dato che io son sempre stata estroversa e tu riservata, io socievole e tu solitaria, io chiacchierona e tu silenziosa, tutti hanno sempre pensato che tu ti aggrappassi a me; ma noi due lo sappiamo quanto fossi io ad aggrapparmi a te. Io entro in una stanza spavalda e rumorosa perché so che ci sei tu a coprirmi le spalle. Io non vado da nessuna parte senza di te. Non avrei mai avuto il coraggio di andare a Parigi da sola, rimanerci tre giorni, andare a una festa di Capodanno di perfetti sconosciuti! Io al tuo posto avrei girato i tacchi all'istante, sarei tornata in stazione e sarei tornata a Bardonecchia da voi tre con la coda tra le gambe. Ali, io sono *nata* con te che mi tenevi la caviglia: sono nata per prima solo perché c'eri tu a seguirmi, e forse un po' anche a spingermi! Probabilmente è un'ovvietà, ma io l'ho realizzato solo ultimamente che essere coraggiosi non ha niente a che vedere con essere spavaldi. E a me il coraggio lo davi tu.»

«Non è vero, Viola, pensa alla scuola: hai fatto la tua vita al Severi e ora al Politecnico completamente da sola, senza nemmeno Cami e Bea! E comunque io le spalle te le coprirò sempre. Magari solo da un po' più da lontano.»

Si è voltata verso di me e io mi sono avvicinata per infilarmi dentro al suo abbraccio, come sempre. E ancora una volta.

La sera dopo, quando Viola è entrata in casa a Milano da sola, è immediatamente arrivata l'inevitabile telefonata a Londra. Mia madre urlava nella cornetta che le vacanze erano finite, che non gliene fregava niente dei miei dubbi esistenziali, che dovevo tornare a casa e smetterla di vagare per l'Europa a mio piacimento, che non mi avrebbe più messo nemmeno un centesimo sul conto e che, anzi, avrebbe bloccato la mia carta di credito; che ero solo una bambina viziata che si era impuntata per un capriccio; che se era per una pena d'amore, potevo chiudermi in camera mia, metter su la musica triste e piangere come facevano tutte le ragazze della mia età, e se era per altro potevo parlarne con chi di dovere e aggiustare le cose, ma che non si risolve niente imbucandosi sui divani letto dei fratelli maggiori che lavorano sodo. Non mi lasciava il tempo di ribattere, faceva solo piccole pause ritmiche che mi facevano dedurre che stava fumando e dal rumore dei tacchi sul parquet la immaginavo camminare avanti e indietro per il salotto, rapida e nervosa, probabilmente davanti a mio padre seduto in poltrona, nascosto dietro al giornale, che aspettava paziente di essere chiamato in causa. E infatti mia madre ha lasciato a metà una frase, ha teso il cordless a mio padre e ho sentito la sua voce un po' più lontana dire esausta: «Claudio, parlaci tu. Parlaci tu perché a me viene solo il mal di gola e non mi ascolta! Io lo so che non mi ascolta! Parlaci tu e falla ragionare, perché non esiste! Non esiste di comportarsi in questo modo!». Invece, ha riavvicinato il cordless all'orecchio e ha ripreso a urlarmi con foga: «Non esiste, mi hai sentito? Ti mandiamo in vacanza da un'amica, da *nostri* amici, perché i genitori di Beatrice sono nostri amici, e mi metti in imbarazzo sparendo da un giorno con l'altro, te ne vai a Parigi. A Parigi! Che poi lo sappiamo benissimo tutti quanti che te la sei inventata di sana pianta la storia della coincidenza e dello scalo a Parigi, ma lasciamo perdere perché tanto non me lo dirai mai cosa ci sei andata veramente a fare e ne ho fin sopra i capelli delle tue balle! Ma poi ci intorti anche con la storia di voler rivedere tuo fratello e noi come due idioti che ti paghiamo il viaggio! Due idioti! Ecco per chi ci fai passare! No, guarda, Claudio, parlaci tu».

Ho sentito di nuovo la voce di mia madre allontanarsi e poi quella di mio padre, calda, profonda, calma come sempre: «Alice, cosa stai combinando?».

«Niente, papà, sto solo riflettendo.»

«E sei arrivata a qualche conclusione?»

«No.»

«Alice, sei nei guai?»

«No.»

«Qualcuno è nei guai?»

Ho capito che stava pensando a Francesco. Francesco di cui, ora sapevo, era sempre stato al corrente. Come mia madre d'altronde. Una relazione che avevano seguito da spettatori discreti, ma partecipi, preoccupati anche, a volte.

«No, papà, sono solo infelice.»

«Lo so. Fino a pochi anni fa bastava portarti il cinese a casa o una videocassetta dell'affittino di piazza Giovane Italia, cenare sul divano, dormire nel lettone. O prima ancora bastava un bacio: il bacio magico e la bua sparisce. Ma io non la conosco la ricetta del bacio magico per una bambina di diciannove anni.»

Ho pensato che alla bambina di diciannove anni che ero sarebbe ancora bastato un bacio magico, ma non era più quello di mio padre quello di cui avevo bisogno, bensì di un uomo dagli occhi neri, lo sguardo serio, le mani calde, con cui si stropicciava i capelli ogni volta che era teso e che mi aveva detto: «Resta con me», e mi aveva fatto paura. Poi, però, ho pensato che avrei voluto anche un bacio di mio padre, sedermi sulle sue ginocchia e stare lì, zitti, ma zitti insieme; mio padre che era misurato in tutte le sue manifestazioni d'affetto, ma che con le carezze diceva tutto e faceva sparire i singhiozzi e rallentare il battito del cuore.

Non riuscivo a rispondergli, sentivo il mento tremare e sapevo che se avessi proferito un suono sarei scoppiata a piangere. Lui deve averlo capito, così ha continuato: «Mi dispiace, Alice, ma questo capriccio non lo possiamo assecondare».

«Non è un capriccio.»

«Dal nostro punto di vista sì. Non possiamo acconsentire a che tu rimanga a Londra a non fare niente. Se vuoi andare all'estero, aspetti di vincere una borsa Erasmus, ma nel frattempo torni qua e vai avanti con la tua università, dai gli esami e ti comporti seriamente come ti sei sempre comportata.»

«Altrimenti?»

«Altrimenti ti devi arrangiare da sola.»

Quella notte non ho quasi chiuso occhio, la mattina dopo sono uscita di casa presto e ho camminato a lungo per le strade di Londra, caotiche, affollate, rumorose. Arrivata a un grosso incrocio, mi sono resa conto che non avevo la più pallida idea di dove fossi. Mi ero persa. Allora mi sono seduta su una panchina e ho realizzato che ero completamente persa, in ogni senso del termine. Mio padre aveva detto che mi dovevo "arrangiare da sola", ma non era per imparare ad "arrangiarmi da sola" che ero partita, che avevo piantato in asso le mie amiche a Bardonecchia, che non avevo festeggiato con loro l'arrivo dell'ultimo anno del millennio: era per ritrovare Francesco, dirgli che mi ero sbagliata e mi ero pentita, sperare che mi volesse ancora accanto a sé, che volesse ancora dirmi: «Resta con me», ritrovare il nostro groviglio. Anche se avessi scoperto che era passato oltre, che non aveva più uno spazio per me nella sua vita, avevo comunque bisogno di guardarlo negli occhi ancora una volta, riempire con tutte le parole necessarie il silenzio con cui ci eravamo detti addio, fatto solo d'incomprensione. E chiudere il cerchio. Non avevo mai ipotizzato che potesse non essere più a Parigi, che potesse essere sparito dall'altra parte del mondo. Perdendo lui avevo l'impressione di aver perso me stessa, di aver perso l'unico obiettivo verso il quale avevo davvero avuto la voglia e la forza di muovermi negli ultimi mesi. Non sapevo più quale direzione prendere, ma di una cosa ero certa: mio padre aveva detto "comportati come ti sei sempre comportata" ed era esattamente quello che non volevo più fare. Non volevo più lasciarmi trasportare dagli eventi o dalle decisioni altrui, conformarmi alle attese degli altri.

Mi sono resa conto, su quella panchina, che se ero partita da Bardonecchia e se non ero ancora voluta tornare a Milano era solo perché volevo scegliere io stessa il mio groviglio di storie, il mio groviglio di affetti; volevo scegliere Francesco perché era il colore che aveva fatto di me la migliore sfumatura di me stessa.

Varie immagini hanno cominciato a ronzarmi in testa, come zanzare in un'umida e calda serata milanese: la vita che avevo lasciato, le scelte che avevo fatto, tutto si sovrapponeva a quello che avrebbe potuto essere, i se si scontravano con i ma, il passato con i futuri che avevo perso la possibilità di vivere. Ho pensato a Édouard, che probabilmente avrebbe saputo rendermi felice, e forse aveva ragione Viola a dire che era solo un grande spreco non avergli dato una chance. Ho pensato alla mia camera di Milano, con delle vecchie All Star fucsia nascoste in un angolo dell'armadio, le stelline fluorescenti di quando ero bambina ancora incollate al soffitto, i libri di estetica, filosofia morale e filosofia antica sulla scrivania, perché avevo studiato fino ad appena prima di partire per Bardonecchia e avrei dovuto ricominciare al ritorno. A Camilla, che credeva sinceramente che "l'amore vince sempre", ma aveva salvato nel telefono il numero di un parigino traditore che non si ricordava nemmeno il suo nome. A Viola, che avevo tenuto per una caviglia quando c'eravamo buttate nel mondo e che avevo tenuto per mano due notti prima, dopo che Tommaso ci aveva spiattellato davanti agli occhi la realtà.

Guardavo le persone passare rapide attorno a me e mi chiedevo da dove venissero e dove andassero, quale fosse la loro storia, quali i loro desideri, i loro progetti. Mi chiedevo dove l'assoluta casualità delle esistenze umane incontrasse il libero arbitrio, le scelte ponderate oppure gli incontri fortuiti. Mi chiedevo dove sarei stata in quel momento se undici mesi prima il barista del Propaganda mi avesse dato retta, mi avesse servito rapidamente, fossi tornata a guardare Viola ballare con il mio whiskey-coca in mano e la faccia imbronciata. Se Matteo non avesse scritto a Viola, se avesse sostenuto l'esame con il professore anziché capitare con un assistente che regalava diciannove a tutte le capre, se la sua ragazza di quel momento non fosse andata a sciare, se qualche giorno prima non fosse venuta giù una gran nevicata. E se io avessi deciso di aspettare Viola per tornare con lei, o se avessi deciso di chiamarla per dirle di venirmi a prendere o la batteria del mio telefono non fosse defunta e non avessi perso le sue innumerevoli chiamate. Se Caterina non avesse sbagliato tram il giorno della prima lezione di filosofia antica e non fosse arrivata in ritardo, ritrovandosi obbligata a sedersi in sesta fila accanto a me anziché nei primi banchi come faceva sempre a tutti gli altri corsi, se non avesse indossato una maglietta simile a una che io avevo dato via due giorni prima, attirando inevitabilmente la mia attenzione. Caterina che non aveva paura del giudizio degli altri, non aveva paura di essere sé stessa, non aveva paura di vivere; che non conosceva mia madre, mio padre, mio fratello, la mia gemella, le mie amiche, il mio liceo, il mio ambiente, ma aveva saputo ascoltare i miei silenzi, li aveva rispettati, senza mostrare alcuna morbosa curiosità, e poi mi aveva dato la spinta giusta al momento giusto.

Realizzavo, su quella panchina a un incrocio sconosciuto di una città in cui avevo imparato a perdermi, che le strade alternative che avremmo potuto percorrere sono tante quante i se che caratterizzano ogni singolo giorno.

La suoneria del telefono mi ha svegliata dai miei pensieri; ho guardato lo schermo prima di rispondere, ho letto VIOLA. Ho risposto sorridendo: «Ehi! Com'è finita poi ieri sera dopo che hanno messo giù il telefono con me?».

«Alice, sono la mamma.»

«Oh. Mamma, ciao. Guarda che non hai bisogno di chiamarmi dal telefono di Viola, ti rispondo se mi chiami col tuo. Non sono mica...»

«Non ce l'ho il mio, sono uscita troppo di fretta, l'ho dimenticato. Mentre Viola ce l'aveva in tasca...»

«Ok.»

«Alice, Viola ha avuto un incidente. In motorino.»

La sua voce era bassa, sembrava che stesse facendo fatica a mettere le parole una dopo l'altra. Mi ha sorpresa come una raffica di vento mentre si sta guidando, ho dovuto concentrarmi con forza, stringere la mano sul telefono come si fa sul volante.

«Si è fatta male?»

Nel telefono sentivo solo un silenzio glaciale, contrastava con la confusione del traffico tutto attorno a me.

«Mamma, si è fatta male?» ho ripetuto sentendo la preoccupazione crescere nel petto, irradiarsi fino alle mani. Mia madre si è messa a piangere, allora la preoccupazione è diventata angoscia allo stato puro, i suoni delle macchine e degli autobus sull'asfalto sconnesso sono spariti, le luci dei fari si sono confuse, mi è sembrato di perdere l'equilibrio, anche se ero ancora seduta.

«Mamma?»

Mia madre non rispondeva, per la prima volta in vita sua non trovava le parole. All'altro capo del telefono sentivo solo un silenzio soffocante, non singhiozzava nemmeno, non tirava su col naso, sembrava non respirasse eppure avevo l'impressione di sentire il rumore delle sue lacrime, le immaginavo colare sul telefono, bagnarle la mano. Poi, con tutta la forza che aveva in corpo, ha sussurrato: «Torna a casa, Alice».

L'aneddoto della nostra nascita, della mia manina stretta attorno alla caviglia di Viola, ha sempre divertito tutti quanti, i nostri genitori lo raccontavano senza sosta. Secondo i racconti di famiglia, di quelli ripetuti tante di quelle volte che alla fine ti sembrano i tuoi veri ricordi, anche il primo giorno d'asilo le ero rimasta aggrappata tutto il tempo, e così il giorno dopo, e quello dopo ancora, e via dicendo per diverse settimane. La maestra diceva a nostra madre che socializzavamo, partecipavamo alle attività, cantavamo le canzoncine e tutto quanto, ma che facevamo tutto tenendoci per mano, deambulando insieme per la classe: non eravamo timide o impaurite, eravamo *attaccate*.

Il primo giorno della prima elementare, invece, me lo ricordo davvero: mi ricordo nostro padre che ci ha fotografate sulla porta di casa, con i nostri grembiuli bianchi e le cartelle sulle spalle, praticamente vuote, ma comunque più grandi di noi. Ricordo la strada a piedi con nostra madre, che ci faceva l'elenco delle bambine che conosceva che sarebbero state nella nostra classe: forse pensava di rassicurarci, ma noi non ne avevamo alcun bisogno, dato che eravamo assieme. Ricordo che di nuovo io e Viola ci tenevamo la mano, l'abbiamo lasciata solo quando, una volta in classe, abbiamo dovuto sederci ai nostri banchi.

Quando siamo diventate troppo grandi per tenerci la

mano in pubblico, abbiamo cominciato ad abbracciarci di notte.

Tutti ci dicevano che crescendo le cose sarebbero cambiate. Nessuno però ci aveva mai preparate al fatto che avrebbero cominciato a cambiare ben prima che ce ne rendessimo conto. Perché purtroppo è sempre così: la vita la si comprende solo *après-coup*. Quando ci si volta indietro, a guardare la riva da cui si è partiti, nel mare del passato emergono alcuni iceberg, le giornate determinanti che hanno inciso sul nostro cammino: incontri imprevisti, decisioni prese alla leggera, momenti persi nella loro ripetitività assumono un sapore diverso alla luce del poi.

Così era stato quella sera di febbraio, quando Matteo si era fatto vivo per l'ottava volta dalla rottura con Viola; avevo cercato di farla ragionare, l'avevo fatta sedere sul divano del nostro salotto-tv, mi ero piazzata di fronte a lei sulla sedia con rotelle della scrivania e le avevo parlato seria. Lei mi aveva ascoltata, poi però aveva concluso: «Io ho comunque voglia di vederlo».

Allora mi ero lasciata cadere a terra, fingendomi morta. Viola si era messa a ridere, aveva scavalcato il mio finto cadavere e andando verso camera sua aveva urlato: «Cambiati, devi accompagnarmi al Propaganda!».

Avevo continuato a fingermi tramortita, senza reagire, allora Viola era tornata indietro, in mutande e reggiseno e aveva detto: «Cami e Bea hanno i genitori a Milano, stasera non possono uscire. Dai, lo sai benissimo che da sola non ci vado».

«Ma lì incontri di sicuro un sacco di gente che conosci!» avevo risposto alzando finalmente la testa dal pavimento.

«Non importa: non entro da sola come una sfigata. Mi devi accompagnare! Ti prego… Dai, cambiati.»

«Che me ne frega di cambiarmi, io non ho nessuna voglia di andare e non spero d'incontrare nessuno», avevo risposto alzandomi col broncio.

Venti minuti dopo era vestita, truccata, pettinata, aveva messo i tacchi e lo smalto; mentre io ero rimasta seduta sul water a guardarla ed ero uscita tenendo su i jeans, le All

Star fucsia, la maglietta di Absolute, bianca con le maniche e il cappuccio blu elettrico, e un golf a righine blu e rosa, che avevo quella mattina a scuola e avevo rinfilato dopo essere tornata a casa da danza, aver fatto una delle mie solite docce eterne e aver esitato per qualche minuto a mettermi direttamente già in pigiama.

Infilando la giacca in anticamera avevo detto svogliata: «Almeno io non guido! Andiamo solo col tuo motorino».

Quella sera ero andata via dal Propaganda con Francesco perché non avevo il mio motorino. Ed ero stata sopraffatta dalla scoperta di lui a tal punto che mi ero dimenticata di tenere d'occhio il telefono, controllare le chiamate, avvisare Viola. La mattina dopo lei aveva avuto paura e quando era passata a prendermi era furibonda. Ma nessuna delle due si era resa conto di cosa fosse davvero successo quella notte: avevo dormito con Francesco, abbracciati a cucchiaio, come se fossi stata con Viola, e avevo scordato di fare attenzione a quando lei mi avesse chiamata per dirle dov'ero e farmi passare a prendere. O anche solo rassicurarla. Mi ero *dimenticata* di lei.

Quando, una volta a casa, le avevo raccontato di quel primo bacio, con ancora addosso gli stessi vestiti da più di ventiquattro ore, nello stereo le All Saints cantavano *Never Ever*. E forse era un segno, perché da quel giorno davvero nulla sarebbe mai più stato come prima. *Never ever*.

Mia madre aveva detto «torna a casa», ma io non sapevo nemmeno come alzarmi da quella panchina. Il telefono ha ripreso a squillare, lo tenevo ancora in mano, il braccio abbandonato sulle gambe. Ho risposto senza leggere il nome sullo schermo: «Ali? Sono Tommi, mi ha chiamato il papà. Dove sei?».

«Non lo so.»

«Come non lo sai?»

«Non lo so. Camminavo… sono a un angolo, sono su una panchina.»

«Ferma un taxi, fatti portare a casa. Abbiamo un aereo tra quattro ore. Sono già per strada, arrivo anch'io.»

Dopo di che, tutto è diventato nebbia. Fermare un taxi, dargli l'indirizzo di Tommaso, cercare le chiavi nella borsa, radunare le mie cose, metterle nella sacca. Tommaso che torna a casa, mi guarda ma non mi abbraccia, perché se no crolliamo, soprattutto io, ma abbiamo un aereo da prendere. Dobbiamo tornare a casa. E poi di nuovo un taxi, l'aeroporto, il controllo documenti, il controllo bagagli, la mia cintura che fa suonare il metal detector e "tolga la cintura" e "ha delle chiavi in tasca?". Sì che ho le chiavi, sono le chiavi di Tommaso, devo restituirgliele. Quelle di Milano chissà dove sono, sul fondo della sacca forse; sono sicura di averle prese a Bardonecchia quando sono partita, ma ho fatto tutto così di fretta, radunando le mie cose alla rinfusa nella stanza buia e poi quel PARIG col pennarello verde sul braccio di Viola. Viola e il suo sonno pesante. Viola che anche da arrabbiata prende un aereo e viene a Londra, perché è il nostro compleanno.

Ancora un taxi, il terzo della giornata. Non ho mai preso tanti taxi in un giorno solo in vita mia. Tommi che dà l'indirizzo dell'ospedale, fa tutto lui, carica i bagagli, mi apre la portiera. Se non ci fosse, forse non riuscirei nemmeno a mettere un piede davanti all'altro. Invece lui c'è e in qualche modo arrivo a Milano, arrivo all'ospedale, arrivo a un corridoio, dopo averne percorsi non so quanti altri e aver preso due ascensori, dove c'è nostra madre, seduta su una sedia di plastica nera e dietro di lei un vetro e dietro quel vetro Viola.

È stato lì che sono crollata. Non quando preparavo la sacca da Tommaso, non mentre cercavamo un taxi, non mentre andavamo in aeroporto, non mentre aspettavamo l'aereo, non mentre sorvolavamo la Francia, non mentre giravamo per le strade milanesi che avrei dovuto riconoscere ma non riconoscevo. Ma lì, quando ho finalmente visto Viola.

Aveva bende e cerotti, aveva lividi e graffi e tubi e macchinari tutt'attorno. Aveva gli occhi chiusi, ma non era il suo solito sonno pesante. Allora tutto è diventato nero anche per me.

Quando ho riaperto gli occhi ero sdraiata pure io su una

barella e c'era una giovane infermiera, decisamente in carne, che mi sorrideva.

«Tutto bene?» mi ha chiesto sempre sorridendo. «Ti sentirai magari un po' ammaccata, hai sbattuto il braccio contro la sedia cadendo, ma se te la senti puoi provare a metterti seduta.»

Avrei voluto dirle di smettere di sorridere, che non ce n'era proprio alcun motivo, e che non mi interessava nulla del braccio, non lo sentivo nemmeno. Però le parole non riuscivano a uscire, era come se avessi perso il controllo del mio corpo. Riuscivo solo a urlare e piangere e strattonare. Sono scesa dalla barella, sono tornata davanti al vetro di Viola e mi sono messa a dare pugni al muro e alla porta, allora l'infermiera in carne e non più tanto sorridente ha chiamato due suoi colleghi, mi hanno abbracciata stretta, mi hanno parlato piano e dopo qualche minuto mi hanno detto: «Ok, ti facciamo entrare. Va bene?».

Allora mi sono calmata.

Mi hanno dato camice, guanti, mascherina, cuffietta, copriscarpe e mi hanno lasciata andare vicino a Viola.

Avevo paura a toccarla, paura di farle male. Ho solo posato una mano sulla sua, poi ho intrecciato il mio mignolo al suo, come quando giocavamo a Flic o Floc.

«Ce lo siamo promesse, Viola, te lo ricordi? Era Natale, sono sicura che te lo ricordi. Ci eravamo promesse di non mentirci mai, nemmeno a fin di bene. Mi hai detto "non mi perderai mai", solo due giorni fa, a Londra: non mi mentire adesso. Non lo hai mai fatto. Hai detto "non mi perderai mai". Mantieni la tua promessa.»

Sono rimasta ancora qualche minuto a stringere il suo mignolo, finché un infermiere non è venuto a dirmi che era meglio lasciarla sola. Allora, finalmente remissiva, sono tornata in corridoio, accanto a mia madre e a Tommaso. Nostro padre era da qualche parte a parlare con gli altri medici e io ho pensato "beato lui" che poteva fare qualcosa, rendersi utile. Sicuramente lo pensava anche mia madre: non l'avevo mai vista stare muta e immobile tanto a lungo.

Due giorni dopo, Viola è stata trasferita in una stanza privata, con meno macchinari, meno tubi, e soprattutto dove noi potevamo stare giorno e notte: c'erano una sedia di plastica come quelle del corridoio, una poltrona e grazie alle conoscenze di nostro padre abbiamo ottenuto che vi fosse aggiunto anche un secondo letto. Tommaso è ripartito per Londra, dato che al lavoro non avevano mostrato molta pazienza e i giorni di permesso glieli avevano concessi con il contagocce; io e mia madre invece siamo tornate per la prima volta a casa, giusto per lavarci e cambiarci. Quando siamo entrate nell'androne del palazzo ho esitato un momento, mi è venuto un dubbio, così anziché girare a destra per salire le scale, sono andata dritta in cortile. E lì l'ho visto, il suo Scarabeo rosso accanto al mio: qualcuno doveva averlo riportato a casa, ordinatamente parcheggiato al suo solito posto, come se nulla fosse. Aveva solo qualche ammaccatura sul lato sinistro, la ruota davanti storta e lo specchietto rotto. Sono tornata da mia madre, ci siamo incamminate per le scale senza fare alcun commento; una volta in casa, però, ho cercato gli attrezzi di mio padre nel guardaroba, poi sono tornata in cortile e ho cominciato a prendere a martellate quella ferraglia maledetta con tutte le mie forze. Mia madre è scesa precipitosamente, avvisata dal portinaio, ma è rimasta a guardarmi in silenzio; solo quando ho finito si è avvicinata, ha preso il martello in una mano e la mia mano nell'altra, mi ha riportata in casa, ha riempito la vasca da bagno, mi ha spogliata, mi ha lavato la schiena, i capelli, le braccia, come non faceva da quindici anni. Dopo di che, siamo tornate in ospedale.

Per le ventiquattro notti successive nostra madre ha dormito sulla scomodissima brandina, che ogni mattina doveva piegare in due e spingere in un angolo della stanza perché potessimo muoverci. Io invece dormivo sul letto di Viola, immobile per non rischiare di urtarla, ma abbastanza vicina da poter sentire il suo profumo, al di là dei disinfettanti. Beatrice e Camilla venivano ogni giorno, a volte insieme, la maggior parte delle volte però separate, per poter occupare più tempo della mia giornata. Camilla mi portava ogni volta una rivista diversa, anche se sapeva che le leggevo, o meglio le sfogliavo, solo durante le attese dal dentista o in aeroporto. Beatrice, invece, veniva quasi sempre con la Isa, portavano dolci o lasagne, polpettoni, torte salate che potevamo chiedere di scaldare nel microonde del bar a pianterreno. Mia madre e la Isa andavano a prendersi un tè, mentre le mie amiche mi trascinavano fuori dall'ospedale, mi dicevano: «Andiamo a prendere un po' d'aria, camminiamo un po'», e davanti alla mia esitazione insistevano rassicurandomi: «Se succede qualcosa i tuoi ti chiamano subito, non ci allontaniamo».

E infatti io non riuscivo ad allontanarmi, dopo un paio di vie avevo l'impressione che un elastico attaccato dietro alla schiena cominciasse a ritirarmi indietro.

Quel giorno non so che cosa mi abbia svegliato. Come ogni mattina, quando ci si sveglia, prima ancora di aprire gli occhi, prima di rendersi conto di dove ci si trovi o che giorno sia e se qualcuno dorma accanto a noi, per primissima cosa e per una frazione di secondo, ricominciamo a percepire il nostro corpo: la posizione in cui siamo, magari da troppo tempo, il corpo caldo, il braccio freddo rimasto fuori dalle coperte, i capelli caduti su una guancia.

Io ho cominciato a sentire il calore di un corpo contro la mia pancia, sotto il mio braccio destro, dei capelli che mi solleticavano il naso. Con le ginocchia piegate toccavo qualcosa di duro, come un muro o... un gesso. Come una doccia fredda ho realizzato dov'ero, chi stavo abbracciando, di chi erano i capelli che mi facevano il solletico al naso. Ho fatto attenzione a non muovermi, per paura di farle male, ho respirato quell'odore, che era odore di casa, era odore di radici, anche se mescolato all'alcol dei disinfettanti, e ho ascoltato quel respiro che aveva cullato e calmato tanti miei sonni agitati.

Quando mi sono guardata attorno nel silenzio di quella camera asettica, ho capito che quello che mi aveva svegliata era stato il rumore di un batter di ciglia, che la gemella che ero aveva udito anche nel sonno. Viola aveva riaperto gli occhi.

Sono scattata in piedi, agitata. Sentivo il cuore in gola, facevo fatica a connettere i pensieri.

«Oh, mio Dio, Viola! Sei sveglia? Come ti senti?»

«Shhh, pi… piano.»

Aveva la voce roca, le graffiava la gola secca.

«Sai dove siamo? Mi riconosci? Sai che giorno è oggi?»

«Shhh…» ha ripetuto piano, tornando a lasciar cadere le palpebre pesanti.

«Aspetta, Viola, aspetta aspetta aspetta! Dimmi solo se… mi riconosci. Sai chi sono io?»

Ha voltato piano la testa verso di me, ha messo a fuoco strizzando leggermente gli occhi, poi li ha aperti sempre di più, con una lentezza che lasciava trasparire quanto fosse debole, quanto sforzo le richiedesse quel semplice movimento; ha arricciato le sopracciglia, ha smesso di sbattere le palpebre.

«Viola? Sai chi…»

«Certo che lo so. Ma… ma sei…»

Continuava a fissarmi con uno sguardo sconvolto, quasi spaventato.

«Stai male?» mi ha chiesto.

«Io? Che cosa c'entro io? Sei tu che hai avuto un incidente!»

«Sei magrissima. Sei bianca. Hai l'aria tanto stanca.»

"Sei magrissima." "Sei bianca." "Hai l'aria tanto stanca." Avrei potuto dirglielo io. Quella era la descrizione di Viola, ma evidentemente anche la mia. Viola era stata in coma ventisei giorni e per ventisei giorni io ero stata a guardarla deperire. Per ventisei giorni avevo assistito e fisicamente partecipato alla sofferenza del mio doppio, di quell'immagine speculare alla mia, nella quale da sempre ero abituata a riconoscermi. Viola era diversa da me, era più rumorosa, rideva forte, amava cantare, parlava tanto e parlava con chiunque; la sua vita era chiassosa, ma era proprio il suo chiasso che legittimava i miei silenzi. Quando l'avevo vista al mio ritorno da Londra insieme a Tommaso, al di là di un vetro e ancora intubata, avevo sentito per la prima volta in modo cosciente, quasi razionale, che la sua esistenza legittimava la mia. Garantiva la mia. Ero svenuta perché la sola ipotesi della sua possibile sparizione mi aveva soffocato.

«Ho male alla testa», ha detto Viola tornando a chiudere gli occhi.

«Altro che male alla testa! Viola, hai una commozione cerebrale. E una gamba rotta. E delle costole rotte. Ma… va tutto bene, sei sveglia!»

Le ho stretto una mano e lei ha cercato di accennare un sorriso, poi ha riaperto gli occhi, ha inchiodato il suo sguardo nel mio, per dirmi "ci sono", "sono qua, non mi hai persa: te l'avevo promesso". Ha sfilato piano la mano dalla mia stretta e ha intrecciato il mignolo al mio. Allora ho sentito i miei occhi riempirsi di lacrime: lacrime per la paura degli ultimi giorni, lacrime per il dolore che provava con ogni parte del suo corpo e che nella nostra simbiosi potevo sentire nella mia stessa carne.

Le ho ricacciate indietro con un grosso sospiro, ho asciugato quelle che non ero riuscita a frenare e mi sono messa a sistemarle vagamente le coperte, ma in realtà non facevo altro che muovermi in modo nervoso e confuso, così ho lasciato perdere, mi sono diretta verso la porta della camera.

«Ora vado a chiamare il dottore. E la mamma! Sarà andata a prendere un caffè. Torno subito.»

«Aspetta, Alice. Tu devi andare a New York.»

Mi sono voltata con la mano già sulla maniglia, l'ho guardata in modo interrogativo.

«Devi andare a New York», ha ripetuto.

«Viola, probabilmente ora sei confusa. Ti ripeto, hai preso una gran bella botta in testa. Ora vado a chiamare il dottore, ok?»

«No, non sono confusa. Devi andare a New York.»

«Io ero a Londra, Viola. A Londra. E prima a Parigi. Non a New York.»

«Ma Francesco è a New York.»

Ho sentito il cuore rimbalzare in gola e poi scendere piano, come un peso morto, fino allo stomaco. Non ho più mosso un muscolo, sono rimasta così, pietrificata, una mano sulla maniglia, il corpo di tre quarti. Sembrava che qualcuno nella mia testa avesse schiacciato sul tasto PAUSA, avevo il dubbio di aver anche smesso di respirare.

«Ha mandato una lettera per te, a Milano. Dato che tu non c'eri il portinaio l'ha data a me», ha cominciato a spiegare Viola lentamente, con voce debole, e io cercavo di registrare le sue parole come se avessi potuto archiviarle e riascoltarle in un secondo momento, a mente più fresca e lucida, quando avessi ricordato anche come si fa a deglutire. «Non c'era il mittente, solo il timbro della posta: ho visto che veniva da New York. Chi altro vuoi che ti mandi una lettera da New York il giorno del tuo compleanno? È lui, è sicuro. Francesco è a New York, Alice. Ieri mattina stavo uscendo di corsa per andare in università quando il portinaio mi ha chiesto se eri tornata e cosa doveva farne, così l'ho presa io e l'ho nascosta nel mio armadio. Poi però ero in ritardo per l'università e sono uscita di corsa e avevo deciso di chiamarti dopo, ma... Non so cosa sia successo. Dici che ho preso una botta in testa, che ho delle ossa rotte... Ma cosa ci faccio qui, Ali?»

«Viola, non era ieri mattina. Andando in università hai avuto un incidente, in motorino, e... Sei rimasta in coma ventisei giorni. Adesso stai tranquilla, non ti agitare. Io non mi muovo.»

«E invece sì! Ti devi muovere, devi andare a New York! Ventisei giorni? Oh, Alice... mi hai già scelta una volta, non farai di nuovo lo stesso errore.»

«Viola non è questione di scegliere tra te e Francesco...»

«No, esatto, non è questione di scegliere tra di noi, ora l'ho ben capito. Quella notte di Natale, quando ci eravamo promesse di non mentirci mai, tu mi avevi detto che non saremmo mai cambiate. Non sai quante volte quest'anno ho pensato che ti fossi sbagliata. Invece non ti eri sbagliata, o per lo meno, non del tutto: tu sei cambiata e probabilmente anch'io. Ma non *noi*. E continuerai a cambiare tu e pure io, ma questo», ha intrecciato i suoi due mignoli come aveva fatto poco prima con il mio, «questo non cambierà mai. Perciò vai a casa e apri quella lettera! Io sto bene. Solo, fammi un favore.»

«Cosa?»

«Chiamami per dirmi cosa ti ha scritto.»

Continuavo a tenere la mano sulla maniglia, mi sono resa conto che ormai mi ci stavo aggrappando con forza. Avrei dato qualsiasi cosa per poter stringere forte Viola tra le braccia, ma avevo troppa paura di farle male. Mi sono limitata a guardarla, abbracciandola con lo sguardo. Sentivo le labbra aprirsi in un sorriso sempre più largo, il respiro accelerare, il cuore tornare a battere forte. Sono tornata vicino al suo letto e le ho dato un bacio su una guancia, poi un altro e un altro ancora, l'ho fatta ridere e ridendo diceva «ahi», e si teneva le costole con le mani.

Ho ripreso la giacca dalla poltrona e sono uscita dalla stanza, lasciando la porta aperta alle mie spalle. Ho gridato a un'infermiera: «Viola Moneta è sveglia!», ma stavo già correndo per il corridoio, correndo in ascensore, correndo fuori dall'ospedale, verso casa, verso una busta anonima spedita da New York.

Era il 6 febbraio 1999, io ero diventata il cucchiaio dei nostri abbracci e Viola, che avevo spinto nel mondo il giorno della nostra nascita, ora mi spingeva ad attraversarlo. E non avevamo paura: eravamo ancora insieme, in modo nuovo. Era un nuovo inizio, come diceva la mia canzone preferita, *Closing Time*.

Quando ho aperto l'armadio di Viola, mi sono resa conto che non mi aveva detto dove avesse nascosto la lettera: mi ci sono voluti diversi minuti per trovarla, ho messo in disordine tutti i suoi vestiti, finché non l'ho vista sotto una pila di magliette. Era più grande di quel che mi aspettassi, più pesante, più rigida. Per un momento ho temuto che Francesco avesse scritto pagine e pagine per sfogarsi, rimproverarmi. Mi sono seduta sul letto di Viola, senza distogliere lo sguardo dal mio nome e il mio indirizzo scritti in una grafia che non conoscevo, perché Francesco non mi aveva mai scritto nulla, non avevamo mai fatto la «Settimana Enigmistica» insieme e non mi aveva nemmeno lasciato il suo numero di telefono su un foglietto, dato che lo aveva inserito direttamente nel mio cellulare.

Avevo le mani che tremavano, tenevo la busta come se scottasse. Poi ho fatto un profondo respiro e mi sono decisa ad aprirla, pronta a leggere quello che Francesco sentiva di aver ancora da dirmi. Nella busta però non c'era nessuna lettera, nessun foglio su cui Francesco avesse scritto qualcosa, qualsiasi cosa, rivolgendosi a me, nemmeno un biglietto. Niente. C'era invece un cartoncino colorato, una sorta di pubblicità. Ho letto due volte prima di realizzare che era il volantino di una mostra: si sarebbe tenuta in una galleria di New York, per un mese; l'inaugurazione era, o a quel punto era stata, il 24 gennaio. Dieci artisti emergenti, tutti fotografi. C'erano i loro nomi, scritti in rosso. E c'era il nome di Francesco tra loro. Il volantino ha cominciato ad annebbiarsi, facevo fatica a mettere a fuoco per la commozione, per la felicità, per il cuore che mi rimbombava fin nelle orecchie. Ero così fiera di lui che avrei voluto urlare e saltare e ballare. E avrei voluto abbracciarlo, dargli un bacio e poi stringerlo ancora, così forte da fargli mancare il fiato. Invece, ho stretto la busta, ancora nella mano sinistra, e ho realizzato che conteneva qualcos'altro. Ho tirato fuori un secondo cartoncino, più piccolo: era un biglietto aereo, un biglietto aperto per New York a nome mio. Di sola andata.

Sono atterrata a New York che per gli americani era ora di pranzo; per me di cena, eppure nel mio corpo non sentivo nessuna traccia di stanchezza, casomai solo elettricità pura.

Per tutto il volo, l'aereo aveva giocato a fare a gara con il sole e l'aveva inseguito da vicino, riuscendo nell'impossibile impresa di risalire il tempo. Avevo cercato di guardare diversi film, ma non riuscivo a concentrarmi nemmeno davanti a Leo e Kate che riescono miracolosamente a stare in equilibrio sulla prua di una nave da crociera, ma non riescono a sdraiarsi insieme su una porta più grande della *Zattera della Medusa*. Bea mi aveva prestato un libro che era uscito da pochi mesi, ma aveva già avuto un enorme successo, dicendomi che mi avrebbe permesso di evadere in un mondo parallelo e non pensare a niente per tutta la durata del viaggio; glielo aveva fatto scoprire una compagna di università e lei lo aveva divorato durante le vacanze di Natale. S'intitolava *Harry Potter e la pietra filosofale* e secondo la fascetta di carta rossa sopra alla copertina si trattava del "debutto di una meravigliosa scrittrice e narratrice". Ma neanche quello funzionava.

Ero meno preoccupata di quando ero andata a Parigi in treno, ma più ansiosa. Questa volta era stato Francesco a chiedermi di andare da lui, raggiungerlo, e il biglietto era oltretutto di sola andata: era come dirmi, "se vieni è per restare". Tuttavia, me lo aveva mandato un mese prima e non poteva immaginare come mai non mi fossi ancora presentata, non sapeva nulla dell'incidente di Viola, non sapeva che non ero stata nemmeno a conoscenza del suo invito per ventisei giorni. Doveva aver pensato che la mia decisione fosse un "no", che le ragioni che avevo avanzato a Parigi fossero ancora valide e che seguirlo dall'altra parte del mondo fosse ancora più impensabile. Speravo solo che immaginando il mio rifiuto non avesse oramai messo una pietra sopra, non fosse passato ad altro. O andato altrove.

Tommaso e Viola mi avevano consigliato di non dire nulla ai nostri genitori finché non fosse stato tutto organizzato. Tommaso, che non appena aveva saputo che Viola si era svegliata aveva preso altri giorni di permesso al lavoro ed era tornato a Milano, mi aveva prestato un po' di soldi e mi aveva trovato un albergo, essendo molto più esperto di me con le ricerche su Yahoo e avendo diversi contatti a New York tramite i suoi colleghi londinesi. Speravamo tutti e tre che non avrei avuto bisogno dell'albergo, ma dopo com'era andata a Parigi, era più ragionevole prevedere il peggio, questa volta. Viola aveva detto a Bea di venire ad aiutarmi a fare la valigia, dato che lei aveva troppo mal di testa ed era ancora troppo confusa per ricordarsi tutti i nostri vestiti e darmi consigli a distanza. Quando Bea era arrivata a casa ero talmente agitata per la partenza che le avevo dato carta bianca, le avevo lasciato riempire la mia sacca senza nemmeno guardare cosa scegliesse. Le avevo solo detto che anche se fosse stata prevista neve, sarei partita con le All Star fucsia.

La sera prima di partire, ero a tavola con i miei genitori e Tommaso: da quando Viola si era svegliata, io e nostra madre eravamo tornate a dormire a casa, perché il dottore aveva raccomandato di lasciar riposare Viola il meglio possibile. Ma anche perché, in fin dei conti, anche noi due ne avevamo bisogno. Mia madre aveva l'aria stravolta e allo stesso tempo era affiorata una rilassatezza senza precedenti nei suoi lineamenti, nelle sue mani, nel suo modo di muoversi. Anche nel suo modo di parlare, meno concitato, meno frenetico.

«Tommi, per quanto la cosa mi dispiaccia enormemente, penso che tu ora debba tornare a Londra», aveva detto passandogli il risotto. «Viola dovrà rimanere in ospedale ancora per un po', ma è fuori pericolo, grazie a Dio. Sarebbe carino che tu tornassi per quando rientrerà a casa: potremmo farle una bella cena di bentornata. Ma ora non devi mettere a repentaglio il tuo lavoro.»

Tommaso mi aveva lanciato un'occhiata, mi aveva sorriso con gli occhi, così, quasi trattenendo il respiro, avevo detto veloce: «Domani partirò anch'io».

Mia madre si era voltata a guardarmi, improvvisamente concentrata su di me.

«Scusa?»

«Domani parto per New York. Domani mattina.»

Mio padre si era messo a fissarmi immobile anche lui, la forchetta già carica di risotto bloccata a mezz'aria. Dato che né lui né mia madre sembravano voler minimamente reagire a quell'informazione, nemmeno respirando o muovendo un sopracciglio, avevo continuato: «Non ero andata a Parigi per fare scalo, per fare una sorpresa a Tommi; l'avevate capito perfettamente anche voi, ma tanto vale dirlo chiaramente. Ero andata a cercare Francesco, il ragazzo con cui sono stata per un po' di mesi l'anno scorso e di cui voi, ora so, eravate perfettamente a conoscenza. Solo che non è più a Parigi, è a New York. E mi ha mandato un biglietto aereo aperto, senza data, a mio nome, perché possa andare a vedere la sua prima mostra fotografica».

«Scusa, ma…»

«Mamma non vi sto chiedendo il permesso, vi sto informando. È vero, non sarei dovuta sparire a Parigi senza dirvi nulla, per cui stavolta non rifaccio lo stesso errore: vi dico esattamente dove vado, quando vado e anche che volo prendo. Non sto chiedendo il vostro aiuto e nemmeno il vostro permesso, è già tutto organizzato. È una cosa che devo fare, e la farò che voi siate d'accordo o meno.»

Mia madre aveva appoggiato la forchetta, si era pulita la bocca con il tovagliolo, l'aveva posato di nuovo sulle ginocchia piegandolo con precisione, si era sistemata i capelli già perfetti, poi si era appoggiata allo schienale della sedia, le braccia abbandonate in grembo, e aveva finalmente alzato lo sguardo su di me.

«Ti fidi così poco di noi? Ti fidi così poco da organizzare

tutto senza parlarcene? Da quanto stai organizzando questa partenza?»

«Solo da due giorni: è stata Viola, quando si è svegliata, a dirmi che Francesco aveva spedito quel biglietto.»

«Comunque. In due giorni non hai potuto parlarcene? Perché non ci hai mai raccontato di questo Francesco, perché non ci hai spiegato che era così importante andare a Parigi? Andare a New York? Perché non parli con me?» Non c'era accusa nel suo tono di voce, solo sconforto; era come se fosse affaticata da quelle domande che evidentemente le ronzavano in testa da tempo. «Perché non approverei?» aveva continuato. «Perché con Francesco hai trasgredito troppe regole e ci hai mentito troppe volte e hai nascosto troppe cose che salterebbero fuori se ci parlassi di lui? Non siamo ciechi, Alice, non siamo stupidi e non siamo sordi. E non siamo così vecchi da aver dimenticato cosa significhi essere giovani. Ed essere innamorati.»

«Non penso che voi… È solo che…»

«Lo so, pensi che non potremmo capirti. Non importa.»

Aveva ripreso in mano la forchetta, aveva messo in bocca un boccone di risotto anche se fumava ancora come un vulcano.

Mio padre aveva allungato una mano a stringere la mia e aveva chiesto: «Pensi davvero che valga la pena attraversare l'oceano per lui?».

«Sì, papà.»

«Allora speriamo solo che questa volta la batteria del tuo motorino non faccia la birichina.»

Il risotto aveva preso ad appannarsi al di là delle lacrime, ma sulle labbra si era fatto largo un sorriso che non potevo trattenere e il nodo allo stomaco che non mi ero nemmeno accorta di avere si era finalmente sciolto.

Dopo cena mia madre era venuta in camera mia e, non trovandomi, era venuta a cercarmi in camera di Viola. Quella sera, infatti, avrei avuto terribilmente bisogno di dormire tra le braccia di Viola, ma dato che non c'era mi ero quanto meno infilata nel suo letto. Mia madre mi aveva fatto spostare le gambe, si era seduta accanto a me ed era rimasta a

guardarmi in silenzio, nella penombra della stanza illuminata solo dalle luci del corridoio. Così, senza che mi chiedesse
nulla, come se fosse la cosa più naturale del mondo, avevo
cominciato a raccontarle di Francesco. Le avevo raccontato
della sua famiglia, di Nicolò, della Bocconi dove non andava
mai, della sua passione per l'arte, e soprattutto per la fotografia, delle mostre, del pomeriggio in cima al Duomo,
dell'acquario di Genova, delle osterie sui Navigli, del suo
amore per Sartre, che mi aveva salvata alla maturità, della
Vespa blu, della mania di scompigliarsi i capelli quando era
nervoso. Io parlavo e lei ascoltava, senza interrompermi, senza commentare, senza dire una parola; partecipava solo sorridendo, o scuotendo la testa, vedevo le sue espressioni cambiare sul volto illuminato da un fascio di luce che entrava
della porta socchiusa. Non so quanto tempo avessi parlato,
ma a un certo punto, cullata dalle mie stesse parole, cullata
dai ricordi, avevo finito per addormentarmi.

All'aeroporto di New York ho chiesto le indicazioni per
raggiungere la Cinquantaseiesima strada: prima ancora di
passare in albergo, lasciare la sacca, cambiarmi, volevo andare alla galleria, vedere le fotografie di Francesco. Cercavo d'immaginare cos'avesse potuto esporre: le foto fatte a
Tenerife l'estate prima magari. O altre scattate chissà dove,
chissà quando, chissà con chi. Odiavo non sapere come fosse stata la sua vita negli ultimi mesi. Ripensavo a quello che
mi aveva detto in cima al Duomo, la prima volta che mi aveva portata a una mostra fotografica, e mi chiedevo quale
senso fosse riuscito a catturare che valesse finalmente la pena di esporre, quali momenti della "vita che vive" aveva voluto immortalare. Mi faceva male pensare che potessero far
parte di una vita che non aveva vissuto con me, ma allo stesso tempo mi aveva chiesto di raggiungerlo per raccontarmi
quelle storie, racchiuse in quelle immagini eterne.
Una volta uscita dalla metropolitana, mi sono trovata in
una strada più piccola di quello che immaginavo per un luogo mitico come Manhattan; le case però erano proprio come
si vedeva nei film, tutte di mattoni a vista, con le scale antin-

cendio all'esterno. Quando ho raggiunto la galleria, è stato come per un marinaio avvistare la terra: un'esplosione di gioia mista a stupore, quiete ed eccitazione, fretta, impazienza. Era grande, aveva tre sale e a ogni artista era dedicato un muro espositivo. Era un luogo serio e silenzioso; i visitatori erano pochi e quei pochi si muovevano piano e parlavano tra di loro sussurrando. Era stupefacente che Francesco fosse riuscito ad arrivare in un posto così vero così rapidamente.

La gallerista era giovane, parlava fitto al telefono seduta dietro a un grande tavolo bianco; quando sono entrata mi ha salutata con un cenno della testa. Ho cominciato a guardarmi attorno, a camminare da una stanza all'altra ed è nella terza che ho trovato scritto in nero sul muro bianco FRANCESCO BARNI. C'erano dieci foto sul muro, tutte in bianco e nero, tutte della stessa dimensione. Le ho guardate di fretta, una dopo l'altra, ansiosa di conoscerle: una spalla, delle gambe, una pancia, dei fasci di luce, due mani, un braccio, delle gocce d'acqua, dei capelli che volano, una bocca, un treno. Poi le ho guardate di nuovo, più lentamente, e già non respiravo più, perché già sapevo, anche se ancora non lo realizzavo.

La spalla era una spalla nuda, proiettava la sua ombra sull'incavo della clavicola e lasciava suggerire la promessa di un seno nudo; le gambe erano tre, intrecciate sopra a un lenzuolo bianco stropicciato, chiaramente due femminili e una più grossa, più pelosa, maschile; la pancia era incorniciata da un prato e alcuni fili d'erba proiettavano ombre sulla pelle come se volessero dirigersi verso il centro, un ombelico; i fasci di luce erano regolari come quelli che entrano da delle persiane chiuse; le mani erano di due persone diverse, stringevano una barra di metallo e i due mignoli si toccavano, sembravano quasi cercarsi; il braccio spuntava da una coperta rossa ed era abbandonato nel vuoto, la mano rilassata; le gocce d'acqua erano sulla pelle, alcune in corrispondenza di piccoli nei; i capelli erano sollevati dal vento e lasciavano intravedere una distesa d'acqua e la palla del sole che vi si tuffava, a fine giornata; la bocca spuntava da un cuscino con la federa bianca, era aperta in un sorriso trattenuto, con i denti di sopra che mordevano il labbro di sotto; il treno era sullo sfondo, volutamente mosso, mentre erano a fuoco le rotaie vuote, illuminate dal sole.

Ho lasciato cadere a terra la sacca verde, che ancora tenevo sulla spalla, e mi sono sforzata di respirare, di deglutire. Avevo le ginocchia che tremavano, le mani pure, la mente tanto confusa che mi sembrava che il silenzio rimbombasse. Ho ricominciato a guardare le foto una per una, per la terza volta, leggendo i titoli: erano in italiano, con la traduzione in inglese scritta sotto, in corsivo.

La spalla nuda s'intitolava *Alice nel Paese dei Sogni*. Ero io. Ero su quel muro. Francesco mi aveva fotografata mentre dormivo, senza che lo sapessi, e mi aveva tenuta con lui, mi aveva portata a New York.

Le gambe intrecciate s'intitolavano *Aggrovigliami*. Quando l'ho letto mi è scappata una risata, e una lacrima, perché c'era tutto di noi in quel nostro spontaneo aggrovigliarci nel sonno.

L'ombelico era *Centro di gravità*: ancora parole prese in prestito alle canzoni, come eravamo abituati a fare io e lui, per esprimere un pensiero che Francesco mi aveva confessato in place des Vosges.

I fasci di luce erano chiaramente quelli delle persiane di camera sua e si chiamavano *E tutto il mondo fuori*. Ho sorriso pensando agli americani che non conoscevano Vasco e non avrebbero mai colto il riferimento.

Le mani sulla sbarra di metallo erano le nostre, stringevano il parapetto del traghetto da Kastellorizo a Rodi, Francesco le aveva fotografate contorcendosi in modo che sullo sfondo ci fosse solo il mare e nessun'altra parte della barca; mi aveva fatto ridere e c'eravamo chiesti se ci fosse riuscito, ma finché ero stata a Parigi con lui non aveva fatto sviluppare il rullino, per cui non avevo mai visto il risultato. Aveva intitolato quella foto *Meravigliosa paura di averti accanto*.

La coperta rossa era quella con cui mi aveva avvolta la prima sera a casa sua, sulla foto s'intravedeva sfuocato il divano a fiori di sua madre; ancora una volta mi aveva fotografata mentre dormivo e l'aveva fatto la prima sera, prima

300

ancora del nostro primo bacio. Aveva immortalato l'abbandono della mia mano che cadeva dal divano e l'aveva chiamato *Gioia primitiva*.

Le gocce d'acqua erano sulla mia schiena, uscita dalla doccia a Parigi: mi ero buttata sul letto e lui anziché baciarmi aveva preso la macchina fotografica, mi aveva chiesto di rimanere immobile per metterle a fuoco perfettamente; le aveva intitolate *Il sogno che conduce alla follia*. Mi sono chiesta se il sogno fossi io o la fotografia, la perfezione di un'immagine. O forse le due cose insieme.

I capelli al vento erano davanti al tramonto di quel sabato di maggio che avevamo passato a Genova per festeggiare l'arrivo del caldo: Francesco era andato a comprare le birre e la focaccia per l'aperitivo, doveva avermi fotografata di schiena prima di allontanarsi; il titolo era *Dietro una scia, un soffio, un velo*.

Il mezzo sorriso che spuntava da un cuscino era una mattina durante le vacanze di Pasqua, mi aveva presa in giro perché avevo parlato nel sonno, avevo detto cose molto compromettenti, ma non voleva dirmi cosa; una parte di me non voleva credergli e un'altra temeva di avergli dichiarato amore folle, così, dato che sentivo le guance infiammarsi, mi ero nascosta sotto al cuscino; la foto si chiamava *Fatti un po' prendere in giro*.

E infine il treno. Non avevo idea di quale treno fosse, non ne avevamo mai preso uno insieme. Poi mi è venuto un dubbio, ho letto il titolo: *I miei alibi e le tue ragioni*. Sono rimasta immobile, non riuscivo nemmeno a sbattere le palpebre. Era la Gare de Lyon? Era il TGV? Era il *mio* TGV? Mi aveva seguita alla stazione? Aveva cercato di fermarmi? Aveva pensato di partire con me? Cosa voleva dire con "i miei alibi e le tue ragioni"? Voleva dire che aveva capito la mia posizione? Che aveva capito che avevamo entrambi i nostri motivi per scegliere ognuno la propria strada? Oppure che aveva capito che il suo scappare a Parigi non era altro che un alibi, una scusa, un pretesto per fuggire da quello che non riusciva più a gestire?

Francesco sapeva che conoscevo tutte le canzoni che aveva citato, sapeva che avrei colto ogni riferimento, sapeva che avrei riconosciuto la coperta che mi aveva messo addosso la prima sera a casa sua. Sapeva che avrei riconosciuto anche i fasci di luce sul parquet della sua camera. E mi aveva spedito un biglietto di sola andata, perché voleva raccontarmi la nostra storia vista dai suoi occhi, appesa su quel grande muro bianco. Scatti rubati nel sonno, scatti di un tempo lontano. Quelle foto erano pezzi di me, pezzi di noi, le sfumature della mia persona quando mi ero mescolata a lui.

Ho pensato a me e Viola, che eravamo due pezzi di un unico blocco di cemento, due pezzi di un uovo; ma in fin dei conti, ognuno di noi non è altro che una miriade di pezzi, pezzi che ogni tanto si perdono, rimangono indietro, pezzi che decidiamo di abbandonare da qualche parte, pezzi che qualcuno raccoglie, pezzi che qualcuno frantuma, come il cuore di Janis Joplin. Francesco si era lasciato alle spalle tanti pezzi di sé, ma ora non era più né in fuga né alla ricerca, era su quel muro, il suo nome scritto in grandi caratteri neri. Aveva trovato il suo posto e mi aveva portata con sé. Non aveva più bisogno di alcun alibi, dietro cui nascondersi.

Dovevo vederlo. Volevo vederlo. Volevo vederlo subito. Avevo una tale smania di parlargli, dirgli tutto o niente, anche solo guardarlo negli occhi, che mi ha preso un fiatone incontrollabile, per un momento ho perso il senso dell'orientamento. Poi ho ritrovato la giovane gallerista, ancora seduta dietro al suo grande tavolo bianco maniacalmente ordinato. Quando mi sono avvicinata mi ha fatto un grande sorriso, mi ha chiesto se volevo delle informazioni su un artista in particolare.

«Sì, grazie. Più che delle informazioni vorrei il contatto di Francesco Barni. Se ha... il suo numero di telefono...»

«Oh, mi spiace, non posso darle il suo numero. Le interessava incontrarlo per porgli delle domande sulle sue fotografie?»

«Sì e no...»

Era bella ma impacciata, doveva avere pochi anni più di me e non aveva nessuna fede al dito; era evidente che non fosse la proprietaria della galleria, ma solo una dipendente, probabilmente al suo primo lavoro. Mi sono detta che la cosa migliore era giocare la carta della sincerità.

«Mi chiamo Alice. La fotografia *Alice nel Paese dei Sogni*... Io sono Alice. Devo ritrovare Francesco, ma non so come né dove.»

Il suo volto si è illuminato, mi sembrava di avere davanti Camilla, sensibile al romanticismo anche degli sconosciuti. Ha cercato di controllare le labbra, ma non è riuscita a trattenere il sorriso degli occhi.

«Non posso darle il suo numero, è vietato. Però posso chiamarlo e dirgli che lei è qua, passargli un messaggio se vuole.»

«Non gli dica che sono qua. Gli può chiedere di venire con un'altra scusa?»

Lei ha sorriso senza più nascondere l'eccitazione, poi ha risposto con voce complice: «Certo, ora m'invento qualcosa!».

Francesco non ha risposto, così la gallerista gli ha lasciato un messaggio in segreteria. Mancavano ancora tre ore alla chiusura, non potevo rimanere semplicemente ad aspettare, non riuscivo nemmeno a stare ferma sui miei piedi. Sono uscita e mi sono messa a girovagare per le vie attorno. Guardavo la gente passare: quasi tutti andavano di fretta, rannicchiati nelle giacche e nelle sciarpe a proteggersi dal gelo, sembravano ansiosi di tornare alle loro case, alle loro famiglie, alle loro vite; altri erano chiaramente turisti, tenevano la macchina fotografica appesa al collo e mappe della città o della metropolitana spiegazzate nelle mani protette dai guanti; c'era chi ascoltava la musica con le cuffie, il walkman attaccato alla tasca dei pantaloni, e chi parlava al telefono a voce alta, cercando di contrastare il rumore del traffico. Ogni tanto ripassavo davanti alla galleria, mi affacciavo alla vetrina e la gallerista mi faceva segno di no con la testa; allora ricominciavo a camminare, ripassavo, sempre quel "no" con la testa, mi rimettevo in movimento. Verso le sei del pomeriggio era ormai completamente buio e faceva troppo freddo, così ho deciso di rientrare nella galleria e aspettare lì. Sono tornata davanti alle foto di Francesco, al suo nome sul muro. Immaginavo quanto dovesse essere stato eccitato il giorno dell'inaugurazione o quando aveva avuto l'ok della galleria per esporre come artista esordiente. Artista esordiente a New York. Odiavo non essere stata con lui, non aver festeggiato insieme.

C'erano ancora diversi visitatori che entravano, facevano un giro, facevano domande alla gallerista, sussurravano tra di loro, mi passavano accanto senza che li vedessi veramente. Poi ho sentito uno sguardo solleticarmi la nuca, ho avvertito una presenza immobile all'ingresso della sala. Mi sono voltata e ho visto Francesco, le mani affondate nelle tasche dei jeans, il corpo immobile, le rughe sulla fronte a porre mille domande, le labbra piegate in un leggero sorriso a dire "sei qui".

Aveva i capelli un po' più in ordine ma la barba incolta, l'abbigliamento di sempre ma un portamento più sicuro, la testa alta, lo sguardo sereno. Era cambiato, in modo allo stesso tempo impercettibile ma lampante. Erano passati solo sei mesi, ma si sa che la vita non si misura in giorni.

Avrei voluto avvicinarmi a lui, ma era come quando nei sogni si cerca di urlare, ma la voce non esce: avrei voluto andargli incontro, ma le gambe non mi ubbidivano. Lui mi guardava con uno sguardo tanto intenso che avevo l'impressione che mi toccasse, dalla testa ai piedi. Ha abbassato gli occhi, ha visto le mie All Star fucsia, allora è scoppiato a ridere. Ridere forte, ridere con tutta la faccia che s'illuminava. E ho cominciato a ridere anch'io, ridere di un riso liberatorio. Ridevamo perché non c'erano più né alibi né ragioni, perché non c'erano più treni né aerei né traghetti, perché mi c'era voluto un mese per trovare il suo invito ma ora ero lì, perché ci eravamo perdonati tutti i nostri errori e le nostre paure, perché avevamo tutto da dirci, ma nulla che non potesse aspettare, perché non avevamo più fretta, perché avevamo finalmente tutto il tempo del mondo, perché la gente ci guardava strano ma a noi non importava, perché non esisteva nulla del mondo attorno, al di fuori di noi. Ancora insieme. Ancora noi.

Era il 9 febbraio 1999.

304

UNA CONVERSAZIONE CON CAMILLA ROCCA

Al centro del suo romanzo c'è la storia di due gemelle che hanno un legame speciale che deve reggere alle onde della vita. Da dove è nata l'idea?

I gemelli, soprattutto se omozigoti, sono qualcosa che mi ha sempre affascinata, fin da piccola, ma ancor più quando i miei studi di filosofia hanno cominciato a concentrarsi sulla questione della relazione tra il soggetto e il proprio corpo, la relazione con gli altri e con il mondo attraverso il corpo. Ovviamente, l'idea di un corpo identico senza essere lo stesso, di un soggetto che può vedere una copia identica di sé ma all'esterno di sé non poteva che stuzzicarmi! Tuttavia, quando ho cominciato a scrivere *Due di noi*, il mio intento non era quello di raccontare la storia di due gemelle, bensì quello di raccontare delle emozioni, e più precisamente le emozioni tipiche di quell'età, quella fase della vita così meravigliosa e allo stesso tempo così difficile, così faticosa, quale l'adolescenza. Un momento di crescita fondamentale, perché, in un certo senso, è un ulteriore taglio del cordone ombelicale: è il momento in cui, tramite l'opposizione ai genitori e in generale alle figure adulte che ci hanno sempre guidato, possiamo disegnare e affermare la nostra personalità, scoprire il coraggio di fare delle scelte, assumercene la responsabilità e, in un certo senso, imporle agli altri. Per tutte queste ragioni, è anche un'età in cui ci si sente combattuti, dilaniati, divisi: da un lato c'è ancora, come dico nel libro, la voglia di abbracciare la mamma e il papà, di tenere i peluche in camera o le stelline fluorescenti sul soffitto, e dall'altro una voglia di libertà e di autonomia che si possono ottenere solo separandosi da tutto ciò. Inoltre, in tutto questo processo di definizione del sé, c'è anche la miriade di persone che possiamo scegliere di essere. Detto ciò, mi sembra che sia immediatamente più chiara la scelta delle gemelle: che Alice debba capire chi è, chi vuole essere e debba lottare per diventarlo e affermarlo è molto più forte e incisivo se tutto ciò avviene in confronto o addirittura in opposizione a una gemella identica e simbiotica.

Il libro è anche un inno all'amicizia, quella vera, quella che non ha bisogno di parole o dimostrazioni. Quanto è importante nella sua vita?

Penso che l'amicizia sia fondamentale nella vita di chiunque. È sempre lo stesso discorso del «nessun uomo è un'isola», ovvero siamo animali sociali e abbiamo fisiologicamente bisogno di legami d'affetto. Questi legami però possono assumere mille forme diverse e così anche l'amicizia. Per esempio, ci sono gli amici d'infanzia o quelli invece che s'incontrano in età adulta e nei due casi si tratta di rapporti molto diversi. Per quel che mi riguarda io ho sperimentato anche il trasferimento all'estero e quanto questo possa avere un impatto molto forte sulle amicizie: quando ho lasciato l'Italia, all'inizio senza pensare che potesse essere una scelta definitiva, mi sono resa conto abbastanza in fretta della quantità di amicizie che scemavano, senza torti o rancori, ma semplicemente per una sorta di un processo naturale, perché alcuni rapporti necessitano di essere alimentati dalla condivisione della quotidianità e altri no. Il mio nocciolo duro di amiche, che è rimasto nonostante la distanza e nonostante io sia una persona che detesta il telefono, è composto da amiche che, guarda caso, risalgono quasi tutte agli anni del liceo, ovvero agli anni di cui parlo in *Due di noi*. Con loro, che mi hanno conosciuta in modo così vero, dopo anni e decenni non c'è nessun bisogno di contatti costanti. Questo è il genere di amicizia che racconto in *Due di noi* e che non ha bisogno di parole o dimostrazioni.

Nel libro però suggerisco anche qualcos'altro ed è qualcosa che ho sperimentato in prima persona quando sono arrivata in Francia, ovvero l'incontro con persone sconosciute, nell'assenza di riferimenti sociali, di pregiudizi, di passato, di conoscenze comuni, di madri amiche, di scuole condivise... È la tela bianca su cui si può inventare un dipinto completamente nuovo e fresco. Queste amicizie nuove, scoperte in età adulta e in terra straniera, sono altrettanto importanti perché in molti momenti hanno permesso di riempire dei vuoti, delle mancanze dovute proprio alla distanza dalle mie origini e dalla mia famiglia, per cui sono persone su cui conto moltissimo.

Diciamo che in generale, per me, gli amici sono come dei cuscini: attutiscono qualunque caduta, sono sempre un conforto, un ristoro. E passare del tempo con loro è come ricaricare le batterie.

L'amore è uno dei grandi protagonisti. Il primo amore che spaventa, ma che rimane dentro per sempre. Da dove arriva la scelta di descrivere proprio quell'attimo della vita?

Come per l'amicizia, anche per l'amore esistono tante forme diverse quante sono le coppie al mondo. Il primo amore, però, penso che quasi per tutti sia qualcosa di unico e indimenticabile, perché oltre alla bellezza del sentimento c'è anche il gusto della scoperta: è una novità che travolge e sconvolge, è un'onda che investe in maniera tanto potente che lascia disorientati. Sono sentimenti e anche sensazioni fisiche ancora sconosciute, che si deve imparare a comprendere e gestire. In *Due di noi* ho raccontato l'amore di Alice e Francesco, ma ci sono anche Viola e Matteo, Beatrice innamorata di Federico per anni senza mai essere corrisposta, Camilla in costante e ansiosa ricerca senza però riuscire a trovare qualcuno su cui focalizzarsi: sono tutte modalità diverse con le quali ci si approccia all'amore, ma ritengo che tutte siano caratterizzate dalla dedizione totale. Perché è questo che contraddistingue il primo amore o in generale l'amore adolescenziale: è un amore al quale si può dare tutto, perché è un amore senza compromessi, senza vincoli, senza costrizioni e senza obblighi. È un amore che sogna, che sogna veramente, e che non ha ancora la necessità di fare i conti con la realtà. Proprio per questo è dirompente, assoluto e totalizzante, è capace di mettere in ombra tutti gli altri aspetti della vita e scalare in un attimo l'ordine delle priorità.

Il libro è ambientato a Milano, la città in cui è cresciuta, e c'è spazio anche per Parigi, la sua città di adozione. È un omaggio a queste due splendide metropoli?

Sicuramente, era il mio intento. O meglio: inizialmente era quello di omaggiare Milano, la mia casa, le mie radici. Parigi si è imposta in maniera un po' inconscia, ma d'altronde Parigi è così: arrogante e prepotente. Ma splendida anche per questo.

La Milano che racconto però è la mia, non quella di oggi: ora è cambiata, sicuramente in meglio, ma è una città che spesso, quando vi torno, non riconosco. È una città in evoluzione, in espansione, è una città viva, attiva ed è da troppi anni che non le sto più dietro. Però rimane casa mia. Alcune cose non cambiano, forse non cambieranno mai (e per fortuna!). È una città che ho amato e per la quale proverò sempre un affetto viscerale, tenero, perché è l'affetto dell'infanzia, dei ricordi. Inizialmente, quando sono partita per Parigi, doveva essere solo per gli anni del dottorato, non avevo mai progettato di abbandonare la mia patria. Sentivo semplicemente la voglia, o forse il bisogno, di andare altrove, sperimentare altro. Parigi inizialmente non è stata una scelta, è capitata per una serie di coincidenze, ma ci ha messo pochissimo a conquistarmi, prima ancora del dottorato, già durante l'anno di Erasmus. È una città che critico e che amo, una città arrogante ma irresistibile. E forse proprio per questo, nel mio vago tentativo di omaggiare Milano, il mio attaccamento a Parigi non è riuscito a rimanere silente.

La storia è ambientata nei fantastici anni Novanta. Cosa le ha lasciato quel periodo?

A parte qualche splendida playlist? Scherzi a parte, gli anni Novanta sono stati davvero fantastici, tutti quelli che li hanno vissuti ne parlano e li ricordano in maniera quasi idealizzata, creandone una sorta di mito. Probabilmente è dovuto al fatto che chi è stato adolescente in quegli anni oggi può dire di essere cresciuto in un periodo essenzialmente sereno: ci era permessa la spensieratezza, ci era permesso di ignorare cosa ci accadeva intorno. La mia scelta di ambientare *Due di noi* in quegli anni non è però tanto dovuta agli anni in sé, quanto al fatto che sono stati i miei anni. Forse tutti idealizzano il periodo della loro gioventù, in qualunque decennio questa sia capitata, solo perché in fin dei conti sono i drammi esistenziali, i sogni, gli amori, le speranze, le promesse, i desideri, le paure di quell'età di passaggio a dare un sapore mitico a tutto il contorno.

Io in quegli anni ho pianto tanto, ma ho anche riso tanto. Ho ballato, amato, cantato, sognato, temuto, litigato, urlato, desiderato. E ho scritto, scritto tanto: pagine strappate dai quaderni, diari, lettere mai consegnate e tutte quelle parole sono testimoni di sentimenti estremi. Se devo dire cosa mi hanno lasciato gli anni Novanta forse è questo: un mare di ricordi, un mare di sogni, un mare di emozioni che, ieri come oggi, ho cercato di canalizzare mettendole per iscritto. La mia eredità tangibile di quel periodo sono delle scatole piene di diari, di lettere, di bigliettini che scambiavo in classe con le amiche. Scatole estremamente preziose, per me, perché sono testimoni della mia storia.

La famiglia di Alice e Viola, le due protagoniste, sembra fare solo da sfondo e invece è la carezza che in silenzio fa sentire sempre al sicuro. Quanto sono importanti per lei i legami familiari?

I legami familiari, lo dice lei perfettamente, sono «la carezza che fa sentire al sicuro»: la famiglia per me è e deve essere sempre e comunque un porto sicuro. In *Due di noi* ho voluto raccontare un periodo di polemica, di contestazione, di rifiuto rispetto ai genitori che più o meno tutti i ragazzi a un certo punto attraversano, chi prima, chi più tardi. È un momento difficile, ma è un momento necessario, perché è proprio attraverso l'opposizione, e mi azzarderei a dire quasi il rigetto, che un adolescente riesce a definire i contorni della propria personalità. È un periodo di emozioni forti,

311

che io ho vissuto nel modo forse più stereotipato possibile; eppure, anche in quel periodo, anche nel conflitto e nel distacco, la famiglia per me è sempre rimasta un punto di riferimento. L'opposizione e il rifiuto erano a senso unico, erano esclusivamente miei, e una volta superata quella fase si sono stabiliti nuovi equilibri, ma sempre e comunque basati sulla certezza totale della presenza, dell'affetto e della disponibilità degli altri. Quindi anche oggi, anche in età adulta, io ho la fortuna di poter contare sui miei genitori e mio fratello come un porto sicuro, a oggi fisicamente lontano, per il fatto che mi sono trasferita in Francia, ma questo non toglie nulla alla sicurezza totale che mi trasmettono. Si tratta di una fiducia che, come per gli amici, va al di là delle parole o della quotidianità condivisa.

Poi c'è la famiglia che uno si crea, si sceglie. La cosa sorprendente è il trovarsi dall'altra parte e quindi da figlia ritrovarsi madre e da protetta ritrovarsi protettrice. Nuovo ruolo, nuove responsabilità: le carezze, sono più quelle che si danno di quelle che si ricevono. Però si scopre che si può ricevere tanto altro, che la coppia è come un puzzle, dove ognuno mette i suoi pezzi e quello che conta è l'immagine generale, che vedere i propri figli che si abbracciano o si dicono dei segreti nell'orecchio dà più soddisfazione di qualunque complimento si possa ricevere e che il sorriso di un bambino è in grado di scaldare e rassicurare più di tutte le parole del mondo. Allora anche quella famiglia di cui ci si prende cura, in cui si porta più che essere portati, anche quella può essere una culla, un rifugio. Una certezza.

Cosa ha provato quando ha scoperto che il suo romanzo sarebbe stato pubblicato?

Non ci ho creduto. Per diversi giorni. Inizialmente mi è arrivata una telefonata e come prima cosa ho pensato: "È uno scherzo, oggi è il 14 luglio, non è lavorativo", poi mi sono ricordata che ero al telefono con l'Italia e che in Italia non era festa nazionale. Poi mi è arrivata un'e-mail, che ho riletto un numero indicibile di volte. Continuavo a pensare che ci fosse stato un errore, che il mio nome fosse stato associato per sbaglio al libro di qualcun altro; però nel suo messaggio la direttrice della narrativa Garzanti, Elisabetta Migliavada, commentava i personaggi, citava Alice, Francesco e Viola, allora mi sono convinta che era tutto vero.

Come ho già detto, ho sempre scritto, ho sempre amato scrivere e ho sempre trovato molto più facile esprimermi per iscritto piuttosto che a voce. E ho anche sempre sognato che tutte quelle mie pagine trovassero un giorno una forma che mi permettesse di condividere e trasmettere agli altri tutto quello che avevo voglia di raccontare. Volevo che potessero vivere di vita propria, fuori dalle scatole, dai quaderni, dalle cartelle nel computer, andare nel mondo e incontrare altre persone, emozionarle magari, farle sorridere. In poche parole, ho sempre sognato di scrivere un libro, quindi, per quanto banale, riuscire a pubblicarlo è un sogno che si avvera.

Finito di stampare nel mese di maggio 2024
da Grafica Veneta s.p.a., Trebaseleghe (PD)

Questo libro è stampato col sole

Azienda carbon-free